କୁନ୍ତୀଙ୍କ ଉଇଲ୍

UA Kathachitra Pvt. Ltd.

କୁନ୍ତୀଙ୍କ ଉଇଲ୍

ଉମାକାନ୍ତ ମହାପାତ୍ର

UA Kathachitra Pvt. Ltd.

ବ୍ଲାକ୍ ଈଗଲ୍ ବୁକ୍ସ

ଭୁବନେଶ୍ୱର, ଓଡ଼ିଶା

BLACK EAGLE BOOKS
Dublin, USA

କୁନ୍ତୀଙ୍କ ଡଇଲ୍ / ଉମାକାନ୍ତ ମହାପାତ୍ର

ବ୍ଲାକ୍ ଈଗଲ୍ ବୁକ୍ସ : ଭୁବନେଶ୍ୱର, ଓଡ଼ିଶା ● ଡବ୍ଲିନ୍, ଯୁକ୍ତରାଷ୍ଟ୍ର ଆମେରିକା

 BLACK EAGLE BOOKS

USA address:
7464 Wisdom Lane
Dublin, OH 43016

India address:
E/312, Trident Galaxy, Kalinga Nagar,
Bhubaneswar-751003, Odisha, India

E-mail: info@blackeaglebooks.org
Website: www.blackeaglebooks.org

First Edition in 2006, Mahavir Prakashan, Bhubaneswar

International Edition Published by
BLACK EAGLE BOOKS, 2025

KUNTEENKA WIL
by **Umakanta Mahapatra**

Copyright © UA Kathachitra Pvt. Ltd.

Cover & Interior Design: Ezy's Publication

ISBN- 978-1-64560-652-9 (Paperback)

Printed in the United States of America

ପ୍ରସ୍ତାବନା

କାଳୀଚରଣ ପଟ୍ଟନାୟକ ଜଣେ ବେଶ୍ ନାମକରା ଓକିଲ । ପ୍ରାକ୍ଟିସ୍‌ର ବିସ୍ତାର ପ୍ରଚୁର । ଏଣୁ ନାକ ପୋଛିବାକୁ ବି ସମୟ ନ ମିଳିବା ମାମୁଲି କଥା । ଖାଲି ପ୍ରାକ୍ଟିସ୍ ନୁହେଁ ଆହୁରି ବହୁତ ସାମାଜିକ ଓ ଅର୍ଦ୍ଧ ରାଜନୈତିକ ବିଷୟ ସହିତ ସେ ଜଡ଼ିତ ଏବଂ ଜଣେ ପ୍ରସିଦ୍ଧ ସ୍ୱାଧୀନଚେତା ବୁଦ୍ଧିଜୀବୀ ବୋଲି ଲୋକେ ଜାଣନ୍ତି । ଅସଲ କଥା, କାଳୀଚରଣ ବାବୁ ଲୋଭରେ କାଣ୍ଡଜ୍ଞାନ ହରାଇ ନାହାନ୍ତି । ସେ ଜାଣନ୍ତି ଯେ ତାଙ୍କ ପାଖକୁ ଯେତେ କେସ୍ ଆସୁଛି, ତାହା ସବୁ ସେ କରିପାରିବେ ନାହିଁ । ଏଣୁ ବିଶେଷ ଅର୍ଥପ୍ରସୂ ଅଛ କେସ୍ କରିବାକୁ ଚାହାନ୍ତି ଏବଂ ସେଭଳି କେସ୍ ଯେଉଁମାନେ ଦେଇପାରିବେ, ତାଙ୍କ ସହିତ ସମ୍ବନ୍ଧ ଏହି ସବୁ ସଂସ୍ଥା ଦେଇ ହେବା ସହଜ । ଏହା ସଂସ୍ଥାମାନଙ୍କୁ ଅନେକ ଦିଲ୍ଲୀ, ବମ୍ବେ ଇତ୍ୟାଦିର ବଡ ବଡ ପ୍ରସିଦ୍ଧ ଲୋକ ବକ୍ତୃତା ଇତ୍ୟାଦି ଲାଗି ଆସନ୍ତି ଏବଂ ସେମାନଙ୍କ ସହିତ ପରିଚୟ ଭବିଷ୍ୟତରେ ଅନେକ ବନ୍ଦ କୋଠରୀର ଚାବି ହୋଇଯାଏ । କିନ୍ତୁ କାଳୀବାବୁ ଠିକ୍ ବୁଝିଛନ୍ତି ଯେ ନିଜର ମସ୍ତିଷ୍କର କାର୍ଯ୍ୟକ୍ଷମତା ବଜାୟ ରଖିବାକୁ ହେଲେ, ମଝିରେ ମଝିରେ ଛୁଟି ଦରକାର । ଅର୍ଥାତ୍ ଏ ଦୁନିଆ ଛାଡି ଅନ୍ୟ ଏକ ପରିବେଶରେ କିଛି ସମୟ କଟାଇବା ଦରକାର, ଯାହାଦ୍ୱାରା କି ମସ୍ତିଷ୍କର ସେଇ ବିଭାଗ ବିଶ୍ରାମ ପାଇବ । ଏଥିଲାଗି ତାଙ୍କ ପାଖରେ ନାନା ରକମ ବନ୍ଦୋବସ୍ତ ଅଛି । ବର୍ଷକରେ ଥରେ ବା ଦୁଇଥର ତାଙ୍କର କୁଜଙ୍ଗରେ ଥିବା ବନ୍ଧୁ ସହିତ ହୁକିତୋଲା ଦ୍ୱୀପରେ ରହନ୍ତି ଓ ଟ୍ରଲର୍‌ରେ ସମୁଦ୍ର ଭିତରକୁ ମାଛ ମାରିବାକୁ ଯାଆନ୍ତି । ଚାରି ପାଞ୍ଚଦିନ ଲାଗି ଚାଲି ଚାଲି ଟ୍ରେକିଙ୍ଗ୍ କରନ୍ତି । ଏଥିରେ ସ୍ୱାସ୍ଥ୍ୟ ଉପରେ ଭଲ ପ୍ରଭାବ ତ ପଡେ, କିନ୍ତୁ ସବୁଠାରୁ ବଡ କଥା ମସ୍ତିଷ୍କ ବିଶ୍ରାମ ପାଏ ।

ଏହାଛଡ଼ା ପ୍ରତି ରବିବାର ଅପରାହ୍ନ ଏକ ବିଶେଷ କାର୍ଯ୍ୟ ଲାଗି ନିର୍ଦ୍ଦିଷ୍ଟ। ସେଦିନ ତାଙ୍କର ଚାରି ପାଞ୍ଚଜଣ ବନ୍ଧୁ ଏକାଠି ହୁଅନ୍ତି। ତାହା ମଧ୍ୟ ଏକ ଗୁପ୍ତ ସ୍ଥାନରେ। ତାହା କୌଣସି ଏକ ହୋଟେଲର ଏକ ପ୍ରକୋଷ୍ଠରେ। ସେଠି ଆଉ କିଛି ହୁଏ ନାହିଁ। କେବଳ ରଙ୍, କଫି, ବିଅର ଓ ଖୋଶ ଗପ୍ପ। ଅର୍ଥାତ୍ ଆଡ୍ଡା। ଗୋପନ ରଖିବାର କାରଣ ମହକିଲଠାରୁ ଦୂରରେ ରହିବା। ସେଠି ଗୋଟିଏ ନିୟମ। ସଭ୍ୟମାନେ ନିଜର ସ୍ୱାର୍ଥ କଥା ପକାଇ ପାରିବେ ନାହିଁ। ଅନ୍ୟମାନେ ନାନା ଧନ୍ଦାର ଲୋକ। ସରକାରୀ ଅଫିସର, ଡାକ୍ତର, ବ୍ୟବସାୟୀ ଆଦି। କିନ୍ତୁ ସମସ୍ତ କଲେଜ ଦିନର ସାଙ୍ଗ। ସମସ୍ତ ପକ୍ଷରେ ଏହି ଆଡ୍ଡାଟି ଏକ ଆବଶ୍ୟକ ପ୍ରତିଷ୍ଠାନ। ବ୍ୟବସାୟୀ ନୃସିଂହ ବାବୁଙ୍କ ଭାଷାରେ ବ୍ୟାଟେରୀ ଚାର୍ଜ ହୁଏ। ଅବଶ୍ୟ ମାନସିକ ବ୍ୟାଟେରୀ।

ସେଦିନ କିପରି ମହାଭାରତ ନେଇ ଆଲୋଚନା ହେଉଥିଲା। କଥା ଶେଷକୁ ଯାଇ କର୍ଣ୍ଣଙ୍କ ଠାରେ ଆସି ପହଞ୍ଚିଲା। କର୍ଣ୍ଣ ଓ କୁନ୍ତୀଙ୍କୁ ନେଇ ନାନା ମତ। ବହୁତ ପାଟି ତୁଣ୍ଡ, ଅନେକ କପ୍ ରଙ୍ ଓ ଅନେକ ବୋତଲ ବିଅର୍ ପରେ ମଧ୍ୟ କୌଣସି ସମାଧାନ ନାହିଁ। କାଳୀବାବୁଙ୍କୁ ନୃସିଂହ ବାବୁ ପଚାରିଲେ, "ହଇଓ କାଳୀ, ତୁମେ ତ ବହୁ ଚିଡ଼ିଆ, ବହୁ ମାଲ ଦେଖିଥିବ କାରଣ ତାହା ହିଁ ତ ତୁମର ଧନ୍ଦା। ଆଚ୍ଛା କହିଲ କର୍ଣ୍ଣଙ୍କ ଭଳି ଚରିତ୍ର କ'ଣ ସତରେ ସମ୍ଭବ? ହଁ, କେତେ କୁମାରୀ ତାଙ୍କର ସନ୍ତାନଙ୍କୁ ଫୋପାଡ଼ି ଦେବାକୁ ବାଧ୍ୟ ହେଉଛନ୍ତି। ଭାଗ୍ୟ ବଳରୁ ଯଦି ସେ ବଞ୍ଚିଗଲେ, ତାହାହେଲେ ସେ ତ ତାହାର ନୂତନ ଜୀବନରେ ରହିଲା। ମା' ସାଥୀରେ ତାହାର ଯୋଗାଯୋଗ ଅସମ୍ଭବ ନୁହେଁ କି?"

କାଳୀବାବୁ ଉତ୍ତର ଦେଲେ, "ହଁ ସାଧାରଣତଃ ତୁମ କଥାଟା ହିଁ ଠିକ୍। କିନ୍ତୁ ଇଂରାଜୀରେ ଗୋଟେ କଥା ନାହିଁ, There are more things under the heaven then dreamt of by your philosophy, ଏଣୁ କଥାଟା ପ୍ରାୟେ ଅସମ୍ଭବ ହେଲେ ମଧ୍ୟ ସମ୍ପୂର୍ଣ୍ଣ ଅସମ୍ଭବ ନ ହୋଇପାରେ।"

ନୃସିଂହ ବାବୁ କହିଲେ, "ଫେର ଓକିଲାତି ଚାଲ୍ ମାରିଲଣି। ତୁମେ କ'ଣ କିଛି ଉଦାହରଣ ଦେଇପାରିବ?"

କାଳୀବାବୁ କହିଲେ, "ମୁଁ ଅମୃତାୟନ ଅନାଥାଶ୍ରମର ଟ୍ରଷ୍ଟ ଓ ଏକ ପ୍ରକାର ଯେ ସ୍ଥାପନା କଲେ, ତାଙ୍କର ପ୍ରାଧାନ ଏଜେଣ୍ଟ। ଏଣୁ ଏହାର ସ୍ଥାପନ ସହିତ ମୁଁ ଘନିଷ୍ଠ ଭାବେ ଜଡ଼ିତ। ତାଙ୍କର ନିର୍ଦ୍ଦେଶ ଯେ ଏହି ଆଶ୍ରମରେ ଗୋଟିଏ ଦ୍ୱାର

ଦିନରାତି ଖୋଲା ରହିବ । କୌଣସି ପ୍ରଶ୍ନ ପଚରାଯିବ ନାହିଁ । କୌଣସି ଅଭାଗିନୀ ମାତା ଯଦି ତାହାର ସନ୍ତାନକୁ ପରିତ୍ୟାଗ କରିବାକୁ ବାଧ୍ୟ ହୁଏ, ତାହାହେଲେ ଏଠି ଗୋଟିଏ ଘଣ୍ଟି ବଜାଇବ, ଯାହାକି ଲାଗିଛି । ତତ୍‌କ୍ଷଣାତ୍‌ ଜଣେ ସନ୍ୟାସିନୀ ଆସି ସେହି ଶିଶୁକୁ ନେଇ ଯିବେ । ମଆକୁ କୌଣସି ପ୍ରଶ୍ନ ପଚରାଯିବ ନାହିଁ । କୌଣସି ଶିଶୁକୁ ଫେରାଇ ଦିଆଯିବ ନାହିଁ । ସେହି ଦ୍ୱାରର ଏକ ଦିଗରେ ମା' ଯଶୋଦାଙ୍କ ଚିତ୍ର ଓ ଅନ୍ୟ ଦିଗରେ ମା' ମେରୀଙ୍କର । କାରଣ ସ୍ଥାପୟିତ୍ରୀ ତାଙ୍କର ଦୁଃଖରେ ଏହିମାନଙ୍କଠାରୁ ଆଶ୍ରୟ ଦେଇଛନ୍ତି । ଏଣୁ ଆଶ୍ରମର ଶିଶୁମାନେ ହାତରେ ଓ ଅନାଥାଶ୍ରମ ରାମକୃଷ୍ଣ ମିଶନ ପରିଚାଳନା କରେ । ତୁମେମାନେ ମୋତେ ଏ ବିଷୟରେ ଆଉ ପଚାରିବ, କିନ୍ତୁ ଏଠି କର୍ଣ୍ଣ-କୁନ୍ତୀ ପରି ଘଟଣା ଘଟିଛି । ଏଥିଲାଗି ମୁଁ କହିବି ଯେ କର୍ଣ୍ଣ-କୁନ୍ତୀଙ୍କ ପରି ଘଟଣା ସମ୍ଭାବନା ଅତ୍ୟନ୍ତ କମ୍‌, ଯଦିଚ ସମ୍ପୂର୍ଣ୍ଣ ଅସମ୍ଭବ ନୁହେଁ ।"

ପ୍ରଥମ ପରିଚ୍ଛେଦ

ଏହି ଅମୃତାୟନ ଆଶ୍ରମର ସ୍ଥାପୟିତ୍ରୀ ମୀରା ଅଗ୍ରୱାଲ। ତାଙ୍କର କାଲୀବାବୁଙ୍କ ସାଥିରେ ଆଗରୁ ଜଣାଶୁଣା ଥିଲା। କାରଣ କଲ୍ୀବାବୁ ତାଙ୍କ ଫାର୍ମର ଓ ତାଙ୍କର ନିଜର ଓକିଲ। ମୀରାଙ୍କର ସ୍ୱାମୀ ବନୱାରୀଲାଲ୍ ଅଗ୍ରୱାଲ ବର୍ତ୍ତମାନ ଗତ। ତାଙ୍କର ପୈତୃକ ଫାର୍ମ ବା ପ୍ରତିଷ୍ଠାନ ଗିରିଧାରୀଲାଲ କିରୋଡ଼ୀମଲର ମୀରାଦେବୀ ମ୍ୟାନେଜର। କିନ୍ତୁ ବନୱାରୀଲାଲ୍ ଓ ମୀରାଙ୍କ ଆଉ ଗୋଟିଏ ପ୍ରତିଷ୍ଠାନ ଅଛି। ଦୁର୍ଗା ଟ୍ରେଡ଼ିଂ, ଯାହାର ବର୍ତ୍ତମାନ ମୀରାଦେବୀ ସମ୍ପୂର୍ଣ୍ଣ ମାଲିକ। ଉଭୟ ପ୍ରତିଷ୍ଠାନ ଖୁବ୍ ଭଲ କରୁଛନ୍ତି ଏବଂ କାଲୀବାବୁଙ୍କର ଭଲ ଓ ଅର୍ଥକାରୀ ମହକିଲ। ମୀରାଦେବୀ ମାରୱାଡ଼ି ଗୁଜୁରାଟୀଙ୍କୁ ଚକିତ କରିଦେବ। ବର୍ତ୍ତମାନ କିନ୍ତୁ ମୀରାଦେବୀଙ୍କ ଦେହ ଖୁବ୍ ଭଲ ରହୁନାହିଁ। ବୟସ ଅବଶ୍ୟ ଖୁବ୍ ବେଶୀ ନୁହେଁ। କିନ୍ତୁ ରକ୍ତଚାପ ଓ କିଞ୍ଚିତା ହୃଦୟ ଯନ୍ତ୍ରଣା ସମସ୍ୟା ଅଛି। ଏଣୁ ସେ ଉଇଲ୍ କରିବାକୁ ଚାହିଁଲେ ଏବଂ ସେହି ସୂତ୍ରରେ କାଲୀବାବୁ ମୀରାଦେବୀଙ୍କ ଇତିହାସ ସହିତ ଜଡ଼ିତ ହୋଇପଡ଼ିଲେ। ଉଇଲ୍‌ଟା ପ୍ରାଧାନତଃ ଦୁର୍ଗା ଟ୍ରେଡ଼ିଂର ସ୍ୱତ୍ୱ ନେଇ, କାରଣ ମୀରାଙ୍କ ସ୍ୱାମୀ ତାଙ୍କ ଜୀବିତାବସ୍ଥାରେ ଗିରିଧାରୀଲାଲ କିରୋଡିମଲ୍ ଫାର୍ମର ବ୍ୟବସ୍ଥା କରିଯାଇଛନ୍ତି। ତାହା ପୈତୃକ ସମ୍ପତ୍ତି ହୋଇଥିବାରୁ ସ୍ୱତ୍ୱ ନାନା ୱାରିସ୍‌କ ମଧ୍ୟରେ ବଣ୍ଟିତ। ଅବଶ୍ୟ ପ୍ରଧାନତଃ ବନୱାରୀଲାଲଙ୍କ ପ୍ରଥମ ବିବାହିତ ଦୁଇଟି କନ୍ୟାଙ୍କୁ ମିଳିଥାଏ। ବର୍ତ୍ତମାନ ମୀରାଦେବୀ ମ୍ୟାନେଜିଂ ଡିରେକ୍ଟର ହିସାବରେ ମାସକୁ ତିନିହଜାର ଟଙ୍କା ଫୀ ପାଆନ୍ତି। ସେ ଏମ୍.ଡି. ନ ରହିଲେ ତାହା ମିଳିବ ନାହିଁ। କିନ୍ତୁ ଦୁର୍ଗା ଟ୍ରେଡ଼ିଂ ବହୁତ ବଡ କାରବାର ଓ ବାର୍ଷିକ ଆୟ ଦୁଇ କୋଟି ଟଙ୍କାରୁ ଊର୍ଦ୍ଧ୍ୱ ଏବଂ ତାହାର ଏକମାତ୍ର ମାଲିକ ମୀରାଦେବୀ। ଉଇଲ୍ ଏହି ଦୁର୍ଗା ଟ୍ରେଡ଼ିଂର ସମ୍ପତ୍ତି ଓ ଆୟ ନେଇ।

ଯେଉଁଦିନ ଏହି ବିଷୟରେ ପ୍ରଥମ କଥାବର୍ତ୍ତା ହେଲେ, ମୀରାଦେବୀ କାଳୀବାବୁଙ୍କୁ ତାଙ୍କ ପିଲାମାନଙ୍କର ଶପଥ ନେବାକୁ କହିଲେ ଯେପରି ଏହି କଥାବାର୍ତ୍ତା ଗୋପନୀୟ ହୋଇରହିବ । କାଳୀବାବୁ ଏହି ଅଦ୍ଭୁତ ସର୍ତ୍ତ ଶୁଣି ଆଶ୍ଚର୍ଯ୍ୟ । ପଚାରିଲେ, "ମ୍ୟାଡ଼ାମ୍" ଆପଣ କ'ଣ ଜାଣନ୍ତି ନାହିଁ ଯେ ଡାକ୍ତର ଓ ଓକିଲ ତାଙ୍କର କ୍ଲାଏଣ୍ଟଙ୍କ ସାଥୀରେ ଯାହା କଥା କୁହନ୍ତୁ, ତାହା ଆଇନଗତ ଗୋପନୀୟ । Privilaged Communication ମୁଁ ତ' ତାହା ପ୍ରକାଶ କରିବାରେ ପ୍ରଶ୍ନ ଉଠୁ ନାହିଁ । ସେପରି ପ୍ରକାଶ, ଦଣ୍ଡନୀୟ ବିଶ୍ୱାସଘାତକତା । ପୁଣି ଆପଣ ଏହି ନୂଆ କଥା କହୁଛନ୍ତି କାହିଁକି ? ମୀରାଦେବୀ କହିଲେ, "କାଳୀବାବୁ, ଆମେ ତ ଆଜିର ପରିଚିତ ନୋହୁଁ ଏବଂ ଆପଣଙ୍କୁ ମୁଁ ସବୁବେଳେ ବିଶ୍ୱାସ କରି ଆସିଛି ଓ ବର୍ତ୍ତମାନ ମଧ୍ୟ କରେ ଏବଂ ଭଲ ଭାବରେ ଜାଣେ ଯେ ମୁଁ ଏପରି ଶପଥ ନ କରାଇଲେ ମଧ୍ୟ ଆପଣ ଏହି ବିଶ୍ୱାସ କରି ଆସିଛନ୍ତି ଓ ବର୍ତ୍ତମାନ ମଧ୍ୟ କରେ ଏବଂ ଭଲ ଭାବରେ ଜାଣେ ଯେ ମୁଁ ଏପରି ନ କରାଇଲେ ମଧ୍ୟ ଆପଣ ଏହି ବିଶ୍ୱାସରେ ଆଞ୍ଚ ଆସିବାକୁ ଦେବେ ନାହିଁ । କିନ୍ତୁ ଏହି ଶପଥଟା କରାଉଛି, ଆପଣଙ୍କ ପାଇଁ ନୁହେଁ, ମୋ ପାଇଁ । କାରଣ ଏହିପରି ଗୋଟିଏ ସହାୟ ନ ମିଳିଲେ ସେହି ରହସ୍ୟକୁ ମୁଁ ଉଦ୍ଘାଟନ କରିପାରିବି ନାହିଁ ଏବଂ ତାହା ନ ହେଲେ ଉଜ୍ଜଳ ମଧ୍ୟ ହୋଇପାରିବ ନାହିଁ । ଆଚ୍ଛା କାଳୀବାବୁ, ଆପଣଙ୍କର ପରିବାରର ଇଷ୍ଟଦେବୀ ତ' ଭୁବନେଶ୍ୱରୀ ଓ ଆପଣଙ୍କର ବ୍ୟକ୍ତିଗତ ଇଷ୍ଟଦେବୀ ମଧ୍ୟ ସେ । ଏଣୁ ତାଙ୍କୁ ସାକ୍ଷୀ ରଖି ମୋତେ କଥା ଦିଅନ୍ତୁ ଯେ ଏହା ପ୍ରକାଶ ହେବ ନାହିଁ । ଏହି ସମ୍ପତ୍ତି ଯେଉଁ କାମରେ ବା ସଂସ୍ଥାରେ ଲଗାଯିବ, ସେଥିରେ ଯେପରି କୌଣସି ସ୍ଥାନରେ ମୋର ନାମ ନ ରହେ ।"

ଏଥର କାଳୀବାବୁ ବିନା ଦ୍ୱିଧାରେ ଶପଥ ନେଲେ । ତାହାପରେ ମୀରାଦେବୀ କହିଲେ, "କାଳୀବାବୁ" ! ମୋର ଜୀବନରେ ଗୋଟେ ଗୁପ୍ତ ଅଂଶ ଅଛି, ଯାହାକି ମୋର ସ୍ୱାମୀ ଜାଣି ନଥିଲେ । ମୁଁ କୁମାରୀ ଅବସ୍ଥାରେ ଅନ୍ତଃସତ୍ତ୍ୱା ହୋଇ ଗୋଟିଏ ପୁଅକୁ ଜନ୍ମ ଦେଇଥିଲି ଓ ତାହାକୁ ପରିତ୍ୟାଗ କରିବାକୁ ବାଧ୍ୟ ହୋଇଥିଲି । କିନ୍ତୁ ମୁଁ ଜାଣେ ସେ ଏବେ ଜୀବିତ । ମା' ମେରୀ ତାକୁ ରକ୍ଷା କରୁଛନ୍ତି । ସେ ମୋର ସ୍ୱୋପାର୍ଜିତ ସମ୍ପତ୍ତିର ଗୋଟିଏ ବଡ ଅଂଶ ପାଇବା କଥା । ଜୀବନଯାକ ତାକୁ ଝୁରୁଛି, ଯେପରି କୁନ୍ତୀ ଏଡେ ଯଶସ୍ୱୀ ପୁତ୍ରମାନଙ୍କର ମାତା

ହୋଇ ମଧ୍ୟ ପରିତ୍ୟକ୍ତ କର୍ଣ୍ଣକୁ ଖୋଜୁଥିଲେ। ଆପଣ ତାହାକୁ ଖୋଜି ଦିଅନ୍ତୁ। ଏଥିଲାଗି ମୋତେ ଅବଶ୍ୟ ମୋର ସମସ୍ତ ଇତିହାସ କହିବାକୁ ହେବ । ଯେତେବେଳେ ଶୁଣିବେ, ସେତେବେଳେ ଜାଣିବେ ଯେ ଏହାକୁ ପ୍ରକାଶ କରିବା ମୋ ପକ୍ଷରେ କେଡ଼େ କଷ୍ଟକର। ଏଣୁ ସେଥିଲାଗି ଆଉ ଗୋଟିଏ ସହାୟ ଅର୍ଥାତ୍ ଆପଣଙ୍କର ଶପଥ ଲୋଡ଼ା ଥିଲା। ତେବେ ଆପଣ ସମସ୍ତ ଘଟଣା ନ ଜାଣିବା ପର୍ଯ୍ୟନ୍ତ ଉଇଲକୁ ଡ୍ରାଫ୍ଟ କରିପାରିବେ ନାହିଁ ଓ ସମସ୍ତ ଆବଶ୍ୟକ ସର୍ତ ଉଇଲରେ ଲିପିବଦ୍ଧ ହୋଇପାରିବ ନାହିଁ। ସେଥିଲାଗି ଆପଣଙ୍କୁ ଏପରି ଶପଥ କରାଇବା ଆବଶ୍ୟକ ହେଲା।"

ଦ୍ୱିତୀୟ ପରିଚ୍ଛେଦ

ମୀରାଦେବୀ ରକ୍ଷଣଶୀଳ ଓଡ଼ିଆ ଘରର ଝିଅ। ତାଙ୍କର ଜନ୍ମ ସମୟ ତିରିଶ ଦଶକର ଶେଷ ଆଡ଼କୁ। ବାପା ଗୋଟିଏ ସ୍କୁଲରେ ମାଷ୍ଟର। ଦରମା ଓ ଟିଉସନ୍ ଦ୍ୱାରା ଘର ସଂସାର କୌଣସି ମତେ ଚଳାନ୍ତି। ତିନି ଝିଅ ଓ ଗୋଟିଏ ପୁଅ। ମୀରାଦେବୀ ସବା ସାନ ଝିଅ ଓ ତାହା ତଳେ ଭାଇ। ଏଣୁ ଭାଇ ଯେ ସମସ୍ତଙ୍କର ଅତିରିକ୍ତ ଗେହ୍ଲା ହେବ ତାହା ଆଉ ଆଶ୍ଚର୍ଯ୍ୟ କ'ଣ ? କିନ୍ତୁ ମୀରା ପରିବାରରକୁ ଏକ ଅବାଞ୍ଛିତ ଆଗନ୍ତୁକ। କାରଣ ସ୍ପଷ୍ଟ ଥିଲା ଯେ ମୀରାର ବାହାଘର ଲାଗି ସମ୍ବଳ ପରିବାର ପାଖରେ ନଥିଲା। ବଡ଼ ନାନୀର ବାହାଘର ହେଲାବେଲେକୁ ମୀରା ଖୁବ୍ ଛୋଟ। କିନ୍ତୁ ଟିକିଏ ବଡ଼ ହେଲା ପରେ ଜାଣିପାରିଲେ ଯେ ସେଥିରେ ବାପାଙ୍କ ଅଣ୍ଟା ଭାଙ୍ଗି ଯାଇଛି। ମଝିଆଁ ନାନୀର ବାହାଘର କିପରି ହେବ ତାହା ବାପା ମା'ଙ୍କୁ ଘାରି ପକାଉଛି। ଯେତେବେଲେ ଦଶ ବର୍ଷର ହେଲା, ମୀରା କ୍ରମଶଃ ବଡ଼ମାନଙ୍କ କଥା ଅଳ୍ପ ଅଳ୍ପ ବୁଝିବାକୁ ଆରମ୍ଭ କଲେ। ସେ ଆଭାସ ଇଙ୍ଗିତରୁ ବୁଝି ପାରୁଥିଲେ ଯେ, ସେ ପରିବାର ପକ୍ଷରେ ଅଭିଶାପ। କିନ୍ତୁ ତା'ଠାରୁ ସାନ ତାହାର ଭାଇ କାହିଁକି ଏତେ ଗେହ୍ଲା ? ତାକୁ ପାଠପଢ଼ାଇବାକୁ କ'ଣ ପଇସା ଖର୍ଚ୍ଚ ହେଉ ନାହିଁ ? ତେବେ ଭାଇ କାହିଁକି ବରଦାନ ଓ ଭଉଣୀ କାହିଁକି ଅଭିଶାପ ? କଥାଟା ବୁଝିପାରୁ ନଥାଏ। ମନଟା ବିଦ୍ରୋହୀ ହୋଇଉଠୁଥାଏ।

ନିଜ ସହରରେ ସ୍କୁଲ ପାଠ ପଢ଼ୁଥାଏ। ସେଠିତ ବାପା ମଧ୍ୟ ମାଷ୍ଟର। ଏଣୁ ସ୍କୁଲ ଫିଜ୍ ଛଡ଼ା ଅଧିକ କିଛି ନଥିଲା। ଯୌବନ ଆସିଲା ଓ ତାହା ସହିତ ନିଜ ପ୍ରତି ଏକ ସଚେତନତା। ମୀରା ଆବିଷ୍କାର କଲା ଯେ, ସେ ବେଶ୍ ସୁନ୍ଦରୀ ଏବଂ ତାହାର ନିଜକୁ ଟିକିଏ ସଜେଇବା ଇତ୍ୟାଦି ପ୍ରତି ପ୍ରବଳ ଆଗ୍ରହ ଜାତ ହେଲା।

କିନ୍ତୁ ତାହା ଯେ ଅସମ୍ଭବ ସେଇଟା ମଧ୍ୟ ସ୍ପଷ୍ଟ ହୋଇଉଠୁଥିଲା ଏବଂ ତାହା ସହିତ ମନରେ ଉଠୁଥିଲା ଭଗବାନଙ୍କ ବିରୁଦ୍ଧରେ ଏକ ଚାପା ଅସନ୍ତୋଷ। ଗରିବ ଝିଅକୁ ସୁନ୍ଦରୀ କରିବା କି ଦରକାର ଥିଲା ଓ ତାହା ମନରେ ସବୁ ଅସମ୍ଭବ ଭାବନା ଜାତ କରିବା ବା କି ଦରକାର ଥିଲା। ହୁଏତ ଭଗବାନଙ୍କ ଉଦ୍ଦେଶ୍ୟ ତାକୁ ଜଳେଇ ପୋଡ଼ି ଛଟପଟ କରିବା। ଏପରି ଭଗବାନଙ୍କୁ ଭକ୍ତି ପୁଣି କରିବ ! ଏଣୁ ମନକୁ କଠୋର ଭାବେ ଦମନ କରିବାକୁ ଶିଖିଥିଲା। ପଢ଼ାପଢ଼ି ମୋଟ ଉପରେ ଭଲ କରୁଥିଲା ଏବଂ ପାଠ ଦ୍ୱାରା ନିମ୍ନ ମଧ୍ୟବିତ୍ତ ଘରର ଦାରିଦ୍ର୍ୟ ଓ ଶାଳୀନତା ମଧ୍ୟରେ ଲୁଚକାଳି ଖେଳରୁ ଉଦ୍ଧାର ପାଇବ ବୋଲି ଆଶା କରୁଥିଲା। ତେବେ ମଝିଆଁ ନାନୀର ବାହାଘର ସେ ସବୁ ସ୍ୱପ୍ନ ଧ୍ୱସ୍ତ ବିଧ୍ୱସ୍ତ କରିଦେଲା। ବାପା ନିଃସ୍ୱ। ଦୁଇ ବର୍ଷରେ ରିଟାୟାର କରିବେ। ମେଡିକାଲ, ଏପରିକି ନର୍ସିଂ ପଢ଼ାଇବାର କ୍ଷମତା ଆଉ ପରିବାରର ନାହିଁ। ଏଣୁ ବାଧ୍ୟ ହୋଇ ଆର୍ଟ୍ସ ପଢ଼ିଲା କାରଣ ତାହା ଘରେ ରହି ପଢ଼ି ହେବ।

ଏହା ଭିତରେ ସାନଭାଇ ଏକ ସମସ୍ୟା ହେଲାଣି। ବାପା ମା' ଓ ନାନୀମାନଙ୍କର ଅତିରିକ୍ତ ସ୍ନେହ ତାକୁ ଖରାପ କରିଦେଲା। ସେ ବୁଝିନେଲା ଯେ ପରିବାର ଏପରିକି ସମାଜର କର୍ତ୍ତବ୍ୟ ହେଲା ତାହାର ଆବଶ୍ୟକତା ପୂରଣ କରିବା ଓ ତାହାର ପରିବାର ଓ ସମାଜ ପ୍ରତି କୌଣସି କର୍ତ୍ତବ୍ୟ ନାହିଁ। ସେ ଗୋଟିଏ ସାହି ମସ୍ତାନ ହୋଇଗଲାଣି। ବାପାଙ୍କର ପେନ୍‌ସନ୍‌ ସମାନ୍ୟ। ଏଣୁ ସ୍ପଷ୍ଟ ହେଲା ଯେ ମୀରାକୁ ଚାକିରୀ କରି ପରିବାରକୁ ଚଳାଇବାକୁ ପଡ଼ିବ। କିନ୍ତୁ ମୀରାଙ୍କୁ ବି କି ଚାକିରୀ ମିଳିପାରିବ। ବାପା ଖୁବ୍‌ ଚେଷ୍ଟା କଲେ ଖଣ୍ଡେ ମାଷ୍ଟରାଣୀ ଚାକିରୀ କରାଇ ଦେବାକୁ। ସେ ମଧ୍ୟ ଏଥିରେ ଅସଫଳ ହୋଇନଥିଲେ। କିନ୍ତୁ ତାଙ୍କ ଘର ବାଲେଶ୍ୱରରେ ହୋଇପାରିବ ନାହିଁ। ଏପରିକି ପାଖରେ ମଧ୍ୟ ନୁହେଁ। ସେଥିରେ ଅନେକ ବେଶୀ ତଦ୍‌ବୀର ଓ ତାହା ତ' ଚିକ୍‌ଣ କରାଇବା ଦରକାର। ତାହା ସେହି ବୃଦ୍ଧ ଶିକ୍ଷକଙ୍କ ପକ୍ଷରେ ସମ୍ଭବ ନୁହେଁ। ଏଣୁ ଆଦିବାସୀ ଅଞ୍ଚଳକୁ ଯିବାକୁ ପଡ଼ିବ। ସେଥିଲାଗି ଅସୁବିଧା ହେଲା ଯେ ମୀରା ଯଦି ଅଲଗା ରହେ, ସେ ତାହାର ନିଜ ଖର୍ଚ୍ଚ ବାଦ୍‌ ଘରକୁ କେତେ ଟଙ୍କା ଦେଇପାରିବ ଏବଂ ସେଥିରେ ବାପାମା'ଙ୍କର ପୋଷଣ ଓ ଭାଇ ମସ୍ତାନୀ ଖର୍ଚ୍ଚ କିପରି ଉଠିବ। ମୀରା ବାପା ମା'ଙ୍କୁ ସାଥୀରେ ନେଇପାରି ଥାଆନ୍ତା। ଏଣୁ ବାଧ୍ୟ ହୋଇ ଶିକ୍ଷୟତ୍ରୀ ହେବା ଆଶା ମଧ୍ୟ ଛାଡ଼ିଲା।

ତେବେ ମୀରା ସପ୍ରତିଭ ଝିଅ ଓ ଇଂରାଜୀ, ହିନ୍ଦୀ, ବଙ୍ଗଳା ଓ ଓଡ଼ିଆ ଭଲ କହି ପାରୁଥିଲେ ଓ ଅବସର ସମୟରେ ଡ଼ାଟା ଫିଡ଼ିଙ୍ଗ ଶିଖି ଯାଇଥିଲେ। ବାପାଙ୍କର ଜଣେ ପୁରୁଣା ଛାତ୍ର ସାହାଯ୍ୟ କଲେ ଓ ବାଲେଶ୍ୱରରେ ନୂଆ ଖୋଲିଥିବା ଏକ କମ୍ପାନୀରେ ରିସେପ୍ସନିଷ୍ଟ ଚାକିରୀ ହୋଇଗଲା। ରିସେପ୍ସନିଷ୍ଟର କର୍ତ୍ତବ୍ୟ ହେଲା ଯେପରି କୌଣସି ଆସିଥିବା ଲୋକ ନ ରାଗୁ। ପ୍ରତ୍ୟେକୁ ଦେଖାଇବାକୁ ହେବ ଯେ ତୁମ ଲାଗି ମୁଁ ଆଉ ସବୁ କାମ ଛାଡ଼ି ଚେଷ୍ଟା ଚଲାଇଛି। ପ୍ରତ୍ୟେକ ଆଗନ୍ତୁକଙ୍କର ଅହଂକୁ ସନ୍ତୁଷ୍ଟ କରିବାକୁ ହେବ। ଏଥିରେ ଅବଶ୍ୟ ବେଶ୍ ଧସ୍ତାବାଜି ଅଛି। କିନ୍ତୁ ମୀରା ଏହି କାମଟିକୁ ମୂଳରୁ ବୁଝିଗଲେ ଓ ସୁଚାରୁରୂପେ ଚଲାଇଲେ। ଏଣୁ ମୀରା ଦିଦି ବା ମିସ୍ ଦାଶ ସବୁ ମହଲରେ ଜନପ୍ରିୟ। ପିଅନଠାରୁ ଆରମ୍ଭ କରି ମ୍ୟାନେଜର ପର୍ଯ୍ୟନ୍ତ। କାହାକୁ ସାକ୍ଷାତ କରାଇବାକୁ ହେବ ଏବଂ କାହାକୁ ମିଠା କଥାରେ ଭୁତେଇ ଦେଇ ବିଦା କରିବାକୁ ହେବ, ଏହା ଖୁବ୍ ସହଜ ବିଦ୍ୟା ନୁହେଁ। ଏଣୁ ଅଳ୍ପ ଦିନରେ ମୀରାର ରୋଜଗାରରେ କିଛି ଉନ୍ନତି ମଧ୍ୟ ହେଲା। ମୀରା ପରିବାରକୁ ଯାହାଦିଏ, ସେଥିରୁ ବେଶ୍ ଅଂଶ ତାହାର ମସ୍ତାନ ଭାଇ ମାରି ନିଏ। କିନ୍ତୁ ଏ ବିଷୟରେ ବାପା ମା' ନୀରବ। ପ୍ରକୃତରେ ସେମାନେ ପୁଅକୁ ଭୟ ମଧ୍ୟ କରୁଥିଲେ। ଏହା ସବୁ ଦେଖି ମୀରାର ମଧ୍ୟ ଅନେକଟା ବିରକ୍ତି ଆସି ଯାଇଥିଲା। ଯେତେ ଟଙ୍କା ଦେଲେ ଅଣ୍ଟିବ ନାହିଁ ଏବଂ ମୀରା ତେଲି ଘାଣାର ବଳଦ ପରି ସେହିଠି ଘୁରି ବୁଲୁଥିବ। କମ୍ପାନୀ ହେଡ଼ ଅଫିସ୍‌କୁ ଯାଇପାରିବ ନାହିଁ। ଟିକିଏ ଚେଷ୍ଟା କଲେ ସେ କର୍ସେନେଲ୍ ଡ଼ିପାର୍ଟମେଣ୍ଟକୁ ଯାଇପାରନ୍ତା। ବେଳେ ବେଳେ ଭାବେ ଯେ ମୋ ଲାଗି ବା କିଏ କ'ଣ କରିଛି। ବହୁତ ତ କଲି। ଏଥର ମୋ ବାଟରେ ମୁଁ ଯାଉଛି।

ବର୍ତ୍ତମାନ ମୀରା ଛବିଶ ବର୍ଷର ସୁନ୍ଦରୀ ଏବଂ ସ୍ୱାସ୍ଥ୍ୟବତୀ ଯୁବତୀ। ଦେହରୁ ଯୌବନ ଉଛୁଳୁଛି। ମନରେ ମଧ୍ୟ ପ୍ରଚଣ୍ଡ ଭୂମିକମ୍ପ ହୁଏ। କିନ୍ତୁ ତାକୁ ଚୁପଚାପ୍ ସହୁଛି। ବାପମା' ଯେ ସେ ବାହା ହେବା ଚାହାନ୍ତି ନାହିଁ, ଏକଥା ମଧ୍ୟ ବୁଝି ସାରିଲିଣି। ତାଙ୍କୁ ଦୋଷ ଦେଇ ଲାଭ କ'ଣ? ମୀରା ନଥିଲେ ଖାଇବେ କ'ଣ? କୌଣସି ବର ଯେ ଯୌତୁକ ସ୍ୱରୂପ ଏହି ଅଥର୍ବ ବୁଢ଼ା ବୁଢ଼ୀଙ୍କୁ ନେବ, ସେହି କଳ୍ପନା ହିଁ ହାସ୍ୟାସ୍ପଦ। ସ୍କୁଟରରେ ବୁଲୁଥିବା ସ୍ୱାମୀ ସ୍ତ୍ରୀଙ୍କୁ ଦେଖିଲେ ମନରେ ଧକ୍କା ଲାଗେ। କିନ୍ତୁ ତାହା ମଧ୍ୟ ଚୁପଚାପ ହଜମ କରିଯିବାକୁ ହେବ। ଏଣେ ଘରେ ମଧ୍ୟ ସମସ୍ୟା ନୂଆ ରୂପ ଧରିଲାଣି। ବାପାଙ୍କର କିଛିଟା ହୃଦୟଯନ୍ତ୍ର ସମସ୍ୟା

ଦେଖାଗଲାଣି । ବାପାଙ୍କୁ କଲିକତା ନେଇ ସମସ୍ତ ପରୀକ୍ଷା କରାଗଲା ଓ ଜଣାପଡିଲା ଯେ ବାଇପାସ୍ ସର୍ଜରୀ ଆବଶ୍ୟକ । କିନ୍ତୁ ବାପା କହିଲେ ଯେ ଲକ୍ଷେ ଟଙ୍କା ଖର୍ଚ୍ଚ କରି ଏପରି ସର୍ଜରୀ କରାଇବା ବୃଥା, କାରଣ ବର୍ତ୍ତମାନ ସେ ତାଙ୍କ ଦ୍ୱାରା ଯାହା ସମ୍ଭବ ସେହି ସବୁ ସାଂସାରିକ କାର୍ଯ୍ୟ ସାରିଦେଲେଣି । ଯାହା କରିପାରି ନାହାନ୍ତି ତାହା ଆଉ କରିପାରିବା ସମ୍ଭବ ନୁହେଁ । ପୁଣି କେତେଟା ବର୍ଷ ବା ଆୟୁ । ଏଣୁ ଏହି କେତେଟା ଦିନ ଭଗବାନଙ୍କୁ ଡାକି ଡାକି କଟାଇ ଦେବା ଉଚିତ୍ ହେବ । ମୀରାର କାର୍ଯ୍ୟ ଲାଗି ଅନେକଙ୍କ ସାଥୀରେ ପରିଚୟ । କାରଣ ବହୁତ କମ୍ପାନୀର ଲୋକ ଆସନ୍ତି ଅନେକ କଞ୍ଚାମାଲ୍ ଓ ମେସିନ୍ ପାର୍ଟ ସପ୍ଲାଇ ଦେବା ପାଇଁ କେତେକ ତିଆରି ମାଲ୍ ନେଇଯିବା ପାଇଁ । ତାଙ୍କ ମଧ୍ୟରୁ ଅନେକ ଯୁବକ ଏବଂ କେତେକଙ୍କ ସାଥୀରେ ଭଲ ପରିଚୟ ହେଲାଣି । ଅର୍ଥାତ୍ ରଃ ଜଳଖିଆ ଖାଇବା ଓ ଗପସପ କରିବା । ଏମାନଙ୍କ ମଧ୍ୟରେ ହୁଏତ ଅନେକ ଅବିବାହିତ ଥାଇପାରନ୍ତି ଏବଂ କିଏ ତାହାର ଜୀବନ ସାଥୀ ହୋଇପାରେ । କିନ୍ତୁ ଘର ସମସ୍ୟା ଲାଗି ଆଗେଇ ପାରୁନଥାଏ । ଏଥିଲାଗି ଗୋଟିଏ ନାରୀକୁ କ'ଣ କରିବାକୁ ହେବ, ତାହା ତ' ପ୍ରକୃତି ଆଗରୁ ରକ୍ତରେ ରଖି ଦେଇଛି । କି ହାବଭାବ ଦ୍ୱାରା ସିଗ୍ନାଲ ଦେଇ ହେବ ଯେ ସେ ଆଗକୁ ଯିବାକୁ ପ୍ରସ୍ତୁତ, ତାହା ମୀରାକୁ ଅଜଣା ମଧ୍ୟ ନଥିଲା । କିନ୍ତୁ ତାହାର ଗୋଡରେ ପରିବାରର ବେଡି । ଏହା ଭିତରେ ବାପାଙ୍କର ହାର୍ଟ ଆଟାକ୍ ହେଲା । ହଠାତ୍ ଚିକିସ୍ା ହେବାରୁ ପ୍ରାଣ ଗଲା ନାହିଁ । କିନ୍ତୁ ଡାକ୍ତରଖାନାରେ ଥିବାବେଳେ ଆଉ ଏକ ଭୟଙ୍କର ଆକ୍ରମଣ ହେଲା । ମ୍ୟାସିଭ୍ ଆଟାକ୍ । ବାପା ଏଥିରୁ ଉଠିଲେ ନାହିଁ ।

ଯଦିଚ ଏହା ଠିକ୍ ଆପ୍ରତ୍ୟାଶିତ ନଥିଲା, କିନ୍ତୁ ଏହା ପରିବାରରେ ମୂଳରୁ ପରିବର୍ତ୍ତନ କରିଦେଲା । ମା'ଙ୍କୁ ବଡନାନୀ ନିଜ ପାଖକୁ ନେଇଗଲେ । ମା' ଅବଶ୍ୟ ଆପତ୍ତି କରିଥିଲେ । ଘରେ ଅଭିଆଡି ଝିଅ । ତାକୁ କିପରି ଛାଡିକରି ଯିବି ? ଅବଶ୍ୟ ସେହି ଅଭିଆଡି ଝିଅ ତ ନିଜ ଗୋଡରେ ଠିଆ । ଦିନକୁ ବାର ଚଉଦ ଘଣ୍ଟା ଘର ବାହାରେ । ମା' ଆଉ କେଉଁ ଜଗି ପକାଉଥିଲେ ? ଭାଇ ବର୍ତ୍ତମାନ ମସ୍ତାନରୁ ପ୍ରମୋଶନ ପାଇ ଗଲାଣି । ସେ ଜଣେ ରାଜନୈତିକ ଗୁଣ୍ଡା । ଏଣେ ଘର ସହିତ ତାହାର ସମ୍ପର୍କ ଆହୁରି କମ୍ । ପ୍ରାୟ ନାହିଁ । ଏଣେ ଅଧିକାଂଶ ଦିନ ମୀରା ଏକୁଟିଆ । ଏହା ଭିତରେ ଜଣେ ଯୁବକ ଅମୀୟ ମଜୁମ୍ଦାର ସହିତ

ତାହାର ଘନିଷ୍ଠ ହେଲାଣି। ଅମୀୟ କଲିକତାର ଏକ ରାସାୟନିକ ଦ୍ରବ୍ୟ ବ୍ୟବସାୟ କରୁଥିବା କମ୍ପାନୀର ଏଜେଣ୍ଟ ଓ ସେହି ଦ୍ରବ୍ୟ ସବୁ ମୀରାର କମ୍ପାନୀର କାରଖାନାରେ ପ୍ରଧାନ କଞ୍ଚାମାଲ। ଏଣୁ ଅମୀୟ ମାସକେ ଥରେ ତ ପ୍ରାୟ ଆସେ। ଅନେକ ସମୟରେ ତାକୁ କୌଣସି ଜରୁରୀ ଆବଶ୍ୟକତା ଲାଗି ଟେଲିଫୋନ କରିବାକୁ ପଡେ। ବାହାରର ଲୋକଙ୍କୁ ସାଥିରେ ଏହିପରି ସମ୍ପର୍କ ବା liason କାର୍ଯ୍ୟଟା ମ୍ୟାନେଜର ମୀରା ଉପରେ ଛାଡି ଦେଇଛି। ତାହାର କାରଣ ପ୍ରଥମତଃ ସେ ବୁଦ୍ଧିମତୀ ଓ କମ୍ପାନୀର ସ୍ୱାର୍ଥ ବିଷୟରେ ସଚେତନ। ଦ୍ୱିତୀୟ ଏବଂ ସବୁଠାରୁ ବଡ କାରଣ ହେଲା ଯେ ମୀରା ସୁନ୍ଦରୀ ଯୁବତୀ ଓ ଅନେକଙ୍କୁ ଆଙ୍ଗୁଠି ଇଶାରାରେ ନଚେଇ ପାରିବ ଏବଂ ସେହି କାରଣରୁ ତାହାକୁ କେହି ହଠାତ୍ ନାହିଁ କରି ଦେଇପାରିବ ନାହିଁ। ଏଣୁ ଅମୀୟ ସାଥିରେ ମୀରାର ବ୍ୟବସାୟିକ ସମ୍ପର୍କ ଅନେକ। ଏହି ସମ୍ପର୍କୁ ଆହୁରି ବ୍ୟକ୍ତିଗତ କରିବାରେ ଇଶାରା ଅମୀୟ ଆଡୁ କେତେଥର ହେଲାଣି। କିନ୍ତୁ ମୀରା ତା ଦେଖି ନ ଦେଖିଲା ପରି ରହିଯାଏ।

ବର୍ତ୍ତମାନ ମୀରା ଘରେ ଏକୁଟିଆ। ଭାଇର ଦେଖା ସପ୍ତାହରେ ଥରେ ମିଳିବା ମୁଷ୍କିଲ ଏବଂ ସେହି ଭଲ। ଭାଇ ସାଙ୍ଗରେ ଯଂଏ ଆସିଥିବେ ଯାହାଙ୍କ କଥାବର୍ତ୍ତା ଦେଖିଲେ ଓ ଶୁଣିଲେ ଘୃଣା ଲାଗିବ। ଏଣୁ ଏଥର ମୀରା ଟିକିଏ ଖେଳିବାକୁ ଇଚ୍ଛା କଲା। ସାମାନ୍ୟ ଇଶାରା ଓ ଅନ୍ୟ ପକ୍ଷରୁ ସେହି ଇଶାରାର ସ୍ୱଷ୍ଟତର ଉତ୍ତର। ମୋଟାମୋଟି ସେଦିନ ଦିନର ଏକାଠି ଖାଇଲେ। ମୀରା ଜାଣିଥିଲେ ଯେ ଦିନର ଆରମ୍ଭ ମାତ୍ର। ତାହାର ନାରୀତ୍ୱ ତାହାକୁ ଆଗର ବାଟ ବିଷୟରେ ଇଶାରା ଦେଲା। ମୋଟ ଉପରେ ସମ୍ପର୍କରେ ଘନିଷ୍ଠ ହେଲା। ଅମୀୟକୁ ବାହା ହେବା କଥା ମୀରା ପଚାରିଲା। ଅମୀୟ କହିଲେ ଯେ ଦୁହିଁଙ୍କ ସୁବିଧା ଦେଖି କରିବା। ଅମୀୟର କ୍ୟାରିୟର ଆଉ ଟିକିଏ ସ୍ଥିତାବସ୍ଥା ପାଇଯାଉ କାରଣ ବାହା ହେଲେ ତ ମୀରାକୁ ଚାକିରୀ ଛାଡିବାକୁ ହେବ।

ବର୍ତ୍ତମାନ ଅମୀୟ ପ୍ରାୟ ମାସକେ ଥରେ ଦୁଇଥର ଆସେ ଏବଂ ସେ ସମୟରେ ମୀରା ଓ ଅମୀୟ ଅବଶ୍ୟ ରାତିଟା ଏକାଠି କାଟନ୍ତି ଓ ଯାହା ହେବାର ତାହା ହୁଏ। ତିନି ଦଶକ ଆଗେକାର କଥା। ସେ ସମୟରେ ପରିବାର ନିୟୋଜନ ପଦ୍ଧତି ବେଶୀ ପ୍ରକାର ନଥିଲା ଓ ଖୁବ୍ ପ୍ରଚଳିତ ମଧ ନ ଥିଲା। କେଉଁ କେଉଁ

ଦିନ ହୁଏତ ମୀରା ଅମାୟ ସାବଧାନତାରେ ହେଲା କରି ଦିଅନ୍ତି । ଏହା ଭିତରେ ମୀରା ଦେଖିଲା ଯେ ତାହାର ମାସ ଗଡ଼ି ଯାଇଛି । ତାହାକୁ ଖୁବ୍ ଗୁରୁତ୍ୱ ଦେଇ ନ ଥିଲା । କାରଣ ଆଗରୁ ବିନା କାରଣରେ ମଧ୍ୟ ଏପରି ହୋଇଛି । କିନ୍ତୁ ତିନିମାସ ପରେ ବୁଝିଲା ଯେ ସେ ଅନ୍ତଃସତ୍ତ୍ୱା । ଏଥର ଅମାୟକୁ ଡକାଇ ଶୀଘ୍ର ମାଲ ନେଇ ତାଙ୍କର ରିପ୍ରେଜେଣ୍ଟେଟିଭ୍ ଆସୁ । ଅର୍ଥାତ୍ ସବୁ ଥର ତ ଅମାୟ ଆସେ ଓ ଏଥର ଆସିବ । ଏଥର ତାହା ସଙ୍ଗେ ଶୀଘ୍ର ବାହାଘର ବିଷୟରେ ଆଲୋଚନା କରି ନିଷ୍ପତ୍ତି ନେବାକୁ ହେବ, ଯେପରି ଭବିଷ୍ୟତରେ ଅପମାନ ନ ହୁଏ । ବାହାଘରର ତିନିମାସ ପରେ ଛୁଆ ହେଲେ କି ଖୁଣ୍ଟା ନ ଶୁଣିବାକୁ ପଡ଼ିବ ।

ଦୁଇଦିନ ପରେ ମାଲ ସହ ଲୋକ ଆସିଗଲେ । କିନ୍ତୁ ଅମିୟ ନୁହେଁ । ମୀରା କିଛି ନ ଜାଣିଲା ପରି ପଚାରିଲା, "ଏଥର କାହିଁକି ଅମାୟ ମଜୁମ୍ଦାର ଆସିଲେ ନାହିଁ ? ସବୁଥର ତ' ସେ ଆସନ୍ତି ।" ଆଗନ୍ତୁକ ଭଦ୍ରଲୋକ କହିଲେ, "ମ୍ୟାଡମ୍, ଗୋଟିଏ ଭୟଙ୍କର ଟ୍ରାଜେଡି ହୋଇଗଲା । ମିଷ୍ଟର ମଜୁମଦାର ବୀରଭୂମି ଜିଲ୍ଲାର ଏକ ଛୋଟ ସହରକୁ କମ୍ପାନୀ କାମରେ ଯାଇଥିଲେ ଓ ସେଠାରୁ ଟ୍ୟାକ୍ସିରେ ଫେରୁଥିଲେ । ବାଟରେ ଟ୍ୟାକ୍ସିର ଏକ ଟ୍ରକ ସହିତ ଧକ୍କା ହୋଇଗଲା ଓ ଆଗ ସିଟ୍ରେ ବସିଥିବା ଡ୍ରାଇଭର ଓ ମିଷ୍ଟର ମଜୁମଦାର ପ୍ରାଣ ହରାଇଲେ । ତାଙ୍କ ପରିବାରକୁ ତ ବଜ୍ରପାତ ହେଲା । ବାପା ରିଟାୟାର କରି ସାରିଲେଣି । ଗୋଟିଏ ବଡ ଭାଇ ଚାକିରୀ କରନ୍ତି । ସେ ମଧ୍ୟ ବିଭା ହୋଇ ନାହାନ୍ତି । ଆହୁରି ଦୁଇଜଣ ଭାଇ ଭଉଣୀ ଅମାୟ ମଜୁମଦାରଙ୍କ ତଳେ । ବାପା ମା' ତ ମାଟିରେ ମିଶି ଗଲେଣି । ତେବେ ଭାଗ୍ୟ ଉପରେ କାହାର ହାତ ଅଛି ?"

ମୀରା କୌଣସିମତେ ଦାନ୍ତ ଓଠ କାମୁଡ଼ି ନିଜକୁ ମ୍ୟାନେଜ୍ ନେଲେ ଓ ଦେହ ଭଲ ନଥିବାରୁ ବାହାନା କରି ଘରକୁ ପଳାଇ ଆସିଲା । ଘରେ ତ କେହି ନାହାନ୍ତି । ଏଣୁ କେତେ ଘଣ୍ଟା କାନ୍ଦିଲା । ତାହାପରେ ନିଜକୁ ସମ୍ଭାଳି ନେଇ ଭବିଷ୍ୟତ କଥା ଭାବିବାକୁ ଲାଗିଲା ଆଉ ଭବିଷ୍ୟତ ! ତାହା ତ ଅମାୟ ସାଥୀରେ ଗଲା । ତାହାର ଅଭିଶପ୍ତ ଜୀବନରେ ଏହା ଶେଷ ଅଭିଶାପ । ସେ ଗୋଟିଏ ଅଭିଶପ୍ତ ଡାହାଣୀ । ଯାହାକୁ ଭଲ ପାଇଲା ତାକୁ ମାରିଦେଲା । ତା'ରେ ଆଉ ଜୀବନରେ କିଛି କରିବାର ବା କିଛି ଦାୟିତ୍ୱ ଥିବାର ତ ଦେଖାଯାଉ ନାହିଁ । ଘର ପାଇଁ ଯାହା କରିବାର ତ

କରିଛି । ମାଆର ମଧ୍ୟ ଏକ ମୋଟାମୋଟି ବ୍ୟବସ୍ଥା ହୋଇଯାଇଛି । ଭାଇ ଲାଗି କିଛି କରିବା ସମ୍ଭବ ନୁହେଁ ଓ ସେ ତ ନ ଖାଇକରି ମରିବ ନାହିଁ । ହୁଏତ ରାଜନୈତିକ ଗୁଣ୍ଡାମାନଙ୍କ ଖଣ୍ଡ ଯୁଦ୍ଧରେ ହରାଇପାରେ । ବର୍ତ୍ତମାନ ତାହାର ଆଉ ବଞ୍ଚି ରହିବାର କି ଅବଶ୍ୟକ ଅଛି ? ଏଣୁ ପ୍ରାୟ ସ୍ଥିର କରିନେଲା ସେ ଆତ୍ମହତ୍ୟା କରିବ । କିନ୍ତୁ ହଠାତ୍ ହୃଦୟ ଭିତରୁ କିଏ କହୁଛି, "ତୁ ମରିବୁ ତ' ମର । କିନ୍ତୁ ପେଟରେ ଯେଉଁ ଜୀବନଟିକୁ ଧରି ରଖିଛୁ, ତାହାକୁ ମାରି ଦେବାର ତୋର କି ଅଧିକାର ଅଛି ? ଯଦି କରୁ, ତେବେ ତୁ ହତ୍ୟାକାରିଣୀ ହେବୁ ।"

ମୀରା ଅଟକି ଗଲା । ସତରେ କ'ଣ କରିବାକୁ ହେବ ସେ ବୁଝି ପାରୁନାହିଁ । ବିବେକର କହିବା କଥା ସତ । ସେ କିପରି ସେହି ଜନ୍ମ ନ ହୋଇଥିବା ଶିଶୁକୁ ମାରିବ ? କିନ୍ତୁ ସେ ଜନ୍ମ ବା ଦେବ କିପରି ? ଜନ୍ମ ହେଲେ ସେ ପିଲା ଏହି ସଂସାରରେ ଚଲିବ କିପରି ? ତାହାର ପିତୃତ୍ୱ ଯେ ନ ଥିବ । ସତ୍ୟକାମ ଜାବାଲିଙ୍କ ଦିନ ଆଉ ନାହିଁ । ସାରା ରାତି ଶୋଇ ପାରିଲା ନାହିଁ । ଏପରିକି ରାତିରେ କେତେଥର ଅମିୟର ସ୍ୱର ଶୁଣିଛି, "ମୀରା, ମାମ ଦେର ବାଚାଟାରେ ମେରୋ ନା, ମେରୋ ନା" । କ'ଣ ଅମିୟ, କହି ତ' ଦେଉଛି । ତାହାକୁ ଜନ୍ମ କରିବି କେଉଁଠି ? କିଏ ତାକୁ ପାଲିବ ? ଏ ସମାଜରେ ବାପା ନଥାଇ ସେ ଚଲିବ କିପରି ?

ଏହିପରି ରାତିଟା କାଟିଲା । ଅଗଣାରେ ଠିଆ ହୋଇ ମୀରା ଆକାଶକୁ ଚାହିଁଛି, ପ୍ରଭାତ ତାରାକୁ ଚାହିଁଥିଲା ସମୟରେ ଯେପରି କାହାର ମୁହଁ ଦେଖାଗଲା । ସେ ହେଲା, ଅଫିସର ଡ୍ରାଇଭର ଜନ୍ ଏକ୍କା । ଏହି ଛଅ ମାସ ତଲେ ରିଟାୟାର ହୋଇକରି ତାହାର ଘର କାଲୁଙ୍ଗାରେ ଅଛି । ଜନ୍ ସହିତ ମୀରା ଖୁବ୍ ପରିଚିତ । ରିଟାୟାର କରିବାବେଲେ ତାହାର ସବୁ କାଗଜପତ୍ର ମୀରା ଠିକ୍ କରାଇ ଦେଇଛି ଓ ପ୍ରୋଭିଡେଣ୍ଟ ଫଣ୍ଡ ଇତ୍ୟାଦି ପାଇବାର ସୁବିଧା କରିଦେଇଛି । ମୀରା ଜନ ଘରକୁ ମଧ୍ୟ ଯାଇଛି ଓ ତାହାର ସ୍ତ୍ରୀ ମେରୀକୁ ଭଲ ପାଇଛି । ଜନ୍ ଓ ମୀରା ବୃଦ୍ଧ ସନ୍ତାନହୀନ ଆଦିବାସୀ ଦମ୍ପତି । ରିଟାୟାର କରି ନିଜ ଗାଁ କାଲୁଙ୍ଗାରେ ରହିବେ । ବୟସ ଦୃଷ୍ଟିରୁ ମୀରା ଏକ୍କାକୁ ମାଉସୀ ଡାକେ । ମୀରା ତାହାଠାରୁ ଆନ୍ତରିକତା ପାଇଛି । ସେ ମୀରାର ଘର କଥା ସବୁ ଜାଣେ ଓ ମୀରାର ହୃଦୟରେ ଥିବା ଶୂନ୍ୟତାକୁ ଅନୁଭବ କରିଛି ଓ ସବୁବେଲେ ତାକୁ ସାନ୍ତ୍ୱନା ଓ ସାହାଯ୍ୟ ଦେବାର

ଚେଷ୍ଟା କରିଛି । ଉଭୟ ଜନ୍ ଓ ମୀରା କଥାବାର୍ତ୍ତାବେଳେ ମୀରାକୁ ସବୁବେଳେ ହତାଶ ନହେବାର କହୁଥାଏ । ସେ ନିଜର ଶୂନ୍ୟତାର କଥା ମଧ୍ୟ କହିଛି । କୋଡ଼ ଖାଲି ରହିବା ଜଣେ ନାରୀ ଓ ସମ୍ଭାବ୍ୟ ମା'ର କେତେ ବଡ ନିରାଶ, ସେ ବିଷୟରେ ମୀରାକୁ କିଛି ଧାରଣା ଦେଇଛି । ସବୁବେଳେ କହିଛି ଈଶ୍ୱରଙ୍କ ଉପରେ ବିଶ୍ୱାସ ରଖିବାକୁ । ମୀରା ପକ୍ଷରେ ଅବଶ୍ୟ ଏପରି ସାନ୍ତ୍ୱନା ନିରର୍ଥକ । କାରଣ ତାହାର ମନ ଈଶ୍ୱରଙ୍କ ଉପରେ ବିଦ୍ରୋହୀ । ଏକଥା ମେରୀକୁ ମଧ୍ୟ କହିଛି । କିନ୍ତୁ ମେରୀ ଶୁଣିଲା ପରେ କ୍ରସ୍ କରି ତାହା ମୁହଁ ଉପରେ ହାତ ରଖିଦେଲା । କହିଲା, ମୀରା ଦିଦି ସେପରି କଥା କେବେ ଭାବ ନାହିଁ । ଚାରିଆଡ଼କୁ ଚାହଁ । ତୁମଠାରୁ ବି କେତେ ବେଶୀ ଦୁଃଖ ଅଛନ୍ତି । କାହାର ଦୁଃଖ ଟିକିଏ କମ୍ କରିପାରିଲେ ନିଜ ଦୁଃଖ କମିଯାଏ । ତୁମ ମନରେ ଦୟା ଅଛି । ମୁଁ ଜାଣେ, ତୁମେ ଅଫିସ୍ର କେତେ ଲୋକଙ୍କୁ ବିପଦ ବେଳେ ସାହାଯ୍ୟ କରିଛ । ତାହା କଲା ପରେ ତୁମେ କ'ଣ ଟିକିଏ ଶାନ୍ତି ପାଇନାହିଁ ।

ସେହି ମେରୀ ହୁଏତ ଯୀଶୁଙ୍କୁ ମାତା ମେରୀ ପରି ସହାୟ ହୋଇପାରେ । ବର୍ତ୍ତମାନ ମୀରା ଠିକ୍ କଲା ଯେ ସେ ଆଗ କାଲୁଙ୍ଗ ଯାଇ ଜନ୍ ଓ ମେରୀକୁ ସବୁ କଥା କହିବ । ତାଙ୍କର ଶରଣ ମାଗିବ । ତାହାର ନିଜର କିଛି ଟଙ୍କା ଅଛି । ଚାରି ମାସ ଆଗରୁ ଲମ୍ବା ଛୁଟି ନେବ । ସେଠି ଯାଇ ମେରୀ ସହାୟତାରେ ପ୍ରସବ କରିବ । ତାହାପରେ ସେମାନେ ସେହି ପିଲାକୁ କିଛି ଦିନ ପାଲି କୌଣସି ମିଶନାରୀ ଅନାଥାଶ୍ରମରେ ଦେଇଦେବେ ଏବଂ ଏହି ସବୁ ଖର୍ଚ୍ଚ ଲାଗି ସେମାନଙ୍କୁ କିଛି ଟଙ୍କା ଦେଇଦେବେ । ତାହାପରେ ସେ ବାଲେଶ୍ୱର ଫେରି ଯାଉଛି ବୋଲି କହି ବାହାରି ଯିବ । କିନ୍ତୁ ତାହା ପରର ଯୋଜନା ଆଉ କେହି ଜାଣିବେ ନାହିଁ । ଏହି କର୍ତ୍ତବ୍ୟ ଶେଷ କଲାପରେ ବିବେକର ବାଧା ନଥିବ । ଏଣୁ ତାହାର ମୂଳର ଯୋଜନା, କାର୍ଯ୍ୟକାରୀ କରିବ । ତା'ର ଏହି ଅଭିଶପ୍ତ ଜୀବନଟାକୁ ଶେଷ କରିଦେବ । କିନ୍ତୁ କାଲୁଙ୍ଗାଠାରୁ ଦୂରରେ ଓ ଅପରିଚିତ ଜାଗାରେ ଯେପରି ତାହାର ଶବ ସନାକ୍ତ ହୋଇପାରିବ ନାହିଁ । ରେଳ ଲାଇନ ହିଁ ସବୁଠାରୁ ସୁବିଧା ଜାଗା । ଶବ କାଲୁଙ୍ଗା ନିକଟରେ ମିଲିଲେ ଓ ସନାକ୍ତ ହେଲେ ଜନ୍ ଓ ମେରୀ ଏଥିରେ ଜଡିତ ହୋଇଯିବେ ଓ ପୁଲିସ ତାଙ୍କୁ ହଇରାଣ କରିବ । ସେହି ଶିଶୁର ରହସ୍ୟ ମଧ୍ୟ ପଦାରେ ପଡ଼ିଯିବ । ଅତଏବ ଯାହା କରିବାକୁ ହେବ, କାଲୁଙ୍ଗାଠାରୁ

ଦୁଇଶହ ମାଇଲରୁ ବେଶୀ ଦୂରରେ। ଚକ୍ରଧରପୁରଠାରୁ ସେପଟେ ଗୋମୋ, ଆଦ୍ରା ଲାଇନ୍‌ରେ ଚାଲିଗଲେ ତାକୁ ଆଉ କିଏ ଚିହ୍ନିବ। ସେ ରାଉରକେଲା ଆଡୁ ଆସିଥିବାର ସମସ୍ତ ପ୍ରମାଣ ନଷ୍ଟ କରିଦେବ। ପୁରୁଣା ଟିକଟକୁ ଜାଲି ଦେବ ଓ ଦେଖିନେବ, ଯେପରି ଲୁଗାପଟାରେ କିଛି ଚିହ୍ନ ନ ରହେ। ଏଇତକ ସାବଧାନତା ଅଲମ୍ୱନ କଲେ ହେଲା। ଏହି ସବୁ ଯୋଜନା କରିସାରିଲା ପରେ ମନଟା ହାଲୁକା ଲାଗିଲା ଓ ମୀରା ଶୋଇ ପଡ଼ିଲା। ଉଠୁ ଉଠୁ ସକାଳ ନଅଟା।

ତୃତୀୟ ପରିଚ୍ଛେଦ

କୌଣସି ଯୋଜନାବଦ୍ଧ କାମ କରିବାକୁ ସ୍ଥିର କରିନେଲେ ମନର ସାହସ ଓ ବଳ ଆସିଯାଏ। ମୀରାର ତାହାହିଁ ହେଲା। ବର୍ତ୍ତମାନ ସେ ତାହାର ଗର୍ଭସ୍ଥ ସନ୍ତାନ ଲାଗି ବଞ୍ଚିଛି। ଅଫିସର କାର୍ଯ୍ୟ ସୁଚାରୁ ରୂପରେ କରୁଛି। ଏହା ଭିତରେ ପର୍ସନାଲ୍ ଓ ଆକାଉଣ୍ଟ୍‌ସ୍ ସେକ୍‌ସନ୍‌ରେ ନିଜର ଆର୍ଥିକ ସ୍ଥିତି ଦେଖି ନେଲା ଖରାପ ନୁହେଁ। ଏକାଥରକେ ଚାହିଁଲେ ଚାରିମାସ ଛୁଟି ନେଇପାରିବ। ଛୁଟିର ଦରମା ଆଡ୍‌ଭାନ୍‌ସ ନେଇ ହେବ। ସେ ପାଞ୍ଚ ହଜାର ଟଙ୍କା ପ୍ରୋଭିଡେଣ୍ଟ ଫଣ୍ଡରୁ ଆଡଭାନ୍‌ସ ମଧ ନେଇ ପାରିବ। ମୋଟାମୋଟି ପାଖାପାଖି ଦଶ ହଜାର ଟଙ୍କା, ଯାହାକି ତାହାର ଆବଶ୍ୟକତା ଲାଗି ଯଥେଷ୍ଟ। ପ୍ରଥମେ ସ୍ଥିର କଲା ଯେ ସେ କାଜୁଆଲ ଲିଭ୍ ନେଇ ଜନ୍ ଓ ମେରୀଙ୍କ ପାଖକୁ ଯିବ। ସେଠି ତାଙ୍କୁ ନିଜର ଆବଶ୍ୟକତା ଜଣେଇ ଦେବ। ତାହାପରେ ଦୁଇମାସ ଖଣ୍ଡେ ପରେ ସେ କାଲୁଙ୍ଗା ଯିବ ଏବଂ ପ୍ରସବ କରିବାର ଦଶ ପନ୍ଦର ଦିନ ସେଠି ରହିବ। ପିଲାର ଛଅ ମାସ ଲାଗି ଯଥେଷ୍ଟ ଖର୍ଚ ଦେଇଯିବ। ତାହା ଭିତରେ ସେମାନେ ଅନାଥାଶ୍ରମରେ ପିଲାକୁ ଛାଡିବାର ବ୍ୟବସ୍ଥା କରିବେ। ଜନ୍ ଓ ମେରୀଙ୍କୁ ମଧ ଦୁଇ ହଜାର ଟଙ୍କା ଦେଇଦେବ। ତାହାପରେ ସେ ସେଠରୁ ବାଲେଶ୍ୱର ଯାଉଛି ବୋଲି କହି ବାହାରିପଡିବ। କିନ୍ତୁ ସତରେ କୁଆଡେ ଯିବ, ତାହା ଭିନ୍ନ କଥା।

ପନ୍ଦର ଦିନ ପରେ ମୀରା କାଲୁଙ୍ଗା ଗଲା। ଟିକିଏ ଖୋଜା ନେବା ପରେ ଜନ୍‌ର ଘର ମିଳିଲା। ବସ୍ତିଠାରୁ ଦୂରରେ ପାହାଡ ଆଡିକି। ଭଗବାନ ସତରେ ସହାୟ ହେଲେ। ବସ୍ତି ବାହାରର ଘର ତାହା ଲାଗି ବଡ ଉପଯୁକ୍ତ। ଜନ୍ ଓ ମେରୀ ତାକୁ ଦେଖି ବଡ ଆଶ୍ଚର୍ଯ୍ୟ। "ମୀରା ଦିଦି ତୁମେ କୁଆଡେ ଆସିଲ ? ପୁଣି ଆମ

କୁଡ଼ିଆ ଘରକୁ ?" ମୀରା କହିଲା, "ତୁମ ପାଖକୁ ବିଶ୍ରାମ କରିବାକୁ ଆସିଛି । ଆଜି ଟିକିଏ ଶୋଇବି । କାଲି ସବୁ କହିବି ।"

ତାହା ଆରଦିନ ସକାଳୁ ମୀରା ଉଠି ସେହି ଗ୍ରାମ ପରିବେଶ ମଧ୍ୟରେ ଅନଭ୍ୟସ୍ତଜନିତ ଅସୁବିଧାରେ ପଡ଼ିଲା । ବାହାର ପାଇଖାନା । ହ୍ୟାଣ୍ଡପମ୍ପରୁ ପାଣି ବାହାର କରି ଗାଧୁଆ । ସେ ତ ଆଜି ପର୍ଯ୍ୟନ୍ତ ଖୋଲାରେ ଗାଧୋଇ ନଥିଲା । ବାହାରେ କପରି ଲୁଗା ବଦଳାଇବାକୁ ହୁଏ ତାହା ଜଣାନଥିଲା । ମେରୀ ଆସି ତାକୁ ସାହାଯ୍ୟ କରିଦେଲା । ତେବେ ଖୁବ୍ ନିକଟରେ କୌଣସି ଘର ନଥିବାରୁ ତାକୁ ମୁକ୍ତ ମଧ ଲାଗୁଥିଲା ଏବଂ ତାକୁ ମନେ ହେଉଥିଲା ଯେ ଏହି ପରିବେଶରେ ହିଁ ମେରୀ ଆଗରେ ନିଜର ଦୁଃଖ କହି ପାରିବ ।

ଦିଦି ଆସିଛନ୍ତି ବୋଲି ମେରୀ ବିଶେଷ ଜଳଖିଆ ତିଆରି କରିଥିଲା । ପରଟା ଓ ଆମ୍‌ଲେଟ୍ । ଜଳଖିଆ ଖାଇ ସାରିଲାପରେ ଜନ୍ ପଚାରିଲା "ଦିଦି, ତୁମେ କୁଆଡେ ଆସିଛ ? କ'ଣ ଘଟଣା, ଫିଟାଇ କହ । କିଛି କାରଣ ଥିବ, ନ ହେଲେ ତୁମେ କାହିଁକି ଏ ଜଙ୍ଗଲ ଭିତରକୁ ଆସନ୍ତ ।"

ଏହି ସମୟରେ ମେରୀ ବାଧା ଦେଲା, "ଜନ୍, ଏସବୁ ତୋ ଆଗରେ କହିବା କଥା ନ ହୋଇପାରେ । ତୁ ବଜାର ଯା । ମୁଁ ଦିଦି ସାଥୀରେ କଥା ହେବି । କେତେ କଥା ଅଛି ଯାହା ଜଣେ ମାଇକିନିଆ ଆଉ ଜଣେ ମାଇକିନିଆ ପାଖରେ ଫିଟାଇପାରେ ।"

ମୀରା ଦେଖିଲା ଯେ ବୃଦ୍ଧା ମେରୀ ହୁଏତ ଅନେକ କିଛି ଅନୁମାନ କରି ସାରିଲାଣି । ଏଣୁ ତାହା ପକ୍ଷରେ କହିବାଟା ସହଜ ହେବ । ଜନ୍ ବଜାର ବାହାରିଲା । ସେ ଗଲାପରେ ମେରୀ ଓ ମୀରା ଦୁହେଁ ବାରଣ୍ଡାରେ ଖଣ୍ଡେ ଖଟିଆ ପକାଇ ବସିଲେ ।

ମେରୀ କଥା ଆରମ୍ଭ କଲା, "ଦିଦି, ତୁମେ ଆମକୁ ଚାକିରୀ ସମୟରେ ଅନେକ ସାହାଯ୍ୟ କରିଛ । ରିଟାୟାର ହେଲାବେଲେ ଯେତେ ଝାମେଲା ହୁଏ, ସେଥିରୁ ବଞ୍ଚାଇଛ । ଏଣୁ ତୁମେ ଆମର ଉପକାରୀ ଏବଂ ଆମର ଧର୍ମ ହେଲା ତୁମର ଯଦି ଦରକାର ଥାଏ, ତେବେ ଯେପରି ହେଉ ସାହାଯ୍ୟ କରିବା । ପ୍ରଭୁ ମୋର କୋଡ଼ ଖାଲି ରଖିଲା । ତାଙ୍କର ଇଚ୍ଛା । ତେବେ ଭାଗ୍ୟରେ ଥିଲେ ତୁମ ବୟସର ମୋର ଝିଅ ମଧ ହୋଇଥାଆନ୍ତା । ଏଣୁ ତୁମେ ନିଜକୁ ମୋ ଝିଅ ଭାବ ।

ଭଗବାନ ଝିଅ ଦେଲେ ନାହିଁ । କିନ୍ତୁ ମିଶନ୍‌ରେ ମୁଁ ଧାଇ ଟ୍ରେନିଂ କରିଛି ଓ ଧାଇ କାମ ମଧ୍ୟ କରିଛି । ମୋତେ ତୁମେ କିପରି ଦେଖା ଯାଉଛ, ତୁମେ ବୁଝ । ସତ କହ କେତେ ମାସ ହେଲାଣି ।"

"ମାଉସୀ ତୁମେ ଠିକ୍ ଧରିଛ । ସବୁ କଥା ଫେଣେଇ ଫେଣେଇ କହିବାର କି ଲାଭ । ଜଣଙ୍କ ସାଙ୍ଗରେ ମୋର ପ୍ରେମ ହୋଇଗଲା । ଦୁହେଁ ବାହାହେବାକୁ ମଧ୍ୟ ଠିକ୍ କରି ସାରିଥିଲୁ । ଟୋକା ଟୋକୀ ବୟସ । ଥରେ ବାହାହେବା ଠିକ୍ କରି ସାରିଲା ପରେ ଭାବିଲୁ ଯେ ବାହାଘର ହୋଇଯାଇଛି । ସୁଅରେ ଭାସିଗଲୁ । ତେବେ ସେ ମୋତେ ଦଗା ଦେଇନାହିଁ । ଆଜିକୁ ପ୍ରାୟ ମାସେ ତଳେ ସେ ଆକ୍‌ସିଡେଣ୍ଟରେ ମରିଗଲା । ମୋର ବର୍ତ୍ତମାନ ଚାରିମାସ ହେବ । ପ୍ରଥମେ ଭାବିଲି ଆତ୍ମହତ୍ୟା କରିବି । ତାହା ବିନା ଜୀଇଁ କ'ଣ ହେବ । ତେବେ ଆତ୍ମା କହିଲା ଏହା ମହାପାପ । କିନ୍ତୁ ତୋ ପେଟରେ ଯେଉଁ ଜୀବନଟି ଅଛି, ତାକୁ କେଉଁ ଅଧିକାରରେ ମରିଦେବୁ ? ଏଣୁ ପେଟ ଭଙ୍ଗାଇବା ଆଦି କଥା ଚିନ୍ତା କରି ନାହିଁ । ସେଥିଲାଗି ତୁମ ପାଖକୁ ଆସିଛି । ଆଉ ଦୁଇମାସ ପରେ ମୁଁ ଏଠିକି ଚାଲି ଆସିବି । ତୁମେ ଏଠି ପାଖ ପଡୋଶୀମାନଙ୍କୁ ଟିକିଏ ଚୁପ୍ କରାଇଦେବ । ମୋତେ ଏଠି ପ୍ରସବ କରାଇଦିଅ । ମୋ ପାଖରେ ପଇସା ଅଛି । ଖର୍ଚ୍ଚ କଥା ଚିନ୍ତା କରିବ ନାହିଁ । ଶିଶୁ ଦଶଦିନ ଖଣ୍ଡକର ହୋଇଗଲେ ମୁଁ ବାଲେଶ୍ୱର ବାହାରି ଯିବି । ମୁଁ ତୁମ ପାଖରେ କିଛି ଟଙ୍କା ଦେଇଯିବି । ଶିଶୁଟିକୁ ନେଇ ତୁମର କୌଣସି ଅନାଥାଳୟରେ ଦେଇ ଦେବ । ମୋର ବେଶୀ ଦିନ ଏଠି ରହିବା କଥା ନୁହେଁ । କାରଣ ପ୍ରତିଦିନ ସ୍ନେହ ବଢ଼ିବ । ଏଇ ଆଶା ନେଇ ତୁମ ପାଖକୁ ଆସିଛି । ଯଦି ଏଠି ନିରାଶ ହୁଏ, ତୁମେ ଭାବ ମୁଁ କ'ଣ କରିବି । ତାହାର ଫଳ ପଛେ ଅନନ୍ତ ନରକ ହେଉ ।"

ମେରୀ ତତ୍‌କ୍ଷଣାତ୍ କ୍ରସ୍ କଲା ଓ ତାହାୟରେ କହିଲା, "ଦିଦି, ସେପରି କଥା ମୁହଁରୁ କାଢ଼ ନାହିଁ । ମନରେ ଭାବ ନାହିଁ । ସଂସାରରେ କେହି ଥାଉ ନ ଥାଉ, ପ୍ରଭୁ ତ ଅଛନ୍ତି । ଆଉ ଯଦି ଜଣକୁ ମୋ ଘରକୁ ଆଣିବେ, ତାହାକୁ ମୁଁ କ'ଣ ପାଳି ପାରିବି ନାହିଁ । ପ୍ରଭୁ ଏହିପରି ହୁଏତ ମୋ କୋଳ ଭରିବାକୁ ଚାହାଁନ୍ତି ।"

ମୀରା କହିଲା, "ମାଉସୀ ତୁମର ହୃଦୟ ବହୁତ ବଡ । କିନ୍ତୁ ଭାବି ଦେଖ, ତୁମେ ବୃଦ୍ଧା, ଜନ୍ ମଧ୍ୟ । ତୁମର ଶରୀରରେ କେତେ ବା ବଳ ଅଛି । ପରିସ୍ଥାର କଥା, ବୟସ ଦୃଷ୍ଟିରୁ ତୁମେ ପିଲା ପାଳି ପାରିବ ନାହିଁ । ତାହାଛଡ଼ା ତାକୁ ମଣିଷ

କରିବାକୁ କ'ଣ ତୁମର ଆୟୁ ଅଛିବ ? ଏଣେ ତାକୁ ମଧ ମା' ମେରୀଙ୍କୁ ଦେଇଦିଅ । ତୁମ ନାମ ତ' ମେରୀ । ସେହି ମେରୀଙ୍କଠାରେ ମୁଁ ତୁମକୁ ହିଁ ଦେଖୁଥିବି ।"

ମେରୀ ମୀରା କଥାର ସାବଉ ଅନୁଭବ କଲା । କହିଲା, "ତୁମେ ଛଅ ମାସ ହେଲା ବେଳକୁ ଚାଲି ଆସିବ । ମୁଁ ନିଜେ ଅନେକ ଡେଲିଭରୀ କରେଇଛି । ତୁମର ସବୁ ସୁବିଧା କରିଦେବି । ଏଠି ଟିକିଏ ବଳ ପାଇଲା ଯାଏ ଥିବ । ତାହାପରେ ଘରକୁ ଚାଲିଯାଇ ଚାକିରୀରେ ଜଏନ୍ କରିବ । କେହି ଜାଣିବେ ନାହିଁ । ନିଶ୍ଚିନ୍ତ ରୁହ ।"

ଏହାପରେ ସେଠି ଦୁଇଦିନ ରହି ମୀରା ବାଲେଶ୍ୱର ଫେରି ଆସିଲା ଓ ତାହାର ଅଭ୍ୟସ୍ତ ଜୀବନରେ ଲାଗିଗଲା । ସେ ଚାରିମାସ ଛୁଟି ଆପ୍ଲାଇ କଲା ଓ ଆଡ୍ଭାନ୍ସ ମଧ । ସମସ୍ତେ ଆଶ୍ଚର୍ଯ୍ୟ । ମୀରା ଦିଦି, ଯେ କି କେବେ ଛୁଟି ନ ନେବା ଲୋକ, ତାଙ୍କର ହଠାତ୍ କ'ଣ ହେଲା । ମ୍ୟାନେଜର ପଚାରିଲା । ମୀରା କହିଲା, "ସାର୍, ଏହି ଗତାନୁଗତିକ ଜୀବନରେ ଟିକିଏ ବିରକ୍ତି ଆସିଗଲାଣି । କାମରେ ମନ ଲାଗୁ ନାହିଁ । ଏଣୁ ଛୁଟି ନେଇ କେତେଟା ମାସ ଆଦିବାସୀ ଅଞ୍ଚଳରେ Voluntary Work କରିବି । ଶିକ୍ଷୟିତ୍ରୀ ହେବି । ବିନା ଦରମାରେ । ତାହାପରେ ପୁଣି ଡେରି ଆସିବି । ବର୍ତ୍ତମାନ ଠିକ୍ ମନ ଲାଗୁନଥିବାରୁ କାମରେ ଏଫିସିଏନ୍ସି (Effeciency) ରହୁ ନାହିଁ ଏବଂ କମ୍ପାନୀ ପ୍ରତି ନ୍ୟାୟ ହୋଇପଲରୁନାହିଁ । ଏଥିଲାଗି ଗୋଟିଏ ବ୍ରେକ୍ (Break) ଚାହୁଁଛି ।

ଏହାପରେ ମ୍ୟାନେଜରଙ୍କ ନାହିଁ କରିବାର ପ୍ରଶ୍ନ ନ ଥିଲା । ମୀରାର ଛୁଟି ଓ ପ୍ରୋଭିଡେଣ୍ଟ ଫଣ୍ଡ ଆଡ୍ଭାନ୍ସ ହୋଇଗଲା । ମୀରା ତାହାର ନିଜର କାଗଜ ପତ୍ର ଦେଖାଇଲା । ପ୍ରୋଭିଡେଣ୍ଟ ଫଣ୍ଡର ବଳକା ଟଙ୍କା ଓ ଗ୍ରାଚୁଇଟି ଲାଗି ମା' ନାମରେ ନମିନେଶନ୍ ଠିକ୍ ଅଛି । ଦିନେ ରବିବାର ଦିନ ମା ପାଖରୁ ବୁଲି ଆସିଲା । ମୋର କିଛିଟା ମତିଭ୍ରମ ହେଲାଣି । ସବୁ କଥା ମନେ ରହୁନାହିଁ । ହଠାତ୍ ବୁଝି ମଧ ପାରୁନାହିଁ । ତାହା ମଧ୍ୟ ଏକ ପ୍ରକାର ଭଲ କାରଣ ତାହାକୁ ତ ମୀରାର ମୁତ୍ୟୁ ଖବର ଶୁଣିବାକୁ ହେବ । ଅବଶ୍ୟ ଶବଟା ସିନାକ୍ତ ହୋଇପାରିଲେ । ତାହା ନ ହୋଇପାରିବାର ଲାଗି ଯାହା ସମ୍ଭବ ତାହା କରିବ । ଏହି ସମୟରେ ଅନ୍ୟମାନଙ୍କ ମନରେ ସନ୍ଦେହ ନ ହେବା ଲାଗି ସେ ନିଜ ପରିଧାନରେ ସାମାନ୍ୟ ପରିବର୍ତ୍ତନ କରିନେଲା । ପ୍ରାୟ ଏପରି ଶାଢ଼ୀ ପିନ୍ଧିଲା ଯାହାର ଘେର ଟିକିଏ ଠିଆ ରହିବ ।

ବିଶେଷ କରି ମଣ୍ଡଦିଆ ସୂତା ଶାଢ଼ୀ। ତେବେ ନିଜର ସାଧାରଣ ଜୀବନଶୈଳୀ ଠିକ୍ ଶିଖି ଥାଏ। ଟଙ୍କା ଇତ୍ୟାଦି ଡ୍ର କରି ନେଲା ଛୁଟି ଆରମ୍ଭର ପୂର୍ବଦିନ। ସମସ୍ତଙ୍କଠାରୁ ହସ ହସ ମୁହଁରେ ବିଦାୟ ନେଲେ। ଜଣେ ସହକର୍ମୀ କହିଲେ ନିଜର ଡାଇରୀ ରଖିବାକୁ। ତାହା ଉପରେ ଏକ ବେଶ୍ ବହି ଲେଖା ଯାଇପାରିବ। ସେଦିନ ରାତିରେ ମୀରା ଉକ୍ଳ ଏକ୍ସପ୍ରେସ୍‌ରେ ବାହାରିଲେ।

ଚତୁର୍ଥ ପରିଚ୍ଛେଦ

ରାଉରକେଲାରୁ ଓହ୍ଲାଇ ଟ୍ରେକରରେ ମୀରା କାଲୁଙ୍ଗା ବାହାରିଲା । କାଲୁଙ୍ଗା ବସ୍ତି ଆରମ୍ଭ ହେବା ଆଗରୁ ଜନ୍ ଏକ୍କାର ଘରର ବାଟ । ସେଇଠୁ ଓହ୍ଲାଇ ପଡିଲା । ସାଙ୍ଗରେ କେବଳ ଗୋଟିଏ ସୁଟ୍‌କେଶ୍ ଆଣିଛି । ବାକି ଯାହା ଆବଶ୍ୟକ ଏଇଠି କିଣାହୋଇ ଯିବ । ଏଣୁ ଚାଲି ଚାଲି ଘରକୁ ଗଲା । ଅଜ୍ଞ ବାଟ ଅବଶ୍ୟ । କିନ୍ତୁ ମେରୀ ରାଗିଗଲା । ଏପରି ଅସାବଧାନ ହେବା ଉଚିତ୍ ନୁହେଁ । ବସ୍ତିରେ ଓହ୍ଲାଇ ସେଠାରୁ ସାଇକେଲ୍ ରିକ୍‌ସାରେ ଉଚିତ୍ ହୋଇଥାଆନ୍ତା ।

ମୀରା କହିଲା, "ଛାଡ ମାଉସୀ ଭୁଲ୍ ତ କରିଦେଇଛି । ଏଣିକି ତୁମ ହୁକୁମ୍‌ରେ ଚଳିବି ।"

ମେରୀ ତତ୍‌କ୍ଷଣାତ ତାହା ଲାଗି ଗରମ ପାଣି କରିଦେଲେ । ସେ ଏଠିକି ଆସିବାର ଜଣା ଥିବାରୁ ଏହା ଭିତରେ ଅଖାପାଲ ଘେରାଇ ଏକ ଗାଧୁଆ ଘର କରି ଦେଇଛି । ସେଠି ମେରୀ ତାହାକୁ ଏକ ଷ୍ଟୁଲରେ ବସାଇ ଗାଧୋଇ ଦେଲେ ଓ ତାହା ସାଥୀରେ ତାହାର ଡାକ୍ତରୀ ପରୀକ୍ଷା ମଧ କରିନେଲା । ଲୁଗାପଟା ବଦଲାଇ ଘରକୁ ଯିବା ପରେ ମେରୀ କହିଲା ଯେ ସବୁ ତ ଠିକ୍ ଜଣା ପଡୁଛି । ଚିନ୍ତା କରିବାର କିଛି ନାହିଁ । ମନ ଖୁସି ରଖ ଓ ଭଗବାନଙ୍କୁ ଡାକ ।

ମୀରା କହିଲା, "ମାଉସୀ ମୁଁ ଟଙ୍କା ଦେଉଛି । କ'ଣ ସବୁ ଦରକାର ମଉସାଙ୍କୁ କହିଦିଅ, ସେ କିଣି ଆଣନ୍ତୁ । ଏଠି ନ ମିଳିଲେ ରାଉରକେଲାରୁ । ମୁଁ ଜାଣି ଶୁଣି କିଛି ଆଣି ନାହିଁ । ଏ ସୁଟ୍‌କେଶ୍ ଖଣ୍ଡକରେ ବା କ'ଣ ଧରିବ ।"

ମେରୀ ଉତ୍ତର ଦେଲା ସେ ନିଜେ କିଣାକିଣି କରିବ । କେତେକ ଔଷଧ ମଧ ଆସିବ । ସେ ସବୁ ଜନ୍ କିଣି ପାରିବ ନାହିଁ । କାରଣ ସେଥିଲାଗି କିଛି ଡାକ୍ତରୀ

ଜ୍ଞାନ ଥିବା ଆବଶ୍ୟକ। ମଟର ପାର୍ଟ କିଣାକୁ ସିନା ଜନ୍ ବାଘ, କିନ୍ତୁ ଏଠି ତା'ର ମୁଣ୍ଡ ପଶିବ ନାହିଁ ଓ ଗୋଳମାଳ କରିଦେବ।

ବର୍ତ୍ତମାନ ଆସ୍ତେ ଆସ୍ତେ ମୀରା ସେହି ସ୍ଥାନରେ ଅଭ୍ୟସ୍ତ ହୋଇଗଲାଣି। ମେରୀ କଡ଼ା ନଜର ରଖିଥାଏ। ସକାଳ ବେଳେ ଟିକିଏ ଚାଲି ଚାଲି ବୁଲେଇ ଆଣେ ଯେପରି ଆବଶ୍ୟକ ବ୍ୟାୟମ ହେଉଥିବ। ଖିଆ ପିଆକୁ ଖୁବ୍ ଜଗୁଥାଏ।

ଘରର ପଶ୍ଚିମ ପଟକୁ ପାହାଡ। ସନ୍ଧ୍ୟା ବେଳ। ସୂର୍ଯ୍ୟ ପାହାଡ ପଛରେ ଲୁଚି ଗଲେଣି। କିନ୍ତୁ ଅସ୍ତ ହୋଇନଥାନ୍ତି। ଏଣୁ ଆଲୁଅ ମଧ ଥାଏ। ମୀରା ସେହି ପାହାଡ ଆଡେ ଚାହିଁ ବସିଥିଲା। ଫେର ତାହାର ସେହି ଅଭିଶପ୍ତ ଜୀବନ କଥା ଭାବୁଥିଲା। ଚିନ୍ତା ଅମୀୟ ଉପରେ ଠୁଲ ହୋଇ ଯାଇଥିଲା। ଅମୀୟର ମୃତ୍ୟୁ ଲାଗି କିଏ ଦାୟୀ? ଅମୀୟ ବାପା ମା'ଙ୍କର ଅସହ୍ୟ ଶୋକ ଲାଗି କିଏ ଦାୟୀ? ଏଇ ହତଭାଗୀ। ତାହା ସହିତ ସମ୍ପର୍କ ହେବାର ଦଣ୍ଡ ଅମୀୟର ମୃତ୍ୟୁ ଓ ତା'ର ବାପା ମା'ଙ୍କର, ମୃତ୍ୟୁ ଠାରୁ ଅଧିକ କଷ୍ଟ। ତାହା ସହିତ ସମ୍ପର୍କ ନ ହୋଇଥିଲେ ବୋଧହୁଏ ଅମୀୟ ମରି ନଥାନ୍ତା। କିଛି ସମୟ ପରେ ସେ କ'ଣ ଭାବୁଛି, ସେ ବିଷୟରେ ମଧ ସଚେତନ ନ ଥିଲା। କେବଳ ଏକ ଅର୍ଥହୀନ ଦୃଷ୍ଟିରେ ପଶ୍ଚିମ ଆକାଶକୁ ଚାହିଁ ରହିଥାଏ। ତାହାର ଅଜାଣତରେ ତାହାର ଆଖିରୁ ଧାରେ ଲୁହ ବୋହି ଯାଉଥିଲା।

ଏହି ସମୟରେ ମେରୀ ଆସିଲା। ମେରୀ ଅସିବାର ପାଦଶବ୍ଦ ମ୍ନ ସେ ଶୁଣି ନାହିଁ। ମେରୀ ତାହାର ମୁହଁ ଦେଖି ବୁଝି ପାରିଲା, ଏହି ପୀଡାର ଗଭୀରତା କେତେ। ପଚାରିଲା, "ଦିଦି, କ'ଣ ଭାବୁଥିଲ।"

ମେରୀ ଏହାର ପ୍ରତିକ୍ରିୟା କାନ୍ଦଣା ହେବ ବୋଲି ଭାବିଥିଲା ଏବଂ ତାହା ଚାହୁଁଥିଲା ମଧ ଯେପରି କାନ୍ଦ ଦ୍ୱାରା ତାହାର ମନ ବୋଝ କେତେଟା ହାଲୁକା ହେବ। ମୀରା କଇଁ କଇଁ କରି କାନ୍ଦିବା ଆରମ୍ଭ କଲା। ମେରୀ କେବଳ ତାହାତ ପିଠି ଆଉଁସୁ ଥାଏ। ମୀରାର କାନ୍ଦ ବନ୍ଦ ପରେ, ମେରୀ ତାକୁ ପାଣି ଦେଲା। ମୀରା ମୁହଁ ଧୋଇ ପାଣି ପିଇଲା। ତାହା ପରେ କହିଲା, "ମାଉସୀ, ମୋର କି ହୀନ କରମ। ଯାହାକୁ ଭଲ ପାଇଲି, ତାକୁ ମାରିଦେଲି। ମଉସୀ, ତୁମେ ଉପାୟ କର ଯେପରି ଏହି ଛୁଆକୁ ମୁଁ ଭଲ ନ ପାଏ। ନ ହେଲେ ହୁଏତ ସେ ବଞ୍ଚିବ ନାହିଁ।"

ମେରୀ ତାକୁ ନିଜ ଉପରକୁ ଆଉଜାଇ ଆଣିଲା। ମୁଣ୍ଡର ବାଲ ଆଉଁସି ଆଉଁସି କହିଲା, "ଦିଦି ନିଜକୁ ଦୋଷ ଦିଅ ନାହିଁ। ଯାହା ଘଟିଲା, ତା' ତୁମେ କର

ନାହିଁ। ଭାଗ୍ୟ ଓ ପ୍ରଭୁ କରିଛନ୍ତି। ପ୍ରଭୁ କାହିଁକି ଏପରି କରିଛନ୍ତି ତାହା ତୁମେ ବା ମୁଁ କେହି କହିପାରିବା ନାହିଁ। ତେବେ ଶୁଣିଛି ଓ ଅନେକଟା ଜୀବନରେ ଦେଖି ଦେଖି ବୁଝିଛି ଯେ ଦୁଃଖ ଗୋଟେ ଫର୍ନେସ୍ ପରି। ରାଉରକେଲାରେ ଫର୍ନେସର ନିଆଁରେ ଲୁହା ତରଳିଲା ପରି, ଏହି ଦୁଃଖରେ ମଣିଷକୁ ପ୍ରଭୁ ତରଳାଇ ଗଢ଼ନ୍ତି। ପ୍ରଭୁ କେଉଁ ମଣିଷକୁ କେଉଁ ଡିଜାଇନ୍ କରିବେ, ସେ ଜାଣନ୍ତି। ତେବେ ବର୍ତ୍ତମାନ ତୁମ ଉପରେ ଏକ ଦାୟିତ୍ୱ ଓ ମୋ ଉପରେ ମଧ। ଏଇଲେ ଏହି ଦାୟିତ୍ୱ ଭଲରେ ଭଲରେ ହୋଇସାରୁ। ତାହାପରେ ଅନ୍ୟ କଥା ଭାବିବ।"

କ୍ରମଶଃ ଦିନ ପାଖେଇ ଆସିଲା। ମେରୀ କହିଦେଲା ଯେ ନିଶ୍ଚୟ ଦଶଦିନ ଭିତରେ। ଏଥର ମେରୀ ପାଖରେ ଶୁଅ। ଆଠଦିନ ଦିନ କଷ୍ଟ ଆରମ୍ଭ ହେଲା, ମେରୀ ପ୍ରସ୍ତୁତ। ନବମ ଦିନ କୁଆଁତାରା ଉଦୟ ବେଳକୁ ପୁଅଟିଏ।

ଛୁଆକୁ ମେରୀ ଏକ ପ୍ରକାର ନିଜର ଅଧିକାରରେ ରଖିଥାଏ। ମୀରା ମଧ କୌଣସି ଉଚବାଚ କରି ନଥିଲା, କାରଣ ସେ ଜାଣିଥିଲା ଯେ ପିଲାକୁ ଏଇଠି ପରିତ୍ୟାଗ କରି ଯିବାକୁ ହେବ। କେବଳ ମେରୀ ତାକୁ କ୍ଷୀର ଦେବା ପାଇଁ ଦେଉଥାଏ। ସାତ ଦିନ ପରେ ତାହା ମଧ ବନ୍ଦ କରି ଛୁଆ ଲାଗି ଅନ୍ୟ ପ୍ରକାର ବେବି ଫୁଡ୍‍ର ବ୍ୟବସ୍ଥା କଲା। ମୀରା ଛୁଆର ଖର୍ଚ ଲାଗି ଦୁଇ ହଜାର ଟଙ୍କା ମେରୀକୁ ଦେଇଗଲା। ସେତେବେଳେ ଦିଇ ହଜାର ଟଙ୍କା ଆଜିର ଦଶ ହଜାର ସାଙ୍ଗେ ତ' ସମାନ ହେବ। ଏଣୁ ମୀରା ଜାଣିଥିଲା ଯେ ତାହାର ଏହି ଉପକାରୀ ଦମ୍ପତିଙ୍କୁ ଅତି କମ୍‍ରେ ଟଙ୍କା ପଇସାର ଅସୁବିଧାରେ ପକାଉ ନାହିଁ। ନିଜର ରହିବା ଓ ଅନ୍ୟାନ୍ୟ ଖର୍ଚ ଲଗି ମଧ ଉପଯୁକ୍ତ ଟଙ୍କା ଦେଇ ଯାଇଥିଲା। ସବୁ ସରିଲା ପରେ ମୀରା ପାଖରେ ତଥାପି ଦୁଇ ହଜାର ଟଙ୍କା ଥିଲା।

ଦଶ ଦିନ ପରେ ଛାତିରେ ପଥର ରଖି ମୀରା ଜନ୍ ଓ ମେରୀଙ୍କ ଆଶ୍ରୟରୁ ବାହାରିଗଲା। ଜନ୍ ଓ ମେରୀଙ୍କୁ କହିଗଲା ଯେ, ସେ ବାଲେଶ୍ୱର ଯାଉଛି। କିନ୍ତୁ ତାହାର ଅସଲ ଉଦ୍ଦେଶ୍ୟ ଥିଲା ଜନ୍ ଓ ମେରୀଙ୍କଠାରୁ ଯଥେଷ୍ଟ ଦୂରକୁ ଚାଲି ଯିବାକୁ। ସେ ଠିକ୍ କରିଥିଲା ରାଉରକେଲାରେ କୌଣସି ଗାଡିରେ ବସି ଚକ୍ରଧରପୁରରେ ଓହ୍ଲାଇ ଯିବ ଓ ସେଠାରୁ ଆଦ୍ରା ଲାଇନରେ ଚାଲିଯିବ। ସେଇଠି ସୁବିଧା ଦେଖି କୌଣସି ଅନ୍ଧାରିଆ ରେଲ ଲାଇନ ତଳେ..........। ତାହାର ପ୍ରଧାନ ଦାୟିତ୍ୱ ତ ଶେଷ ହୋଇଛି। ଏଥର ଆଉ ଜୀଇଁ ରହିବା କି

ଦରକାର ? କିନ୍ତୁ ଏହା ହିଁ ତା'ର ଗୁପ୍ତ ଉଦ୍ଦେଶ୍ୟ। ବାହାରକୁ ତ' ସେ ବାଲେଶ୍ୱର ଯାଉଛି। ଏଣୁ ଜନ୍ ଗୋଟିଏ ସାଇକେଲ୍ ରିକ୍ସା ଆଣି ତାହାକୁ ଧରି ଟେମ୍ପୋରେ ବସାଇ ଦେଲା। ଗଲାବେଳେକୁ ମୀରା ମୁଣ୍ଡ ପରେ କ୍ରସ ଚିହ୍ନ କରି ଆଶୀର୍ବାଦ କଲା ଯେ ଦିଦି ବ୍ୟସ୍ତ ହେବନାହିଁ। ମୋ ମେରୀ ତୁମକୁ ସବୁବେଳେ ରକ୍ଷା କରିବେ। ସେ ତ' ଦୁଃଖୀଙ୍କ ମାଆ।

ମୀରାର ଏକା ସାଥୀରେ ହସ ଓ କାନ୍ଦ ଲାଗିଲା। ହସ କାରଣ ଜନ୍ ତ' ମୀରାର ଆଗତ ଯୋଜନା ଜାଣି ନାହିଁ ଏବଂ କାନ୍ଦ ଲାଗିଲା ଯେ ଆହା ଜନ୍ ପରି ସେ ମଧ୍ୟ ଯଦି ବିଶ୍ୱାସ କରି ପାରୁଥାଆନ୍ତା ! କିନ୍ତୁ ମୀରା ମଧ୍ୟ ଜାଣି ନଥିଲା, ସେହି କରୁଣାମୟୀଙ୍କ କ୍ଷମତା କେତେ।

ପାନପୋଷ ପାଖ ହୋଇ ଆସୁଛି, ଏହି ସମୟରେ ସାମ୍ନାରୁ ଆସୁଥିବା ଏକ ଟ୍ରକ୍ ସାଥୀରେ ଧକ୍କା ହୋଇଗଲା। ମୀରା ଦୁଆର ପାଖରେ ବସିଥିଲା। ପ୍ରଥମ ମାଡରେ ଦୁଆରଟା ଖୋଲିଗଲା। ଟେମ୍ପୋର ଆଗଟା ସମ୍ପୂର୍ଣ୍ଣ ଧ୍ୱଂସ। ଡ୍ରାଇଭର ଓ ଆଗ ସିଟ୍ର ସମସ୍ତ ଗୁରୁତର। ବଞ୍ଚିଛନ୍ତି କି ନାହିଁ ଜାଣିବା କଷ୍ଟ। ମୀରା ପ୍ରଥମ ବାହାର ହୋଇଆସିଲା ବରଂ ଛିଟକି କରିପଡିଲା। ପାଖ ଆଖରୁ ଲୋକେ ସାହାଯ୍ୟ କରିବାକୁ ଆସିଗଲେ। ମୀରା ତାହା ପାଖରେ ବସିଥିବା ଏକ ମାରୱାଡୀ ଭଦ୍ରଲୋକଙ୍କୁ ଟାଣି ଆଣିଲା। ଶରୀରକୁ ସାମାନ୍ୟ ଆଘାତ ଲାଗିଛି। ପ୍ରାଧାନତଃ ଗୋଡରେ। କିନ୍ତୁ ସେହି ମାରୱାଡୀର ମୁଣ୍ଡରୁ ରକ୍ତ ବାହାରୁଛି। ମୀରା ଆଉ ଡେରି କଲା ନାହିଁ। ତା' ହ୍ୟାଣ୍ଡ ବ୍ୟାଗ ତ' କାନ୍ଧରେ ଝୁଲୁଥାଏ। ଏକ ସାଇକେଲ୍ ରିକ୍ସାରେ ସେହି ଆହତ ମାରୱାଡୀଙ୍କୁ ପାନପୋଷ ଡାକ୍ତରଖାନାକୁ ନେଇଗଲା। ସେଠି ପ୍ରାଥମିକ ଉପଚାର ପରେ ପେସେଣ୍ଟକୁ ରାଉରକେଲାର ଇସ୍ପାତ ହସ୍ପିଟାଲକୁ ନେଇ ଯିବାକୁ କହିଲା। ଆମ୍ବୁଲାନ୍ସ ନାହିଁ। ଏଣୁ ସମୟ ନଷ୍ଟ ନ କରି ସେ ପେସେଣ୍ଟକୁ ଗୋଟିଏ ଟ୍ୟାକ୍ସିରେ ଇସ୍ପାତ ହସ୍ପିଟାଲ ନେଇଗଲା। ସେଠି ଆଡମିଟ୍ ହେଲା ଓ ମୀରାର ମଧ୍ୟ ପ୍ରାଥମିକ ଉପଚାର ଓ ଏ.ଟି.ଏସ୍. ଇଂଜେକ୍ସନ୍ ଇତ୍ୟାଦି ଦିଆଗଲା। ସମସ୍ତେ ଆଶ୍ଚର୍ଯ୍ୟ ଯେ କିଛି ସର୍ମ୍ପକ ନଥାଇ ସେ ଏତେ ସାହାଯ୍ୟ କରୁଛି। ମୀରା ହସି କରି କହିଲା ଯେ ସେହି ଆକ୍ସିଡେଣ୍ଟ ତ' ସବୁଠୁ ବଡ ସର୍ମ୍ପକ। ମୁଁ ତାଙ୍କୁ ସାହାଯ୍ୟ କରୁଛି। ହୁଏତ ମୁଁ ଗୁରୁତର ଭାବେ ଆହତ ହୋଇଥାଆନ୍ତି ଓ ସେ

ମୋତେ ସାହାଯ୍ୟ କରିଥାଆନ୍ତେ । ଏଇଟା comradeship of shared dangar ବା ବିପଦ ମଧ୍ୟରେ ବନ୍ଧୁତା ।

ମୀରା ବର୍ତ୍ତମାନ ନିଜର ଓ ସେହି ମାରାୱାଡୀ ଭଦ୍ରଲୋକଙ୍କର ଜିନିଷ ପାଇବା ଲାଗି ଥାନା ଇତ୍ୟାଦି ଦୌଡିଲା । ମାରା ନିଜର ଜିନିଷ ପାଇଗଲା ଓ ପୁଲିସ ଆହତ ଭଦ୍ରଲୋକଙ୍କ ଜିନିଷ ନିଜ ଜିମାରେ ରଖିଲା । ମୀରା ମନେ ମନେ ଭାବୁଥାଏ "ଏ କିପରି ଭାଗ୍ୟର ପରିହାସ । ଗୋଟିଏ ଜୀବନ ବିଷୟରେ ମୋର ଦାୟିତ୍ୱ ଶେଷ କରି ଖୋଲା ହୋଇ ବାହାରି ଆସୁଛି । ଭାଗ୍ୟ ଆଉ ଗୋଟିଏ ଜୀବନର ଦାୟିତ୍ୱ ଆଣି ମୋ ଉପରେ ପକାଇ ଦେଲା । ଅତି କମ୍‌ରେ ତାହାର ପରିବାରଙ୍କୁ ତ ଜଣାଇ ତାଙ୍କର ପକେଟରେ ଥିବା ଡାଇରୀରୁ ଜଣା ପଡିଲା ଯେ, ସେ ଯାଜପୁର ରୋଡର ବନୱାରୀଲାଲ୍‌ ଅଗ୍ରୱାଲ । ଜେନେରାଲ ମର୍ଚ୍ଚାଣ୍ଟ ଓ ଖଣି କଣ୍ଟ୍ରାକ୍ଟର । । ସେହି ସୂତ୍ରରେ ହୁଏତ ରାଉରକେଲା ଅଞ୍ଚଳକୁ ଆସି ଥାଇ ପାରନ୍ତି । ସେଠିକୁ ମୀରା ଟେଲିଗ୍ରାମ କରି ଦେଲା ଓ ଠିକ୍‌ କଲା ଯେ ଘରର କେହି ଆସିଗଲା ଯାକେ ସେ ଅପେକ୍ଷା କରିବ ଏବଂ ସେମାନେ ତ ନିଶ୍ଚୟ ଦିନେ ଦୁଇଦିନ ମଧ୍ୟରେ ଆସିଯିବେ । ଯେଉଁ ଦାୟିତ୍ୱ ଭଗବାନ ଉପରେ ଲଦି ଦେଇଛନ୍ତି, ତାକୁ ତ ଫୋପାଡି ଦେଇ ଚାଲିଯାଇ ହେବ ନାହିଁ ।

ଦିନକ ପରେ ବନୱାରୀଲାଲଙ୍କ ହୋସ୍ ଆସିଗଲା । ଆସ୍ତେ ଆସ୍ତେ ମୀରା ତାଙ୍କୁ ଏକ୍‌ସିଡେଣ୍ଟ ପରର ଘଟଣା ସବୁ କହିଗଲା । ବନୱାରୀଲାଲ ମୀରାକୁ ଆଉ ଟିକିଏ ରହିବାକୁ କହିଲେ । ତୃତୀୟ ଦିନ ବନୱାରୀଲାଲଙ୍କର ମୁନୀମ୍‌ଜୀ ଆସି ପହଞ୍ଚିଲା । ମୀରା ମୁନିମ୍‌ଜୀଙ୍କୁ ଦେଖି ଆଶ୍ଚର୍ଯ୍ୟ । ପଚାରିଲା : ଘରୁ ଆଉ କେହି ଆୟ୍ୟାୟ କ'ଣ ଆସିଲେ ନାହିଁ ।

ମୁନୀମ୍‌ଜୀ ଉତ୍ତର ଦେଲେ, "ଆଉ କିଏ ଆସିବ ? ବନୱାରୀଲାଲଙ୍କ ସ୍ତ୍ରୀ ଗତ । ଦୁଇଟି ଝିଅ । ଜଣେ ସାତ ବର୍ଷର ଓ ଜଣେ ପାଞ୍ଚବର୍ଷର । ଘରେ ବୃଦ୍ଧା ବଡ ଭଉଣୀ । ସେ ହିଁ ପିଲାଙ୍କୁ । ତାଙ୍କ ଭିତରୁ କେହି ଆସିବେ ନାହିଁ । ଆସିଲେ କେବଳ ଅସୁବିଧା ହିଁ କରିବେ । ମୁଁ ତାଙ୍କ କଥା ବୁଝିବି ନା ମାଲିକଙ୍କ କଥା ବୁଝିବି ?"

ଏହି ଭିତରେ ବନୱାରୀଲାଲ କଥା କହି ପାରିଲେଣି । ସେ ଅନୁରୋଧ କଲେ, ମ୍ୟାଡମ୍ ମୁଁ ଆପଣଙ୍କୁ ଚିହ୍ନି ନାହିଁ । କିନ୍ତୁ ଆପଣ ଦେବୀ ପରି ଆସି ମୋର ପ୍ରାଣ ରକ୍ଷା କରିଛନ୍ତି । ଦୟାକରି ଆଉ ଟିକିଏ ରହି ଯାଆନ୍ତୁ । ଆପଣଙ୍କୁ ଦେଖିଲେ

ମୋର ସାହସ ହେଉଛି । ଆପଣଙ୍କ ସମସ୍ତ ଦରକାର ମୁନୀମଜୀ ବୁଝିବେ ଏବଂ ଏହିପରି ରହିବା ଦ୍ୱାରା ଯଦି ଆପଣଙ୍କର ଆର୍ଥିକ କ୍ଷତି ହେଉଥାଏ । ତାହାହେଲେ ମୁଁ ତାହାର ବ୍ୟବସ୍ଥା ମଧ କରିବି । କେବଳ ଆପଣ ମୁଁ ଡାକ୍ତରଖାନାରେ ଥିଲାଯାଏ ଏଠି ରୁହନ୍ତୁ ।"

ମୀରା ଆଛା ଅସୁବିଧାରେ ପଡିଲେ । ଜୀବନଠାରୁ ଯେତିକି ଦୂରେଇ ଯିବାକୁ ଚେଷ୍ଟା କରୁଛି, ଜୀବନ ତାକୁ ସେତିକି ନିଜ ପାଖକୁ ଟାଣି ଆଣୁଛି । ସେତିକି ସମୟ ଅର୍ଥାତ୍ ହସ୍ପିଟାଲରେ ବନୱାରୀ ଥିଲା ପର୍ଯ୍ୟନ୍ତ ରହିବାକୁ ସ୍ଥିର କଲା । ମୁନୀମଜୀ ତାହାର ହୋଟେଲ ବିଲ୍ ଦେଇ ଦେଉଥାଏ । ମୀରା ଭାବି ପାରୁନଥିଲା ଯେ ବନୱାରୀଲାଲ୍ ହସ୍ପିଟାଲରୁ ଡିସ୍ଚାର୍ଜ ହେଲା ପରେ ତାହା ପକ୍ଷରେ ଆଉ କ'ଣ ତାହାର ଶେଷ ଯାତ୍ରାରେ ବାହାରିବା ସମ୍ଭବ ହେବ ?

ଟିକିଏ ସୁସ୍ଥ ହେଲାପରେ ବନୱାରୀଲାଲ୍ ମୀରାଙ୍କୁ ନିଜ କଥା ପଚାରିଲେ । ମୀରା ଟିକିଏ ସ୍ୱଷ୍ଟ ଉତ୍ତର ଦେବାକୁ ଡରୁଥାଏ । କୌଣସି ବ୍ୟବସାୟ ସଂକ୍ରାନ୍ତ ଖବରକାଗଜରେ ଥିବା ଖବର ଉପରେ ମୀରାକୁ କିଛିଟା ଆଲୋଚନା ଭିତରକୁ ନେଇ, ବୁଝି ସାରିଲାଣି ଯେ ଏ ମହିଲା ପ୍ରାକୃତିକ ଭାବେ ବ୍ୟବସାୟକୁ ଚିହ୍ନନ୍ତି ଓ ଏହାଙ୍କୁ ହାତଛଡା କରିବା ଉଚିତ ନୁହେଁ । ପୁଣି ସେ ତ ଜୀବନଦାୟିନୀ । ଏଣୁ ବନୱାରୀଲାଲଙ୍କର ଅତ୍ୟନ୍ତ ଅନୁରୋଧ ଅତି କମ୍‌ରେ ତାହାଙ୍କୁ ନିଜ ଘରକୁ ଯାଜପୁର ରୋଡ୍‌ରେ ଛାଡି ଆସିବାକୁ ।

ପଞ୍ଚମ ପରିଚ୍ଛେଦ

ଶେଷକୁ ବନୱ୍ୱାରୀଲାଲ୍ ସକୁଶଳ ଡ଼ିସ୍ଚାର୍ଜ ହେଲେ ଓ ଏକ ଟ୍ୟାକ୍ସି କରି ଯାଜପୁର ରୋଡ଼ ବାହାରିଲେ। ବହୁତ ଅନୁରୋଧ କରି ମୀରାକୁ ମଧ ସାଥୀରେ ଆଣିଲେ। ଯାଜପୁର ରୋଡ଼ରେ ପହଞ୍ଚି ବନୱ୍ୱାରୀଲାଲ ମୀରା ସାଥୀରେ ନିଜର ଭଉଣୀ ଓ ଝିଅମାନଙ୍କୁ ପରିଚୟ କରାଇଦେଲେ। ବନୱ୍ୱାରୀଲାଲ୍ ତାଙ୍କର ନିଜସ୍ୱ ମାରୱ୍ୱାଡ଼ୀ ହିନ୍ଦୀରେ ଯାହା କହିଲେ ତାହାର ମୋଟା ମୋଟି ଅର୍ଥ ଏହିପରି।

"ଜିଜୀ, ଏହି ମୀରାଦେବୀଙ୍କ ଲାଗି ମୁଁ ପ୍ରାଣ ପାଇଛି। ପାନ୍‌ପୋଷ ଠାରେ ଆଗରୁ ଟ୍ରକ୍ ଆସି ମୁଁ ଯାଉଥିବା ଗାଡ଼ିକୁ ଧକ୍କା ଦେଲା। ମୋର ମୁଣ୍ଡ ଫାଟି ଯାଇଥିଲା ଓ ମୁଁ ବେହୋସ୍ ଥିଲି। ଏହି ମୀରାଦେବୀ ମଧ ସେହି ଗାଡ଼ିରେ ଥିଲେ। ତେବେ ତାଙ୍କୁ ଏତେ ଚୋଟ ହୋଇ ନଥିଲା। ସେ ସ୍ତ୍ରୀଲୋକ ହୋଇ ମଧ ମୋତେ ଗାଡ଼ି ଭିତରୁ କାଢ଼ି ଆଣି ଡ଼ାକ୍ତରଖାନା ନେଲେ। ସେଠି ଭରତି କରାଇଲେ। ମୋର ପକେଟ୍‌ରେ କାଗଜପତ୍ରରୁ ଆମର ଠିକଣା ପାଇ ଏଠାକୁ ଟେଲିଗ୍ରାମ କଲେ। ମୁନୀମ୍‌ଜୀ ଆସିଯିବା ପରେ ସେ ତ ଚାଲିଯିବାକୁ ବସିଥିଲେ। କିନ୍ତୁ ମୁଁ ତାଙ୍କୁ ମିନତି କଲି ରହିବାକୁ। ତାଙ୍କୁ ଦେଖିଲେ ମୋତେ ସାହସ ଆସୁଥିଲା। ସେ ତ' ମୋତେ ଚିହ୍ନ ନ ଥିଲେ। ଜାଣି ନଥିଲେ। କେବଳ ଜଣେ ମଣିଷ ବିପଦ ବେଳେ ଆଉ ଜଣେ ମଣିଷକୁ ସାହାଯ୍ୟ କରିବା ନିଜର କର୍ତ୍ତବ୍ୟ ମନେ କରିଥିଲେ।"

ତାହାପରେ ତାଙ୍କର ବଡ଼ ଭଉଣୀ ପଚାରିଲେ, "ଗୋବିନ୍ଦଜୀଙ୍କ କୃପା। ସେହି ସବୁ ବ୍ୟବସ୍ଥା କରନ୍ତି। ଏହି ମୀରାଜୀ ମଧ ତାଙ୍କର ହୁକୁମ୍‌ରେ ତୋ ପାଖକୁ ଆସିଥିଲେ। ଏହାଙ୍କ ଘର କେଉଁଠି ଆଉ ଶାଦୀ କରିଛନ୍ତି କି ନାହିଁ ?"

ବନୱ୍ୱାରୀଲାଲ୍ କହିଲେ, "ମୁଁ ଯେତେଦୂର ଜାଣେ ତାଙ୍କର ଘର ବାଲେଶ୍ୱର

ଓ ସେ ଆର୍ଥବଟିନ୍ କମ୍ପାନୀରେ କାମ କରନ୍ତି । ଛୁଟିରେ ତାଙ୍କର ମାଉସୀ ଘରକୁ ଯାଇଥିଲେ । ସେଠାରୁ ଫେରିବା ବେଳେ ଏହି ଦୁର୍ଘଟଣା ହେଲା । ଶାଦୀ କରିନାହାନ୍ତି । କାରଣ ଘରେ ଅନ୍ୟ ଭାଇ ଭଉଣୀଙ୍କୁ ପୋଷିବାକୁ ପଡ଼ୁଛି । ମୋଟାମୋଟି ମୀରାଙ୍କୁ ସେହି ମାରୱାଡ଼ୀ ପରିବାର ଆଦରି ନେଲେ । ମୀରା ଯେତେବେଳେ ଯିବାକୁ ବାହାରିଲା, ବନୱାରୀଲାଲ୍ କହିଲେ, "ମୀରାଦେବୀ, ମୁଁ ଯାହା ଅନୁମାନ କରିପାରୁଛି ଆପଣଙ୍କର ବିଜିନେସ୍ ବିଷୟରେ ଅଭିଜ୍ଞତା ଅଛି । ଆର୍ଥବଟିନ କମ୍ପାନୀରେ ତ ଅନେକ ଦିନ କାମ କରିଛନ୍ତି । ଆପଣ ଏଠି କାମ କରନ୍ତୁ । ଆର୍ଥବଟିନ କେମିକାଲ୍ ଲାଇନ୍‌ର ଫାର୍ମ । ଆମର କିନ୍ତୁ ଅନେକ ଲାଇନ୍‌ରେ ବ୍ୟବସାୟ ଅଛି । ମାଇନିଂ ଆମର ଅବଶ୍ୟ ବଡ଼ ବ୍ୟବସାୟ । ସୁକିନ୍ଦା ପଟେ ତ ଅଛି । କିନ୍ତୁ ବର୍ତ୍ତମାନ ପଲିଟିକ୍ସ ଯୋଗୁଁ ଅନେକ ଅସୁବିଧା ଦେଖା ଦେଇଛି । ସେଥିଲାଗି ମୁଁ ଅନ୍ୟାନ୍ୟ ଅଞ୍ଚଳରେ ଖଣି ଲିଜ୍ ନେବା ଲାଗି ସମ୍ବଲପୁର, ସୁନ୍ଦରଗଡ଼ ଇତ୍ୟାଦି ଯାଇଥିଲି ଏବଂ ସେଠି ତ' ଆପଣଙ୍କ ସାଙ୍ଗରେ କିପରି ଦେଖା ହେଲା, ତାହା ତ' ଆପଣଙ୍କର ଅଭିଜ୍ଞତା । ଏହାଛଡ଼ା ମୋର ମେସିନେରୀ ଏଜେନ୍‌ସି ଅଛି । ମୋର ବୁଢ଼ାବାପା ଏଠିକି ଆସିଥିଲେ ଓ ସେ ପ୍ରଧାନତଃ କାଠ ବ୍ୟବସାୟରେ ଥିଲେ । ତାହା ଏ ପର୍ଯ୍ୟନ୍ତ ଅଛି ଓ ଗୋଟିଏ କରତ କଳ ମଧ୍ୟ ଅଛି ।

ହଠାତ୍ ମୀରା ବାଧା ଦେଲା, "ଏହି କାଠ ବ୍ୟବସାୟ କେତେ ଦିନ ଚଳିବ ? ଜଙ୍ଗଲ ସରି ଆସୁଛି ଓ ତାହା ସହିତ କାଠର ଦାମ୍ ମଧ୍ୟ ବଢ଼ି ଚାଲିଛି । ଫଳତଃ କାଠର ବ୍ୟବହାର ହିଁ କମିବାର ଲାଗିଛି । ଦେଖୁ ନାହାନ୍ତି, କେଉଁ ପରିମାଣରେ ଲୁହା ଓ ଆଲୁମିନିୟମ୍ ଫର୍ନିଚର ବାହାରିଲାଣି । କିନ୍ତୁ ଭବିଷ୍ୟତ ପି.ଭି.ସି. ବା ପଲିଭିନାଇଲ କ୍ଲୋରାଇଡ଼ର । ଭାରତ ବର୍ଷରେ ବର୍ତ୍ତମାନ ଏତେ ଚାଲୁ ହୋଇନାହିଁ । କିନ୍ତୁ ଭବିଷ୍ୟତ ତାହାର । ତାହାଛଡ଼ା କାଠର ସ୍ଥାନ ଭିନିଅର ପ୍ଲାଇଉଡ୍ ନେଇ ଯିବ । ମୁଁ ମଧ୍ୟ କେମିକାଲ ଲାଇନ୍‌ରୁ ସେ ଖବର ଜାଣିଛି । କାରଣ ସେଥିଲାଗି ରେସିନ୍ ସପ୍ଲାଇ ଦେବା, ମୁଁ କାମ କରୁଥିବା ଆର୍ଥବଟିନ କମ୍ପାନୀର ଏକ ବଡ଼ ବ୍ୟବସାୟ ଥିଲା । ଏଣୁ ଆପଣ ପ୍ଲାଇଉଡ୍ ଓ ଭିନିୟର ମିଲ୍ କଥା ଚିନ୍ତା କରୁନାହାନ୍ତି କାହିଁକି ? ତାହା ସହିତ ଭବିଷ୍ୟତରେ ପି.ଭି.ସି. ବିଜିନେସ୍ ଲାଗି ପ୍ରସ୍ତୁତ ରହନ୍ତୁ । ଏକ ପ୍ରକାର ଭିନିୟର ମିଲ୍ ତାହାର ସହାୟକ ହୋଇପାରେ ?

ବନୱାରୀଲାଲ୍ ଚମକି ପଡ଼ିଲେ । ଏହି ମହିଲାଙ୍କୁ ଅନେକ କିଛି ଜଣାଅଛି ।

ତେବେ ତାହା କେବଳ ପୋଥି ବାଇଗଣ ନା କାର୍ଯ୍ୟକ୍ଷେତ୍ରରେ ଜଣା ଅଛି, ତାହା ବିଡ଼ି ନେବା ପାଇଁ ପଚାରିଲେ, "ଆପଣ ପ୍ଲାଇଉଡ୍ କଥା କିପରି ଜାଣିଲେ ?" ମୀରା କହିଲା, "ଆମେ ରେସିନ୍ ସପ୍ଲାଇ କରୁ। ଏଣୁ ରେସିନ୍ ଖରିଦଦାର ଅର୍ଥାତ୍ ପ୍ଲାଇଉଡ୍ କାରଖାନାମାନଙ୍କ ସହିତ ଆମର ଖୁବ୍ ସମ୍ପର୍କ ଓ ମୁଁ ଅନେକ ଆଲୋଚନା ମଧ୍ୟ କରିଛି। କିନ୍ତୁ ମୋର ମତ ହେଲା ଆପଣଙ୍କର ମେଶିନାରୀ ଏଜେନ୍ସି ତ ଅଛି। ସେଥି ସହିତ କେମିକାଲ୍ ଏଜେନ୍ସି ଯୋଡ଼ି ଦିଅନ୍ତୁ।"

ବନ୍ୱାରୀଲାଲ୍ ପଚାରିଲେ, "ଆମେ ତ ଏ କାମ କେବେ କରିନାହୁଁ। ନୂଆ ଲାଇନ୍କୁ ଯିବାର ରିସ୍କ କାହିଁକି ନେବୁ।"

ମୀରା କହିଲା, "ଆପଣ ବର୍ତ୍ତମାନ କହୁନଥିଲେ, ଏହି ରାଜନୀତି ଗୋଳମାଳ ସୁକିନ୍ଦା ଖଣି ଅଞ୍ଚଳରେ ସମସ୍ୟା ସୃଷ୍ଟି କରିଛି ଓ ସେଥିଲାଗି ଆପଣ ଅନ୍ୟ ଅଞ୍ଚଳରେ ଲିଜ୍ କଥା ବୁଝିବାକୁ ଯାଇଥିଲେ। ମୁଁ ଆପଣଙ୍କୁ ନିଜର ମତ କହୁଛି। ଯେଉଁଠି ବେଶୀ ଲେବର ଥିବେ, ସେଠି ଗୋଳମାଳ ହେବ ଓ ଭବିଷ୍ୟତରେ ବଢ଼ିବ। ପଶ୍ଚିମ ବଙ୍ଗାଳରେ କ'ଣ ହେଉଛି ଦେଖନ୍ତୁ। ଓଡ଼ିଆ ତ ସବୁବେଳେ ବଙ୍ଗାଳୀଙ୍କ ନକଲ କରନ୍ତି। ଏଣୁ ଏଠି ମଧ୍ୟ ଉଗ୍ର ଏବଂ ହିଂସାମ୍ୟକ ଟ୍ରେଡ଼୍ ୟୁନିଅନିଜିମ୍ ଆଜି ନ ହେଲେ କାଲି ଦେଖାଯିବ। ଆପଣଙ୍କର ଛୋଟ ପ୍ରତିଷ୍ଠାନ। ବ୍ୟକ୍ତିଗତ ମାଲିକାନା। ଏଣୁ ଭବିଷ୍ୟତରେ ଟ୍ରେଡ଼୍ ୟୁନିୟନ୍ ସାଥିରେ ଆପଣ ପାରିବେ ନାହିଁ।" ବନ୍ୱାରୀଲାଲ୍ ଦେଖିଲେ ଯେ ମୀରା ଯାହା କହୁଛନ୍ତି ସେଥିରେ ଅନେକ ତଥ୍ୟ ଅଛି। ଏହି ମହିଳା ବ୍ୟବସାୟ ପରିଚାଳନାରେ ମୋଟେ ଅନଭିଜ୍ଞ ନୁହନ୍ତି। ଟ୍ରେଡ଼୍ ୟୁନିୟନ୍ ବିଷୟରେ ଯାହା କହିଲେ ତାହା ସେ କେତେଦିନ ହେଲା କଲିକତାର ମାରୱାଡ଼ୀ ମହଲରେ ଶୁଣୁଛନ୍ତି। ସେଠି ବି ଶୁଣୁଛନ୍ତି, ଛୋଟ ପ୍ରତିଷ୍ଠାନ ଏହି ମାନୁଫ୍ୟାକ୍ଟରିଂ ଭଳି ଲାଇନ୍ରେ ପାରିବ ନାହିଁ। ହଁ ଯେ ଦୁଇଖଣ୍ଡ ଲେଥ୍ ମେଶିନ୍ ପକାଇ ନିଜେ ମେସିନ୍ରେ କାମ କରିବ ଓ ତିନି ଚାରିଜଣ ଲୋକ ରଖିବ, ସେ ଚଳିଯିବ। କିନ୍ତୁ ତାହା ହୁଏତ ଭବାନୀପୁରର ପଂଜାବୀ ମିସ୍ତ୍ରୀ ବା ହାଓଡ଼ାର ମାହିଷ୍ୟ କାରିଗରମାନେ କରିପାରିବେ। କିନ୍ତୁ ମୀରା ଦେବୀ ତ ଭବିଷ୍ୟତର ଉପାୟ ମଧ୍ୟ କହୁଛନ୍ତି। ଏଣୁ ଏପରି ଲୋକକୁ ଛାଡ଼ିବା ଉଚିତ ହେବନାହିଁ।

ତାହା ଆରଦିନ ବନ୍ୱାରୀଲାଲ୍ କହିଲେ, "ମୀରା ଦେବୀ, ଆପଣ ମୋ ପାଖରେ କାମ କରନ୍ତୁ ଆପଣଙ୍କୁ ଆର୍ଥିକଟନ ଯାହା ଦେଉଥିଲା, ତାହାଠାରୁ ଶତକଡ଼ା

ପଚିଶ ବେଶୀ ଦେବି। ତାହା ଛଡ଼ା ଆପଣଙ୍କୁ ରହିବାକୁ ଘର ଓ ଜଣେ ମେଡ୍ ସର୍ଭାଣ୍ଟ ଦେବି। ଏହା ଆରମ୍ଭ। ଆପଣ ତ ଆଧୁନିକ ଅଫିସ ସହିତ ଅଭ୍ୟସ୍ତ। ଆପଣ ଏଠି ମୋର ଅଫିସ ଠିକ୍ କରି ଦିଅନ୍ତୁ ଓ ମୋତେ ଉପଯୁକ୍ତ ଆଡ୍‌ଭାଇସ ଦିଅନ୍ତୁ। ଆପଣ ଖାଲି ଅଫିସ୍ ସୁପରିଣ୍ଟେଣ୍ଡେଣ୍ଟ ନୁହନ୍ତି, କନ୍‌ସଲ୍‌ଟାଣ୍ଟ ମଧ୍ୟ ଭାବି ଦେଖନ୍ତୁ।"

ରାତିଯାକ ମୀରା ଭାବି ଭାବି ଅସ୍ଥିର। ସେ ବାହାରିଥିଲା ଈଶ୍ୱର ତାହା ପେଟରେ ଯାହାକୁ ରଖିଥିଲେ ତାହାର ବ୍ୟବସ୍ଥା ସାରି ନିଜ ଜୀବନ ଶେଷ କରି ଦେବାକୁ। କିନ୍ତୁ ସେହି ବାଟରେ କେଉଁଠାରୁ ଆଉ ଏକ ଜୀବନର ଦାୟିତ୍ୱ ତାହା ସାଥୀରେ ଲାଗିଗଲା। ସେଥିରୁ ମୋଟାମୋଟି ମୁକ୍ତି ପାଇବାର ସମୟ ଆସିଲାବେଲକୁ, ଏହା ଏକ ନୂଆ ପ୍ରସ୍ତାବ। ଅର୍ଥାତ୍ ଜୀବନ ଅଛି। କର୍ମ କରିଯାଅ ସତରେ ମରିଗଲେ କ'ଣ ସେ ତାହାର କର୍ମରୁ ଉଦ୍ଧାର ପାଇଯିବ ? ଯଦି ଏଇଟା ଆସୁଛି ତ' କରି ଦେଖାଯାଉ। ପୁଣି ଯଦି ନ ମରିବ, ତାହାହେଲେ ସେ ତ' ବାଲେଶ୍ୱର କଦାପି ଫେରିବ ନାହିଁ। ଠିକ୍ କଲା ଗୋଟିଏ ଇସ୍ତଫାପତ୍ର ପଠାଇ ଦେବ ଏବଂ ଲେଖିଦେବ ଯେ ତାହାର ପାଉଣା ଯାହା ବାକି ଅଛି, ତାହା ସେ ଦେଇଥିବା ନମିନେଶନ୍ ଅନୁଯାୟୀ ବ୍ୟବସ୍ଥା କରି ଦିଆଯାଉ। ହୁଏତ କମ୍ପାନୀ ରାଜି ନ ହୋଇପାରେ ଏବଂ ସେହି ଟଙ୍କାକୁ ନେବା ପାଇଁ କିଛି ବ୍ୟବସ୍ଥା କରିବାକୁ ପଡ଼ିବ। ଅତି କମରେ ତ' ତାହାର ଆକାଉଣ୍ଟରେ ବ୍ୟାଙ୍କରେ ଜମା ହୋଇପାରିବ।

ପୁଣି ଥରେ ମୀରା ଭଗବାନଙ୍କୁ ପଚାରିଲା, "ଭଗବାନ, ମୋତେ ହିଁ ଏହି ବିଚିତ୍ର ଖେଳନା କରିବାକୁ ଥିଲା ? ମେରୀ ମାଉସୀର କଥା ଅନୁଯାୟୀ ତୁମର ଅନେକ ଫର୍ନେସ। ତେବେ ମୋ ଲାଗି ବର୍ତ୍ତମାନ କେଉଁ ଫର୍ନେସ୍ ବରାଦ କରିଛ ? ବ୍ଲାଷ୍ଟ ଫର୍ନେସରେ ତ' ତରଲାଇ ସାରିଲଣି। ବର୍ତ୍ତମାନ କେଉଁଠିକୁ ? ଓପନ ହର୍ଥ ନା ଏଲ୍‌ଡ଼ି ନା ଇଲେକ୍‌ଟ୍ରିକ ଆର୍କ ? ମୁଁ ଆଉ କ'ଣ କରିବି। ଲୁହା ଓ ଫର୍ନେସକୁ ପଠାଇଲା ବେଲକୁ କିଏ ଆଉ କ'ଣ ଲୁହାକୁ ପଚାରେ, "ତୁ କେଉଁ ଫର୍ନେସରେ ପୋଡ଼ା ହେବାକୁ ଚାହୁଁ ? ଛାଡ଼। GOD IS THE BIGGEST JOKER ହଠାତ୍ ତାହାର ଗୋଟେ ବଙ୍ଗଲା ଗୀତ ମନେ ପଡ଼ିଗଲା,

"ସକଲି ତୋମାର ଇଚ୍ଛା, ଇଚ୍ଛାମୟୀ ତାରା ତୁମି
ତୋମାର କର୍ମ ତୁମି କର ମା, ଲୋକେ ବଲେ କରି ଆମି।"
ଠିକ୍ କଥା। ଯାହାକୁ ମୁଁ ବଦଲାଇ ପାରିବି ନାହିଁ, ତାହାକୁ ମାନି ଯିବା ହିଁ

ଭଲ । ଯାହା ନିଷ୍ଟିତ, ତାହା ସହିତ ସପଯୋଗ କର । Co-operative with the inevitable.

ତାହା ଆରଦିନ ସକାଳୁ ମୀରା ବନୱାରୀଲାଲଙ୍କୁ ସମ୍ପ୍ରତି ସେଇଦେଲା । ମୀରା ଜଣିଥିଲା ଯେ ଆର୍ଥବଟନ ଭଳିଆ ବଡ଼ କମ୍ପାନୀ ଓ ବନୱାରୀଙ୍କର ବ୍ୟକ୍ତିଗତ ମାଲିକାନା ଫାର୍ମ ମଧ୍ୟରେ କାମ କରିବା ଷ୍ଟାଇଲ୍‍ରେ ଅନେକ ଫରକ୍, ତାଙ୍କ ଷ୍ଟାଇଲ ବା କାର୍ଯ୍ୟ ପ୍ରଣାଳୀ ବିଷୟରେ ମୀରାର କିଛିଟା ଧାରଣା ଆଗରୁ ଥିଲା । ମୀରା ଭଲ କରି ଜାଣିଥିଲେ ମୁନୀମ୍‍ଜୀ ସାଧାରଣ ମ୍ୟାନେଜର ଠାରୁ ବେଶୀ ଗୁରୁତ୍ୱପୂର୍ଷ । କାରଣ ମାଲିକର ବଂଶ ଓ ମୁନୀମ୍‍ର ବଂଶ ପରସ୍ପର ସହିତ କେତେ ପୁରୁଷ ଧରି ଜଡ଼ିତ ଥାଇପାରନ୍ତି । ଏଠାରେ ମୁନୀମ୍‍ଜୀଙ୍କୁ ତ' ରାଉରକେଲା ଡ଼ାକ୍ତରଖାନାରୁ ଚିହ୍ନିଥିଲା । ଏଣୁ ମୁନୀମ୍‍ଜୀ ତା' ଉପରେ ବିରୂପ ନଥିଲେ । ଦିନେ ଦୁଇଦିନ ପରେ ମୁନୀମ୍‍ଜୀଙ୍କ ଗଦିକୁ ଗଲା । ତାଙ୍କୁ ରାମ ରାମ କହିଲା ଓ ଜଣେଇଲା ଯେ ବନୱାରୀଲାଲ୍‍ଜୀ ତାକୁ ଅଫିସ କାମ ଦେଖିବାକୁ ଚାକିରୀ ଦେଇଛନ୍ତି । ତାହାପରେ ମୀରା କହିଲା – "ମୁନୀମ୍‍ଜୀ ଚାକିରୀଟା ନେଲି ସତ, କିନ୍ତୁ ମନରେ ଭୟ ତ ଅଛି । ମୁଁ ଆର୍ଥବଟନ କମ୍ପାନୀରେ ଅନେକ ଦିନ କାମ କରିଛି ଓ ବିଜିନେସ୍ ବିଷୟରେ କିଛି ଜାଣେ ଏବଂ କିଛି ଜାଣିଥିବାରୁ ମୁଁ ଏହା ମଧ୍ୟ ଜାଣେ ଯେ ମୁଁ କେତେ କମ୍ ଜାଣେ । ସେହି ସାହେବ୍ କମ୍ପାନୀର କାମ କରିବା ଢଙ୍ଗ ଓ ଆପଣଙ୍କର ତରିକା ମଧ୍ୟରେ ବହୁତ ପ୍ରଭେଦ । ସେହି ସାହେବ କମ୍ପାନୀର ତରିକା ଯେ ବେଶୀ ଭଲ, ତାହା କହିବାର ମୂର୍ଖତା ଅତି କମରେ ମୋର ନାହିଁ । କେତେଟା ସାହେବ କମ୍ପାନୀ ମାରୱାଡ଼ୀ ଓ ଗୁଜୁରାଟୀ କମ୍ପାନୀ ପରି ଲାଭ କରି ପାରୁଛନ୍ତି ? ଅସଲ କଥା, ତାଙ୍କର ବଡ଼ ଦୁର୍ବଳତା, ବହୁତ ବେଶୀ ଓଭରହେଡ୍ । ଏହି ତରିକା ମୋତେ ଶିଖିବାକୁ ହେବ । ମାଲିକକୁ ତ କହିହେବ ନାହିଁ । ଏଣୁ ଆପଣଙ୍କୁ ଗୁରୁ କଲି । ଆପଣଙ୍କଠାରୁ ଶିଖିବି ।" ଏତିକି କହି ମୁନୀମ୍‍ଜୀଙ୍କ ପାଦ ଛୁଇଁଦେଲା ।

ମୁନୀମ୍‍ଜୀ ହଠାତ୍ କହି ପକାଇଲେ, "ଯେ କ'ଣ କରୁଛନ୍ତି, ମୀରାଦେବୀ । ଆମେ ଜାତିରେ ବନୟା ଓ ମୁଁ ଜାଣିଛି ଆପଣ ବ୍ରାହ୍ମଣ । ଏପରି କରିବା ଅନ୍ୟାୟ ।" ମୀରା କହିଲା, "ମୁନୀମ୍ ଦେଖାଇବା ନିୟମ, ସେତିକି ବା ତାହାଠାରୁ ବେଶୀ ଗୁରୁ ପ୍ରତି । ଆପଣଙ୍କୁ ମୁଁ ତ ଗୁରୁ ମାନି ସାରିଲିଣି ।" ମୁନୀମ୍‍ଜୀ କହିଲେ, "ସନ୍ଧ୍ୟା ଆଡ଼କୁ ଗଦିକୁ ଆସ । କାମ ଦେଖି ଦେଖି ତ ତୁମେ ଶିଖିଯିବ ।"

ମୁନୀମ୍‍ଜୀ ଘରର ସବୁ କଥା ଜାଣନ୍ତି । ମୀରାକୁ ରଖ‍ିବା ନେଇ ମୁନୀମ୍‍ଜୀ, ବନ୍ୱାରୀଲାଲ୍ ଓ ତାଙ୍କ ଭଉଣୀଙ୍କ ମଧ୍ୟରେ ଆଲୋଚନା ହୋଇଛି । ମୁନୀମ୍‍ଜୀ ଯଦିଚ ମୀରାର ଉପକାର ବିଷୟରେ ସଚେତନ, ତଥାପି ଚାକିରୀରେ ରହିଲେ କ'ଣ କରିବେ ସେ ବିଷୟରେ ମନରେ ଟିକିଏ ଖଟକା ଥିଲା । ବର୍ତ୍ତମାନ ମୀରା ତାଙ୍କୁ ପ୍ରାୟ କିଣି ପକାଇଲା । ଏଥର ମୁନୀମ୍‍ଜୀ ତାକୁ ଝିଅ ପରି ବ୍ୟବହାର କଲେ । ମୀରା ଅଫିସ ବନ୍ଦ କରି ସନ୍ଧ୍ୟାବେଳେ ଗଦିରେ ବସି ମୁନୀମ୍‍ଜୀଙ୍କ କାମ ଦେଖେ । ପ୍ରଶ୍ନ ପଚାରି ଅନେକ କଥା ବୁଝିନିଏ । ମୁନୀମ୍‍ଜୀ ଅନେକ ସମୟରେ ସ୍ୱତଃପ୍ରବୃତ୍ତ ହୋଇ ବୁଝାଇ ଦିଅନ୍ତି । ମୀରା ଭଲ ହିନ୍ଦୀ କହି ପାରୁଥିବାରୁ ତାହା ମଧ୍ୟ ସୁବିଧା ହୋଇଗଲା । ବର୍ତ୍ତମାନ ମୀରାର ମାରୱାଡ଼ୀ ହିସାବ ରଖିବା ପଦ୍ଧତି ବିଷୟରେ ଏକ ମୋଟାମୋଟି ଧାରଣା ହୋଇଗଲାଣି ଓ ସେ ବୁଝି ପାରିଲାଣି ଯେ ଏହି ବ୍ୟବସ୍ଥା ଚାଲେ କିପରି ।

ଦିନେ ମୀରା ବନ୍ୱାରୀଲାଲଙ୍କୁ କହିଲା, "ଏହା ଭିତରେ କୃଷି ଉତ୍ପାଦନ ବୃଦ୍ଧି ଲାଗି ଖୁବ୍ ଚେଷ୍ଟା ଚାଲିଛି ଏବଂ ଯାଜପୁର ସବ୍‍ଡ଼ିଭିଜନ୍ ଓ ଆନନ୍ଦପୁର ସବ୍‍ଡ଼ିଭିଜନ୍‍ରେ ବହୁତ ଜଳସେଚିତ ଜମି ଅଛି । ଏଣୁ ଏହିଠାରେ ହରିତ୍ କ୍ରାନ୍ତି ଯୋଡ଼ିଏ କଥା ଉପରେ ନିର୍ଭର କରେ । ଜଳସେଚନ ଓ ସାର ଏବଂ ଏଥିରେ ସାରର ଆବଶ୍ୟକ ଯେପରି ସରକାରକୁ ଜଣେ ରେଡ଼ିମେଡ଼୍ ସପ୍ଲାୟର ମିଳିଯିବ ଏବଂ ସେମାନେ ଅନ୍ୟ କାହାରି କଥା ଚନ୍ତା କରିବେ ନାହିଁ ।" ବନ୍ୱାରୀଲାଲ୍ ରାଜି ହେଲେ । ମୀରାର ତ ଆଗରୁ ରାସାୟନିକ ଦ୍ରବ୍ୟ ବଜାର ସହିତ ପରିଚୟ ଥିଲା । ସେ କଲିକତା ଦୌଡ଼ାଦୌଡ଼ି କରି ଆଇ.ସି.ଆଇ. ହିନ୍ଦୁସ୍ତାନ ଫର୍ଟିଲାଇଜର ଓ କ୍ରିଫ୍‍କୋର ଏଜେନ୍‍ସି ନେଇ ଆସିଲା । ଛଅ ମାସ ପରେ ହରିତ୍ କ୍ରାନ୍ତି ସ୍କିମ୍ ଚାଲୁ ହେଲା । ଏତେ ରାସାୟନିକ ସାର କିଏ ଦେବ ଏବଂ ବ୍ଲକ୍ ସ୍ତରରେ ପହଞ୍ଚାଇ ପାରିବ ।

ଏଥିଲାଗି ମୀରା ଆଗରୁ ପ୍ରସ୍ତୁତ ଥିଲା । ଏଜେନ୍‍ସି ଦୁର୍ଗା ଟ୍ରେଡ଼ିଂ ନାମକ ବନ୍ୱାରୀଲାଲଙ୍କର ଏକ ନିଜସ୍ୱ ସଂସ୍ଥା ରେଜିଷ୍ଟାର କରାଇ କେମିକାଲର ବ୍ୟବସାୟ ତାହା ଦମରେ ରହିଲା । ଏଣୁ ଦୁର୍ଗା ଟ୍ରେଡ଼ିଂ ଯାଜପୁର, କେନ୍ଦୁଝର ଲାଗି ଏକମାତ୍ର ରାସାୟନିକ ସାରର ପାଇକାରୀ ଏଜେଣ୍ଟ ହୋଇଗଲା । ବ୍ଲକ୍‍ମାନଙ୍କୁ ପହଞ୍ଚାଇବା ଲାଗି ପ୍ରଥମେ ଏକ ଜିପ୍ ଓ ପରେ ଟ୍ରକ୍ ହେଲା । ଏହା ସହିତ ଅନ୍ୟାନ୍ୟ

କେମିକାଲ ଧୀରେ ଧୀରେ ଆସିଲା। ବିଶେଷ କରି କୀଟନାଶକ ଔଷଧ। ଆଗରୁ ବନୱାରୀଲାଲଙ୍କର ଏକ ମେଶିନ୍ କାରବାର ଥିଲା। ମୀରା ତଙ୍କୁ କହିଲା ଯେ ଏଣିକି ନାନା ରକମ କୃଷି ଯନ୍ତ୍ରପାତିର ବ୍ୟବସାୟ ବଢ଼ିବ। ତାହାର ଏଜେନ୍ସି ନିଅନ୍ତୁ। ତାହର ଏଜେନ୍ସି ମଧ୍ୟ ନିଆଗଲା। କିନ୍ତୁ ପୈତୃକ ବ୍ୟବସାୟ ଗିରିଧାରୀଲାଲ୍ କିରୋଡ଼ୀମଲ ନାମର। ପରେ ପ୍ରଧାନତଃ ଖଣି ଅଞ୍ଚଲରେ କାମ କରୁଥିବା ନାନା ମେସିନ୍ ଅର୍ଥାତ୍ ଡ଼ମ୍ପର, କ୍ରେନ, ମେକାନିକାଲ, ଶଭୋଲ ଆଦିର ସ୍ପେଆର ପାର୍ଟସ୍।

ମାଇନିଂ ଅଞ୍ଚଲରେ ମେଶିନ୍ ବହୁତ ଭାଙ୍ଗେ ଓ ବହୁତ ସ୍ପେଆର ପାର୍ଟ ଦରକାର। ଏଣୁ ଦୁର୍ଗା ଟ୍ରେଡ଼ିଂ ଏଇଲେ ସବୁଠାରୁ ବଡ଼ ବ୍ୟବସାୟ। ଲକ୍ଷ୍ମୀଙ୍କର ଘର। ସାବେକୀ ଖଣି ଫାର୍ମ ଗିରିଧାରୀଲାଲ୍ କିରୋଡ଼ୀମଲର ବ୍ୟବସାୟ ମଧ୍ୟ ଚାଲିଛି। ଦୁଇଟା କ୍ରୋମାଇଟ୍ ଖଣି ଅଛି। କାଠ ବ୍ୟବସାୟ ମଧ୍ୟ ଚାଲିଛି। ରୋଜଗାର ଅଛି। କିନ୍ତୁ ପ୍ରକୃତରେ ବନୱାରୀଲାଲଙ୍କ ଲକ୍ଷ୍ମୀ ଦୁର୍ଗା ଟ୍ରେଡ଼ିଂରେ।

ଏହା ଭିତରେ ପାଞ୍ଚ ବର୍ଷ ଗଡ଼ିଗଲାଣି। ମୀରା ବନୱାରୀଲାଲ ଦେଇଥିବା ଗୋଟିଏ ଘରେ ରହେ। ଘରେ ଦୁଇଟି ବଖରା, ରନ୍ଧାଘର ଆଧୁନିକ ବାଥରୁମ ଆଦି ଓ ସାମ୍ନାରେ ଏକ ବଡ଼ ବରଣ୍ଡା। ତାହା ଲୁହା ଜାଲି ଦ୍ୱାରା ଘେରା ହୋଇଥିବାରୁ ଏକ ପ୍ରକାର ଡ୍ରଇଂ ରୁମର କାମ ଦିଏ। ମୀରାର ସମସ୍ତ ସମୟ ଅଫିସର କାମରେ ଯାଏ। ତଥାପି ଯାହା ସମୟ ମିଲେ, ବିଶେଷ କରି ସକାଲେ ଓ ଶୋଇବା ପୂର୍ବରୁ ତାହା ବାଲଗୋପାଲଙ୍କୁ ଅର୍ପିତ। ବନୱାରୀଲାଲଙ୍କୁ କହି ଜୟପୁର (ରଜସ୍ଥାନ)ରୁ ଏକ ବାଲଗୋପାଲ ମୂର୍ତ୍ତି ଅଣାଇଛି। ସେଥିରେ ଯଶୋଦା କୋଲରେ କୃଷ୍ଣଙ୍କୁ ଧରି ବସିଛନ୍ତି। ଠାକୁର ବସାଇବା ଭୋଗ କରିବା ଆଦି କାମ ବନୱାରୀଲାଲଙ୍କ ଘରର ପୂଜକ ବ୍ରାହ୍ମଣ ଆସି କରେ। କିନ୍ତୁ ଏହି ଯଶୋଦାଙ୍କ କୋଲରେ ବାଲଗୋପାଲ ମୀରାର ବନ୍ଧୁ। ତାଙ୍କ ସାଥୀରେ ଅନେକ ସମୟ ଧରି କଥା ହୁଏ। ବିଶେଷ କରି ଯଶୋଦାଙ୍କ ସାଥୀରେ ନିଜର ଦୁଃଖ କହେ। ଶିଶୁକୁ ଛାଡ଼ି ଆସିବାର ଦୁଃଖ ଅନେକ ସମୟରେ କୋହ ହୋଇ ବାହାରେ। ଅନେକ ସମୟରେ ଅମ୍ମୀୟର କଥା କହେ। ତାହାର ଅନ୍ୟ ଜନ୍ମରେ କଲ୍ୟାଣ ଲାଗି ଅନୁରୋଧ ବ୍ୟବହାର କରେ। କିନ୍ତୁ ଏହା ତାହା ମନରେ ଜମି ଯାଇଥିବା ବେଦନା ଓ ମାନସିକ ଚାପ ବାହାର କରିଦିଏ। ଏହା ଫଲରେ ସେ ପ୍ରଫୁଲ୍ଲ ହୋଇଯାଏ ଏବଂ ଆହୁରି କାମ କରିବାର ଶକ୍ତି ପାଏ।

ବେଳେ ବେଳେ କୃଷ୍ଣ ଯଶୋଦାଙ୍କ ଆଗରେ ଗାଏ। ମୋଟ୍ ଉପରେ ଏହା ହିଁ ଏକପ୍ରକାର ତାହାର ପ୍ରକୃତ ଜୀବନ। ଅନ୍ୟଟା କେବଳ ବାହ୍ୟ।

ଯେଉଁ ଚାକରାଣୀ ତାହାର କାମ ଓ ରନ୍ଧାରନ୍ଧି କରୁଥିଲା ସେ ଜଣେ ବିଧବା ବ୍ରାହ୍ମଣୀ। ସେ ଓଡ଼ିଆ। ଏଣୁ ମୀରା ଲାଗି ମାଛ ମାଂସ ରାନ୍ଧିବାରେ ତାହାର କିଛି ଆପତ୍ତି ନଥିଲା। କିନ୍ତୁ ମୀରାକୁ କ୍ରମେ ଆଉ ମାଛ ମାଂସ ଭଲ ଲାଗିଲା ନାହିଁ। ତାହାର ପ୍ରଧାନ କାରଣ ବ୍ରାହ୍ମଣୀ ନାନୀ ତ ନିରାମିଷ ଖାଇବେ। ଆମିଷ ହୋଇଥିବା ଚୁଲିରେ ରାନ୍ଧି ଖାଇବେ ନାହିଁ। ତାହା ସବୁ ଘରେ ଗୁଡ଼ାଏ ଅସୁବିଧା ସୃଷ୍ଟି କରେ। ଏଣୁ ମୀରା ଆମିଷ ଛାଡ଼ିଦେଲା, ଯେପରି ତାହାର ନାନୀଙ୍କର ରନ୍ଧା ଏକାଠି ହୋଇଯିବ। ସକାଳେ ତ ପରଟା ତରକାରୀ ଖାଇ ବାହାରି ଯାଏ। ଖରାବେଳେ ଓ ରାତିରେ ନିରାମିଷ। ତେବେ ବ୍ରାହ୍ମଣୀ ରାନ୍ଧନ୍ତି ଭଲ। ବାହାରକୁ ଗଲେ ହୋଟେଲ ଇତ୍ୟାଦିରେ ଆମିଷ ଖାଇବାରେ ମୀରାର ଆପତ୍ତି ନାହିଁ। ବ୍ରାହ୍ମଣୀ ନାନୀ ତ ପ୍ରାୟ ରହନ୍ତି। ଏଣୁ ବାଳଗୋପାଳ ଓ ଯଶୋଦାଙ୍କ ସାଥିରେ ମୀରାର ସମ୍ପର୍କ ବିଷୟରେ ସେ ଜାଣନ୍ତି। କିନ୍ତୁ ସେ ମଧ୍ୟ ତ ଜୀବନରେ କମ୍ ହରାଇ ନାହାନ୍ତି। ଏଣୁ ମୀରାର କଥା ତାଙ୍କୁ ଆଶ୍ଚର୍ଯ୍ୟ କରେ ନାହିଁ, ବରଂ ଭଲ ଲାଗେ।

ମୀରା ଉଠେ ଶୀଘ୍ର। ପ୍ରାୟ ପାଞ୍ଚଟା ବେଳକୁ। ନାନୀ ମଧ୍ୟ ଉଠି ସାଙ୍ଗେ ସାଙ୍ଗେ ରେ କରି ଦିଅନ୍ତି। ମୀରା ବାଥରୁମ୍ କାମ ସାରି ଟିକେ ବୁଲି ଆସେ। ଏଥିଲାଗି ରାତି ଚଉକିଦାର ଆପା ଅପେକ୍ଷା କରିଥାଏ। ଅନେକ ସମୟରେ ଅନ୍ଧାର ଥିବାରୁ ସ୍ତ୍ରୀଲୋକ ପକ୍ଷରେ ଏକା ବୁଲିଯିବା ଭଲ ନୁହେଁ। ବୁଲି କରି ଆସିଲେ ଆଉ ଟିକିଏ ରେ ଖାଇ ପଢ଼ିବାକୁ ବସେ। ସେତେବେଳକୁ ପୁରୀ ଏକ୍ସପ୍ରେସ୍ ଦ୍ୱାରା କଲିନୋମିକ୍ ଟାଇମ୍ସ। ପଢ଼ାପଢ଼ି ସାରି ସ୍ନାନ, ପୂଜା ତାହାପରେ ଜଳଖିଆ। ନଅଟା ବେଳେ ନିଶ୍ଚୟ ଅଫିସରେ। ବର୍ତ୍ତମାନ ସମସ୍ତେ ମୀରା ଦେବୀଙ୍କୁ ଦୁର୍ଗା ଟ୍ରେଡ଼ିଂର ମ୍ୟାନେଜର ବୋଲି ଜାଣନ୍ତି। ଯଦିଚ ସେ ଅନ୍ୟ ଫାର୍ମର କାମ ମଧ୍ୟ ଦେଖୁଛନ୍ତି। ମୀରାକୁ ଅନେକ ସମୟରେ କଲିକତା ଓ ଭୁବନେଶ୍ୱର ଯିବାକୁ ପଡ଼େ। ଏଣୁ ବନୱାରୀଲାଲ୍ ଥରେ ଦୁର୍ଗା ଟ୍ରେଡ଼ିଂ ଲାଗି ଏକ ଗାଡ଼ି କିଣିବାର ପ୍ରସ୍ତାବ ଦେଲେ। ମୀରା ମନା କଲା। ସେ କହିଲା- "ବନୱାରୀଲାଲଜୀ, ଆପଣଙ୍କର ମାରୱାଡ଼ୀ ବ୍ୟବସାୟର ରହସ୍ୟ କ'ଣ? ଲୋ ଓଭର ହେଡ୍। ନୁହେଁ କି? ଗାଡ଼ି ରଖିଲେ, ଡ୍ରାଇଭର ରଖିବେ। ଗ୍ୟାରେଜ୍ ହେବ। ୱାର୍କସପ୍ ଖର୍ଚ୍ଚ ଅଛି। ଠିକ୍ କଥା

ମୁଁ ଭୁବନେଶ୍ୱର ଗଲେ ସେଠି ନାନା ଜାଗାକୁ ଯିବା ଲାଗି ଗାଡ଼ି ଦରକାର। କିନ୍ତୁ ଏଠାରୁ ଗାଡ଼ିରେ ଯିବା କି ଦରକାର? ସକାଳୁ ଉକ୍କଳ ଏକ୍‌ସପ୍ରେସ୍‌ରେ ବସି ଭୁବନେଶ୍ୱର ଆରାମରେ ଯିବି? ସେଠି ଆଗରୁ ଏକ ଟ୍ରାଭେଲ୍ ଏଜେଣ୍ଟକୁ ଟେଲିଫୋନ୍ କରି ଦେଇଥିବା। ସେ ଟ୍ୟାକ୍‌ସି ଷ୍ଟେନସ୍‌କୁ ଆଣିଥିବ। ଦିନସାକ ମୁଁ ଟ୍ୟାକ୍‌ସି ବ୍ୟବହାର କରି ସନ୍ଧ୍ୟାବେଳେ କୌଣସି ଟ୍ରେନ୍‌ରେ ଫେରି ଆସିବି। କଲିକତା ଗଲେ ତ' ଟ୍ରେନ୍‌ରେ ଯାଇ ସେଠି ପୂରାଦିନ ସାଇଟ୍‌କୁ ଯିବା ଦରକାର ହୁଏ, ଦୁର୍ଗା ଟ୍ରେଡ଼ିଂର ଜିୟଟା ତ ଅଛି।"

ବର୍ତ୍ତମାନ ଉଭୟ ଗିରିଧାରୀଲାଲ୍ କିରୋଡ଼ୀମଲ ଓ ଦୁର୍ଗା ଟ୍ରେଡ଼ିଂ ଖୁବ୍ ଭଲ କରୁଛନ୍ତି। ଦୁର୍ଗା ଟ୍ରେଡ଼ିଂର କାମ ସମ୍ପୂର୍ଣ୍ଣ ମୀରାର। ଅନ୍ୟ ଫାର୍ମ ବନ୍ୱାରୀଲାଲ ଓ ମୁନୀମ୍‌ଜୀ ବୁଝୁଛନ୍ତି। ଯଦିଚ ମୀରାର ମତ ସବୁବେଳେ ପଚରାଯାଏ, ବିଶେଷକରି ନୂଆ କାମ କରିବାକୁ ଯିବା ଆଗରୁ। ଏହିପରି ଘଟଣା ଥିଲା ଯେତେବେଳେ ପ୍ଲାଇଉଡ୍ କାରଖାନା ତିଆରି ହେଲା। ମୀରା ଖୋଜା ଖୋଜି କରି ଜଣେ ଭଲ ପ୍ଲାଇଉଡ୍ ଟେକ୍‌ନୋଲୋଜିଷ୍ଟ୍ ଆଣି ଦେଲା। ମୀରାର ମତରେ କାରଖାନା ଆନନ୍ଦପୁରରେ ହେଲା। କାରଣ ସେ ମିଲ୍ ପାଖରେ ଯେତେ ଜାଗା ଥିଲା, ସେଥିରେ ନୂଆ କାରଖାନା ବସି ପାରିବ ନାହିଁ ଓ ବର୍ତ୍ତମାନ ଯାଜପୁର ରୋଡ଼ରେ ଜମି ପାଇବା ଅସମ୍ଭବ। ଆନନ୍ଦପୁର କେନ୍ଦୁଝର ଜିଲ୍ଲାରେ ହୋଇଥିବାରୁ ଓ ସେଠି ବେଶୀ ଶିଳ୍ପ ନଥିବାରୁ ଜମି ପାଇବାର ଅସୁବିଧା ନାହିଁ ଏବଂ ଯେଉଁ ଜଙ୍ଗଲରୁ କାଠ ଆସିବ ତାହା ମଧ୍ୟ ଅପେକ୍ଷାକୃତ ନିକଟ। ପ୍ଲାଇଉଡ୍ ତ ଟ୍ରକ୍‌ରେ ଯିବ। ସେଥିଲାଗି ରେଲ ଲାଇନ୍ ପାଖରେ ରହିବା କିଛି ଦରକାର ନାହିଁ। ସେଠି କଲିକତାରୁ ଅଣାଇଥିବା ମ୍ୟାନେଜରେ ରହିବେ। ମୀରା ନିଜେ ଆଦିବାସୀ ଓ ବିହାରୀ ଶ୍ରମିକ ସେଠି ଲଗାଇବାର ସ୍ଥିର କଲା। କାରଖାନା ଆଧୁନିକ ହୋଇଥିବାରୁ ଏପରି ମଧ୍ୟ ଶ୍ରମିକ ଆବଶ୍ୟକତା ଅପେକ୍ଷାକୃତ କମ। ଯାଜପୁର ରୋଡ଼ର କରତ କଳକୁ ବିକ୍ରି କରିଦେବା ସ୍ଥିର ହେଲା। ପ୍ଲାଇଉଡ୍ ମିଲ୍ ଗିରିଧାରୀଲାଲ୍ କିରୋଡ଼ିମଲ ମାଲିକାନାରେ ରହିଲା।

ବନ୍ୱାରୀଲାଲ କହିଲେ, "ମୀରା, ତୁମେ କାହିଁକି ପ୍ଲାଇଉଡ୍ ମିଲ୍‌କୁ ଦୁର୍ଗା ଟ୍ରେଡ଼ିଂ ମାଲିକାନାରେ ରଖିବାକୁ ନାହିଁ କରୁଛ? ଏହାର ମୂଲଧନ ତ ମୁଁ ଦେଇଛି। ପୈତୃକ ବ୍ୟବସାୟରୁ ତ ଆସିନାହିଁ।"

(ଏହା ଭିତରେ ମୀରାଦେବୀ ଓ ମୀରା ଓ ଆପଣ ତୁମେ ହୋଇଗଲେଣି।

କିନ୍ତୁ ମୀରା ତାଙ୍କୁ ବନୱାରୀଲାଲ୍‌ଜୀ ଓ ଆପଣ ହିଁ କହେ। ତାଙ୍କର କଥାବାର୍ତ୍ତା ବର୍ତ୍ତମାନ ତ ପ୍ରାୟ ହିନ୍ଦୀରେ ହୁଏ। ଏଣୁ ଆପ୍ କହିବାଟା ହିନ୍ଦୀରେ ଓଡ଼ିଆର ଆପଣ ଭଳିଆ ଫର୍ମାଲ୍ ନୁହେଁ।)

ମୀରା କହିଲେ, "ଦେଖନ୍ତୁ, ଆପଣଙ୍କ କଥା ତ ପ୍ରକୃତରେ ସତ। କିନ୍ତୁ ଲୋକ ସନ୍ଦେହ କରିପାରନ୍ତି। ସ' ମିଲ୍ ତ' ଗିରିଧାରିଲାଲ୍ କିରୋଡ଼ୀମଲର ମାଲିକାନାରେ ଥିଲା। ପ୍ଲାଇଉଡ୍ କାରଖାନା ତ' ଏକ ପ୍ରକାର କରତ କଲର ସକ୍‌ସେସର। ଏଣୁ ଏହା ଯଦି ଦୁର୍ଗା ଟ୍ରେଡ଼ିଂକୁ ଯାଏ ତାହାହେଲେ ଲୋକେ ସଂଦେହ କରିପାରନ୍ତି ଯେ, ପୈତୃକ ଫାର୍ମର ଲାଭ ଆପଣ ଦୁର୍ଗା ଟ୍ରେଡ଼ିଂକୁ ଶୋଷି ନେଉଛନ୍ତି। Siphoning Resources ଯଦିଚ ଆପଣ ପ୍ରଧାନ ଅଂଶୀଦାର, ତଥାପି ଏଥରେ ଅନ୍ୟ ଶରିକ୍ ମଧ୍ୟ ଅଛନ୍ତି। ପୁଣି ଆପଣଙ୍କ ପରେ ଆପଣଙ୍କର ଜୋଇଁ ଓ ନାତି କ'ଣ ଭାବିବେ, ଏହା ମଧ୍ୟ ଚିନ୍ତା କରିବା ଉଚିତ। ତଥାପି ଆମେ ବରଂ ଲିଗାଲ ଓପିନିୟନ (Legal Opinion) ନେଇଯିବା। କାଳୀବାବୁଙ୍କ ସାଥୀରେ କନ୍‌ସଲ୍‌ଟି କରି ନିଅନ୍ତୁ।

ଦୁଇ ଚାରିଦିନ ପରେ ମୀରା ଓ ବନୱାରୀଲାଲ କଟକ ଯାଇ କାଳୀବାବୁଙ୍କୁ ସମସ୍ତ ଘଟଣା କହିଲେ। କାଳୀବାବୁ କହିଲେ ଯେ, ମୀରାଦେବୀଙ୍କର ମତ ଭବିଷ୍ୟତ ନିରାପଦ ଲାଗି ଉଚିତ। ତେବେ ଏଣିକି ଆଉ ଟିକିଏ ଆଇନଗତ ବ୍ୟବସ୍ଥା କରାଇ ନେବା। ପ୍ରତ୍ୟେକ ଶରିକ୍‌ଙ୍କ ଅଂଶ, ଏପରିକି ଝିଅମାନଙ୍କ ଅଂଶ ଠିକ୍ କରି ଏମାନଙ୍କୁ ସେଆର୍ ହୋଲ୍ଡର କରି ସେହିପରି ଏକ ଆର୍ଟିକିଲ୍ ଅଫ୍ ଆସୋସିଏସନ୍ କରିଦେବା। ବନୱାରୀଲାଲଙ୍କଜୀ ମ୍ୟାନେଜିଂ ଡାଇରେକ୍‌ଟର ହୋଇ ଏହି ପ୍ରାଇଭେଟ୍ ଲିମିଟେଡ୍ ଫାର୍ମର ପରିଚାଳନା କରିବେ ଓ ସେଥିଲାଗି ଏକ ଫି ପାଇବେ। ଯେହେତୁ ଏଣିକି ଚାଟାର୍ଡ଼ ଆକାଉଣ୍ଟାଣ୍ଟ ଅଡ଼ିଟ୍ କରିବେ। ଅତଏବ ସହଜେ କେହି ଶୋଷି ନେବାର ବା Siphoning Resources ଅଭିଯୋଗ ଆଣି ପାରିବ ନାହିଁ। ଏହା ମଧ୍ୟ ଆପଣଙ୍କର ଝିଅମାନଙ୍କର ଭବିଷ୍ୟତ ପ୍ରତି ନିରାପଦ। ଏହାପରେ ସାବେଜୀ ସଂସ୍ଥା ବର୍ତ୍ତମାନ ଗିରିଧାରୀଲାଲ କିରୋଡ଼ୀମଲ ପ୍ରାଇଭେଟ୍ ଲିମିଟେଡ୍ ହୋଇଗଲା।

ସମସ୍ତେ ଅର୍ଥାତ୍ ବନୱାରୀଲାଲଙ୍କ ଭଉଣୀ, ମୁନୀମ୍‌ଜୀ ଓ ଅନ୍ୟ କର୍ମଚାରୀମାନେ ମୀରାଦେବୀଙ୍କ କାର୍ଯ୍ୟକଳାପ ଲକ୍ଷ୍ୟ କରି ସାରିଲେଣି। ସମସ୍ତେ କହନ୍ତି ମୀରା ନିଶ୍ଚୟ ଆରଜନ୍ମରେ ମରାଠୀ କି ଗୁଜରାଟୀ ବ୍ୟବସାୟୀ ଥିଲା।

ଭୁଲରେ କିପରି ଓଡ଼ିଆ ଘରେ ଜନ୍ମ ହୋଇଛି । ହୁଏତ ବ୍ରହ୍ମା ତାକୁ ମାରୱାଡ଼ୀ ତିଆରି କରିଥିଲେ । ଜନ୍ମ ଦେଲା ବେଳକୁ ଅଫିସର ଭୁଲ୍ ଯୋଗୁଁ ଗର୍ଭ ବଦଲି ହୋଇଗଲା । ସମସ୍ତେ ଜାଣିଲେଣି ଯେ ମୀରାର ମାଲିକ ଉପରେ ପ୍ରଭାବ କେତେ । ବହୁତ ଖୁସାମତିଆ ତାଙ୍କ ପାଖକୁ ଆସିବାର ଚେଷ୍ଟା କରନ୍ତି । କିନ୍ତୁ ମୀରା କୌଣସି ମତେ ବନୱାରୀଲାଲଙ୍କ କ୍ଷମତା କ୍ଷୟ ହେବାକୁ ଦିଅନ୍ତି ନାହିଁ । ସ୍ପଷ୍ଟ କରି ଦିଅନ୍ତି ଯେ ସେ ଜଣେ କର୍ମଚାରୀ । ମାଲିକ ବନୱାରୀଲାଲ ଓ ଫଇସଲା ସେ ହିଁ କରିବେ । ଏସବୁ ବନୱାରୀଲାଲ ମଧ୍ୟ ଠିକ୍ ଲକ୍ଷ୍ୟ କରୁଛନ୍ତି । ସେ ଏହା ଭିତରେ କାମ ଭାଗ କରି ଦେଇଛନ୍ତି । ଦୁର୍ଗା ଟ୍ରେଡ଼ିଂର ମ୍ୟାନେଜର ମୀରାଦେବୀ ଓ ଗିରିଧାରୀଲାଲ କିରୋଡ଼ୀମଲ ପ୍ରାଇଭେଟ୍ ଲିମିଟେଡ଼ର ମ୍ୟାନେଜର ମୁନୀମଜୀ ଅର୍ଥାତ୍ ଛେଦିଲାଲ ଜୈନ୍ । ଉଭୟ ଫାର୍ମର ବନୱାରୀଲାଲ ଅଗ୍ରୱାଲ ମ୍ୟାନେଜିଂ ଡ଼ାଇରେକ୍ଟର । ଦୁର୍ଗା ଟ୍ରେଡ଼ିଂର ପ୍ରୋପ୍ରାଇଟର ବା ମାଲିକ ମଧ୍ୟ ।

ଏହା ଭିତରେ ମୀରା କେବେ ବାଲେଶ୍ୱର ଯାଇ ନାହାନ୍ତି । ଅବଶ୍ୟ ସମସ୍ତେ ଜାଣନ୍ତି ଯେ ଯାଜପୁର ରୋଡ଼ରେ ଅଛନ୍ତି । ମା'ଙ୍କର ଖୁବ୍ ଦେହ ଖରାପ ହେଲା । ଶେଷ ସମୟ ବୋଲି ମୀରା ନାନୀ ପାଖକୁ ଗଲେ । ମା'ଙ୍କର ତ ବହୁଦିନୁ ମତିଭ୍ରମ ହୋଇ ଯାଇଥିଲା । ତଥାପି ମୀରାକୁ ଚିହ୍ନିଲେ । ସେଥର ଆଉ ମା' ଉଠିଲେ ନାହିଁ । ପ୍ରାୟ ପନ୍ଦରଦିନ ବେମାର ପରେ ଚାଲିଗଲେ । ଏଥର ମୀରା ଚିକିତ୍ସାର ଅନେକ ବ୍ୟବସ୍ଥା କରିଥିଲା । ଶ୍ରାଦ୍ଧ ଆଦି ମଧ୍ୟ ପ୍ରଧାନତଃ ମୀରା ଦ୍ୱାରା ହିଁ କରାଗଲା । ଭାଇ ଏହା ଭିତରେ ରାଜନୈତିକ ଗୁଣ୍ଡା ସରଦାର ହୋଇଯାଇଛି ଓ ନାନାଦି ଗଣ୍ଡଗୋଳ ସହିତ ଜଡ଼ିତ ଅଛି । ତାଙ୍କର ପୈତୃକ ଘରଟାକୁ ଏକ ପ୍ରକାର ମାଡ଼ିବସି ଦଖଲ କରିଛି ଓ ସେଠି ଗୋଟିଏ ବଙ୍ଗାଳୀ ରିଫ୍ୟୁଜି ଟୋକୀକୁ ନେଇଅଛି । ମୀରାକୁ ଆଭାସ ଇଙ୍ଗିତରେ ଜଣାଇ ଦେଲା ଯେ ଭଉଣୀମାନେ ଏ ଘରର ଅଂଶ ଆଶା କରିବା ବୃଥା । ତାହାର ସବୁତାରୁ ଡର ମୀରା ପ୍ରତି ଥିଲା, କାରଣ ପ୍ରଥମତଃ ସେ ଅବିବାହିତା, ପୁଣି ଶିକ୍ଷିତା ଓ ବଡ଼ ମହଲ ସାଥୀରେ ବ୍ୟବସାୟ ସୂତ୍ରୁ ଜଣା ଶୁଣା ଅଛି । ମୀରା ତାକୁ କହିଦେଲା ଯେ, ସେ ଘର ତାହାର ହେବ, ଯଦି ସେ ସେହି ରିଫ୍ୟୁଜି ଟୋକୀକୁ ବାହା ହୁଏ । ବାପାଙ୍କ ମା'ଙ୍କ ଘରେ ଏ ପ୍ରକାର ବ୍ୟଭିଚାର ସେ ସ୍ୱୀକାର କରିବ ନାହିଁ । ମୋଟାମୋଟି ତାହାର ମଧ୍ୟ ଫଇସଲା ହୋଇଗଲା । ଏହି ସବୁ ସାରି ମୀରା ଯାଜପୁର ରୋଡ଼ ଫେରି ଆସିଲା । ▪

ଷଷ୍ଠ ପରିଚ୍ଛେଦ

ବର୍ତ୍ତମାନ ଆସ୍ତେ ଆସ୍ତେ ମୀରା ଓ ବନୱାରୀଲାଲଙ୍କ ସମ୍ପର୍କରେ ଏକ ପରିବର୍ତ୍ତନ ଆସି ଯାଇଥିଲା ବା ଆସୁଥିଲା । ସେମାନେ ପରସ୍ପରର ନିକଟବର୍ତ୍ତୀ ହେବାକୁ ଲାଗିଲେ । ତାହା ଆବଶ୍ୟ ବ୍ୟବସାୟ ବିଷୟରେ ଆଲୋଚନା ଓ ଭବିଷ୍ୟତ ଲାଗି ଯୋଜନା କରିବା ଆଲୋଚନାରୁ ଆରମ୍ଭ ହୋଇଥିଲା । ଫଳତଃ ପରସ୍ପର ମଧ୍ୟରେ ଏକ ବିଶ୍ୱାସ ଆସି ଯାଇଥିଲା । କ୍ରମଶଃ ବନୱାରୀଲାଲ୍ ନିଜର ଜୀବନର ବିଭିନ୍ନ ଦିଗ, ସେଥିରେ ମିଳିଥିବା ସଫଳତା ଓ ଆହୁରି ବେଶୀ ମିଳିଥିବା ଅସଫଳତା ଓ ହତାଶା ବିଷୟରେ ନିଜକୁ ପ୍ରକାଶ କଲେ । ଏହା ଉଭୟ ମୀରା ଓ ବନୱାରୀଲାଲଙ୍କ ପକ୍ଷରେ ଏକ ନୂଆ ଅଭିଜ୍ଞତା, ଏକ ପ୍ରକାର ନୂଆ ଦୁନିଆ । ଜଣେ ପାଖାପାଖି ପଚାଶ ବର୍ଷର ବିପତ୍ନିକ ମାରୱାଡ଼ୀ ବ୍ୟବସାୟୀ ଓ ଜଣେ ପଇଁତିରିଶ ବର୍ଷର ଅବିବାହିତା ଉଚ୍ଚ ଶିକ୍ଷିତା ଚାକିରୀଜୀବୀ ମହିଳାଙ୍କ ମଧ୍ୟରେ କ'ଣ ଯୋଗସୂତ୍ର ହୋଇପାରେ ? କିନ୍ତୁ ଯୋଗସୂତ୍ର ତ' ଅନେକ ଅଛି । ପ୍ରଥମ ଯୋଗସୂତ୍ର ଉଭୟଙ୍କର ଏକତ୍ର ବିପଦରେ ପଡ଼ିଥିବାର ଅଭିଜ୍ଞତା । ପୁଣି ମୀରା ବନୱାରୀଲାଲଙ୍କୁ ରକ୍ଷା କରିଥିବାରୁ ମୀରା ବନୱାରୀଲାଲଙ୍କ ବିଷୟରେ କିପରି ଏକ ଦାୟିତ୍ୱ ଅନୁଭବ କରୁଥିଲା । ତାହାଛଡ଼ା ମୀରା ଏଠି ଏହି ପରିବେଶରେ ନିଜକୁ ଏକ ପ୍ରକାର ଆବିଷ୍କାର କରିପାରିଛି ଓ ସେ ମଧ୍ୟ ଏକ ନୂଆ ମୀରା ଦାଶ ହୋଇ ଯାଇଛି ଏବଂ ଏଥିଲାଗି ବନୱାରୀଲାଲ ମଧ୍ୟ ବହୁତ କରିଛନ୍ତି । ସେଥିଲାଗି ବନୱାରୀଲାଲଙ୍କ ପ୍ରତି କୃତଜ୍ଞତା ଓ ସମ୍ମାନ ତ ଅଛି । କେତେକଟା ସ୍ନେହ ମଧ୍ୟ ଆସିଛି । ଏହା ପ୍ରେମ ନୁହେଁ । ତାହା ଅମୀୟ ସହିତ ହୋଇଥିଲା ଓ ଅମୀୟ ସହିତ ମରି ଯାଇଛି । କିନ୍ତୁ ବନୱାରୀଲାଲଙ୍କ ପ୍ରତି ସହାନୁଭୂତି, କୃତଜ୍ଞତା ଓ ଏକ

ମାନବିକ ଦାୟିତ୍ୱବୋଧ ମିଶି ଏକ ପ୍ରକାର ସ୍ନେହ ହୋଇଯାଇଛି ବୋଲି କହିହେବ।

ବନବ୍ୱାରୀଲାଲଙ୍କ ଅଭିଜ୍ଞତା ଓ ପ୍ରତିକ୍ରିୟା ଭିନ୍ନ ପ୍ରକାରର। ତାଙ୍କର ବାଲ୍ୟ ବିବାହ ହୋଇଥିଲା। ସେତେବେଲେ ତାଙ୍କ ସ୍ତ୍ରୀ ଦଶ ବର୍ଷର ଥିଲେ ଓ ସେ ଚଉଦ ବର୍ଷର। ବିବାହିତ ଜୀବନ ଆରମ୍ଭ ହୁଏ ଆଉ ପାଞ୍ଚ ବର୍ଷ ପରେ। କିନ୍ତୁ ରକ୍ଷଣଶୀଳ ମାରୱାଡ଼ୀ ସମାଜରେ ସ୍ୱାମୀ ସ୍ତ୍ରୀ ମଧ୍ୟରେ ନିବିଡ଼ତା ହେବା ସମ୍ଭବ ନୁହେଁ। ବୋହୂ ପରିବାରର ଓ ବାହାଘର ଦୁଇଟା ପରିବାର ମଧ୍ୟରେ ସମ୍ପର୍କ। ତାହା ବ୍ୟକ୍ତିଗତ ସମ୍ପର୍କ ନୁହେଁ। ସନ୍ତାନ ଉତ୍ପାଦନ ନାମକ ସାମାଜିକ କର୍ତ୍ତବ୍ୟ ଲାଗି ସ୍ୱାମୀ ସ୍ତ୍ରୀ ଏକତ୍ର ହେବା କଥା ମାତ୍ର। ଦୁଇଟି ଝିଅ ହେଲେ। ସାନ ଝିଅକୁ ଦୁଇବର୍ଷ ହୋଇଥିବା ସମୟରେ ସ୍ତ୍ରୀଙ୍କୁ ଟାଇଫଏଡ୍ ହେଲା। ପ୍ରଥମରୁ ଡ଼ାକ୍ତର ଠିକ୍ ଜାଣି ନ ପାରି ମ୍ୟାଲେରିଆ ଚିକିତ୍ସା କଲେ, କାରଣ ସେ ସମୟରେ ଖୁବ୍ ମ୍ୟାଲେରିଆ ହେଉଥିଲା। ଏହି ଘଟଣା ସେ ବାପ ଘରକୁ ଯାଇଥିବା ବେଲେ ଅର୍ଥାତ୍ କଳାହାଣ୍ଡିର କେସିଙ୍ଗାରେ ଘଟିଲା। ଶେଷ ସମୟରେ ବନବ୍ୱାରୀଲାଲ୍ ଅବଶ୍ୟ ଉପସ୍ଥିତ ଥିଲେ। କିନ୍ତୁ ଜୀବନରେ ସେ ତାଙ୍କର ସ୍ତ୍ରୀଙ୍କୁ ପ୍ରକୃତରେ ପାଇନାହାନ୍ତି ।

ଛୋଟ ଛୁଆ ଦୁଇଟିଙ୍କ ଲାଗି ଦ୍ୱିତୀୟ ବିବାହ କଲେ ନାହିଁ। ଘରେ ତ ତାଙ୍କର ମା' ଓ ବିଧବା ବଡ଼ ଭଉଣୀ ଥିଲେ। ସେମାନେ ପିଲାକୁ ପାଲିବାର ଦାୟିତ୍ୱ ନେବେ। ଅତି କମ୍‌ରେ ପିଲାମାନେ ତ ବାପାର ସମ୍ପୂର୍ଣ୍ଣ ସ୍ନେହ ପାଇବେ। ଅନ୍ୟତ୍ର ସେ ସାବତ ମା'ର ଘଟଣା ଦେଖିଛନ୍ତି। ତାଙ୍କ ସ୍ତ୍ରୀଙ୍କ ମୃତ୍ୟୁ ପରେ ସେ ଆହୁରି ଦାୟିତ୍ୱ ଅନୁଭବ କରୁଥିଲେ। ଏଣୁ ନିଜ ପିଲାଙ୍କୁ ସେହି ବିପଦ ମଧ୍ୟକୁ ଠେଲି ଦେବାକୁ ରାଜି ନଥିଲେ। କିନ୍ତୁ ମୀରା ସାଥୀରେ ସମ୍ପର୍କ ଏକ ସମ୍ପୂର୍ଣ୍ଣ ନୂତନ ଅଭିଜ୍ଞତା। ମୀରା ବର୍ତ୍ତମାନ ତାଙ୍କର ସାଥୀ ଓ ସହାୟକ। ବ୍ୟବସାୟର ଦୁନିଆରେ ଉଭୟ ଥିବାରୁ ପରସ୍ପର କଥା ବୁଝିପାରନ୍ତି। ବ୍ୟବସାୟ ଦୁନିଆରେ ତ କଥା ହେବା ହିଁ କଷ୍ଟ। ଅନ୍ୟ ଲୋକ ତୁମର ସମ୍ଭାବ୍ୟ ପ୍ରତିଯୋଗୀ ହୋଇପାରେ ବା ପ୍ରତିଯୋଗୀକୁ ଖବର ଦେଇପାରେ। ଏଣୁ କଥାରେ ସବୁବେଲେ ସାବଧାନତା ଆବଶ୍ୟକ। କେବଲ ମୁନୀମ୍‌ଜୀଙ୍କ ସାଥୀରେ ଏଭଲି ଖୋଲା ଆଲୋଚନା ସମ୍ଭବ। କିନ୍ତୁ ମୁନୀମ୍‌ଜୀ ଆଧୁନିକ ବ୍ୟବସାୟରେ ଅନେକ କିଛି ବୁଝନ୍ତି ନାହିଁ। ବର୍ତ୍ତମାନ ବ୍ୟବସାୟରେ ଯେଉଁ ଉନ୍ନତି ହୋଇଛି, ତାହା ମୀରାଙ୍କ ଉପଦେଶ ଓ କାର୍ଯ୍ୟଦକ୍ଷତା ଯୋଗୁଁ ହୋଇଛି। ମୀରା ଜଣେ ଉପଯୁକ୍ତ ସହକର୍ମୀ ଓ ଉପଦେଷ୍ଟା। ଏଣୁ ସମ୍ମାନ ଅଛି,

ସ୍ନେହ ଅଛି । ତାହା ସହିତ ଏ କଥା ମଧ୍ୟ ସତ ଯେ ମୀରା ଗୋଟିଏ ଆକର୍ଷକ ନାରୀ । ମୀରା ସହିତ, ସହକର୍ମୀ, ଉପଦେଷ୍ଟା ଓ ବନ୍ଧୁର ସମ୍ପର୍କ ଛଡ଼ା ଯଦି ଅନ୍ୟ କିଛି ନାହିଁ । କିନ୍ତୁ ସେ ଭଲକରି ଜାଣନ୍ତି ଯେ ମୀରା କୌଣସି ଅସଙ୍ଗତ ବେଆଇନ୍ ପ୍ରସ୍ତାବରେ ରାଜି ହେବ ନାହିଁ । କେତେଥର ଭାବିଲେଣି ଯଦି ବିବାହର ପ୍ରସ୍ତାବ କରାଯାଏ । କିନ୍ତୁ ଏ ବିଷୟରେ ଝିଅମାନଙ୍କ କଥା ଭାବିବାକୁ ହେବ । ଝିଅମାନେ ଅବଶ୍ୟ ମୀରା ମୌସୀଙ୍କୁ ଭଲ ପାଆନ୍ତି । ସେମାନେ ଜାଣନ୍ତି ଯେ ତାଙ୍କର ଉଚ୍ଚଶିକ୍ଷା ଲାଗି ମୀରା ମୌସୀ ଚାପ ଦିଅନ୍ତି । ବର୍ତ୍ତମାନ ବଡ଼ ଝିଅର ବୟସ ତେର । ମୀରା ହିଁ ତାହାର ପାଠ ଚାଲୁ ରଖିବାକୁ ସବୁଠାରୁ ବେଶୀ ଚାପ ଦେଇଛନ୍ତି । ଭଲ ଇଂଲିଶ କହି ଓ ଲେଖି ପାରିବା ଲାଗି ମାଷ୍ଟରାଣୀର ବଦୋବସ୍ତ କରିଛନ୍ତି ଓ ନିଜେ ପ୍ରଗତି ପରୀକ୍ଷା କରନ୍ତି । ତାହାଛଡ଼ା ଭଉଣୀର ମତ ନେବାକୁ ହେବ କାରଣ ସେ ଏକପ୍ରକାର ଘରର ମୁଖ୍ୟ । କିନ୍ତୁ ପ୍ରଥମେ ମୀରାର ମତ ନେବା ଦରକାର । ସେ ହିଁ ଯଦି ରାଜି ନ ଥାଏ, ତାହାହେଲେ ଆଉ କାହାଠାରେ କାହିଁକି ପ୍ରକାଶ କରିବା । ବନୱାରୀଲାଲ୍ କେବେ କେବେ ମୀରା ଘରକୁ ଆସନ୍ତି । ବିଶେଷ କରି ସନ୍ଧ୍ୟାବେଳେ ଯଦି କାଗଜପତ୍ର ବିଷୟରେ ଆଲୋଚନା କରିବାକୁ ହୁଏ ଏବଂ ରାତିରେ ଅଫିସ୍ ଖୋଲାଇବାରେ ଅସୁବିଧା ଥାଏ । ବ୍ରାହ୍ମଣୀ ନାନୀ ତ ସବୁବେଳେ ଘରେ ଥାଆନ୍ତି । ସେ ମଧ୍ୟ ନିଜର ଗାଡ଼ି ଓ ଡ୍ରାଇଭର ନେଇ ଯାଆନ୍ତି । ଏଣୁ ସେଥିରେ କିଛି ଗୁପ୍ତ ନ ଥାଏ ଏବଂ ସମସ୍ତେ ଜାଣନ୍ତି ଯେ ଏହା ବିଜିନେସ୍ ଆଲୋଚନା ଯାହାକି ବନୱାରୀଲାଲଙ୍କ ଘରେ ବା ଅଫିସ୍ରେ ହେବାରେ ଅସୁବିଧା ଅଛି । ଅନେକ ସମୟରେ ମୀରା ଘରେ ହିଁ କେତେକ ପାର୍ଟିଙ୍କ ସାଥୀରେ କଥା ହୁଏ । ଏଣୁ ମୀରାର ଘରର ଏପରି ବ୍ୟବହାର କାହାର ସନ୍ଦେହ ଜାଗ୍ରତ କରେ ନାହିଁ ।

ସେଦିନ ସେହିପରି ବନୱାରୀଲାଲ୍ ଆସିଲେ, ପ୍ରାୟ ସେହି ସମୟରେ ଯେତେବେଳେ ନାନୀ ବଜାର ଯିବେ କିନ୍ତୁ ଗାଡ଼ି ଓ ଡ୍ରାଇଭର ବାହାରେ ଅପେକ୍ଷା କରିଛନ୍ତି । ଘରକୁ ଆସିଲା ପରେ ମୀରା ଚା କଥା ପଚାରିଲା । ବନୱାରୀ ନାହିଁ କଲେ ଓ ତାଙ୍କ କଥା ଆରମ୍ଭ କଲେ ।

"ମୀରା, ଆଜି ମୁଁ ତୁମ ପାଖକୁ ଆସିଛି ନିଜର ଅନ୍ତରର କଥା ପ୍ରକାଶ କରିବାକୁ । ତୁମକୁ ମୋର ପ୍ରଥମରୁ ଏତିକି ଅନୁରୋଧ, ମୋର କଥା ପୂରା ନ ଶୁଣିବା ପର୍ଯ୍ୟନ୍ତ, ତୁମର ପ୍ରତିକ୍ରିୟା ଓ ମତାମତ ପ୍ରକାଶ କରିବ ନାହିଁ । ମୋର

ପ୍ରଧାନ ଆବଶ୍ୟକ ସେହି କଥାଟିକୁ ପ୍ରକାଶ କରିବା। ପ୍ରଥମେ ଏତିକି କଥା ଦିଅ।"

ବନୱାରୀଲାଲ୍ ଆରମ୍ଭ କଲେ, "ମୀରା, ଆମେ ଦୁହେଁ ପାନପୋଷାରୁ ମୃତ୍ୟୁର ଘାଟି ପାରି ହୋଇଛୁ। ଏଣୁ ଉଭୟ ନବ ଜୀବନ ପାଇଲୁ। ତାହା ଆମ ମଧ୍ୟରେ ଏକ ଗଭୀର ସମ୍ପର୍କ। ତୁମେ ମୋତେ ଏକ ନୂତନ ଜୀବନ ଦେଲ। ତାହାପରେ ଏଠି ଆସି ମୋତେ ଓ ମୋର ବ୍ୟବସାୟକୁ ନୂତନ ରୂପେ ଗଢ଼ିଦେଲ। ବର୍ତ୍ତମାନ ଏଠି ଯାହା ଚାଲିଛି ତାହା କେବଳ ବନୱାରୀଲାଲର ନୁହେଁ। ମୀରା ଦାସର ମଧ୍ୟ। କିଛିଦିନ ପରେ ଝିଅମାନେ ବାହା ହୋଇ ଚାଲିଯିବେ ଓ ମୁଁ ସଂସାରରେ ଏକା ହୋଇଯିବି। ତୁମେ ମଧ୍ୟ ତ ସଂସାରରେ ଏକା। ଆମେ ଦୁଇଜଣ ତ ବ୍ୟବସାୟରେ ସାଥୀ। ଜୀବନ ସାଥୀ କାହିଁକି ନ ହୋଇପାରିବା ?"

ଏତକ କହି ବନୱାରୀଲାଲ ଚୁପ୍ ହୋଇଗଲେ। ମୁହଁ ଏକପ୍ରକାର ବାଲୁ ବାଲୁ ବା କନଫ୍ୟୁଜ୍‌ଡ଼ ଦେଖାଯାଉଛି।

ମୀରା ଅବସ୍ଥାକୁ ହାଲୁକା କରିବା ପାଇଁ ଟିକିଏ ପରିହାସ କଲା, "ତୁମେ ଭଲ ଡ଼ାୟଲଗ୍ ତ ମୁଖସ୍ଥ କରିଛ। କିଏ ଲେଖ୍‌ଥିଲା ।?"

ଆଜି ପ୍ରଥମ ଥର ପାଇଁ ଅଜାଣତରେ ମୀରା ବନୱାରୀକୁ ତୁମେ କହିଦେଲା। ବନୱାରୀର ମୁହଁ ଏକ ପ୍ରକାର କାନ୍ଦ କାନ୍ଦ ହୋଇଗଲା। ମୀରା କହିଲା "ମୁଁ ରାଗିନାହିଁ। କେବଳ ଟିକିଏ ପରିହାସ କରିଦେଲି। ଅସଲ କଥା ଏହାକୁ ମୁଁ ପ୍ରଥମରୁ ରୋକଟୋକ୍ ମନା କରୁନାହିଁ, କାରଣ ନାନା ଅଭିଜ୍ଞତା ଦେଇ ଆମର ସମ୍ପର୍କ ଏବଂ ଫଳତଃ ଆମେ ଯେ ପରସ୍ପରର ବନ୍ଧୁ, ଏହା ନାହିଁ କରିହେବ ନାହିଁ। ତୁମେ ନିଜ ବିଷୟରେ ଓ ମୋ ବିଷୟରେ ଯାହା କହିଲ ସତ। ଆମେ ଦୁଇଜଣ ଯାକ ସଂସାରରେ ଏକୁଟିଆ। କିନ୍ତୁ ବନ୍ଧୁତ୍ୱ ଭିନ୍ନ କଥା ଓ ବିବାହ ଭିନ୍ନ କଥା। ବିବାହରେ ବହୁତ ଦାୟିତ୍ୱ ଅଛି। କାରଣ ଏହା ସମାଜର ମୂଳଦୁଆ। ଯଦି ଆମେ ବିବାହ କରୁ, ତାହାହେଲେ ତ ତାହା ଗତାନୁଗତିକ ବିବାହ ହେବ ନାହିଁ। ସତକଥା, ଆମ ଦୁହିଁଙ୍କର ବିବାହର ବୟସ ଚାଲି ଯାଇଛି। ପୁଣି ଆମେ ଦୁହେଁ ଭିନ୍ନ ପ୍ରଦେଶର, ଭିନ୍ନ ଜାତିର। ଏହି ବିବାହ ଯେ ନ ହୋଇପାରିବ, ସେ କଥା ମୁଁ କହୁନାହିଁ। ଆମେ ଦୁଇଜଣ ସଂସାରର ମାଡ଼ଖାଇ ପୋକ୍ତ। ଏଣୁ ସ୍ଥିର ଚିତ୍ତରେ ସବୁ ଦାୟିତ୍ୱ, ସୁବିଧା ଅସୁବିଧା ବିଚାର କରିବାକୁ ହେବ। ମୋତେ ପନ୍ଦର ଦିନ ସମୟ ଦିଅ ଚିନ୍ତା

କରିବାକୁ। ତୁମେ ମଧ୍ୟ ଏ ସମୟରେ ସବୁ କଥା ବିଚାର କର। ଏହାପରେ ମନ ଖୋଲି କଥା ହେବା ଓ ସ୍ଥିର କରିବା। ଆମର ବାହାଘର ଯଦି ହୁଏ, ତାହା ତ ଇଂଲିଶ୍ ନଭେଲରେ ବର ପ୍ରୋପୋଜ୍ କରିବା ଓ କନ୍ୟା ଆକ୍‌ସେପ୍ଟ କରିବା ନୁହେଁ। ଏହି ନିର୍ଣ୍ଣୟରେ ତୁମେ ଓ ମୁଁ ସମାନ ଭାଗୀଦାର, ହଁ ହେଉ ବା ନାହିଁ ହେଉ।"

ବନ୍ୱାରୀଲାଲଙ୍କ ମୁଣ୍ଡରୁ ବୋଝ ଚାଲିଗଲା। ମୀରା ତାଙ୍କ ଉପରେ ରାଗିନାହିଁ। ତାହା ହିଁ ଖୁବ୍ ବଡ଼ କଥା। ତାଙ୍କୁ ତୁମେ କହି ସାରିଲାଣି, ତାହା ଆହୁରି ବଡ଼ କଥା କାରଣ ତୁମେ ରୁ ଆପଣଙ୍କୁ ଫେରିଯିବା ପ୍ରାୟ ଅସମ୍ଭବ। ଏଣୁ ସମ୍ପର୍କ ତ ଘନିଷ୍ଠ ହେଲା। ବିଭାଘର ହେଉ ବା ନ ହେଉ। ତାହା ଛଡ଼ା ମୀରା ଯାହା ସବୁ ବିଚାର କରିବାକୁ କହିଛି, ତାହା ପୂର୍ଣ୍ଣ ସତ୍ୟ। ମୀରା ପରି ସ୍ଥିର ବୁଦ୍ଧି ଲୋକର ଏହିପରି ଦୂରଦୃଷ୍ଟି ହୁଏ।

ବନ୍ୱାରୀଲାଲ୍ କହିଲେ, "କହିବା ପରେ ମୋର ତଣ୍ଟି ଶୁଖି ଯାଉଛି। ପାଣି ପିଇବାକୁ ଦିଅ।"

ମୀରା ଫ୍ରିଜ୍ ଖୋଲି ଆଗ ଥଣ୍ଡା ପାଣି ଦେଲା। ତାହାପରେ କହିଲା, "ଟିକିଏ ଲେମନ୍ ସ୍କ୍ୱାସ୍ କରି ଦେଉଛି। ଫ୍ରେସ୍ ଲାଗିବ।"

ଲେମନ୍ ସ୍କ୍ୱାସ୍ ଦେଇ ମୀରା ସାଙ୍ଗେ ସାଙ୍ଗେ ପ୍ଲାଇଉଡ୍ କାରଖାନାର ସମସ୍ୟା ବିଷୟରେ ଆଲୋଚନା ଚଲାଇଲା। ସେଠାରୁ ଗୋଟିଏ କନ୍‌ସାଇନ୍‌ମେଣ୍ଟ କାକିନାଡ଼ା ପଠା ଯାଇଥିଲା। ସେଠାରେ ସେମାନେ ଏହାର ପାଣି ସହିବାର ପରୀକ୍ଷା ବା ଓ୍ଵାଟର ପ୍ରୁଫ୍ ଟେଷ୍ଟ କଲେ ଏବଂ ସେଥିରେ ଏହା ଅନୁପଯୁକ୍ତ ହେଲା, ଯେଉଁଥିଲାଗି ପାଇଥିବା ପକ୍ଷ ଏହାକୁ ଫେରାଇ ଦେବାକୁ ଚାହେଁ। ଏପରି କାହିଁକି ଘଟିଲା ତାହା ବିଷୟରେ ଆଲୋଚନା ହେଲା। ନିଶ୍ଚୟ ତିଆରି କଲାବେଳେ କିଛି ଦୋଷ ରହିଗଲା। ମୀରା କହିଲା ଯେ ଶୀଘ୍ର ଟେଲିଗ୍ରାମ୍ ଦ୍ୱାରା ଦୁଃଖ ଜଣାଇ ଆମ ଖର୍ଚ୍ଚରେ ତାହା ଫେରାଇ ଦେବାକୁ କାକିନଡ଼ା ପାର୍ଟିକୁ ଖବର ଦିଆଯାଉ। ତାହା ପରେ ପଦ୍ଧତିକୁ ପୁଣି ଥରେ ଚେକ୍ କରି ତାହାକୁ କଲିକତାର ଗଭର୍ଣ୍ଣମେଣ୍ଟ ଟେଷ୍ଟ ହାଉସରେ ପୁଣି ପରୀକ୍ଷା କରାଇ ନିଆଯାଉ ଓ ସାର୍ଟିଫିକେଟ୍ ସହ ଆଉ ଗୋଟିଏ କନ୍‌ସାଇନ୍‌ମେଣ୍ଟ କାକିନଡ଼ା ପଠାଯାଉ। ଏଥିରେ ଯେଉଁ ଖର୍ଚ୍ଚ ହେବ, ତାହା ଆମର ବଜାରରେ ସୁନାମ ବା Good will ଲାଗି ନିହାତି ଦରକାର। ଏହି ସବୁ ଆଲୋଚନା ବେଶ୍

ଘଣ୍ଟାଏ ଖଣ୍ଡେ ଚାଲିଲା। ନାନୀ ବଜାରରୁ ଆସି ପୁଣି ରଧ କରିଦେଲେ। ମୀରା ସମସ୍ତେ ଗଲାପରେ ଓ ନାନୀ ଶୋଇବାକୁ ଗଲାପରେ ବାଲଗୋପାଲଙ୍କ ପାଖକୁ ଗଲା। ଅନେକ ସମୟ ଧରି ବାଲକୃଷ୍ଣ ଓ ଯଶୋଦାଙ୍କ ମୁହଁକୁ ଚାହିଁ ରହିଲା। ତାହାପରେ ଏକ ଦୀର୍ଘଶ୍ୱାସ ଛାଡ଼ି କହିଲା: ବହୁତ୍ ନାଚ ନଚାଇଲ ଗୋପାଲ୍।

ସପ୍ତମ ପରିଚ୍ଛେଦ

ପ୍ରାୟ ଦଶ ଦିନ ପରେ ମୀରା ବନୱାରୀଲାଲଙ୍କୁ କହିଲା, "ଆଜି ସନ୍ଧ୍ୟାବେଳେ ର' ଲାଗି ଆସ । ଅନେକ ଆଲୋଚନା ଅଛି ।" ସନ୍ଧ୍ୟାବେଳକୁ ଧୁକୁ ଧୁକୁ ବୁକୁ ନେଇ ବନୱାରୀଲାଲ ଆସିଛନ୍ତି । ଭୟ ଅନେକ । ମୀରା କ'ଣ ବୋମା ଛାଡ଼ିବ ।

ମୀରା କହିଲା, "ଆମେ ଯଦି ବାହା ହେଉ, ମୋର ପ୍ରଥମ ସର୍ତ ହେଲା ଯେ, ଆମର ସନ୍ତାନ ହେବେ ନାହିଁ । କାରଣ ମୁଁ ତୁମ ଝିଅମାନଙ୍କ ସ୍ୱାର୍ଥରେ ବାଧା ଦେଇପାରିବି ନାହିଁ । ଏଣୁ ଡ଼ାକ୍ତର ସାଥିରେ ଆଲୋଚନା କରିବାକୁ ହେବ, ମୋର ଅପରେସନ୍ ହେବ ବା ତୁମର ଯାହା ଡ଼ାକ୍ତର ଉଚିତ କହିବେ । ଦ୍ୱିତୀୟ କଥା ହେଲା ଯେ ଗିରିଧାରୀଲାଲ୍ କିରୋଡ଼ୀମଲ୍‌ରେ ତୁମର ସେୟାର ଝିଅମାନଙ୍କ ନାମରେ ଉଇଲ୍ କରିଦେବ । ମୋର ସେହି ଫାର୍ମ ସହିତ କୌଣସି ଅଧିକାର ରହିବ ନାହିଁ । ତୁମେ ଘରେ ସବୁ ବିଷୟରେ କଥା ହୋଇ ସାର । ତାହାପରେ ଅନ୍ୟ କଥା କରିବା ।

ବନୱାରୀଲାଲ୍ କହିଲେ, "ତୁମର ଏଭଳି ସ୍ୱାର୍ଥତ୍ୟାଗର ସର୍ତ କାହିଁକି? ଝିଅମାନଙ୍କ ବାହାଘର ବେଳକୁ ଉଚିତ୍ ଯୌତୁକ ଦିଆହେବ ଏବଂ ଆମ ସମାଜରେ ତାହା ହିଁ ନିୟମ । ତାହାପର ଏ ଅପରେଶନ୍ କଥା ମଧ କାହିଁକି ?"

ମୀରା କହିଲା, "ଅପରେଶନ୍ ମୋର ପ୍ରଥମ ସର୍ତ, କାରଣ ମୁଁ ତୁମ ପରିବାରକୁ ବୋହୁ ହୋଇ ଆସୁନାହିଁ । ମୁଁ କେବଳ ତୁମର ଜୀବନ ସାଥୀ ହେବି । ଏଣୁ ସମ୍ପର୍କଟା କେବଳ ତୁମ ଓ ମୋ ଭିତରେ । ମୋର ସନ୍ତାନ ତୁମ ପରିବାରରେ ଠିକ୍ ଖାପ ଖାଇବ ନାହିଁ ଓ ଆମ ପରେ ତାହା ଲାଗି ଓ ଅନ୍ୟମାନଙ୍କ ଲାଗି ସମସ୍ୟା ଠିଆ ହେବ । ମୁଁ ଯଦି ମାରୱାଡ଼ୀ ଝିଅ ହୋଇଥାଆନ୍ତି, ତାହାହେଲେ ତୁମ ଘରର ବୋହୁ ହୋଇଥାଆନ୍ତି

ଏବଂ ଏହି ବଂଶକୁ ସନ୍ତାନ ଦେବା ମୋର କର୍ତ୍ତବ୍ୟ ମଧ୍ୟ ହୋଇଥାଆନ୍ତା । ହଁ, ଅନ୍ୟତ୍ର ଆପ୍ରାଦେଶିକ ବାହାଘର ଅନେକ ହେଉଛି । ତୁମ ମାରୱାଡ଼ୀ ସମାଜରେ ମଧ୍ୟ ଯେ, ନ ହୋଇଛି; ତାହା ନୁହେଁ । କିନ୍ତୁ ତାହା ସମ୍ଭବ ହୋଇଥାଆନ୍ତା, ଯଦି ଆମେ ଯୁବକ ଯୁବତୀ ହୋଇଥାଆନ୍ତୁ ଓ ତୁମ ଉପରେ ନିଜର ପୂର୍ବ ଜୀବନର ବୋଝ ନ ଥାନ୍ତା । କିନ୍ତୁ ସେ ସବୁର ସମୟ ନାହିଁ । ଆମେ ତ କେବଳ ସଙ୍ଗ ଖୋଜୁଛୁ । ମୋର ଯାହା ମାତୃତ୍ୱର ଆକାଂକ୍ଷା ତାହା ତୁମ ଝିଅମାନଙ୍କଠାରେ ପୂରଣ ହୋଇପାରେ । ଏଥିଲାଗି ଅବଶ୍ୟ ତୁମକୁ ସେମାନଙ୍କୁ ମନକୁ ପ୍ରସ୍ତୁତ କରିବାକୁ ହେବ । ଜୀଜୀ, ଯଦି ମୋତେ ତୁମର ବିବାହ କରିବାରେ ରାଜି ହୁଅନ୍ତି, ସେ ପିଲାମାନଙ୍କୁ ବୁଝାଇ ପାରିବେ ଯେପରି ସେମାନେ ମୀରା ମୌସୀକୁ ମା ବୋଲି ଗ୍ରହଣ କରିବେ । ସେମାନଙ୍କର ମାଆଙ୍କ କଥା ବିଶେଷ ମନେ ନାହିଁ । ଏଣୁ ଠିକ୍ ଭାବରେ ତାଙ୍କୁ ବୁଝାଇ ପାରିଲେ ଏହା କଷ୍ଟ ନ ହୋଇପାରେ । କିନ୍ତୁ ତାହା ମୋ ଦ୍ୱାରା ସମ୍ଭବ ନୁହେଁ । ଏଣୁ ଜୀଜୀଙ୍କ ସାଥିରେ କଥା ହୁଅ । ତାହାପରେ ଠିକ୍ କରିବା, ବାହା ହେବା କି ନ ହେବା । ଅତି କମ୍‌ରେ ଆମର ବନ୍ଧୁତ୍ୱ କ୍ଷୟ ହେବ ନାହିଁ ।

ବନୱାରୀଲାଲ୍ “ହେଉ, ଚେଷ୍ଟା ଲଗଉଛି” କହି ନିଜ ହାତଟାରେ ମୀରାର ପାପୁଲି ଧରି ପକାଇଲେ । ସତ କଥା ତାଙ୍କ ଦେହରେ ଏକ ବିଜୁଲି ଦୌଡ଼ିଗଲା । ମୀରା ହାତ କାଢ଼ି ନେଲା ନାହିଁ, କିନ୍ତୁ କହିଲା, “ବନୱାରୀ, ହାତ ଘୁଞ୍ଚେଇ ନିଅ । ଏ ପର୍ଯ୍ୟନ୍ତ ଆମେ କେବଳ ଫ୍ରେଣ୍ଡ । ଏଣୁ ମୋର ମତ, ଏଇଲେ ତାହାର ସମୟ ଆସିନାହିଁ ।”

ବନୱାରୀଲାଲ୍ ତାଙ୍କର ହାତ କାଢ଼ିନେଲେ ସତ, କିନ୍ତୁ ଏହି ଦୃଢ଼ ବିଶ୍ୱାସର ସହିତ ଯେ ତାଙ୍କର ଆଶା ନିଶ୍ଚୟ ପୂର୍ଣ୍ଣ ହେବ ।

ତାହା ଆରଦିନ ପିଲାମାନେ ଘରେ ନ ଥିଲାବେଳେ ଜୀଜୀଙ୍କ ସାଥିରେ ଏ ବିଷୟରେ କଥା ହେଲା । ଜୀଜୀ ତ ସମସ୍ତ ଇତିହାସ ଜାଣନ୍ତି । କିନ୍ତୁ ଯେତେବେଳେ ମୀରା କହିଥିବା ସର୍ତ୍ତ ସବୁ ଜୀଜୀଙ୍କୁ କହିଲେ, ଜୀଜୀ ତ ଆଶ୍ଚର୍ଯ୍ୟ ।

ଜୀଜୀ କହିଲେ, “ମୀରା ଯେତେବେଳେ ଏଠାକୁ ଆସିଲା, ମୋର ସନ୍ଦେହ ଥିଲା ଯେ ତୁମ ଦୁହିଁଙ୍କ ମଧ୍ୟରେ ସମ୍ପର୍କ ହେବ । ମୁଁ ଭାବିଥିଲି ଯେ ତାହାକୁ ରକ୍ଷିତା କରିବୁ । କିନ୍ତୁ କାଳକ୍ରମେ ଦେଖିଲି ଯେ, ସେ ବ୍ୟବସାୟରେ ଖୁବ୍ ବୁଦ୍ଧି ଦେଖାଉଛି । ଘରକୁ ଲକ୍ଷ୍ମୀ ଡାକି ଆଣିଛି । ଏଣୁ ଯଦି ତାହାକୁ ତୁ ରକ୍ଷିତା କରି ଥାଆନ୍ତୁ ତ ମୁଁ

ଆପଣି କରି ନ ଥାନ୍ତି । କାରଣ ସେଠି ତୁ କିଛି ଶାନ୍ତି ପାଇ ଥାଆନ୍ତୁ । କିନ୍ତୁ ଧୀରେ ଧୀରେ ଦେଖିଲି ଯେ ମୀରା ତାହାର ଚରିତ୍ର ଉପରେ ଆଞ୍ଚ ଆସିବାକୁ ଦେଇନାହିଁ । ଆଉ କେଉଁ ମାଇକିନିଆ ହୋଇଥିଲେ ତୋତେ ପାଲରେ ପକାଇବାର ଚେଷ୍ଟା କରି ଥାଆନ୍ତା । କିନ୍ତୁ ମୀରା ସବୁବେଳେ ତୋଠାରୁ କିଛିଟା ଦୂରତ୍ୱ ରଖିଛି । ମୁନୀମ୍‌ଜୀ ଓ ବ୍ରାହ୍ମଣୀ ନାନୀ ମୋତେ ଠିକ୍‌ ଖବର ଦେଇଛନ୍ତି । ଏଣୁ ମୁଁ ଭାବୁଛି ଯେ ତୁମେ ବାହା ହୋଇଗଲେ ଭଲ । ଦୁଇଜଣ ତ ଅତିକମ୍‌ରେ ଏକାଠି ରହିବ ।"

ବନୱାରୀ ପଚାରିଲେ, "କିନ୍ତୁ ତାହାର ସେହି ସର୍ତ୍ତ ?"

ଜୀଜୀ କହିଲେ, "ସେଥିରୁ ଦେଖ ସେ ତୋତେ କେତେ ଭଲ ପାଏ । ସବୁ ସର୍ତ୍ତର ଉଦ୍ଦେଶ୍ୟ, ତୋତେ ଯେପରି କେହି କିଛି ନ କହିପାରୁ । ତୋ ସମୟରେ ଓ ତୋ ପରେ ମଧ୍ୟ । ହେଉ, ଝିଅମାନଙ୍କୁ ମୁଁ ବୁଝାଇ ଦେବି । କିନ୍ତୁ ମୀରାର କ'ଣ ବ୍ୟବସ୍ଥା କରିବୁ ?"

ବନୱାରୀ କହିଲେ, "ତୁମର ମତ କ'ଣ ଜୀଜୀ ?"

ଜୀଜୀ କହିଲେ "ସେ ତ ଗିରିଧାରୀଲାଲ୍‌ କିରୋଡ଼ିମଲରୁ କିଛି ନେବ ନାହିଁ । ଏଣୁ ତୋର ନିଜର ଫାର୍ମ ଦୁର୍ଗା ଟ୍ରେଡ଼ିଂରେ ତାକୁ ପାର୍ଟନରେ କରିଦେ । ସେ ଏବେ ମଧ୍ୟ ତ ସେଇଟାକୁ ଚଳାଉଛି ।

ବନୱାରୀଲାଲ୍‌ କହିଲେ, "ମୁଁ କ'ଣ କିଛି କରୁନାହିଁ ?"

ଜୀଜୀ ହସିଦେଇ କହିଲେ "ଛୋଟେ (ବନୱାରୀଲାଲଙ୍କର ଘରେ ଡ଼ାକନାମ), ମୁଁ କ'ଣ କିଛି ଜାଣୁନାହିଁ । ତୁ କ୍ରୋମାଇଟ୍‌ ଖଣିରେ ଲେବର ଗୋଲମାଲ ଓ ପ୍ଲାଇଉଡ଼ କାରଖାନା ନେଇ ଏତେ ବ୍ୟସ୍ତ ଯେ ତୋତେ ଦୁର୍ଗା ଟ୍ରେଡ଼ିଂ କଥା ବୁଝିବାକୁ ଫୁରସତ କାହିଁ । ଖାଲି ଆମଦାନୀଟା ଜାଣିଛୁ ।"

ତାହା ପରଦିନ ବନୱାରୀଲାଲ୍‌ ମୀରା ଘରେ ସନ୍ଧ୍ୟାବେଳେ ପହଞ୍ଚିଲା । ତାଙ୍କର ଟିକିଏ ହସ ହସ ଅଥଚ ଲାଜୁଆ ମୁହଁ ଦେଖି ମୀରା ଭବିଷ୍ୟତ କଥା ବୁଝି ପାରିଲା । ତାହା ମନରୁ ମଧ୍ୟ ଗୋଟେ ଚାପୁଥିବା ପଥର ଖସିଗଲା ।

ମୀରା କିଛି କହିବା ଆଗରୁ ବନୱାରୀ କହିଲେ, "ମୀରା ଏଥର ତାରିଖ ଠିକ୍‌ କରାଯାଉ । ଜୀଜୀ ରାଜି । ତୁମର ସବୁ ସର୍ତ୍ତ ମଂଜୁର ଏବଂ ତୁମର ସର୍ତ୍ତ ଲାଗି ହିଁ ଜୀଜୀ ଏଥିଲାଗି ଖୁସିରେ ରାଜି ହୋଇଗଲେ । ନହେଲେ ସେ ଆମର ସମ୍ପର୍କଟାକୁ ସେତେ ଭଲ ଆଖିରେ ଦେଖୁ ନ ଥିଲେ ।"

ମୀରା କହିଲା ଯେ ଏଥିରେ ଆଶ୍ଚର୍ଯ୍ୟ ହେବାର କଣ ଅଛି। ସାଧାରଣ ଲୋକେ ତ ମୋତେ ତୁମର Mistress ବା ରକ୍ଷିତା ବୋଲି ଭାବୁଥିବେ। ଜ୍ୟୋଜୀ ଅବଶ୍ୟ ତାହା ଭାବି ନ ଥିବେ କାରଣ ବ୍ରାହ୍ମଣୀ ନାନୀ ତ ତାଙ୍କର ଲୋକ ଏବଂ ସେ ନିଶ୍ଚୟ ଆମର ସମ୍ପର୍କ ବିଷୟରେ ସବୁ ଖବର ଦେଇଥିବ। ଆଜି ଆଗ ମୁଁ ତୁମକୁ ନିଜେ କରି ରଂ' ଜଳଖିଆ ଦେଇ ସାରେ, ତାହା ପରେ କଥା ହେବା।

ସେଦିନ ଛଅ ବର୍ଷର ପରିଚୟ ଓ ଘନିଷ୍ଟତା ପରେ ଉଭୟେ ଚୁମ୍ବନ କଲେ। ତାରିଖ ଠିକ୍ କରିବାଟା ପର ଦିନକୁ ମୁଲତବୀ ରଖାଗଲା।

ତାହା ଆର ଦିନ ରବିବାର। ମୀରା ଖବରକାଗଜ ଓ ନାନା ମ୍ୟାଗାଜିନ୍ ଧରି ବସିଥିଲା। ସଂସାରରେ, ବିଶେଷକରି ବିଜିନେସ୍ ଦୁନିଆରେ କ'ଣ ହେଉଛି, ସେହି ସବୁ ଖବର ରଖିବା ପାଇଁ। ଏହି ସମୟରେ ଗାଡ଼ି ଆସି ଠିଆ ହେଲା। ମୀରା ବାହାରି ଗଲା। ଭାବିଥିଲା ବନ୍ୱାରୀଲାଲ୍ ଆସିଲେ। କିନ୍ତୁ ନାଁ ଜ୍ୟୋଜୀ ଆସିଛନ୍ତି। ମୀରା ସାଙ୍ଗେ ସାଙ୍ଗେ ଜ୍ୟୋଜୀଙ୍କ ପାଦ ଛୁଇଁଲା। ତାହା ଅବଶ୍ୟ ମୀରା ଜ୍ୟୋଜୀଙ୍କ ସାଥିରେ ଦେଖାହେଲେ, ନିଶ୍ଚୟ କରେ। ଏଥର ମଧ୍ୟ କଲା, କିନ୍ତୁ ଏଥର ଜ୍ୟୋଜୀଙ୍କର ଉତ୍ତର ଅଲଗା। ଆଗେ ପାଦସ୍ପର୍ଶର ଉତ୍ତର ଥିଲା "ଜୀତେ ରହୋ ବେଟୀ।" କିନ୍ତୁ ଏଥର ଆଶୀର୍ବାଦ ଅଲଗା, "ସଦା ସୁହାଗନ୍ ରହୋ।" ଏହା ତ ବିବାହିତା ଝିଅ ବୋହୂଙ୍କୁ ଆଶୀର୍ବାଦ। ମୀରା ତା'ର ଅଜାଣତରେ ଟିକିଏ ଲାଜେଇ ଯାଇ ମୁଣ୍ଡ ଉପରକୁ ପଣତଟା ଟାଣି ଦେଲା।

ଜ୍ୟୋଜୀ ଆସି ସିଧା ଖଟରେ ବସିଗଲେ। କହିଲେ, "ଯେତେ ଆଧୁନିକ ହେଲେ କ'ଣ ହେବ। ଗୁରୁଜନ ଆଗରେ ଓଢ଼ଣା ଦେବାର କଥା, ଭଲ ଘର ଝିଅର ରକ୍ତରେ କ'ଣ ନ ଥିବ ? ମୁଁ ଯେ ତୋର ଗୁରୁଜନ ହୋଇଗଲିଣି, ସେ କଥା ତୋତେ ଖବର ଦେଲା କିଏ ? ମୀରା କିଛି ଉତ୍ତର ନ ଦେଇ ଅତିଥି ଚର୍ଚ୍ଚାରେ ଲାଗିଗଲା।

ଟିକିଏ ସରବତ୍ ଖାଇ ଓ ମୀରାର ବାଳଗୋପାଳଙ୍କୁ ପ୍ରଣାମ କରିସାରି ଜ୍ୟୋଜୀ କହିଲେ, "ବେଟୀ, ତୁ ଭାବୁ ବହୁତ ଆଗକୁ। ମୁଁ ସବୁ କଥା ଶୁଣିଛି। ମୁଁ ତୋତେ ପସନ୍ଦ ତ କରିଛି। କିନ୍ତୁ ଆମକୁ ପିଲା ଦୁଇଟିଙ୍କ କଥା ଭାବିବାକୁ ହେବ। ତୋତେ ସେମାନେ ସାବତ ମାଆର ଘୃଣା ନ କରନ୍ତୁ। ଏଥିଲାଗି ତୁମର ବାହାଘର ଆଗରୁ ଆମକୁ କିଛି ଭାବିବାକୁ ହେବ। ତୁ ମଧ୍ୟ ଏଇ ବ୍ୟବସାୟ, ଏଇ ଯାଜପୁର ରୋଡ୍,

କଟକ, ଭୁବନେଶ୍ୱର କଲିକତା ନେଇ ଛଅ ବର୍ଷ ହେଲା ଅଛୁ। ଚାଲ୍ ତୋର ମୋର ତୀର୍ଥ କରି ଆସିବା। ମୁଁ ମଧ୍ୟ ତ କେଉଁକାଳୁ ଏହି ଯନ୍ତାରେ ପଡ଼ିଛି। ବନୱାରୀ ଏଠି ଥାଉ କାମ ବୁଝୁଥାଉ। ଆମର ଶେଖାୱତୀରେ ଥିବା ପୁରୁଷର ହବେଲୀ (ଏକ ପ୍ରକାର ବଡ଼ କୋଠା) ଦେଖି ଆସିବୁ। ଆମର ଇଷ୍ଟ ଶ୍ରୀନାଥଜୀ। ନାଥ ଦ୍ୱାରେ ତାଙ୍କର ପୂର୍ବଜଙ୍କର ସ୍ଥାନ ଦେଖିବେ ଓ ଜୟପୁର, ଉଦୟପୁର, ଅଜମେର ଓ ପୁଷ୍କର ମଧ୍ୟ ଦେଖି ଆସିବେ। ସାଙ୍ଗରେ ମୁନୀମଜୀ ଓ ଜଣେ ଚାକର ନେଇ ଯିବା।

ମୀରା ପକ୍ଷରେ ଯୋଜନାର ରହସ୍ୟଟା ଅନେକଟା ସ୍ପଷ୍ଟ। ସେ ଅଗ୍ରୱାଲ ପରିବାରରେ ବୋହୂ ହେବାକୁ ନ ଚାହିଁଲେ ମଧ୍ୟ ତାକୁ ଅଗ୍ରୱାଲ ପରିବାର ବୋହୂ ହେବାକୁ ପଡ଼ିବ। ତାଙ୍କ ସାଥିରେ ପିଲାଙ୍କୁ ନେବାର ଅର୍ଥ ପିଲାମାନେ ଯେପରି ତାହା ସହିତ ମିଶିଯିବେ ଓ ସେ ମାଉସୀର ମାଆକୁ ପ୍ରମୋଶନ ପାଇପାରିବ। ସେହି ବର୍ଷ ପୂଜା ପରେ ପରେ ବାହାରିଗଲେ ଯେପରି ଦୀପାବଳୀକୁ ରାଜସ୍ଥାନରେ ଘରେ ଥିବେ। ପିଲାମାନଙ୍କୁ ଏକ ସୁବିଧା ମିଳିଗଲା। ପ୍ରଥମେ କଲିକତା ଓ ତାହାପରେ ଦିଲ୍ଲୀ। ଉଭୟ ସହରରେ ଖୁବ୍ ବୁଲା ହେଲା। ବହୁତ ଦେଖା ହେଲା। ଦିଲ୍ଲୀରୁ ବସରେ ସିକର। ଅଗ୍ରୱାଲ ପରିବାରରେ ହବେଲୀ ସେଠାରୁ ଅନ୍ତବାଟ। ତିନି ଚକିଆ ସ୍କୁଟର ରିକ୍ସାରେ ପହଞ୍ଚିଲା।

ମାରୱାଡ଼ୀମାନଙ୍କୁ ଯଦିଚ ମାରୱାଡ଼ ନାମରେ ଡକାଯାଏ, ଅଧିକାଂଶଙ୍କର ସେହି ମାରୱାଡ଼ ଅଞ୍ଚଳରେ ମରୁଭୂମି ଆଦି ନିବାସ ନୁହେଁ। ସାଧାରଣ ଧାରଣା ଯେ ରାଜସ୍ଥାନଟା ମରୁଭୂମି। ଅବଶ୍ୟ ମରୁଭୂମି ଅଛି। କିନ୍ତୁ ଆମେ ଓଡ଼ିଶା, ବଙ୍ଗଳା ଇତ୍ୟାଦିରେ ଦେଖିଥିବା ମାରୱାଡ଼ୀମାନେ ମାରୱାଡ଼ୀ ନୁହନ୍ତି। ସେମାନେ ଜୟପୁର ସେକ୍ଟର ଶେଖାୱତୀର ଅଞ୍ଚଳର। ଏହା ଅବଶ୍ୟ ଶେଖାୱତ୍ କ୍ଷତ୍ରୀୟମାନଙ୍କ ନାମରେ। ବିରଲା ପରିବାର ଏହି ଶେଖାୱତୀର ପିଲାନୀ ଗ୍ରାମର ଏବଂ ସେମାନେ ଏଠି ଏକ ପୃଥିବୀ ପ୍ରସିଦ୍ଧ ବିଶ୍ୱବିଦ୍ୟାଳୟ ମଧ୍ୟ ଗଢ଼ି ଦେଲେଣି। ପିଲାମାନେ ଏହି ତାଙ୍କର ପ୍ରାଚୀନ ପୈତୃକ ବାସସ୍ଥାନ ଦେଖି ଆଶ୍ଚର୍ଯ୍ୟ, ବିଶେଷ କରି କାନ୍ଥରେ ଭିତ୍ତିଭୂମି ବା Murals ଦେଖି। ସେଠାରୁ ଜୟପୁର ଆସି ସେଠି ବୁଲି ନାଥ ଦ୍ୱାରା ଦର୍ଶନ କରିବାକୁ ଗଲେ। ଏଠି ପ୍ରସିଦ୍ଧ ଶ୍ରୀନାଥଜୀ ଅଛନ୍ତି, ଯେ କି ପୁଷ୍ଟିମାର୍ଗୀ ବୈଷ୍ଣବଙ୍କର ଇଷ୍ଟଦେବ ଏବଂ ପ୍ରାୟ ସବୁ ମାରୱାଡ଼ୀ ବ୍ୟବସାୟୀଙ୍କର। ମୁନୀମଜୀ କିନ୍ତୁ ଜୈନ। ଏଣୁ ତାଙ୍କ

ଲାଗି ଏମାନେ ମାଉଣ୍ଟ ଆବୁର ହ୍ରଦରେ ଡଙ୍ଗାରେ ବୁଲିବା ବେଶୀ ଆନନ୍ଦଦାୟକ ଅନୁଭବ କଲେ। ତାହାପରେ ଅହମଦାବାଦ ଆସି ସେଠାରୁ କଲିକତା ବାହାରିଲେ।

ଏହା ଭିତରେ ପିଲେ ମୀରାଙ୍କ ସାଥୀରେ ହିଁ ରହୁଥିଲେ। ମୀରା ଏହି କାମ ଲାଗି ନିଜକୁ ପ୍ରସ୍ତୁତ କରି ନେଇଥିଲେ। ପିଲାମାନେ ମୌସୀଙ୍କ ସାଥୀରେ ଏକଦମ ଘନିଷ୍ଠ ହୋଇଗଲେଣି। କାରଣ ସେମାନେ ଫୁଫୀଜୀ (ଅର୍ଥାତ୍ ପିଉସି)ଙ୍କୁ ଡରି ଆସିଛନ୍ତି। ମୀରା ମନେ ମନେ ସ୍ଥିର କରିଛି ଯେ, ସେ ପିଲାମାନଙ୍କ ଉପରେ ତାକୁ ପରେ ମା ଡାକିବା ପାଇଁ କୌଣସି ଚାପ ପକାଇବ ନାହିଁ। ସେମାନେ ବର୍ତ୍ତମାନ ବଡ଼ ପିଲା। ସ୍ୱତଃପ୍ରବୃତ୍ତ ହୋଇ ଡାକିଲେ ତ ଅଲଗା କଥା। ନହେଲେ ସେହି ମୌସୀ ଯଥେଷ୍ଟ। ପିଲାମାନେ ତାହାକୁ ମୌସୀଜୀ ଡାକୁଥିଲେ। କିନ୍ତୁ ମୀରା କହିବାରୁ ଜୀ'ଟା ବାଦ୍ ଦେଲେଣି। ଅନେକ ସମୟରେ ମୀରା ସାଙ୍ଗରେ ହିନ୍ଦୀ ନ କହି ଓଡ଼ିଆରେ କଥାବାର୍ତ୍ତା କରନ୍ତି ଏବଂ ସେ ସମୟରେ ତାକୁ ମାଉସୀ ଡାକନ୍ତି।

ଏହି ଲମ୍ବା ଛୁଟିରୁ ଫେରି ମୀରା ଲାଗି ବହୁତ କାମ ଥିଲା। ବ୍ୟବସାୟରେ ତ ଥିଲା। ତାହାର ନିଜ ସମ୍ପର୍କରେ ମଧ୍ୟ। ପ୍ରଥମ କଥା ଡାକ୍ତର ସାଙ୍ଗେ କନ୍‌ସଲ୍‌ଟେସନ୍। ତାଙ୍କର କଟକରେ ଡ଼ାକ୍ତର ନାୟକଙ୍କ ସହିତ ଖୁବ୍ ଭଲ ପରିଚୟ ଏବଂ ଆବଶ୍ୟକତା ପଡ଼ିଲେ ତାଙ୍କ ପାଖକୁ ଯାଆନ୍ତି। ଡ଼ାକ୍ତର ନାୟକ ଇ.ଏନ୍.ଟି. ବିଶେଷଜ୍ଞ ଓ ତାଙ୍କର ସ୍ତ୍ରୀ ଡ଼ାକ୍ତର ସରୋଜିନୀ ନାୟକ ପ୍ରସୂତି ବିଶେଷଜ୍ଞ ବା ଗାଇନୋକୋଲୋଜିଷ୍ଟ। ତାଙ୍କ ସାଥୀରେ ଉଭୟ ବନ୍ଵାରୀଲାଲ୍ ଓ ମୀରା କଥା ହେଲେ। ମୀରାର କଥା ଅନୁଯାୟୀ ଉଭୟଙ୍କର ସମସ୍ତ ପ୍ୟାଥୋଲୋଜିକାଲ୍ ପରୀକ୍ଷା ହେଲା। ତାହାପରେ ଡ଼ାକ୍ତର ସରୋଜିନୀ ମୀରାକୁ ପରୀକ୍ଷା କଲେ। ତାହାପରେ ସେ କହିଲେ ଯେ ମୀରାର ଟ୍ୟୁବ୍‌କ୍ଟୋମୀ ଅପରେଶନରେ କିଛି ବାଧା ନାହିଁ। କିନ୍ତୁ ବନ୍ଵାରୀଲାଲଙ୍କ ପକ୍ଷରେ ଭାସେକ୍‌ଟୋମୀ କରିବା ଢେର ସହଜ। ତେବେ ବହୁ ପୁରୁଷ ଏହା କରିବାକୁ ଚାହାନ୍ତି ନାହିଁ। କିନ୍ତୁ ମୀରା ନିଜେ ଅପରେସନ ହେବାକୁ ଚାହିଁଲେ। କାରଣ ତାହା ନ ହେଲେ ହୁଏତ ଝିଅମାନଙ୍କର ତାଙ୍କ ଉପରେ ସ୍ୱାଭାବିକ ଭାବେ ସାବତ ମା ପ୍ରତି ଥିବା ବିରୂପତାକୁ ଜିଣି ପାରିବେ ନାହିଁ। ବାପା ଅପରେଶନ କଲେ ହୁଏତ ସେମାନଙ୍କର ମନରେ ରାଗ ହୋଇପାରେ ଓ ତାଙ୍କ ପ୍ରତି ବିରୂପତା ବଢ଼ିପାରେ। ବନ୍ଵାରୀଲାଲ କହିଲେ, "ମୋତେ ପଚାଶ ବର୍ଷ ହେଲାଣି। ମୋର ସ୍ତ୍ରୀ କେତେ ଦିନ ହେଲାଣି, ପରଲୋକକୁ ଗଲେଣି। ମୋର ପୂର୍ବ ବିବାହର

ଯୋଡ଼ିଏ ସନ୍ତାନ ଅଛନ୍ତି । ତାହା ଯଥେଷ୍ଟ । ବର୍ତ୍ତମାନ ଆମେ ଦୁହେଁ ପରିଣତ ବୟସରେ ବାହା ହେବାକୁ ସ୍ଥିର କରିଛୁ । ପରସ୍ପର ସହାୟ ହେବାର ପାଇଁ । ଏଣୁ ସହଜ କଥା କରନ୍ତୁ । ମୋର ନାସବନ୍ଦୀ ଅପରେସନ କରି ଦିଅନ୍ତୁ । କିନ୍ତୁ ମୀରା ତାଙ୍କୁ ବୁଝାଇ ରାଜି କଲେ । ତାଙ୍କୁ କହିଲେ ଯେ ଆମର ସନ୍ତାନ ନ ହେବାର ଉଦ୍ଦେଶ୍ୟ ତ ଅପରେସନ କଲେ ହେବ । କିନ୍ତୁ ମୁଁ ଅପରେଶନ କଲେ ହୁଏତ ପିଲାମାନଙ୍କ ମନ ଜିଣିବାର ସୁବିଧା ହେବ । ତୁମକୁ ତ ପାଇଛି । ମୁଁ ଯଦି ପିଲା ଦୁଇଟିକୁ ପାଏ, ତେବେ ଆହୁରି ଭଲ ହେବ ନାହିଁ ? ଜୀଜୀ ଚାହୁଁଥିଲେ ସାଧାରଣ ମାରବାଡ଼ୀ ବିବାହ ହେଉ । କିନ୍ତୁ ବନୱାରୀଲାଲ୍ ମନାକଲେ । ସେ ଆଉ ଏ ବୟସରେ ବର ବେଶରେ କାର୍ଟୁନ ହେବାକୁ ପ୍ରସ୍ତୁତ ନୁହନ୍ତି । ସ୍ଥିର ହେଲା ଯେ ସ୍ୱେଶାଲ୍ ମ୍ୟାରେଜ୍ ଆକ୍ଟ ଅନୁଯାୟୀ ବିବାହ ହେବ । ଦୁଇ ଝିଅକୁ ଜୀଜୀ ବୁଝାଇ ଦେଲେ । ବର୍ତ୍ତମାନ ବଡ଼ ଝିଅର ବୟସ ପନ୍ଦର ଓ ସାନର ତେର । ଏଣୁ ନାରୀ ପୁରୁଷ ସମ୍ପର୍କ କଥା ବୁଝି ପାରିବାର ବୟସ ହେଲାଣି ।

ଜୀଜୀ କହିଲେ ଯେ, ବାପୁ ମାରା ମୌସୀକୁ ବାହା ହେବେ । ମୀରା ମୌସୀ ତୁମମାନଙ୍କୁ ଖୁବ୍ ଭଲ ପାଆନ୍ତି । ସେଥିଲାଗି ଆଉ ଛୁଆ ଚାହାନ୍ତି ନାହିଁ । ଏଣୁ ନିଜର ଅପରେସନ କରାଇ ନେଇଛନ୍ତି । ତୁମର ସମ୍ପତ୍ତି ଅଧିକାର ମଧ ନିଶ୍ଚିତ କରି ଦେଇଛନ୍ତି । ଏଣୁ ତୁମେ ତାଙ୍କୁ ସାବତ ମା ବୋଲି ଭାବିବ ନାହିଁ । ନିଜର ମା ବୋଲି ଭାବିବ । ପିଲାମାନେ ଯେ କିଛିଟା ଆଭାସ ଇଙ୍ଗିତ ପାଇ ନ ଥିଲେ, ତାହା ନୁହେଁ । ଘରେ କଥାବାର୍ତ୍ତା ଶୁଣନ୍ତି । ବୁଝିବାର ତ ବୟସ ହେଲାଣି । ତାହାଛଡ଼ା ଏଥର ଏହି ରାଜସ୍ଥାନ ଟ୍ରିପ୍‌ରେ ସେମାନେ ମୀରାଙ୍କୁ ଚିହ୍ନିଗଲେଣି । ମୀରା ମୌସୀ ଯେ ଏ ଘରକୁ ଆସିବେ ତାହାର ଲକ୍ଷଣ ସେମାନେ, ବିଶେଷ କରି ବଡ଼ ଝିଅ ଅନ୍ଦାଜ କରି ସାରିଥିଲେ ।

କୋର୍ଟରେ ନୋଟିସ୍ ଇତ୍ୟାଦି ଦିଆସରିଲା ପରେ, ଜୀଜୀ ଦିନେ ପିଲାମାନଙ୍କୁ ନେଇ ମୀରା ଘରକୁ ଆସିଲେ । ମୀରା ତତ୍‍କ୍ଷଣାତ୍ ଓଢ଼ଣା ଦେଇ ତାଙ୍କର ପାଦ ଛୁଇଁଲା । ଝିଅମାନେ ମୀରାର ପାଦ ଛୁଇଁଲେ । ଆଗେ ଦେଖାହେଲେ କହୁଥିଲେ ନମସ୍ତେ, ମୌସୀଜୀ । କିନ୍ତୁ ଏଥର କହିଲେ, "ପ୍ରଣାମ, ମା'ଜୀ । ନିଶ୍ଚୟ ଜୀଜୀ ଶିଖେଇଛନ୍ତି । ମୀରା ଦୁଇ ଝିଅକୁ ଛାତିରେ ଲଗାଇ ହିନ୍ଦୀରେ କହିଲେ, "ଜୀ ଓ୍ୱେଗେରା ନାହିଁ । ତୁମ୍ହାରା ମନ ମେ ଯୋ ଆତା ହୈ ପୁକାରୋ । ମୌସୀ କହୋ ୟା ମାଁ । ମଗର ଜୀ ମତ ଲଗାନା ।"

ଅଷ୍ଟମ ପରିଚ୍ଛେଦ

ମୀରା କଟକରେ ଅପରେଶନ କରାଇ ସେଠି ସାତ ଦିନ ନର୍ସିଂ ହୋମ୍‌ରେ ରହି ଫେରି ଆସିଲା । ତାହାପରେ ଗୋଟିଏ ରବିବାର ଦିନ କାଳୀବାବୁ ଆସିଲେ । ଦୁର୍ଗା ଟ୍ରେଡ଼ିଂର ନୂଆ ବ୍ୟବସ୍ଥା କରଗଲା । ସେଥିରେ ବନ୍ଦ୍ୱାରୀଲାଲ୍ ଓ ମୀରା ସମାନ ଅଂଶୀଦାର ଓ ଜଣକର ମୃତ୍ୟୁ ପରେ ଜୀବିତ ଆର ଜଣକ ସମ୍ପୂର୍ଣ୍ଣ ମାଲିକ ହେବ, ଯାହାକୁ ଆଇନ ଭାଷାରେ Either or Survivor କୁହାଯାଏ । କାଳୀବାବୁ ସନ୍ଧ୍ୟାରେ କଟକ ଫେରିଗଲେ । ସନ୍ଧ୍ୟାବେଳେ ବନ୍ଦ୍ୱାରୀଲାଲ ସେହି ଡ୍ରାଫ୍ଟ ଆଦି ନେଇ ମୀରା ଘରକୁ ଆସିଥିଲେ । ସେ ପହଞ୍ଚିବା ପରେ ରଃ’ ଦେଇ ବ୍ରାହ୍ମଣୀ ନାନୀ କହିଲେ, “ମୁଁ ଯାଉଛି, ଜୀଜୀ ମା କାହିଁକି ଡ଼କାଇଛନ୍ତି । ବର୍ଷା ହେଲାଭଳି ଲାଗୁଛି । ଟିକିଏ ଡ୍ରାଇଭରକୁ କୁହନ୍ତୁ ମତେ ଘରକୁ ନେଇଯିବ । ମୁଁ ଜୀଜୀମାଙ୍କ ସାଥୀରେ କାମ ସାରିଲେ, ମୋତେ ଆଣି ଛାଡ଼ି ଦେଇଯିବ । ବନ୍ଦ୍ୱାରୀ ଲାଲ କହିଲେ, “ହଉ, ମୁଁ ଘରେ ସାଢ଼େ ନଅଟା ଆଗରୁ ପହଞ୍ଚିଲେ ହେଲା କେତେକ ଟ୍ରଙ୍କକଲ୍ କରିବାର ଅଛି ।” ବ୍ରାହ୍ମଣୀ ନାନୀ ବାହାରି ଗଲେ ।

ତାଙ୍କୁ ଜୀଜୀ ଡ଼କାଇ ନ ଥିଲେ ସତ । କିନ୍ତୁ ଅବଶ୍ୟ ବ୍ରାହ୍ମଣୀ ନାନୀଙ୍କ ମହତ୍ ଉଦ୍ଦେଶ୍ୟ ପ୍ରତି ତାଙ୍କର ଆପତ୍ତି ନ ଥିଲା । ବ୍ରାହ୍ମଣୀ ନାନୀ କ’ଣ, ଯାଜପୁର ରୋଡ଼ରେ ମୀରା ଓ ବନ୍ଦ୍ୱାରୀଲାଲଙ୍କ ଆସନ୍ନ ବିବାହ କଥା ସମସ୍ତେ ଜାଣିଥିଲେ, ଏପରିକି ଯାଜପୁର ଟାଉନରେ ମଧ୍ୟ । ସେ ଜାଣିଥିଲେ ଯେ ପ୍ରାୟ ସବୁ କାମ ସରିଛି । ଆଉ କେତେଟା ଦିନରେ ତାହା ଆଇନଗତ ସ୍ୱୀକୃତି ପାଇବ । ଏଣୁ ଏମାନଙ୍କୁ ପରସ୍ପରର ସନ୍ନିଧରେ ଛାଡ଼ି ଦେଇଗଲେ । ଏକା ହେଲାପରେ ଦୁହେଁ ବାହୁବନ୍ଧନରେ ବେଶ୍ କିଛି ସମୟ ରହିଗଲେ । ତାହା ପରେ ମୀରା ନାହିଁ କଲା,

"କହିଲା, ଏତେ ଦିନ ତ ଆଇନ ମାନି ଚଳିଲୁ। ଆଉ ସାତ ଆଠଟା ଦିନ ତ ବାକି। ବାରବର୍ଷ ତପସ୍ୟା କାହିଁକି ଶୁଖୁଆ ପୋଡ଼ା ଲାଗି ନଷ୍ଟ କରିବା।"

ବନ୍ଵାରୀଲାଲ ତାଙ୍କ ଅତୃପ୍ତ କାମନାକୁ ହସରେ ଲୁଚାଇ କହିଲେ, "ମୀରା, ଯାହା କହ, ତୁମେ ହାଜିର ଜବାବ୍। କଥା କହି ଜାଣ। ହଉ ତୁମ କଥା ମାନିଲି, କାରଣ ଏଣିକି ତ ମାଲିକାଣୀର କଥା ମାନିବାକୁ ପଡ଼ିବ।"

ମୀରା ତାଙ୍କର ଛାତିରେ ମୁଣ୍ଡ ଆଉଜାଇ ଦେଇ କହିଲା, "ମୁଁ କ'ଣ କେବେ ଅନ୍ୟାୟ କଥା କହୁଛି ? ତୁମେ ତ ଜାଣ, ମୁଁ ଟିକିଏ ଆଗକୁ ଭାବିବାର ଚେଷ୍ଟା କରେ। ତୁମ ମନରେ ଖାଲି ତୋଫାନ ଉଠୁଛି, ମୋ ମନରେ କ"ଣ ନୁହେଁ ? ଆଉ କେତେଟା ଦିନ ତ। ମୁଁ ମଧ ଦିନ କ'ଣ, ମିନିଟ୍ ଗଣୁଛି।"

ଦଶଦିନ ପରେ କଟକରେ ମ୍ୟାରେଜ୍ ରେଜିଷ୍ଟାର ଅଫିସରେ ଏମାନଙ୍କର ବିବାହ ପକ୍କା ହୋଇଗଲା। ଘରକୁ ଫେରି ପ୍ରଥମେ ବନ୍ଵାରୀଲାଲଙ୍କ ଘର ମନ୍ଦିରକୁ ଯାଇ ସେଠି ମାଲା ବଦଳ କରି ପ୍ରଣାମ କଲେ, ତାହା ପରେ ଜୀଜୀଙ୍କୁ। ଝିଅମାନେ ଲୁଚିଛନ୍ତି। କିନ୍ତୁ ଏସବୁ କାରଖାନା ଦେଖି ହସି ହସି ଗଡ଼ି ଯାଉଛନ୍ତି। ମୀରା କଟକରୁ ଦୁହିଁଙ୍କ ଲାଗି ଶାଢ଼ୀ ଓ ହାର ଆଣିଥିଲେ। ସେମାନଙ୍କୁ ପିନ୍ଧାଇ ଦେଇ ଶାଢ଼ୀ ଦେଲେ। ଝିଅମାନେ ବାପମା'ଙ୍କୁ ଏକାଠି ପ୍ରଣାମ କଲେ। ଆଗରୁ ମୀରାର ଜିନିଷ ପତ୍ର ଆସି ଯାଇଥିଲା।

ବନ୍ଵାରୀଲାଲ ଓ ମୀରା କୌଣସି ଉତ୍ସବ ଚାହୁଁନଥିଲେ। ଏଣୁ ପାର୍ଟି ଇତ୍ୟାଦି କିଛି ହୋଇନାହିଁ। କେବଳ ବନ୍ଵାରୀଲାଲଙ୍କ ଖଟଟା କଡ଼ା ହୋଇ ସେଠି ଡବଲ ବେଡ୍ ପଡ଼ିଛି ଓ ଆଉ ଗୋଟିଏ ୱାର୍ଡ ରୋବ ଆସିଛି। ଗୋଟିଏ ଡ୍ରେସିଂ ଟେବୁଲ ମଧ ଆସିଛି, ଯାହାକି ଆଗେ ନ ଥିଲା। ବନ୍ଵାରୀଲାଲଙ୍କ ଲାଗି ବାଥରୁମ୍‌ରେ ୱାସ୍ ବେସିନ୍ ଉପର ଦର୍ପଣଟା ଯଥେଷ୍ଟ ଥିଲା। ଘରକୁ ଆସି ମୀରା ପ୍ରଥମ କରି ବନ୍ଵାରୀଲାଲଙ୍କ ହାତରୁ ସିନ୍ଦୁର ଲଗାଇଲା। ବର୍ତ୍ତମାନ ସେ ପ୍ରକୃତରେ ବିବାହିତା। ସେଦିନ ରାତିରେ ସେ ପୂର୍ଣ୍ଣରୂପେ ସୁହାଗିନୀ ହେଲା।

ବନ୍ଵାରୀଲାଲ ପାର୍ଟି ଦେଇନଥିଲେ ସତ। କିନ୍ତୁ ସନ୍ଧ୍ୟାବେଲେ ତାଙ୍କର ଛୋଟ ବଡ଼ ସମସ୍ତ କର୍ମଚାରୀଙ୍କ ଘରେ ଗୋଟିଏ ଗୋଟିଏ ଭଲ ମିଠା ପ୍ୟାକେଟ୍ ପହଞ୍ଚିଥିଲା। ତାହା ଆରଦିନ ମୀରା ନିତ୍ୟକର୍ମ ସାରି ସକାଳ ଜଳଖିଆ ଖାଇ ଦୁର୍ଗା ଟ୍ରେଡ଼ିଂର ଅଫିସରେ ପହଞ୍ଚିଲା। ସେଠି ନିଜ ରୁମ୍ ଆଗରେ କୌଣସି ବୋର୍ଡ

ନାହିଁ । ମୀରା ଆଶ୍ଚର୍ଯ୍ୟ ହୋଇ ଚାହିଁଛି, ବଡ଼ବାବୁ ଆସି ନମସ୍କାର କଲେ । କହିଲେ, "ମ୍ୟାଡ଼ାମ୍, ଆମେ ଆପଣଙ୍କୁ କି ପ୍ରେଜେଣ୍ଟ ଦେବୁ, କେବଳ ଆପଣଙ୍କର ସୁଖମୟ ଜୀବନ ଲାଗି ଭଗବାନଙ୍କଠାରେ ପ୍ରାର୍ଥନା କରିବା ଛଡ଼ା । ତେବେ ଆମେ ଆମର କର୍ତ୍ତବ୍ୟ କରିବୁ" ।

ଏହାକହି ବଡ଼ ପାଟିରେ ଡ଼ାକିଲେ, "ହରିବାବୁ, ବାହାଦୂର ଓ ପାଣ୍ଡୁକୁ ଧରି ଆସନ୍ତୁ ।" ହଠାତ୍ ଏକ କ୍ଷୁଦ୍ର ଶୋଭା ଯାତ୍ରାର ଆବିର୍ଭାବ । ଆଗରେ ହରିବାବୁ ଓ ପଛରେ ନର ବାହାଦୂର ଓ ପାଣ୍ଡୁ ନାୟକ ଗୋଟିଏ ବୋର୍ଡ଼କୁ ଧରି ଆସୁଛନ୍ତି । ସବା ପଛରେ ମିସ୍ତ୍ରୀ ରାମ ମହାରଣା ହାତୁଡ଼ି ଇତ୍ୟାଦି ଧରି ଆସୁଛି । ବଡ଼ବାବୁ କହିଲେ, "ମ୍ୟାଡ଼ାମ୍, ମୋ ରୁମ୍‍କୁ ଆସନ୍ତୁ । ମୀରା ସେଠାରୁ ଯିବା ପରେ କିଛି ଠକ୍ ଠକ୍ ଶବ୍ଦ । ତାହାପରେ ହରିବାବୁ ଆସି କହିଲେ "ମ୍ୟାଡ଼ାମ୍, ଆସନ୍ତୁ ।"

ହରିବାବୁଙ୍କ ପଛେ ପଛେ ମୀରା ଯାଇ ଦେଖିଲା, ତାହାର ଦୁଆର ମୁହଁରେ ଏକ ଝକ ଝକ ନୂଆ ପିତଳ ବୋର୍ଡ଼ ଲାଗିଛି । ତାହା ଉପରେ ଲେଖା ଅଛି ।

ତାହାର ଦୁଇ ପାଖରେ ଖାକି ପୋଷାକ ପିନ୍ଧା ନର ବାହାଦୂର ଥାପା ଓ ପାଣ୍ଡୁ ନାୟକ । ଦୁଇଜଣ କଡ଼ା ସାଲୁଟ୍ ମାରିଲେ । ମୀରା ବୁଝିଗଲା । ଶହେ ଟଙ୍କାର ନୋଟ୍ ଗୋଟିଏ ହରିବାବୁଙ୍କୁ ଦେଇ କହିଲା, ଏମାନଙ୍କୁ ବକ୍‍ସିସ୍ ଦେଇଦେବେ ।

ମୀରାର ଅଫିସ ଦିନଚର୍ଯ୍ୟାରେ କୌଣସି ପରିବର୍ତ୍ତନ ନାହିଁ । ବନୱାରୀଲାଲ୍ ଉଭୟ ଦୁର୍ଗା ଟ୍ରେଡ଼ିଂ ଏବଂ ଗିରିଧାରୀଲାଲ୍ କିରୋଡ଼ୀମଲ ଅଫିସରେ ବସନ୍ତି । କିନ୍ତୁ ଆଗରୁ ହିଁ ସେହି ସାବେକୀ ଫାର୍ମର ଅଫିସରେ ବେଶୀ ସମୟ କାଟୁଥିଲେ ଓ ବର୍ତ୍ତମାନ ମଧ୍ୟ ତାହା ହିଁ ଅଛି । ତାହାର କାରଣ ଦୁର୍ଗା ଟ୍ରେଡ଼ିଂର କାମ ପ୍ରାୟ ସବୁ ମୀରା କରେ । କେବଳ କେତେକ ଆଇନଗତ କାଗଜପତ୍ର ଲାଗି ତାଙ୍କର ଦସ୍ତଖତ ଦରକାର । ଯେବେଠୁଁ ମୀରା ପାର୍ଟନରେ ହେଲାଣି ତାହାର ମଧ୍ୟ ଆବଶ୍ୟକତା ବେଶୀ ନାହିଁ । କିନ୍ତୁ ସାବେକୀ ଫାର୍ମରେ ମ୍ୟାନେଜର ମୁନୀମ୍‍ଜୀ, ଯେ କି ପୁରୁଣା କାଲିଆ ହୋଇଥିବାରୁ ଅନେକ ନୂଆ ବିଷୟରେ ହଠାତ୍ ବୁଝି ପାରୁନାହାନ୍ତି ଏବଂ ଅନେକ ପ୍ରକାରର ନିର୍ଣ୍ଣୟ ନେବାକୁ ଡରୁଛନ୍ତି । ଏଣୁ ବନୱାରୀଲାଲଙ୍କର ଉପସ୍ଥିତି ବେଶୀ ଦରକାର । ପ୍ଲାଇଉଡ୍ କାରଖାନା ଖୁବ୍ ଲାଭଦାୟକ ହୋଇଛି । କିନ୍ତୁ ସମସ୍ୟା ହେଉଛି କାଠ । ବର୍ତ୍ତମାନ ଜଙ୍ଗଲ କାଟିବା ଉପରେ ବହୁତ କଟକଣା । ଏଣୁ ବନୱାରୀଲାଲ ଠିକ୍ କରିଛନ୍ତି, ଯେ ତାଙ୍କ ଖଣି ଅଞ୍ଚଲରେ ଯେଉଁ ବେକାର ଜମି

ଅଛି, ସେଠି ଗଛ ଲଗାଇବେ। ତାହା ବହୁତ ଦଉଡ଼ା ଦଉଡ଼ି କାମ। ଖଣିର କାମ ଏକ ନୂଆ ରୂପ ନେବାକୁ ଯାଉଛି। ବର୍ତ୍ତମାନ ସବୁଠାରେ କଥା ହେଲା ଭାଲ୍ୟୁ ଆଡ଼ିଶନ Value addition। କ୍ରୋମାଇଟ୍ ନୁହେଁ, ଚାର୍ଜକ୍ରୋମ୍। କିନ୍ତୁ ଏତେ ଦମ୍, ଏତେ ପୁଂଜି ତାଙ୍କ ପାଖରେ ନାହିଁ।

ମୀରା ଓ ବନଓ୍ୱାରୀ ଏକାଠି କଲିକତା ଗଲେ। ତାଙ୍କର ପୁରୁଣା ସହଯୋଗୀମାନଙ୍କ ସାଥୀରେ ଦେଖା କରି ଆଲୋଚନା କଲେ। ସେଠାରୁ ଜଣାପଡ଼ିଲା ଯେ ଯଦିଚ ଚାର୍ଜକ୍ରୋମ୍‌ରେ ବର୍ତ୍ତମାନ ଲାଭ କମ୍, ଏଥିରେ ଆନ୍ତର୍ଜାତିକ ସ୍ତରରେ ଫଟକ ବଜାର ହେଉଛି। ଏଣୁ ମୋଟା ପାର୍ଟ, ଅର୍ଥାତ୍ ବେଶୀ ପୁଂଜି ଥିବା ବ୍ୟବସାୟୀ ନ ହେଲେ ଏଥିରେ ପଶିବା ବିପଦ। ତାହାପରେ ଚାର୍ଜକ୍ରୋମ୍ ତିଆରି ଲାଗି ଯେଉଁ ପରିମାଣରେ ବିଦ୍ୟୁତ ଦରକାର, ତାହା ଏହି ରାଜ୍ୟ ବିଦ୍ୟୁତ୍ ବୋର୍ଡ଼ଠାରୁ ପାଇବା ସବୁବେଳେ ସନ୍ଦେହଜନକ। ବହୁ ପରିମାଣରେ ପାଓ୍ୱାର କଟ୍ ଏବଂ ତାହାଠାରୁ ବେଶୀ ବ୍ରେକ୍ ଡ଼ାଉନ୍। ଏଣୁ ଚାର୍ଜକ୍ରୋମ୍ ପରି ଶିଳ୍ପ ନିଜର ଜେନେରେଟର ବା କ୍ୟାପଟିଭ୍ ପାଓ୍ୱାର ପ୍ଲାଣ୍ଟ ରଖିବାକୁ ବାଧ୍ୟ। ଏହା ମଧ୍ୟମ ଧରଣର ପୁଂଜିପତି ପକ୍ଷରେ ଅତି କଷ୍ଟ, ପ୍ରାୟ ଅସାଧ୍ୟ। ତାହା ଅପେକ୍ଷା ବେନିଫିକେଶନ୍ (Benification) Plant କରିବା ସହଜ। କାରଣ ସେଥିରେ ପୁଂଜି ଓ ବିଜୁଲି ଶକ୍ତିର ଆବଶ୍ୟକତା ଅନେକ କମ୍। ଚାର୍ଜକ୍ରୋମ୍ ପରି ଦାମ ନାହିଁ। କିନ୍ତୁ ଆମର କ୍ୟାପିଟାଲ ଓ ରନିଂ କଷ୍ଟ (Capital & Running cost) ଢେର କମ। ଏଣୁ ବହେ ଲାଭ ପାଇବା। ତାହା ହିଁ ଠିକ୍ ହେଲା। ଏଠି ସମୟ ଆବଶ୍ୟକ ହେଉଥିବାରୁ ବନଓ୍ୱାରୀଲାଲ୍ କେବଲ ଏହି ପୁରୁଣା ଫାର୍ମଟିକୁ ଦେଖିଲେ। ମୀରାକୁ ଦୁର୍ଗା ଟ୍ରେଡ଼ିଂର ଡ଼ାଇରେକ୍ଟର କରି ଦିଆଗଲା। ଏଥିରେ ରହିଲା, ରାସାୟନିକ ଦ୍ରବ୍ୟ, ସାର, କୃଷି ଓ ଖଣି ମେସିନ୍। ଆଗେ ତ କେବଲ ଯାଜପୁର ଓ କେନ୍ଦୁଝର ଲାଗି ଦୁର୍ଗା ଟ୍ରେଡ଼ିଂ ପାଇକାରୀ ସପ୍ଲାୟର ଥିଲା। ବର୍ତ୍ତମାନ ବାଲେଶ୍ୱର ଏବଂ ଢେଙ୍କାନାଲ ଜିଲ୍ଲା ପାଇଁ ମଧ୍ୟ। ଏହା ପ୍ରତ୍ୟକ୍ଷ ଭାବେ ମୀରାର ପରିଚାଳନାରେ ଓ ମୀରା ଏହି ବ୍ୟବସାୟକୁ ଅନେକ ବଢ଼ାଇଛି। ଏହା କେବଲ ଟ୍ରେଡ଼ିଂ କମ୍ପାନୀ ହୋଇଥିବାରୁ ଏଠି ଖଣି ବ୍ୟବସାୟ ବା କାଠ ପ୍ଲାଇଉଡ୍ ବ୍ୟବସାୟଠାରୁ ଝାମେଲା କମ୍ ଓ ଲାଭ ଏକ ସ୍ତିର ଗତିରେ ଚାଲେ। ମାଇନଂ ବ୍ୟବସାୟର ଝାମେଲା ନାହିଁ, ଧର୍ମଘଟ ନାହିଁ,

ରାଜନୈତିକ ଦାଦାଗିରି ନାହିଁ । ଏଣୁ ଅନେକ ସମୟରେ ଦୁର୍ଗା ଟ୍ରେଡ଼଼ିଂ ଅନ୍ୟ ବ୍ୟବସାୟକୁ ସାହାଯ୍ୟ ମଧ ଦେଇଥାଏ ।

ମୀରା ଓ ବନୱାରୀଲାଲ୍ ତାଙ୍କର ବୈବାହିକ ଜୀବନରୁ କୌଣସି ଅୟଥା ଆଶା ରଖ‌ନଥିଲେ । ତାଙ୍କର ବିବାହକୁ ତ ପ୍ରେମ ବିବାହ କରି ହେବନାହିଁ । ଉଭୟେ ଜୀବନଠାରୁ ବହୁତ ମାଡ଼ ଖାଇଛନ୍ତି ଓ କୌଣସି ମର୍ଧ୍ୟରେ ବୈକୁଣ୍ଠର ଆଶା ପୋଷଣ କରି ନାହାନ୍ତି । ସେମାନେ ପରସ୍ପର ପାଖ‌କୁ ଆସିଛନ୍ତି ପରସ୍ପରର ଏକ ଅବଲମ୍ବନ ହେବା ପାଇଁ । ପରସ୍ପରର ସାଥୀ ହେବା ପାଇଁ । ଦୁଃଖସୁଖ ବାଣ୍ଟିନେବା ପାଇଁ । ସେମାନେ ପ୍ରେମରେ ମର୍ଧ୍ୟକୁ ସ୍ୱର୍ଗ କରିବାର ଅପଚେଷ୍ଟା କରିବାକୁ ଚାହିଁ ନାହାନ୍ତି । ପରସ୍ପରଠାରୁ ଯାହା ଚାହିଁଛନ୍ତି ତାହା ମଧ ଖୁବ୍ ବେଶୀ ନୁହଁ । ଏଣୁ ନିରାଶ ହେବାର ସମ୍ଭାବନା ପ୍ରାୟ ନଥିଲା । ଉଭୟେ ତାଙ୍କର ବୟସ ଦୃଷ୍ଟିରୁ ଦେହଠାରୁ ବିଶେଷ କିଛି ଆଶା କରିନଥିଲେ । କିନ୍ତୁ ଦେହ ଉଭୟଙ୍କୁ ଆଶ୍ଚର୍ଯ୍ୟ କରି ଦେଲା । ଆଲିବାବା କାହାଣୀର ଖୋଲ୍ ସୁମ୍ ସୁମ୍ ପରି ଅପ୍ରତ୍ୟାଶିତ ଭାବେ କ'ଣ ଖୋଲିଗଲା । ଉଭୟ ଦେହର ଓ ମନର । ଏପରିକି ଏକ ଦୁନିଆ ଅଛି ଯେଉଁଠ ସେହି ପୁରୁଣା ଦେହଟା ଏତେ ଫୁଲ ଫୁଟାଏ, ଏତେ ବାସ ଚହଟାଏ । ଉଭୟଙ୍କର ଯୌବନର ଅଭିଜ୍ଞତାକୁ ଉଭୟେ ବହୁ ଚେଷ୍ଟା କରି ଭୁଲି ଯାଇଥିଲେ, କାରଣ ଉଭୟଙ୍କର ସେ ସମୟରେ ସାଥୀ ଏହି ଦୁନିଆରୁ ହଠାତ୍ ଚାଲି ଯାଇଥିଲେ । ଏଣୁ ସେପରି ଅଭିଜ୍ଞତା ଯେ ପୁଣି ଥରେ ସମ୍ଭବ ତାହା ଅନୁଭବ କରି ସାରି ମଧ ଉଭୟେ ଠିକ୍ ବିଶ୍ୱାସ କରି ପାରୁନଥିଲେ ।

କିନ୍ତୁ ପାରିବାରିକ ଜୀବନର ଅଭିଜ୍ଞତା ଆଉ ଏକ ପ୍ରକାରର । ଏଠି ମିଳୁଥିଲା ଏକ ଆରାମ, ନିବିଡ଼ ବିଶ୍ରାମ, ଯାହାଦ୍ୱାରା ପୁନର୍ବାର ଜୀବନ ସଂଗ୍ରାମ ଲାଗି ଶକ୍ତି ସଂଚୟ କରି ହେଉଥିଲା । ଉଭୟ ବନୱାରୀଲାଲ୍ ଓ ମୀରାଙ୍କୁ ଯଥେଷ୍ଟ ବ୍ୟବସାୟ ଜନିତ ପରିଶ୍ରମ କ'ଣ, ସଂଗ୍ରାମ କରିବାକୁ ହେଉଥିଲା । କିନ୍ତୁ ଉଭୟେ ଉଭୟଙ୍କୁ ଆଶ୍ରୟ ଓ ବିଶ୍ରାମ ଦେଇପାରୁଥିଲେ । ତାହାହିଁ ତାଙ୍କର ସବୁଠାରୁ ବଡ଼ ଉପଲବ୍ଧ ଥିଲା । ତାହା ଏକ ତୃପ୍ତି । ଯାହାକି ପରସ୍ପର ଉପରେ ବିଶ୍ୱାସରୁ ମିଳୁଥିଲା । ପରସ୍ପରର ଦେହର ସ୍ପର୍ଶ ସମୟ ବିଶେଷର ଉତ୍ତେଜକ ଅବଶ୍ୟ । କିନ୍ତୁ ଅନ୍ୟାନ୍ୟ ସମୟରେ କି ଆରାମଦାୟକ । କି ଶାନ୍ତିଦାୟକ ।

ଦିନ ଗଡ଼ି ଚାଲିଛି । ଦୁର୍ଗା ଟ୍ରେଡ଼଼ିଂ ଗୋଟିଏ ଶୀତଳ ଭଣ୍ଡାର ପାଣିକୋଇଲିଠାରେ

ଖୋଲିଛି । ବିଶେଷ କରି ଚାଷୀମାନେ ତାଙ୍କ ଆଳୁ ରଖିବାକୁ । ଅନ୍ୟାନ୍ୟ ପରିବାପତ୍ର ମଧ୍ୟ ରଖିବାର ଆରମ୍ଭ ହେଲାଣି । ଧୀରେ ଧୀରେ ଚାଷୀମାନେ କୋଲ୍ଡ୍ ଷ୍ଟୋରେଜ୍‌ର ମୂଲ୍ୟ ବୁଝିଲେଣି । ତାହା ଯେ ତାଙ୍କୁ ବେପାରୀଙ୍କୁ ଅତ୍ୟାଚାରରୁ ରକ୍ଷା କରିପାରିବ, ଏହା ସେମାନେ କ୍ରମଶଃ ବୁଝିଗଲେଣି । ଗିରିଧାରୀଲାଲ୍ କିରୋଡ଼ିମଲ୍ ଫାର୍ମ ବର୍ତ୍ତମାନ ଖଣିରୁ ବେଶୀ ବେନିଫିକେଶନ୍ ବା ବିଭିନ୍ନ ଧାତୁ ମିଶ୍ରିତ ପଥରକୁ ସଫା କରିବା ଉପରେ ଜୋର ଦେଉଛି, କାରଣ ତାହାର ପରିଚାଳନା ଉପରେ ଆଖି ରଖିବା ସହଜ । ବନୱାରୀଲାଲ୍‌ଙ୍କର ବୟସ ହେଲାଣି । ଖଣି ଅଞ୍ଚଳରେ ଧାଁ ଧପଡ଼ କରିବାକୁ ବାଧୁଛି । ମୀରା ମଧ୍ୟ ସ୍ୱାସ୍ଥ୍ୟ ଦୃଷ୍ଟିରୁ ତାଙ୍କର ଏତେ ଦଉଡ଼ା ଦଉଡ଼ି କରିବାକୁ ଚାହେଁ ନାହିଁ ।

କ୍ରମଶଃ ଝିଅମାନେ ବଡ଼ ହୋଇଛନ୍ତି ଓ ବଡ଼ର ବର ଖୋଜିବା ଆରମ୍ଭ ହେଲାଣି । ଜୀଜୀଙ୍କ ଦେହ ମୋଟେ ଭଲ ରହୁନାହିଁ । କୌଣସି ଠିକ୍ ରୋଗ ନାହିଁ । ବୃଦ୍ଧାବସ୍ଥା ହିଁ ରୋଗ । କ'ଣ ଟିକିଏ ହେଲେ ଭଲ ହେବାକୁ ବହୁତ ସମୟ ଲାଗୁଛି । ଏଣୁ ଜୀଜୀ ଚାପ ଦେଉଛନ୍ତି ବଡ଼ ଝିଅର ଶୀଘ୍ର ବିବାହ କରିବାକୁ । ବରପାତ୍ର ଠିକ୍ ହେଲା । ଝାରସୁଗୁଡ଼ାରେ ବଡ଼ ଲୁଗା ଦୋକାନ । କିନ୍ତୁ ଏହି ପିଲାଟି ନିଜର ବାଟ କରିଛି । ବି.କମ୍. ପାସ୍ କରି ଚାଟାର୍ଡ଼ ଆକାଉଣ୍ଟାଟ୍ । ନିଜର ପ୍ରାକ୍ଟିସ୍ କରୁଛି ଏବଂ ନିଜେ ମାରୱାଡ଼ୀ ହୋଇଥିବାରୁ ମାରୱାଡ଼ୀ ବ୍ୟବସାୟୀଙ୍କ ଅଡ଼ିଟ୍ କାମ ଅନେକ ମିଳୁଛି । ବର୍ତ୍ତମାନ କ'ଣ ଯୌତୁକ ଦିଆଯିବ, ସେଥିଲାଗି ବହୁତ ଆଲୋଚନା ହେଲା । ଝିଅ ପ୍ରଥମତଃ ପୈତୃକ ଅଂଶୀଦାର । ସେଇଟା ତାହା ଲାଗି ବଡ଼ ସୁବିଧା, କାରଣ ତାହା ଉପରେ ଶାଶୁ ଘରର କୌଣସି ଅଧିକାର ନାହିଁ । ତାହାଛଡ଼ା ଗାଡ଼ି ଓ ଯଥେଷ୍ଟ ନଗଦ ଦିଆଗଲା । ବାହାଘର ସୁରୁଖୁରୁରେ ହୋଇଗଲା ଏବଂ ବର୍ତ୍ତମାନ ଝିଅ ମଧ୍ୟ ସୁଖରେ ଅଛି, କାରଣ ତାହାର ସ୍ୱାମୀ ନିଜ ପ୍ରାକ୍ଟିସ୍ ଲାଗି ସମ୍ବଲପୁରରେ ରହିଛି ଓ ଝିଅ ମଧ୍ୟ ସେଠିକି ଗଲାଣି । ଅବଶ୍ୟ ସେମାନେ ପ୍ରତି ସପ୍ତାହରେ ଝାରସୁଗୁଡ଼ା ଆସନ୍ତି । ସାନଝିଅ ଭଲ ପଢ଼ୁଛି ଓ ଯୁକ୍ତ ଦୁଇରେ ବିଜ୍ଞାନ ନେଲା । ତାହାର ଇଚ୍ଛା ସେ ଡାକ୍ତରୀ ପଢ଼ିବ । ଅସୁବିଧା ମଧ୍ୟ କିଛି ନାହିଁ, କାରଣ ମୋଟାମୋଟି ଭଲ ପଢ଼େ ଓ ପ୍ରଥମ ଶ୍ରେଣୀର ଛାତ୍ରୀ । ଯଦି ସରକାରୀ ମେଡିକାଲ କଲେଜରେ ସିଟ୍ ନ ପାଇଲା ତାହାହେଲେ ଡୋନେଶନ୍ ନେଉଥିବା କୌଣସି ଭଲ ମେଡିକାଲ କଲେଜରେ ପଢ଼ି ପାରିବ । ଜୀଜୀ ଆଗ ରାଜି ହେଉନଥିଲେ । କିନ୍ତୁ

ମୀରା ତାଙ୍କୁ ବୁଝାଇଲା ଯେ ମାରୱାଡ଼ୀ ଡାକ୍ତରାଣୀର ଅନେକ ସୁବିଧା। ସେ ତ ପ୍ରାୟ ସବୁ ମାରୱାଡ଼ୀ ପରିବାରର ଡାକ୍ତର ହୋଇପାରିବ। ପରେ ଆମେ ଟଙ୍କା ଲଗାଇ ଗୋଟିଏ ନର୍ସିଂ ହୋମ୍ ଖୋଲିବା। ସେଥିରେ ଖୁବ୍ ରୋଜଗାର। କଟକରେ ଡାକ୍ତରମାନେ କ'ଣ କରୁଛନ୍ତି, ଦେଖ। ଜୀଜୀ ତ ଖାନଦାନୀ ମାରୱାଡ଼ୀ।

ଏହି ବ୍ୟବସାୟିକ ଦିଗଟା ଦେଖିଲାରୁ ରାଜି ହୋଇଗଲେ। ଯାହାହେଉ, ତାହାକୁ କ୍ୟାପିଟେଶନ୍ ଫି ଦେବାକୁ ପଡ଼ି ନାହିଁ। M.B.B.S. କଲା ପରେ ଶିଶୁ ରୋଗରେ ପୋଷ୍ଟ ଗ୍ରାଜୁଏଟ କରି ବର୍ତ୍ତମାନ ବ୍ରହ୍ମପୁରରେ ଅଛି। ନାମ ଡାକ ହୋଇ ଆସିଲାଣି। ଏଣୁ ବନୱାରୀଲାଲ୍ ଓ ମୀରା ସ୍ଥିର କରିଛନ୍ତି, ତାହା ଲାଗି ଏକ ନର୍ସିଂ ହୋମ୍ ଖୋଲିବେ।

ବର୍ତ୍ତମାନ ଜୀଜୀଙ୍କ ବୟସ ସତୁରୀରୁ ଊର୍ଦ୍ଧ୍ୱ। ଏଣୁ ସେ ଏକା ଜିଦି ଧରିଛନ୍ତି ଘରକୁ ଯିବେ ଓ ସେଠି ଦେହ ତ୍ୟାଗ କରିବେ। ତାଙ୍କର ଶିଶୁର ଘର ମଧ ସିକର ପାଖରେ ଓ ସେଠି କେହି ନାହାନ୍ତି। ଏଣୁ ବାପଘରେ ସେହି ସାବେକୀ ହାବେଲୀରେ ରହିବେ ଏବଂ ସେହି ସିକରର ଶ୍ମଶାନରେ, ଯେଉଁଠି ଉଭୟ କୁଳର ଗୁରୁଜନମାନଙ୍କର ଦାହକ୍ରିୟା ହୋଇଛି, ସେଇଠି ତାଙ୍କର ମଧ ଶେଷକୃତ୍ୟ ହେବ। ଶେଷକୃତ୍ୟ ତ ଯେବେ ହେବ ହେବ, କିନ୍ତୁ ତାହା ଆଗରୁ ସିକରରେ ଏକୁଟିଆ ଚଳିବେ କିପରି। କିଏ ତାଙ୍କ ସେବା କରିବ। ସେଠି ଚାକର ଲଗାଇଲେ ମଧ ସେମାନେ ଅପରିଚିତ। ବୁଢ଼ାବୁଢ଼ୀ ଲୋକଙ୍କର ଅନେକ ସମୟରେ ଏକଗୁଇଁଆ ଓ ଅସହିଷ୍ଣୁ ପ୍ରକୃତି ହୋଇଯାଏ। ତାକୁ ସେଠାର ଚାକର ସହିଲା ପରି ଦେଖାଯାଉ ନାହିଁ। ଏଠି ଯାଜପୁର ରୋଡ଼ର ଲୋକମାନେ ତାଙ୍କୁ କେଉଁକାଲୁ ଦେଖି ଆସିଛନ୍ତି। ଏଣୁ ଜୀଜୀ ଯଦି ବେଆଡ଼ା ପ୍ରକୃତି ଦେଖାନ୍ତି, ତେବେ ସେମାନେ ହସି କରି ସହିଯିବେ। କେବଳ କହିବେ ଜୀଜୀମାଙ୍କର ମତିଭ୍ରମ ହେଲାଣି। ସହିଷ୍ଣୁତା ସିକରରେ ନୂଆ ରାଜସ୍ଥାନୀ ଚାକରଠାରୁ କିପରି ଆଶା କରିବା। ଏ ନେଇ ବହୁତ ଆଲୋଚନା ହେଲାଣି। ଏଶେ ମୁନୀମଜୀ ମଧ ଅବସର ମାଗିଲେଣି। ସେ ତାଙ୍କ ଗାଁ ଘର ଭମ୍ରା ନାମକ ଜୟପୁର ଜିଲ୍ଲାର ଏକ ସ୍ଥାନକୁ ଯାଇ ସେଠି ପରିବାରବର୍ଗଙ୍କ ସହ ରହିବେ। ଏ ବୟସରେ ଧର୍ମ କରିବା ଦରକାର। କିନ୍ତୁ ଏ ପାଖରେ ତ ନିକଟତମ ଜୈନ ମନ୍ଦିର କଲିକତାରେ। ଏଣୁ ସେ ମଧ ରାଜସ୍ଥାନ ଯିବେ।

ସେଦିନ ମୀରା ଓ ବନୱାରୀ ଏହି କଥା ହେଉଥିଲେ। ବନୱାରୀଲାଲ୍ କହିଲେ,

"ଜୀଜୀ ଓ ମୁନୀମଜୀ ଉଭୟ ଏଠାରୁ ଚାଲିଯିବାକୁ ବାହାରୁଛନ୍ତି। ଏମାନେ ଗଲେ ମୋର ପୂର୍ବର ଜୀବନର ସବୁ କଡ଼ି ଭାଙ୍ଗିଯିବ କାରଣ ଏହିମାନଙ୍କୁ ମୁଁ ପିଲାଦିନରୁ ଦେଖି ଆସିଛି। ମୋ ପକ୍ଷରେ ତ ଏ ଦୁହେଁ ହିଁ ଆମର ପୂର୍ବ ପୁରୁଷଙ୍କ ରାଜପୁତାନା। ଏମାନେ ଚାଲିଗଲେ ମୋର ଗୋଟିଏ ଅଂଶର ମୃତ୍ୟୁ ହୋଇଯିବ। ମୁଁ ଅତୀତଠାରୁ କଟିଯିବ।"

ମୀରା କହିଲେ, "ମୁଁ ତୁମ ଦୁଃଖ ବୁଝୁଛି। ମୁଁ ବି ମୋର ଅତୀତ ସହିତ ସମ୍ପର୍କ କାଟି ଦେଇଛି। କିନ୍ତୁ ମୋର ଅବସ୍ଥା ଭିନ୍ନ ଥିଲା। ନୂଆ ସମ୍ପର୍କ ଗଢ଼ିବାର ସମ୍ଭାବନା ତୁମ ମନର ଶୂନ୍ୟତା ବିରାଟ ହେବ। ତଥାପି ମୁଁ ଚେଷ୍ଟା କରିବି। ତୁମେ ମୋର ଶୂନ୍ୟତା ଭରି ଦେଇଛ। ମୁଁ ହୁଏତ ଚେଷ୍ଟା କଲେ ତୁମର ଶୂନ୍ୟତା ଭରି ଦେଇ ପାରିବି।

ବନ୍ୱାରୀ କହିଲେ, "ମୀରା ତମେ ଶୂନ୍ୟତା ଭରି ସାରିଛ। କିନ୍ତୁ ତାହା ମୋର ଜୀବନସାଥୀ। ବନ୍ୱାରୀଲାଲ୍ କହିଲେ– କିନ୍ତୁ ଏବେ ଯେଉଁ ଶୂନ୍ୟତା କ'ଣ ତୁମେ ଭରି ପାରିବ? ଏବଂ ଜୀବନ ସାଥୀର କ'ଣ ବଡ଼ ଭଉଣୀ ହେବା ଉଚିତ?"

ମୀରା ଉତ୍ତର ଦେଲେ, "ସମୟ ଆସିବ ଯେତେବେଳେ ସେହି ଶୂନ୍ୟତା ସହିତ ମୁହାଁମୁହିଁ ହେବାକୁ ପଡ଼ିବ। ଆମେ ତ ପିଲା ନୋହୁଁ। ଭଗବାନ ଯେ ଆମକୁ ଏପରି ଭାଗ୍ୟ କରିବା ଅନ୍ୟାୟ। ଜଣେ କିଏ ଆଗ ଯିବ ଓ ଆର ଜଣକୁ ତାହାର ଶୂନ୍ୟତାକୁ ବୋହି ବୋହି ବାକି ଜୀବନଟା କାଟିବାକୁ ପଡ଼ିବ। ଏଣୁ ଏତକ ତ ଗ୍ରହଣ କରିବାକୁ ହେବ।"

ବନ୍ୱାରୀ କହିଲେ, "ଏହି ଶୂନ୍ୟତା ହିଁ କ'ଣ ଶେଷ ସତ୍ୟ। ଏହାର କ'ଣ ଉପାୟ ନାହିଁ? ଉତ୍ତର ନାହିଁ?"

ମୀରା ଉତ୍ତର ଦେଲା, "ଏହି ପ୍ରଶ୍ନ ତୁମେ ମୋତେ ପଚାରୁଛ ନା ଭଗବାନଙ୍କୁ। ଏହାର ଉତ୍ତର କେବଳ ତାଙ୍କ ପାଖରେ ଅଛି। ବେଳେ ବେଳେ ତ ସନ୍ଦେହ ହୁଏ ଯେପରି ତଙ୍କ ପାଖରେ ମଧ୍ୟ ନାହିଁ। ତେବେ ତୁମେ କଲିକତାର ମଦର ଟେରେସାଙ୍କ ନାମ ଶୁଣିଥିବ। ତାଙ୍କର ଗୋଟିଏ ସଂସ୍ଥା ଅଛି, ନିର୍ମଳ ହୃଦୟ। ଯାହାର ମରିବାକୁ ବି ସ୍ଥାନ ନାହିଁ, ଏଠି ତାହାରି ଲାଗି, ସ୍ଥାନ ଅଛି। ମଦର ଟେରେସା ରାସ୍ତାରେ ପଡ଼ିଥିବା ମୁର୍ମୂଷୁ ଭିକାରୀମାନଙ୍କୁ ଏଠି ଆଶ୍ରୟ ଦିଅନ୍ତି, ଯେପରି କି ସେମାନେ ଅତି କମରେ ମଣିଷ ଭଳି ମରି ପାରିବେ, ପୋକ ଜୋକ ପରି ନୁହେଁ। ଏହିପରି ଗୋଟିଏ ମୁର୍ମୂଷୁ ତାଙ୍କୁ କହିଲା, "ମା ଆମର କେଉ ନେଇଁ।"

ମଦର ଟେରେସା ଉତ୍ତର ଦେଲେ, "ନା, ନା, ଏମନ ବୋଲୋ ନା । ଉନି ଆଛେନ୍ ।" ଏହା ହୁଏତ ତୁମ ପ୍ରଶ୍ନର ଉତ୍ତର ହୋଇପାରେ । ତେବେ ଛାଡ଼ ସେ କଥା ମୁନୀମ୍‌ଜୀଙ୍କ ବିଷୟରେ ଚିନ୍ତା ନାହିଁ । ସେ ଏପର୍ଯ୍ୟନ୍ତ ମୋଟାମୋଟି ସୁସ୍ଥ । ସେ ଇଚ୍ଛାକଲେ କେତେକ ଜୈନ ତୀର୍ଥ ଦର୍ଶନ କରି ତାଙ୍କ ଗାଁକୁ ଯିବେ । ମୋର ସନ୍ଦେହ ଯେ ତାହାପରେ ସେ କୌଣସି ଜୈନ ମନ୍ଦିରରେ ଆଶ୍ରୟ ନେବେ । ଆମର ସମସ୍ୟା ଜୀଜୀଙ୍କୁ ନେଇ, କାରଣ ସେ ସେଠି ଏକୁଟିଆ ଚଲି ପାରିବେ ନାହିଁ ଓ ଯଦି ଜିଦ୍ କରି ରହନ୍ତି, ତାହାହେଲେ ତାଙ୍କର ଜୀବନ ବଡ଼ କଷ୍ଟମୟ ହେବ ଓ ସେଥିଲାଗି ଆମେ ମଧ୍ୟ ଦାୟୀ ହେବୁ । ଏହାର ଉପାୟ ଭାବିବାକୁ ପଡ଼ିବ ।

ଅନେକ ଆଲୋଚନା ପରେ ଗୋଟିଏ ଯୋଜନା ତିଆରି ହେଲା । ମୀରା, ବନୱାରୀ ଓ ଜୀଜୀ ବନାରସ ଓ ପ୍ରୟାଗ ତୀର୍ଥ କରି ଗ୍ରାମକୁ ଯିବେ । ଏହାକୁ ଦଶହରା ପରେ ପରେ କରିବାକୁ ହେବ । ସମସ୍ତେ ସିକରର ହବେଲୀରେ ପହଞ୍ଚିବେ । ସେଠି ଆଠ ଦଶ ଦିନ ରହି ଜୀଜୀଙ୍କ ଚାକର ବାକର ବ୍ୟବସ୍ଥ କରି, ବନୱାରୀ ଓ ମୀରା ବଦ୍ରିନାଥ ଦର୍ଶନକୁ ଯିବେ । ତାହା ତ ଦଶ ପନ୍ଦର ଦିନ ଲାଗିବ । ତାହାପର ସୀକର ଆସି ଏକ ପ୍ରକାର କନ୍ଦାକଟା କରିବେ । "ଜୀଜୀ ତୁମକୁ ଛାଡ଼ି ଦେଇ ଏଇ କେଇଟା ଦିନ ଆମକୁ ବଡ଼ କଷ୍ଟ ହୋଇଛି । ତୁମେ ପୈତୃକ ତୁମେ ହିଁ ଆମର ଦେବତା ।" ଆଶା କରାଯାଏ, ସେ ବୁଢ଼ୀ ଟିକିଏ ଔପଚାରିକ ଆପତ୍ତି କରି ଆସିଯିବେ ।

ମୋଟାମୋଟି ସବୁ ଜିନିଷ ପରିକଳ୍ପନା ଅନୁଯାୟୀ ହେଲା । ଯାଜପୁର ରୋଡ଼ ଫେରି ଆସିବା ପରେ ଜୀଜୀ ଆଉ ତିନିବର୍ଷ ଜୀବିତ ଥିଲେ । ପ୍ରକୃତରେ ହୁଏତ ଆଉ କିଛି ଦିନ ବଞ୍ଚି ଥାଆନ୍ତେ । କିନ୍ତୁ ଥରେ ପଡ଼ିଗଲେ ଓ ଫ୍ରାକ୍ଚର ହୋଇଗଲା । ଏହାପରେ ସେ ଚାଲି ପାରିଲେ ନାହିଁ । ଅବଶ୍ୟ ହୁଇଲ୍ ଚେୟର ଆସିଲା । ବୁଲାଇବାକୁ ଚାକର ହାଜିର ଥିଲା । କିନ୍ତୁ ବୁଢ଼ୀର ଆଉ ଜୀବନର ଇଚ୍ଛା ରହିଲା ନାହିଁ । ଦେହରୁ କ୍ରମଶଃ ବଲ କମିବା ଆରମ୍ଭ କଲା । ଡାକ୍ତର କହି ଦେଇଥିଲେ ଯେ ହୁଏତ ଗୋଟିଏ ସାମାନ୍ୟ ରୋଗରେ ହଠାତ୍ ଚାଲିଯିବେ । ଗୋଟିଏ ଦିନ ଜ୍ୱର ହୋଇଥିଲା । ଜୀଜୀ ନିଦ୍ରିତାବସ୍ଥାରେ ପ୍ରାଣତ୍ୟାଗ କଲେ ।

ଏତେବେଳକୁ ବନୱାରୀଲାଲ୍‌ଙ୍କୁ ଷାଠିଏ ଓ ମୀରା ପ୍ରାୟ ପଇଁତାଳିଶ ।

ଜ଼ୀଜ଼ୀ ଗଲାପରେ ଯେପରି ବନ୍ୱାରୀଲାଲଙ୍କ ମନୋବଲ ସରି ଆସୁଥିଲା । ତଥାପି ମୀରା ଅଜସ୍ର ଯୁଦ୍ଧ ଚଲାଇଥାଏ । ଏହିପରି ଆଉ ଛଅବର୍ଷ ଚାଲିଗଲା । ବନ୍ୱାରୀଲାଲ ଏଣିକି ଗିରିଧାରୀଲାଲ କିରୋଡ଼ିମଲର ଦୈନନ୍ଦିନ କାମ ଦେଖିବାକୁ ସମର୍ଥ ନ ଥିଲେ । ଏଣୁ ଏହାର ପରିଚାଳନା ଲାଗି ମ୍ୟାନେଜର୍ ରଖିବାକୁ ପଡ଼ିଲା । ମୀରା ଅବଶ୍ୟ ସବୁ ଉପରେ ଆଖି ରଖିଥାଏ । ଦୁର୍ଗା ଟ୍ରେଡ଼ିଂର ପରିଚାଳନା ଲାଗି ମଧ୍ୟ ମୀରା ଏତେ ଦିନରେ ଲୋକ ପ୍ରସ୍ତୁତ କରି ନେଇଛି । ଏଣୁ ମୀରା ଏକ ସାମୂହିକ ପରିଚାଳନାର ଦାୟିତ୍ୱ ନିଜ ପାଖରେ ରଖିଥିଲା । ବନ୍ୱାରୀଲାଲ କେବଲ ବିଶେଷ ନିର୍ଣ୍ଣୟ ନେବାରେ ସାହାଯ୍ୟ କରିଥିଲେ ।

ଦିନେ ହଠାତ୍ ବନ୍ୱାରୀଲାଲ ସିରିବ୍ରାଲ ଷ୍ଟ୍ରୋକରେ ପଡ଼ିଗଲେ । ତତ୍‌କ୍ଷଣାତ୍ ତାଙ୍କୁ କଲିକତାର ବେଲେଭ୍ୟୁ ନର୍ସିଂ ହୋମ୍‌କୁ ନିଆହେଲା । ଅପରେଶନ୍ କରି କ୍ଲଟ୍ କାଢ଼ିବାର ଚେଷ୍ଟା ହେଲା କିନ୍ତୁ ବିଫଲ ।

ମୀରା ପୁନର୍ବାର ସଂସାରରେ ଏକଲା । ବର୍ତ୍ତମାନ ତା'ର ସାଥୀ କେବଲ ଯଶୋଦାଙ୍କ କୋଳରେ ବାଲଗୋପାଲ । ବ୍ୟବସାୟ କାମ ଠିକ୍ ଚାଲିଛି । ବର୍ତ୍ତମାନ ମୀରା ଦୁର୍ଗା ଟ୍ରେଡ଼ିଂର ପ୍ରୋପ୍ରାଇଟର ଓ ସାବେକୀ ଫାର୍ମର ମ୍ୟାନେଜିଂ ଡାଇରେକ୍ଟର୍ । ବଡ଼ ଜୋଇଁ ଅଶୋକ କୁମାରଙ୍କୁ ଡକାଇ ତାହାର ଅଡ଼ିଟ୍ କରିନେଇଛି । ଜୋଇଁ ନିଜେ ଅଡ଼ିଟ୍ କରିଥିବାରୁ ଝିଅମାନେ କୌଣସି ସନ୍ଦେହ କରିବେ ନାହିଁ । ସାନ ଝିଅର ପ୍ରାପ୍ୟ ଓ ଦୁର୍ଗା ଟ୍ରେଡ଼ିଂରୁ ମୀରା ଦେଇଥିବା ଟଙ୍କା ମିଶି ବ୍ରହ୍ମପୁରରେ ସାନଝିଅ ନାମରେ ଏକ ଭଲ ନର୍ସିଂ ହୋମ୍ ତିଆରି ହୋଇଛି । ସେଥିରେ ବଡ଼ ବଡ଼ ଡାକ୍ତର ପ୍ୟାନେଲରେ ଅଛନ୍ତି ଏହା ଖୁବ୍ ଲାଭକାରୀ ବ୍ୟବସାୟ ହୋଇଛି ।

ଏହି ସବୁ ହୋଇଯିବାର ଦୁଇ ବର୍ଷ ପରେ ମୀରା କାଲାବାବୁଙ୍କୁ ଡକାଇ ଉଇଲ୍ କରିବାକୁ ଚାହିଁଲେ । ଯେଉଁଠାରୁ କି ଏହି କାହାଣୀକୁ ଆରମ୍ଭ କରାଯାଇଛି (ପ୍ରଥମ ପରିଚ୍ଛେଦ) । ଏଣୁ ଏହା ପରେ ସେହି ପରିତ୍ୟକ୍ତ ସନ୍ତାନର ସନ୍ଧାନ ଆରମ୍ଭ ହେଲା ।

ନବମ ପରିଚ୍ଛେଦ

ମୀରା ଦେବୀ ବର୍ତ୍ତମାନ କାଳୀବାବୁଙ୍କୁ ତାଙ୍କର ପୂର୍ବ ଜୀବନର ଇତିହାସ ସଂକ୍ଷେପରେ କହିଲେ।

"ମୁଁ ଆଜିକୁ ପଚିଶ ବର୍ଷ ଆଗେ ବାଲେଶ୍ୱରରେ ଆର୍ଥବର୍ଟନ୍ ଏଣ୍ଡ କୋ ନାମକ କମ୍ପାନୀରେ କାମ କରୁଥିଲି। ପ୍ରଥମେ ତ ରିସେପ୍ସନିଷ୍ଟ ଥିଲି, କିନ୍ତୁ ପରେ ପ୍ରୋକ୍ୟୁରମେଣ୍ଟ ଆସିଷ୍ଟାଣ୍ଟ ହୋଇ ଯାଇଥିଲି। ଆର୍ଥବର୍ଟନ କମ୍ପାନୀର ବାଲେଶ୍ୱର କାରଖାନା ନାନା କାରଣରୁ, ପ୍ରଧାନତଃ ଲେବର ଗୋଳମାଳ ଯୋଗୁଁ ବନ୍ଦ ହୋଇଗଲାଣି, ଯଦିଚ ସେମାନେ ଫାଇନ୍ କେମିକାଲ୍ସ ଲାଇନ୍‌ରେ ବେଶ୍ ନାମକରା ଫାର୍ମ।

ମୋର ବୟସ ସେ ସମୟରେ ଛବିଶ, ସତେଇଶ। ବାହା ହୋଇନଥିଲି କାରଣ ପରିବାର ପୋଷିବାକୁ ପଡୁଥିଲା। ମୋର କାମର ଆବଶ୍ୟକତାରୁ ଅନେକ କମ୍ପାନୀର ଅନେକ ଅଫିସର୍ ଓ କର୍ମଚାରୀମାନଙ୍କୁ ଚିହ୍ନିଥିଲି। ସେମାନଙ୍କ ମଧ୍ୟରେ ଜଣେ ଅମୀୟ ମଜୁମଦାର ବୋଲି ଯୁବକ ଥିଲେ ଯାହାଙ୍କ ସାଥିରେ ମୁଁ ପ୍ରେମରେ ପଡ଼ିଗଲି। ତାହା ଦୁଇ ତରଫା ଥିଲା ଓ ଆମେ ବିବାହ କରିବୁ ବୋଲି ସ୍ଥିର କରିନେଲୁ। କିନ୍ତୁ ବୟସର ଦୁର୍ବଳତା ଲାଗି ଉଭୟେ ବିବାହର ପ୍ରତିଶ୍ରୁତିକୁ ବିବାହ ଭାବିନେଲୁ। କିଛିଦିନ ପରେ ମୁଁ ଅନ୍ତଃସତ୍ତ୍ୱା ହୋଇଗଲି। ଅମୀୟକୁ ଡ଼କାଇ ପଠାଇଲି। କିନ୍ତୁ ତାହାର ଦୁଇଦିନ ଆଗରୁ ଅମୀୟ ଏକ ମୋଟର ଦୁର୍ଘଟଣାରେ ପ୍ରାଣ ହରାଇଥିଲା। ଅର୍ଥାତ୍ ମୋର ଦୁର୍ଭାଗ୍ୟ। ଅମୀୟ ବିଶ୍ୱାସଘାତକତା କରି ନାହିଁ।

ଯଦିଚ ଆତ୍ମହତ୍ୟା ଆଦି ଭାବିଥିଲି, ସେଥିରେ ବିବେକ ବାଧା ଦେଲା, କାରଣ ମୁଁ ତାହାଦ୍ୱାରା ଏକ ନିର୍ଦ୍ଦୋଷ ଶିଶୁର ହତ୍ୟା କରିଥାଆନ୍ତି। ଏଣୁ ମୁଁ ଆମ

କମ୍ପାନୀ ନିକଟରେ ରିଟାୟାର୍ କରିଥିବା କର୍ମଚାରୀ ଜନ୍ ଏକ୍କା ଓ ତାଙ୍କର ସ୍ତ୍ରୀ ମେରୀଙ୍କର ଶରଣ ନେଲି। ମୁଁ ମୋର ପାଉଣା କିଛି ଟଙ୍କା ଓ ଚାରିମାସ ଛୁଟି ନେଇ ଜନ୍ ଓ ମେରୀ ଏକ୍କାଙ୍କ ପାଖକୁ ଆସିଲି। ସେମାନେ ନିଃସନ୍ତାନ ଓ ରିଟାୟାର୍ କରି କାଲୁଙ୍ଗାରେ ରହୁଥିଲେ। ସେଠି ବେଶ୍ ବଡ଼ କ୍ୟାଥଲିକ୍ ବସତି ଅଛି। ମେରୀ ଏକ୍କା ମୋ ପକ୍ଷରେ ଯୀଶୁଙ୍କ ମା ମେରୀଙ୍କ ସଦୃଶ ମହୀୟସୀ ଓ କରୁଣାମୟୀ। ସେ ମୋତେ ତ ଆଗରୁ ଚିହ୍ନିଥିଲେ। ମୋ ଦୁଃଖ ବୁଝି ମୋତେ ଆନନ୍ଦରେ ଆଶ୍ରୟ ଦେଲେ। ସେ ନିଜେ ମିଶନ ହସ୍ପିଟାଲରେ ଧାଇ କାମ ଶିଖିଥିଲେ। ଏଣୁ ତାଙ୍କର ଆଶ୍ରୟରେ ମୋର ନିର୍ବିଘ୍ନରେ ପ୍ରସବ ହୋଇଗଲା ଓ ପୁଅଟିଏ ହୋଇଥିଲା। ଅମୀୟର ପୁଅ। ମେରୀ ତାଙ୍କର ସନ୍ତାନ ନ ଥିବାରୁ ତାକୁ ପାଳିବାକୁ ଚାହିଁଥିଲେ। କିନ୍ତୁ ମୁଁ ତାଙ୍କୁ ବୁଝାଇ ଦେଲି ଯେ ତାଙ୍କର ବୟସ ଦୃଷ୍ଟିରୁ ସେ ସନ୍ତାନର କାମ କରି ପାରିବେ ନାହିଁ। ବିଶେଷ କରି ତା'ର ଶିକ୍ଷା ଦୀକ୍ଷା ଆଡ଼କୁ ଦୃଷ୍ଟି ଦେଇ ତାକୁ ମଣିଷ କରିବାର ଦାୟିତ୍ୱ, ପାଳନ ସେହି ବୃଦ୍ଧ ଦମ୍ପତି ପକ୍ଷରେ ଅସମ୍ଭବ। ଏଣୁ ମୁଁ ତାଙ୍କୁ ବୁଝାଇ ସୁଝାଇ ପିଲାଟିକୁ ତାଙ୍କର ଚାର୍ଜରେ ଏକ ଅନାଥାଶ୍ରମରେ ଦେଇ ଦେବାକୁ କହିଲି ଓ ତାଙ୍କର ଏହି ସବୁ ଖର୍ଚ୍ଚ ଲାଗି ଟଙ୍କା ମଧ ଜୋର କରି ଦେଇ ଆସିଥିଲି, ଯେପରି ମୋର ଉପକାର କରିବା ଲାଗି ଏହି ବିଶାଳ ହୃଦୟ ଦମ୍ପତି ଆର୍ଥିକ ଅସୁବିଧାରେ ନ ପଡ଼ନ୍ତୁ।

ଛୁଆକୁ ଛାଡ଼ି, ହୃଦୟ ପଥର କରି ବାହାରିଲି। ଜନ୍ ଓ ମେରୀଙ୍କୁ କହି ଆସିଥିଲି ଯେ ମୁଁ ବାଲେଶ୍ୱର ଫେରି ଯାଉଛି ଏବଂ ସେଥିଲାଗି ରାଉରକେଲାରୁ ଟ୍ରେନ୍ ଧରିବି। କିନ୍ତୁ ମୋର ଉଦ୍ଦେଶ୍ୟ ଭିନ୍ନ ଥିଲା। ମୋର ଉଦ୍ଦେଶ୍ୟ ଥିଲା ରାଉରକେଲାରେ ଟ୍ରେନ୍ ଧରି ମାତ୍ର ଚକ୍ରଧରପୁର ଯାକେ ଯାଇଥାନ୍ତି। ସେଠାରେ ଓହ୍ଲାଇ ଆଦ୍ରା ଲାଇନ୍‌ରେ ଯାଇଥାଆନ୍ତି ଓ ସେପଟେ କେଉଁଠି ସୁବିଧା ଦେଖି ଆତ୍ମହତ୍ୟା କରିଥାଆନ୍ତି। ମୋର ପେଟରେ ଥିବା ଜୀବନର ଦାୟିତ୍ୱରୁ ମୁଁ ସଂପୂର୍ଣ୍ଣ ମୁକ୍ତ ଓ ଅମୀୟ ଯେଉଁ ଦୁନିଆରେ ନାହିଁ ସେଠି ଜୀଇଁ ରହି କି ଲାଭ। ତେବେ କାଲୁଙ୍ଗା ଠାରୁ ଏତେ ଦୂରକୁ ଚାଲିଯିବି ଯେପରି ମୋର ଲାସ୍ ପାଇ ପୁଲିସ ମୋର ଉପକାରୀ ଦମ୍ପତିଙ୍କୁ ହଇରାଣ ନ କରିବ।

କିନ୍ତୁ କପାଳ ଲିଖନ ଭିନ୍ନ ରକମ। କାଲୁଙ୍ଗାରୁ ଗୋଟିଏ ଟେମ୍ପୋରେ ଆମେ ବହୁତ ଲୋକ ରାଉରକେଲା ଯାଉଛୁ। ସାମ୍‌ନାରୁ ଏକ ଟ୍ରକ୍ ଧକ୍କା ଦେଲା।

ଫଳତଃ ଅନେକ ମୃତାହତ । ମୁଁ ପ୍ରାୟ ଆଘାତଶୂନ୍ୟ । କିନ୍ତୁ ମୋ ପାଖରେ ବସିଥିବା ମାରୱାଡ଼ୀ ଭଦ୍ରଲୋକଙ୍କ ମୁଣ୍ଡରେ ଆଘାତ ହୋଇ ଅଚେତ । ତାହାଙ୍କୁ ମୁଁ ହସ୍ପିଟାଲରେ ଆଡମିଟ୍ କରାଇଲି । ତାଙ୍କ ପକେଟ୍‌ର କାଗଜରୁ ଜାଣିଲି ଯେ, ସେ ଯାଜପୁର ରୋଡ଼ର ବନୱାରୀଲାଲ୍ ଅଗ୍ରୱାଲ । ମୁଁ ତାଙ୍କ ଘରକୁ ଟେଲିଗ୍ରାମ୍ କଲି ଓ ସ୍ଥିର କଲି ଯେ, ତାଙ୍କର ଘରୁ କେହି ନ ଆସିବା ପର୍ଯ୍ୟନ୍ତ ଏଠି ଅପେକ୍ଷା କରିବି । ଚେତା ଆସିଲାରୁ କିନ୍ତୁ ସେ ମୋତେ ନ ଯିବାକୁ ବଡ଼ ଅନୁରୋଧ କଲେ । କହିଲେ ଯେ, ମୁଁ ତାଙ୍କୁ ମୃତ୍ୟୁ ମୁଖରୁ ଉଦ୍ଧାର କରି ଆଣିଛି ଓ ମୋତେ ଦେଖିଲେ ତାଙ୍କର ବଡ଼ ସାହସ ହେଉଛି । ଏହି ଜୀବନଟିକୁ ରକ୍ଷା କରିଥିବାରୁ ତାଙ୍କୁ ଛାଡ଼ି ଆସି ପାରିଲି ନାହିଁ ।

ତାହା ପରର କଥା ସବୁ ଆପଣ ତ ଆମ ଓକିଲ ହିସାବରେ ଜାଣନ୍ତି । ଆମର ବିବାହ ଓ ମୋର ସନ୍ତାନ ନ ହେବାର ସର୍ତ ଆଦି କଥା ତ ଆପଣ ଜାଣନ୍ତି ଓ ସେଥିରେ ଆପଣ ଆମକୁ ଉପଦେଶ ଓ ସାହାଯ୍ୟ ଦେଇଛନ୍ତି । ବର୍ତ୍ତମାନ ଗିରିଧାରୀଲାଲ୍ କିରୋଡ଼ୀମଲ୍‌ର ମାଲିକ ବନୱାରୀଙ୍କ ଝିଅମାନେ ଓ ଦୁର୍ଗା ଟ୍ରେଡ଼ିଂର ମାଲିକ ମୁଁ । ମୋ ଅନ୍ତେ ମୋର ଓ୍ୱାରିସ୍ କିଏ । ମୁଁ ଭାବୁଛି ମୋର ସମ୍ପତ୍ତିର ବଡ଼ ଅଂଶର ଦାବିଦାର ମୋର ସେହି ପୁଅ, ଯାହାକୁ କୁନ୍ତୀ କର୍ଣ୍ଣକୁ ତ୍ୟାଗ କଲାପରି ମୁଁ ତ୍ୟାଗ କରି ଆସିଛି । ଆଜି ଜୀବନର ସନ୍ଧ୍ୟା ବେଳରେ ମୁଁ ତାକୁ ଡ଼ାକିବାକୁ ଚାହୁଁଛି । ତାହାକୁ ତାହାର ପିତୃତ୍ୱ ଓ ମାତୃତ୍ୱ ଜଣାଇ ଦେବାକୁ ଚାହୁଁଛି ଓ ତାହାର ନ୍ୟାଯ୍ୟ ତାକୁ ଦେବାକୁ ଚାହୁଁଛି । କୁନ୍ତୀ ଯେତେବେଳେ କର୍ଣ୍ଣଙ୍କୁ ଲୋଡ଼ିଥିଲେ, ସେତେବେଳେ ତାଙ୍କର ହୁଏତ ନିଜ ସନ୍ତାନମାନଙ୍କର ଜୀବନ ରକ୍ଷା ପ୍ରଧାନ ଉଦ୍ଦେଶ୍ୟ ଥିଲା । କିନ୍ତୁ ମୁଁ କେବଳ ବିଫଳ ମାତୃତ୍ୱକୁ ଆଉ ବୋହି ପାରୁ ନଥିବାରୁ ପୁଅକୁ ଲୋଡ଼ୁଛି । ଏ ପର୍ଯ୍ୟନ୍ତ ମୁଁ ତାହା କରିପାରି ନଥିଲି କାରଣ ମୋ ଉପରେ ମୋର ସ୍ୱାମୀଙ୍କର ଓ ତାଙ୍କ ପରିବାରର ଦାୟିତ୍ୱ ମାଡ଼ି ବସିଥିଲା । ସେମାନଙ୍କର ସୁଖ ମୋର କର୍ତ୍ତବ୍ୟ ଥିଲା । ବର୍ତ୍ତମାନ ସେ ବନ୍ଧନ ଓ ସମ୍ପର୍କ ଆଉ ନାହିଁ । ଏଣୁ ମୋର ପୁଅ ଲାଗି ମୁଁ ବିକଳ ହେଉଛି ।

ମୁଁ ଯାହା କରିଛି, ତାହା ଅନ୍ୟାୟ କରିଛି । ଅବଶ୍ୟ ଅବସ୍ଥା ସେଥିଲାଗି ମୋତେ ବାଧ୍ୟ କରିଛି ଏବଂ ହୁଏତ ଯାହା କରିଛି ତାହା ମୋ ପୁଅ ପକ୍ଷରେ ଭଲ ହୋଇଛି । ସେ ବା କିପରି ଅବିବାହିତା ମାତାର ପୁତ୍ର ଭାବରେ ସଂସାରରେ ମୁହଁ

ଦେଖାଇ ଥାଆନ୍ତା ? ତଥାପି ମୋର ଆତ୍ମା କହୁଛି ଯେ ମୁଁ ଅନ୍ୟାୟ କରିଛି ଓ ମୁଁ ଏହାର ପ୍ରତିକାର ନ କଲେ ଶାନ୍ତିରେ ଜୀଇଁ ପାରିବି ନାହିଁ। ଶାନ୍ତିରେ ମରି ମଧ୍ୟ ପାରିବି ନାହିଁ।

ଏଣ୍ଡ, କାଳୀବାବୁ, ଆପଣ ମୋ ପୁଅର ସନ୍ଧାନ ଆରମ୍ଭ କରନ୍ତୁ। ମା ଯଶୋଦା ଓ ମା ମେରୀଙ୍କ କୃପାରୁ ନିଶ୍ଚୟ ବଞ୍ଚିଛି। ବର୍ତ୍ତମାନ ତାକୁ ପଚିଶ ବର୍ଷ ପୂରି ଯିବଣି। ତାହାକୁ ଖୋଜି ବାହାର କରନ୍ତୁ। ପଇସା ତ ଖର୍ଚ୍ଚ ହେବ। କିନ୍ତୁ ବାହାର କରିବାକୁ ପଡ଼ିବ।

କାଳୀବାବୁ ଥ ହୋଇ ରହିଗଲେ। ମୀରା ଦେବୀଙ୍କୁ ସେ ଭଲ ଭାବରେ ଜାଣନ୍ତି ବୋଲି ଭାବିଥିଲେ। ତାଙ୍କୁ ଜାଣିଥିଲେ ଏକ ଦୃଢ଼ ପ୍ରତିଜ୍ଞା ଓ ନିପୁଣ ବ୍ୟବସାୟୀ ଭାବରେ ଯାହାର ଦୂରଦୃଷ୍ଟି ଓ କର୍ତ୍ତବ୍ୟବୋଧ ତାଙ୍କ ମନରେ ଶ୍ରଦ୍ଧା ତ ଆଣି ଦେଇଥିଲା। କିନ୍ତୁ ଆଜି ଏ କିଏ। ଏ ତ ପାଣ୍ଡବ ଜନନୀ କୁନ୍ତୀ ଯେ କି ତାଙ୍କର ପରିତ୍ୟକ୍ତ ପୁତ୍ର କର୍ଣ୍ଣଙ୍କୁ ଆଜୀବନ ଝୁରି ଆସିଛନ୍ତି। ମହାଭାରତ ବାହାରେ କ'ଣ ଏପରି ଚରିତ୍ର ସମ୍ଭବ ? କିନ୍ତୁ ହେଇଟି, ମୀରା ଦେବୀ ତ ଆଗରେ ବସିଛନ୍ତି।

ମୀରା ପଚାରିଲେ, "କାଳୀବାବୁ, କ'ଣ ଚୁପ୍ ହୋଇ ବସିଗଲେ ଯେ। ମୋ କାମ କରାଇବେ ଟି ?"

କାଳୀବାବୁ ଉତ୍ତର ଦେଲେ, "ଅବଶ୍ୟ ମ୍ୟାଡ଼ାମ୍। ଆପଣଙ୍କ କଥା ଶୁଣିଲା ପରେ ତ ତାହା ଏକ ଧାର୍ମିକ କର୍ତ୍ତବ୍ୟ ମନେ ହେଉଛି। ତେବେ ଫଳ ଭଗବାନଙ୍କ ହାତରେ। ମୁଁ ମୋ ଅଜାଣତରେ କର୍ଣ୍ଣ ଓ କୁନ୍ତୀଙ୍କ କଥା ଭାବୁଥିଲି।" ମୀରା ଉତ୍ତର ଦେଲେ, "କୁନ୍ତୀଙ୍କୁ କିଏ ବୁଝିଲାଣି ନା ତାଙ୍କର ବ୍ୟଥା ବୁଝିଲାଣି ? ହେଉ ମୁଁ ଆଜି ଯାଉଛି। ଖବର ଦେଉଥିବେ।"

ଏହାପରେ ମୀରା ବାହାରିଗଲେ।

କଟକରେ ତ ଆଉ ପ୍ରାଇଭେଟ୍ ଡ଼ିଟେକ୍ଟିଭ୍ ମିଳିବେ ନାହିଁ। ମୀରା ଦେବୀଙ୍କ କାର୍ଯ୍ୟ ପ୍ରୋଫେଶନାଲ୍ ଡ଼ିଟେକ୍ଟିଭ୍ ନ ହେଲେ ହେବ ନାହିଁ। ପୋଲିସର ଲୋକ କେବଳ ଗୋଳମାଲ କରି ଦେବ। କଲିକତାର ଏକ ସଲିସିଟର ଫାର୍ମ ସେନ୍, ଦସ୍ତିଦାର ଏଣ୍ଡ ଆସୋସିଏଟ୍ସ୍ ସହିତ କାଳୀବାବୁଙ୍କର ବ୍ୟବସାୟିକ ସମ୍ପର୍କ ଅଛି। କଲିକତାରେ କେସ୍ ଥିଲେ ଏହି ସଲିସିଟରଙ୍କୁ (Solicitor) କାଳୀବାବୁ ମିଷ୍ଟର ଦସ୍ତିଦାରଙ୍କୁ ଟେଲିଫୋନ୍ କଲେ। କଥା ଅବଶ୍ୟ ଇଂରାଜୀରେ ହୋଇଥିଲା।

“ମିଶ୍ର ଦସ୍ତିଦାର, ମୁଁ କଟକରୁ କେ.ପି. ମିଶ୍ର, ଆଡ୍‌ଭୋକେଟ୍ କହୁଛି।”

“ଆରେ କାଳୀବାବୁ ନା କି ? କ’ଣ ଖବର କହନ୍ତୁ। ସବୁ ଭଲ ତ। ମୋ ଲାଗି କ’ଣ ସେବା ଅଛି, କହନ୍ତୁ।”

“ମିଶ୍ର ଦସ୍ତିଦାର, ଜଣେ କ୍ଲାଏଣ୍ଟର କାମ ଲାଗି ଆମେ ଜଣେ ଭଲ ପ୍ରାଇଭେଟ୍ ଡିଟେକ୍ଟିଭ୍ ଏନ୍‌ଗେଜ୍ କରିବାକୁ ଚାହୁଁ, ଯେ କି ଡ଼ିସ୍କ୍ରିଟ୍ (Discret) ଓ ମେଟିକୁଲସ୍ (Meticulous) ହୋଇଥିବ। ଆପଣଙ୍କର କେହି ପରିଚିତ ଅଛନ୍ତି ?”

“କାଳୀବାବୁ, ଆଗ କହନ୍ତୁ ବ୍ୟାପାରଟା ଡ଼ାଇଭୋର୍ସ ନା ଇନ୍ସୁରେନ୍ସ କ୍ଲେମ୍। ସେହି ଅନୁଯାୟୀ ମୁଁ ସଜେଷ୍ଟ କରିବି, କାରଣ ଭଲ ଡ଼ିଟେକ୍ଟିଭମାନେ ସ୍ପେଲାଇଜ୍ କରନ୍ତି। ତାହା ତ ସବୁ ପ୍ରୋଫେଶନ୍‌ରେ।”

“ମିଶ୍ର ଦସ୍ତିଦାର, ବ୍ୟାପାର କେଉଁଟା ନୁହେଁ। ତେବେ ଜଣେ ଲୋକକୁ ଖୋଜି ବାହାର କରିବାକୁ ହେବ। ସେ କୌଣସି ବେଆଇନ କାମ କରି ନାହିଁ ବା ଆତ୍ମଗୋପନ ମଧ କରିନାହିଁ। କିନ୍ତୁ ସେ କେଉଁଠି ବର୍ତ୍ତମାନ ଅଛି, ଆମେ ଜାଣିନାହୁଁ।”

“କାଳୀବାବୁ ଏହି ମିସିଂ ପର୍ସନ୍‌ସ (Missing Person)ର କାମ ଏଠି ଆମେ ୱାର୍ଲ୍ଡ଼ ୱାଇଡ଼ (World-Wide) ଡ଼ିଟେକ୍ଟିଭ୍ ଏଜେନ୍‌ସିକୁ ଦେଇଥାଉ। ଆପଣ ଆସନ୍ତୁ। ମୋ ଅଫିସ୍‌ରେ ହିଁ ସେମାନଙ୍କୁ ଡ଼କାଇ କଥାବାର୍ତ୍ତା ହୋଇଯିବା।”

ତାରିଖ ଠିକ୍ କରି କାଳୀବାବୁ କଲିକତା ଆସିଲେ ଓ ଦସ୍ତିଦାରଙ୍କ ସାଙ୍ଗେ କଥା ହେଲେ। ସେହିଦିନ ଟେଲିଫୋନ୍ ଯୋଗେ (World-Wide) ଡ଼ିଟେକ୍ଟିଭ୍ ଏଜେନ୍‌ସି ସଙ୍ଗେ କଥା ହେଲା। ତାହା ଆରଦିନ (World-Wide) ଅଫିସ୍‌ରେ ଦିନ ଏଗାରଟା ବେଳେ ମିଟିଂ ଠିକ୍ ହୋଇଥିଲା।

ୱାର୍ଲ୍ଡ଼ ୱାଇଡ଼ର ଦୁଇଜଣ ପାର୍ଟନର। ଜଣେ ଅବସରପ୍ରାପ୍ତ ସି.ଆଇ.ଡ଼ି., ଡ଼ି.ଆଇ.ଜି.। ସେ ସବ୍‌-ଇନିସ୍‌ପେକ୍ଟର ଉଠି ଥିବାରୁ ସବୁ କାମ, ବିଶେଷ କରି ତଦନ୍ତ ଇତ୍ୟାଦିରେ ଅନେକ ଅଭିଜ୍ଞତା। ଅନ୍ୟ ଜଣେ ବାରିଷ୍ଟର, ଯେ କି ବର୍ତ୍ତମାନ ଏହି ପ୍ରତିଷ୍ଠାନର କାମ ଦେଖୁଛନ୍ତି ଏବଂ ଏହାକୁ ଆଇନଗତ ଉପଦେଶ ଦିଅନ୍ତି ଯେପରି ଏହା କୌଣସି ଦଣ୍ଡନୀୟ ବ୍ୟାପାର ସହ ଜଡ଼ିତ ନ ହୋଇଯାଏ।

ସେଦିନ ଅବଶ୍ୟ ପ୍ରଥମ ପାର୍ଟନରଙ୍କ ସାଥୀରେ ଦେଖା ହେଲା। ସେସବୁ ଘଟଣା ଶୁଣିଲା ପରେ କହିଲେ, “ଯଦିଚ ଏଥିରେ କୌଣସି ବେଆଇନ କଥା

ନାହିଁ, ତଥାପି କେତେ ଲୋକଙ୍କର ସୁନାମ ଜଡିତ ଅଛି। ପ୍ରଥମତଃ ଅଗ୍ରୱାଲ ପରିବାରର ଓ ତାହାଛଡ଼ା ହୁଏତ ସେହି ସନ୍ତାନକୁ ପିତାର ପରିବାର ମଧ୍ୟ, କାରଣ ଖୋଜୁ ଖୋଜୁ ବ୍ୟାପାରଟା କେଉଁ ଆଡେ ଯିବ, ବର୍ତ୍ତମାନ କହି ହେବ ନାହିଁ। ଏଣୁ ମୁଁ ଜଣେ ଭଲ ଇନ୍‌ଭିଷ୍ଟିଗେଟର୍ ଦେଉଛି। ସେ ହେଉଛନ୍ତି ମିଷ୍ଟର ଅଭିଜିତ୍ ଘୋଷ। ବର୍ତ୍ତମାନ ତ ସେ କାମରେ ବାହାରି ଯାଇଛନ୍ତି। କାଲି ଅପରାହ୍ନ ଦୁଇଟା ବେଳେ ସେ ମିଷ୍ଟର ଦସ୍ତିଦାରଙ୍କ ଅଫିସରୁ ଫେରି ଆସିଲେ।

ତାହା ଆରଦିନ ଦୁଇଟାବେଳେ ଅଭିଜିତ୍ ଘୋଷ ସେନ୍ ଦସ୍ତିଦାର ଆସୋସିଏଟ୍‌ସ୍‌ଙ୍କ ଅଫିସରେ ଆସି ପହଞ୍ଚିଲେ। କାଳୀବାବୁ ସେଠି ଅପେକ୍ଷା କରିଥିଲେ। ମିଷ୍ଟର ଦସ୍ତିଦାର ପ୍ରାଥମିକ କଥାବାର୍ତ୍ତା ପରେ ଅଭିଜିତ୍ ବାବୁ ଓ କାଳୀବାବୁଙ୍କୁ ଆଉ ଗୋଟିଏ ଛୋଟ ଘରେ କଥାବାର୍ତ୍ତା ଲାଗି ଛାଡ଼ି ଦେଇ, ନିଜର ଅନ୍ୟ କାମରେ ବ୍ୟସ୍ତ ରହିଲେ। ଅଭିଜିତ୍ ବାବୁ ଗୋରା ଡ୍ୟାଙ୍ଗା ଓ ପତଳା। କିନ୍ତୁ ସୁଗଠିତ ଶରୀର। ଗଭୀର ମନଯୋଗ ସହକାରେ ସମସ୍ତ କାହାଣୀ ଶୁଣିଲେ। ମଝିରେ ମଝିରେ ନିଜ ପ୍ୟାଡ୍‌ରେ ନୋଟ୍ ଲେଖୁଥାଆନ୍ତି। ତାହାପରେ କହିଲେ "ପ୍ରଥମେ ଆବଶ୍ୟକତା ଏହି ଇନ୍‌ଭେଷ୍ଟିଗେସନ୍ ଲାଗି କଭର ଷ୍ଟୋରୀ କ'ଣ ହେବ। ଅର୍ଥାତ୍ ଏନ୍‌କ୍ୱାରୀ କଲାବେଳେ ଲୋକେ ପଚାରିଲେ କି ଜବାବ ଦିଆଯିବ। ମୁଁ କିଏ ଓ କି ଉଦ୍ଦେଶ୍ୟରେ ଏଭଳି ପଚାରାଉଚରା କରୁଛି। ଏହା ବର୍ତ୍ତମାନ ଠିକ୍ କରିବା ଆବଶ୍ୟକ। ଯଦିଚ ଆମର ଉଦ୍ଦେଶ୍ୟ ଠିକ୍ ଗୁପ୍ତ ନୁହେଁ ଓ ବେଆଇନ୍ ତ ନିଶ୍ଚୟ ନୁହେଁ, କିନ୍ତୁ ପବ୍ଲିସିଟି ହେବା ମଧ୍ୟ ଉଚିତ୍ ନୁହେଁ ସେଥିରେ ଅନେକ ବେଦରକାରୀ ଓ ସମୟ ନଷ୍ଟ କରିବା ଝମେଲା ଠିଆ ହୋଇଯିବ। ଲୋଭ ବଳୀୟାନ୍। ଟଙ୍କା ପାଇବା ଥିଲେ କେତେ ରକମ ଭଣ୍ଡ ଦାବିଦାର ବାହାରି ପଡ଼ିବେ ଓ ତାଙ୍କଠାରୁ ନିଜକୁ ଦଖାଇବାର ବହୁତ ସମୟ, ପରିଶ୍ରମ ଓ ପଇସା ନଷ୍ଟ ହୋଇ ଯିବାର ସମ୍ଭାବନା। ଅତି କମ୍‌ରେ ଏଥିରେ ଟଙ୍କା ପାଇବାର ଅଛି, ତାହା ଯେପରି ଜଣା ନ ପଡ଼ିବ।

କାଳୀବାବୁ କଥାର ତାତ୍ପର୍ଯ୍ୟ ବୁଝି ପାରିଲେ। ସେ ପଚାରିଲେ, "ଅଭିଜିତ୍ ବାବୁ, ଆପଣ କ'ଣ ଉଚିତ ମନେ କରୁଛନ୍ତି ?"

ଅଭିଜିତ୍ ବାବୁ ଟିକିଏ ସମୟ ଚୁପ୍ ରହି କହିଲେ, "ମୁଁ ଭାବୁଛି ଯେ ପ୍ରଥମେ ମୁଁ ଜନ୍ ଓ ମେରୀ ଏକ୍ଲାକୁ ଖୋଜିବା ଆରମ୍ଭ କରିବି। ମୋର କହିବାର କଥା ହେବ

ଯେ ଜନ୍ କାମ କରୁଥିବା ପୁରୁଣା କମ୍ପାନୀର ପୁରୁଣା ହିସାବ ତନଖିରେ ଜଣା ପଡ଼ିଲା ଯେ ଜନ୍ ଏକ୍ବାର କେତେ ହଜାର ଟଙ୍କା ପ୍ରାପ୍ୟ ଅଛି। ଯେହେତୁ ଏହା ପ୍ରୋଭିଡେଣ୍ଟ ଫଣ୍ଡ ହିସାବରେ ଜମା ହେବା କଥା, ଏଣୁ ତାହା ଉପରେ ବେଶ ସୁଧ ହୋଇ ଯାଇଛି। ଏଣୁ ସେହି ହିସାବ ଫଇସଲା କରିବା ଲାଗି ମୁଁ ଜନ୍ ବା ତାହାର ସ୍ତ୍ରୀ ମେରୀଙ୍କୁ ଖୋଜୁଛି। ଯଦି ତାଙ୍କର ପତ୍ତା ମିଳେ ତାହାହେଲେ ସେହି ସୂତ୍ର ଧରି ଆଗକୁ ଯିବା। ନହେଲେ ଅନ୍ୟ ପ୍ରକାର ଉପାୟ ଭାବିବା। କିନ୍ତୁ ବର୍ତ୍ତମାନ ପାଇଁ ଏହା ହିଁ ଉପଯୁକ୍ତ ମନେ ହୁଏ।"

"ମୁଁ କାଲି ପଥର ଦିନ ଆଡ଼କୁ କାଲୁଙ୍ଗା ଯିବି ଏବଂ ସେଠାରୁ ଜନ୍ ଓ ମେରୀ ଏକ୍ବାଙ୍କ ସଂଧାନ କରିବି। ସାଧାରଣତଃ ଚର୍ଚ୍ଚମାନଙ୍କରେ କାଗଜପତ୍ର ବହୁତ ନିର୍ଭରଯୋଗ୍ୟ। ହୁଏତ ସେମାନେ ମରି ଯାଇଥିଲେ ମଧ ବେରିଆଲ୍ ରେକର୍ଡସରୁ କିଛି ସନ୍ଧାନ ମିଳିପାରେ। ବର୍ତ୍ତମାନ ଆମର ପରସ୍ପର ସହିତ ସମ୍ପର୍କ କରିବାର ପଦ୍ଧତି କ'ଣ ହେବ। ଆପଣ ତ ବୋଧହୁଏ, ମୁଁ କଟକ ବା ଯାଜପୁର ରୋଡ଼ ଯିବା ଉଚିତ୍ ମନେ କରିବେ ନାହିଁ। କିନ୍ତୁ କଟକରେ ମୁଁ ଆପଣଙ୍କ ସାଥିରେ ଟେଲିଫୋନ୍ ଯୋଗେ କଥା ହୋଇପାରିବି। ମଝିରେ ମଝିରେ ଆପଣଙ୍କର ମୋର ଦେଖା ହେବାର ଆବଶ୍ୟକତା ହେବ। ତାହା କିପରି କରିବା ?"

କାଳୀବାବୁ କହିଲେ, "ଅଭିଜିତ୍ ବାବୁ, ମୁଁ ତ ପ୍ରାୟ ପ୍ରତ୍ୟେକ ମାସରେ ଥରେ କଲିକତା ଆସେ। ଆମେ ଟେଲିଫୋନ୍‌ରେ ସମୟ ଧାର୍ଯ୍ୟ କରିନେବା। ସେ ସମୟରେ ମୁଁ ମୋ ଅନ୍ୟକାମ ମିଶାଇ କଲିକତା ଆସିବି। ମୁଁ ଆସିଲେ ମୋର ପୁତୁରାର ଘରେ ଡ଼ାକୁରିଆରେ ରହେ। ସେଠି ତ କଥାବାର୍ତ୍ତା ଉଚିତ ହେବ ନାହିଁ। ମିଷ୍ଟର ଦସ୍ତିଦାରଙ୍କ ଅଫିସରେ ହିଁ ସାଧାରଣତଃ ଦେଖା ହେବ। ଅବଶ୍ୟ ଅବସ୍ଥା ଦେଖ୍ ବ୍ୟବସ୍ଥା କରିବା। ହେଇଟି, ମୋର କାର୍ଡ ରଖନ୍ତୁ। ଆର ସପ୍ତାହ ଆଡ଼ିକି ମୋତେ ଟେଲିଫୋନ୍‌ରେ ରାତିରେ ପଚାରିବେ। ତାହାପରେ ଦେଖ୍ବା।"

ଏହାପରେ କାଳୀବାବୁ ଓ ଅଭିଜିତ୍ ବାବୁ ନିଜ ନିଜ କାମରେ ଚାଲିଗଲେ।

ଦଶମ ପରିଚ୍ଛେଦ

ଅଭିଜିତ୍‌ ଘୋଷ କାଲୁଙ୍ଗାରେ ଯାଇ ପହଞ୍ଚିଲେ ଓ ପ୍ରଥମ ସେଠାର କ୍ୟାଥଲିକ୍‌ ଗୀର୍ଜାକୁ ଗଲେ ଓ ସେଠାର ଫାଦରଙ୍କୁ ଦେଖାକଲେ। ତାଙ୍କୁ କହିଲେ, "ଫାଦର୍‌, ମୁଁ ଆପଣଙ୍କ ପାଖକୁ ସାହାଯ୍ୟ ଲାଗି ଆସିଛି। ମୁଁ ଇ.ଏସ୍‌.ଆଇ.ର ଜଣେ କର୍ମଚାରୀ। ଆପଣଙ୍କର ଜଣେ ପାରିଶନର୍‌ (Parishoner) ଜନ୍‌ ଏକ୍କା ଆର୍ଥବର୍ଟନ କମ୍ପାନୀରେ କାମ କରୁଥିଲେ। ସେ ରିଟାୟାର୍‌ କରି ଏଇଠି ରହିବାକୁ ଆସିଥିଲେ। ତାଙ୍କୁ ସେ ସମୟରେ ପାଉଣା ହିସାବ କରି ଦେଇ ଦିଆଯାଇଥିଲା। କିନ୍ତୁ ସରକାରୀ ଓ ଅର୍ଦ୍ଧ ସରକାରୀ ପାଉଣା ହିସାବ କରି ଦେଇ ଦିଆଯାଇଥିଲା। କିନ୍ତୁ ସରକାରୀ ଓ ଅର୍ଦ୍ଧ ସରକାରୀ ସଂସ୍ଥାର ଢଙ୍ଗ ତ ଆପଣ ଜାଣନ୍ତି। ପ୍ରକୃତ କଥା, "ୟହାଁ ଦେର୍‌ ହେ ଅନ୍ଧେର ନେହିଁ।" ଅବଶ୍ୟ ମୁଁ ସ୍ୱୀକାର କରୁଛି ଯେ ବେଳେ ବେଳେ ସେହି ଦେର ଅନ୍ଧେରକୁ ମଧ ବଲିଯାଏ। ଜନ୍‌ ଏକ୍କାଙ୍କର ସେହିପରି ହୋଇଛି। ଆମର ପୁରୁଣା ହିସାବ ତନଖ୍ କରୁ କରୁ ଜଣା ପଡିଲା ଯେ ଏହି ଜନ୍‌ ଏକ୍କାଙ୍କର କିଛି ଟଙ୍କା ଏକ Suspense Account କୁ ଚାଲି ଯାଇଥିଲା ଓ ସେହି Suspense Account କିପରି Regularise ନ ହୋଇ ରହି ଯାଇଥିଲା। ଯେହେତୁ ଏହା ପ୍ରୋଭିଡେଣ୍ଟ ଫଣ୍ଡ ଟଙ୍କା, ଏହା ଉପରେ ସୁଧ ମଧ ହେବ ଯଦି ଏକ୍କା ଏହି ଟଙ୍କା ପାଇ ନାହାନ୍ତି। ଏଣୁ ସେ ବା ତାଙ୍କ ନମିନୀ (Nominee) ତାଙ୍କର ସ୍ତ୍ରୀ ମେରୀ ଏକ୍କା ଏହା ପାଇବା କଥା। ଏଣୁ ମୁଁ ସେମାନଙ୍କୁ ଖୋଜିବାକୁ ଆସିଛି।

ଫାଦର କହିଲେ, "ମୁଁ ତ ଏପରି କୌଣସି ଲୋକଙ୍କୁ ଜାଣି ନାହିଁ। ଏହା କେବେ କଥା ?"

ଅଭିଜିତ୍‌ କହିଲେ, "ପାଖାପାଖ ପଚିଶ ବର୍ଷ ପୁରୁଣା।"

ଫାଦର ଡ଼ାକିଲେ, "ସେବାଷ୍ଟିଆନ୍ ଓ ସେବାଷ୍ଟିଆନ୍ ।"

ସେବାଷ୍ଟିଆନ ଚର୍ଚର ମାଲି ଓ ଗୋରସ୍ତାନର କେୟର ଟେକର । ଅର୍ଥାତ୍ (Grave Yard) କୁ ପରିଷ୍କାର ରଖେ ଓ କିଛିଟା ବଗିଚା ଲଗାଏ । ସେବାଷ୍ଟିଆନ ବ୍ୟକ୍ତିଟି କ୍ଷୁଦ୍ର, କୃଷ୍ଣବର୍ଣ ଓ ମୁଣ୍ଡରେ ଏକ ଅସ୍ୱାଭାବିକ ବଡ ପଗଡି ବାନ୍ଧିଛି ।

ଫାଦର ପଚାରିଲେ, "ସେବାଷ୍ଟିଆନ, ତୁମେ ତ ଏଠି ସବୁଠାରୁ ପୁରୁଣା ଲୋକ । ଏଠି ଜନ୍ ଏକ୍ୱା ଓ ତାହାର ସ୍ତ୍ରୀ ମେରୀ ରହୁଥିଲେ କି ?"

ସେବାଷ୍ଟିଆନ ଉତ୍ତର ଦେଲେ, "ହଁ ଫାଦର, ଏବେ ଯେଉଁଠି କଂସେଇ ଆରିଫ୍ ରହୁଛି, ସେଇଠି ତାଙ୍କର ଘର ଥିଲା । ଆପଣ ଆସିବା ଆଗ କଥା । ବୁଢ଼ୀ ମେରୀ ବଡ କଷ୍ଟରେ ଥିଲା । ସେ ତାହାକୁ ଆମର ବୃଦ୍ଧାଶ୍ରମରେ ରଖାଇ ଦେଇଥିଲେ । ସେଇ ଖୁଣ୍ଟିରେ ଆମର ଯେଉଁ ବୃଦ୍ଧାଶ୍ରମ ଅଛି ତାହାକୁ ନନ୍‌ମାନେ ଚଳାନ୍ତି । ଏଇଲେ ମେରୀ ବଞ୍ଚିଛି କି ନାହିଁ ମୁଁ ଜାଣି ନାହିଁ ।"

ଫାଦର ଓ ସେବାଷ୍ଟିଆନ ଉଭୟଙ୍କୁ ଅଭିଜିତ୍ ପ୍ରଚୁର ଧନ୍ୟବାଦ ଦେଲେ । ଫାଦରଙ୍କୁ ବୁଝାଇଲେ ଯେ " ଏହା ହିଁ ସରକାରୀ କଳର ଗତି । ଆମର ଯମ ହେଲା ଅଡିଟ୍ ଅବ୍‌ଜେକ୍‌ସନ୍ । ଏହି ଟଙ୍କାଟା ଯେତେବେଳେ ବାହାରିଲାଣି, ସେତେବେଳେ ଆମକୁ ତାହାର ନ୍ୟାର୍‍ଯ୍ୟପ୍ରାପ୍ତି କର୍ତାଙ୍କୁ ଖୋଜିବାକୁ ସମ୍ପୂର୍ଣ୍ଣ ଚେଷ୍ଟା କରିବାକୁ ହେବ । ନହେଲେ ଆର ଅଡିଟ ପାର୍ଟି ଆମର ଜୀବନ ଅଥୟ କରିଦେବ । ଏଣୁ ଆମକୁ କାଗଜପତ୍ର ଦର୍ଶାଇବାକୁ ହେବ ଯେ ତାହାକୁ ଖୋଜିବାକୁ ସମସ୍ତ ଚେଷ୍ଟା କରାଯାଇଛି । ଏଥର ଖୁଣ୍ଟି ଯାଉଛି । ଭାଗ୍ୟ ପରୀକ୍ଷା କରେ ।"

ଏତେ ସବୁ କରିବାର ଉଦ୍ଦେଶ୍ୟ ଫାଦରଙ୍କ କୌତୁହଲକୁ ସନ୍ତୁଷ୍ଟ କରିଦେବା କଥା । ଯେପରି ସେ ଅଧିକା ପ୍ରଶ୍ନ ନ ପଚାରନ୍ତି ଓ ପରେ ଖୋଜ ଖବର ଆରମ୍ଭ ନ କରନ୍ତି ।

ଖୁଣ୍ଟି ଯିବା ଲାଗି ଟ୍ରେନ୍‌ରେ ରାଞ୍ଚି ଯାଇ ସେଠାରୁ ବସ୍‌ରେ ଯିବା ସହଜ । ଅଭିଜିତ୍ ତାହା କଲା । ଖୁଣ୍ଟିରେ ବୃଦ୍ଧାଶ୍ରମ ପାଇବାକୁ ବିଶେଷ ପରିଶ୍ରମ କରିବାକୁ ହୋଇନଥିଲା । ଏହା ଅର୍ଡର ଅଫ ସେକ୍ରେଡ ହାର୍ଟ ଦ୍ୱାରା ପରିଚାଳିତ । ଅତ୍ୟନ୍ତ ସୁନ୍ଦର । ସେଠି ଅଫିସରେ ଥିବା ସିଷ୍ଟରଙ୍କୁ ଅଭିଜିତ୍ ନିଜି ଆବଶ୍ୟକତା ଜଣାଇଲା । ସେହି ଏକା କାରଣରୁ । ତାହାର ଦୃଢ଼ ବିଶ୍ୱାସ ଥିଲା ଯେ ଯଦି ମେରୀ ବଞ୍ଚିଥାଏ ସେ ନିଶ୍ଚୟ ତାଙ୍କର କ୍ଲାଏଣ୍ଟ ମୀରା ଦେବୀଙ୍କଠାରୁ କିଛି ଟଙ୍କା ମେରୀ ଲାଗି ବଦୋବସ୍ତ

କରିପାରିବ । ଏଣୁ କାର୍ଯ୍ୟତଃ ଉକ୍ତ ପ୍ରୋଭିଡେଣ୍ଟ ଫଣ୍ଡର ରୂପକଥା ସଂପୂର୍ଣ୍ଣ ରୂପକଥା ହେବ ନାହିଁ ।

ସିଷ୍ଟର ଶୁଣି କହିଲେ, "ମେରୀ ଏକ୍ଲା ଏଠି ଅଛି ତ । ମୁଁ ଡକାଇ ଦେଉଛି । ସେ ଖାଲି ତୁମ କଥା ବୁଝିଲେ ହେଲା । ସେ ତ ତାହାର ପତି ଜନ୍ ମରିବାଟାକୁ ହିଁ ଅନେକ ସମୟରେ ସ୍ୱୀକାର କରେ ନାହିଁ ଓ ତାଙ୍କୁ ଖୋଜେ ।"

ଅଭିଜିତ୍ କହିଲେ, "ମୋର ପଚାରିବା କଥା ତ ଅନେକ ଆଗରୁ । ଏଣୁ ହୁଏତ ତାଙ୍କର ମନେ ଥିବ । ଅନେକ ବୁଢ଼ାବୁଢ଼ୀ ବର୍ତ୍ତମାନ ନିକଟ ଅତୀତ ବିଷୟରେ ମତିଭ୍ରମ ଦେଖାଉଥିଲା ସତ୍ତ୍ୱେ ଦୂର ଅତୀତକୁ ଠିକ୍ ମନେ ପକାଇପାରନ୍ତି ।

ଅଭିଜିତ୍କୁ କିଛି ସମୟ ଅପେକ୍ଷା କରିବାକୁ ପଡିଲା । ଜଣେ ପରିଚାରିକା ଗୋଟିଏ ବୃଦ୍ଧାକୁ ଧରି ଆସିଲା । ଅଭିଜିତ୍ ଠିଆ ହୋଇ ତାଙ୍କୁ ନମସ୍କାର କଲା । ବୁଢ଼ୀ ପଚାରିଲା, "ତୁମେ କିଏ ବାବୁ? ତୁମକୁ ତ ମୁଁ ଜାଣିଲା ପରି ଲାଗୁନାହିଁ । ମୋର ତ କେହି ନାହିଁ ଯେ ମୋତେ ଦେଖିବାକୁ ଆସିବ । ତୁମେ କୁଆଡୁ ଆସିଲ ?"

ଅଭିଜିତ୍ ଉତ୍ତର ଦେଲା, "ମାଉସୀ, ଆପଣଙ୍କ ସ୍ୱାମୀ ଜନ୍ ଏକ୍ଲା ବାଲେଶ୍ୱରରେ ଯେଉଁ କମ୍ପାନୀରେ କାମ କରୁଥିଲେ, ମୁଁ ସେଠାରୁ ଆସିଛି । ସେଠି ମୀରା ଦେବୀ ଜଣେ ଅଫିସର୍ ଅଛନ୍ତି । ସେ ତୁମକୁ ଦେଖି ଆସିବାକୁ ମୋତେ ପଠାଇଛନ୍ତି । ସେ କାଗଜପତ୍ର ଦେଇ ମୋତେ ପଠାଇଲେ । ମୁଁ କାଲୁଙ୍ଗା ଯାଇ ସେଠାରେ ଫାଦରଙ୍କଠାରୁ ତୁମର ଏଠାରେ ଥିବାର ଖବର ପାଇଲି । ଏଣୁ ତୁମ ପାଖକୁ ମୁଁ ଆସିଛି । ତୁମ ଖବର ମୀରା ଦେବୀଙ୍କୁ ଦେବାପାଇଁ ।"

ମେରୀ ହସି କହିଲା, "ହଁ ହଁ, ମୀରା ଦିଦି କଥା ମୋର ମନେ ଅଛି ବଡ ଦୁଃଖ ପାଇଛି ବିଚାରୀ । ଏବେ କିପରି ଅଛି ?"

ଅଭିଜିତ୍ କହିଲେ, "ଭଲ ଅଛନ୍ତି । ସେ ଆମର ହାକିମ । ବୟସ ହେଲାଣି । ତେବେ ତାଙ୍କ ଲୋକଙ୍କ କଷ୍ଟ ବୁଝନ୍ତି ।"

ମେରୀ କହିଲା, ହଁ । ସେ ସେହିପରି । ଆମକୁ ମଧ ବହୁତ ସାହାଯ୍ୟ କରିଛି । ତେବେ ସେ ପାଉଣା ପାଇ ମୁଁ କ'ଣ କରିବି ? ପ୍ରଭୁ କାଳ ସାରୁ ନାହାନ୍ତି । ତାଙ୍କ ଇଚ୍ଛା । ନ ହେଲେ ମୋର କିଏ ଅଛି ? ପଇସା ବା କ'ଣ ହେବ ।

ଅଭିଜିତ୍ ହଠାତ୍ କହିଲା, "ମୀରା ଦେବୀ କହୁଥିଲେ, ଆପଣ ତାଙ୍କୁ ଝିଅ ପରି ସ୍ନେହ କରୁଥିଲେ । ତାଙ୍କ ଦୁଃଖରେ ଆପଣ ତାଙ୍କୁ ସାହାଯ୍ୟ କରିଥିଲେ ।"

ମେରୀ ଚୁପ୍ ରହିଲା । ତାହାପରେ କହିଲା, "ମୀରାକୁ କହିବ, ସେ କହିବା ମୁତାବକ ଆମେ ପିଲାଟାକୁ ମା ମେରୀଙ୍କ ଜିମା ଦେଇ ଦେଇଛୁ ଓ ସେ ଭଲରେ ଅଛି ।"

ଅଭିଜିତ୍ ଏହି ସମୟକୁ ଅପେକ୍ଷା କରିଥିଲା, "ମାଉସୀ, ମୀରାଦେବୀ ଗୋଟିଏ ପିଲା କଥା ପାଚାରୁଥିଲେ । ସେ କେଉଁଠି ଅଛି । ଏବେ ତ ଚାକିରୀ କରିବା ସମୟ ହେଲାଣି । ତାକୁ ସେ ବିଷୟରେ ସାହାଯ୍ୟ କରିବା କର୍ତ୍ତବ୍ୟ ।"

ମେରୀ ଅଭିଜିତ୍ ମୁହଁକୁ କିଛି ସମୟ ଅନାଇ ରହିଲା । ତାହାପରେ ଅଭିଜିତ୍‌ର ଆଖିକୁ ଚାହିଁ ପଚାରିଲା, "ମୀରା ଦିଦି ତୁମକୁ ଛୁଆ ବିଷୟରେ କ'ଣ କହିଛନ୍ତି ?"

ଅଭିଜିତ୍ ବେଶ୍ ବୁଝି ପାରୁଥିଲା, ଯେ ମୀରାର ଛୁଆ କଥା ମେରୀର ସ୍ପଷ୍ଟ ମନେ ଅଛି । କିନ୍ତୁ ମେରୀ ମୀରାର ଇଜ୍ଜତ୍ ବିଷୟରେ ସାବଧାନ । ଏଣୁ ସେ ଅଭିଜିତକୁ କେତେ କହିବା ଉଚିତ୍ ତାହା ବୁଝି ନେଉଛି । ଅଭିଜିତ୍ କିଛି ନ ଜାଣିଲା ପରି ମୁହଁକୁ ଯଥା ସମ୍ଭବ ସାଧାରଣ କରି ଉତ୍ତର ଦେଲା, "ମୀରାଦେବୀ କହିଥିଲେ ଯେ, ସେ ଗୋଟିଏ ଶିଶୁ ପାଇଥିଲେ ଓ ତାଙ୍କ ପକ୍ଷରେ ତା'ର ଲାଳନ ପାଳନ ସମ୍ଭବ ନ ହୋଇଥିବାରୁ, ତୁମକୁ ଦେଇଥିଲେ କୌଣସି ଅନାଥାଳୟରେ ଦେଇ ଦେବା ପାଇଁ । ଯଦି ସେ ମିଳେ, ତାହାକୁ ଜୀବନରେ ପ୍ରତିଷ୍ଠିତ କରିବା ପାଇଁ ଚାକିରୀ ଇତ୍ୟାଦିରେ ସାହାଯ୍ୟ କରିବାକୁ ଚାହାନ୍ତି ।"

ଏହିପରି ଅଭିଜିତ୍ ନିଜର ଉଦ୍ଦେଶ୍ୟ କହିଲା ଓ ତାହା ସହିତ ସେହି ଶିଶୁ ଯେ ମୀରାର, ତାହା କେଉଁଠି ସ୍ୱୀକାର କରିନାହିଁ । ଅଥଚ ମୀରାର ସ୍ନେହ ବିଷୟରେ ଏକ ଧାରଣା ଦେଇଛି । ଏହା ଦ୍ୱାରା ମେରୀର ବିଶ୍ୱାସ ହେବ ଯେ ମୀରାଦେବୀ ଅବଶ୍ୟ ତାକୁ ପଠାଇଛନ୍ତି । କିନ୍ତୁ ଯେଉଁ ଗୋପନ ରହସ୍ୟ ମୀରା ଓ ମେରୀଙ୍କୁ ଜଣା ତାହା ପ୍ରକାଶ ପାଇ ନାହିଁ ।

ମେରୀ କହିଲା, "ସେ ଶିଶୁକୁ ମୁଁ ତ ପାଳି ପାରିନଥାନ୍ତି, କାରଣ ମୁଁ ବୁଢ଼ୀ ହୋଇ ଯାଇଥିଲି । ତାହାକୁ ଲୋହାରଡ଼ାଗାର ଅର୍ଫାନେଜ୍‌ରେ ଫାଦର ଫ୍ରାନ୍‌ସିସ୍ ରୋଜାରିଓ ରଖାଇ ଦେଇଥିଲେ । ସେଠି ଖୋଜେ । ଆଜିକୁ କୋଡ଼ିଏ ବାଇଶ ବର୍ଷ ତଳ କଥା । ତେବେ ଫାଦରଙ୍କ କଥା କହି ପଚାରିଲେ- ଖୋଜ ମିଳିପାରେ ।"

ଏହାପରେ ଅଭିଜିତ୍ କହିଲେ, "ମୋତେ ବିଦାୟ ଦିଅନ୍ତୁ । ଆପଣଙ୍କ ସବୁ କଥା ମୀରାଦେବୀଙ୍କୁ ଜଣାଇବି ଓ ସେ ସବୁ ବିହିତ ବ୍ୟବସ୍ଥା କରିବେ ।"

ମେରୀ ଗଲାବେଲକୁ କହିଗଲା, "ମୀରା ଦିଦିଙ୍କୁ କହିବ, ପ୍ରଭୁ ଅଛନ୍ତି । ସବୁବେଳେ ସବୁଠାରେ ଅଛନ୍ତି । କେବେ ସାହସ ଓ ବିଶ୍ୱାସ ଯେପରି ନ ହରାଏ ।"

ଅଭିଜିତ୍ ଅନୁଭବ କଲା ଯେ, ବୁଢ଼ୀ ସତରେ ଜୀବନ୍ତ ମା ମେରୀ । ସ୍ୱତଃପ୍ରବୃଭ ହୋଇ ତାଙ୍କର ପାଦ ଛୁଇଁ ବିଦାୟ ଦେଇ ଆସିଲେ ।

ରାଞ୍ଚି ଫେରି ଆସି ସେଦିନଟା ବିଶ୍ରାମ ନେଲା । ରାତିରେ ଅବଶ୍ୟ ଟ୍ରଙ୍କ୍ ଟେଲିଫୋନ୍ ଦ୍ୱାରା କାଳୀବାବୁଙ୍କୁ ବର୍ତ୍ତମାନ ପ୍ରଗତି ଜଣାଇ ଦେଲା । ତାହା ପରଦିନ ଲୋହାରଡ଼ାଗା ଯିବାକୁ ସ୍ଥିର କଲା ।

ଏକାଦଶ ପରିଚ୍ଛେଦ

ରାଞ୍ଚିରୁ ଲୋହାରଡାଗା ପ୍ରାୟ ସତୁରି କିଲୋମିଟର। ଗୋଟିଏ ସାନ ରେଳ ମାର୍ଗ ଅଛି। କିନ୍ତୁ ତାହା ଭାରି ଧୀର। ତାହା ଅପେକ୍ଷା ବସ୍ ଭଲ। ଆରଦିନ ପ୍ରାୟ ଦଶଟା ବେଳକୁ ଲୋହାରଡାଗା ପହଞ୍ଚିଲା। କିନ୍ତୁ ସେଠାରୁ ସେ ଅନାଥାଶ୍ରମ ବେଶୀ କିଛି ବାଟ। ରିକ୍ସାରେ ତ ଖାସା ଘଣ୍ଟାଏ ଲାଗିଗଲା। ପହଞ୍ଚିଲା ପରେ ସେଠାର ଦାୟିତ୍ୱରେ ଥିବା ଫାଦରଙ୍କ ସାଥୀରେ ଦେଖାକଲା।

ଅଭିଜିତ୍ କହିଲା, “ଫାଦର ମୁଁ ଆପଣଙ୍କ ପାଖକୁ ଏକ ବିଶେଷ ଆବଶ୍ୟକରେ ଆସିଛି ଓ ଆଶା କରେ ଆପଣଙ୍କର ସାହାଯ୍ୟ ପାଇବି। କାଲୁଙ୍ଗା ଚର୍ଚ୍ଚରେ ଆଜିକୁ ପ୍ରାୟ ଚବିଶ ପଚିଶ ବର୍ଷ ତଳେ ଜଣେ ଫାଦର୍ ଫ୍ରାନ୍ସିସ୍ ରୋଜରିଓ ଥିଲେ। ସେଠି ଏକ ବୃଦ୍ଧା ମେରୀ ଏକ୍ଲା ଏକ ବାଳକକୁ ଲାଳନ ପାଳନ କରୁଥିଲା। କିନ୍ତୁ ତାହାର ବୟସ ଦୃଷ୍ଟିରୁ ସେ ଆଉ ଏହା କରିବାକୁ ସମର୍ଥ ନ ଥିଲା। ସେହି ପିଲାଟିର ପିତାମାତା ଅଜଣା ଥିଲେ ଓ ମେରୀ କେବଳ ତାହାକୁ ପାଳୁଥିଲା। ବର୍ତ୍ତମାନ ଏପରି କିଛି ସନ୍ଧାନ ମିଳିଛି ଯାହାଦ୍ୱାରା ସେହି ପିଲାଟିର ପିତାମାତଙ୍କୁ ଆମେ ଜାଣି ପାରିଛୁ ଏବଂ ତାହାର ବେଶ୍ କିଛି ଟଙ୍କା ପଇସା ଉତ୍ତରାଧିକାର ସୂତ୍ରରେ ପାଇବା କଥା। ଏଣୁ ବର୍ତ୍ତମାନ ତାହାକୁ ଖୋଜି ବାହାର କରିବାର ଆବଶ୍ୟକତା ଆସି ଯାଇଛି। ଯଦି ଆପଣ କହିପାରନ୍ତି ସେ ବର୍ତ୍ତମାନ କେଉଁଠି, ତାହାହେଲେ ସେହି ଅନାଥ ବାଳକର ବହୁତ ଉପକାର ହେବ।

ଫାଦର୍ କହିଲେ, “ଆପଣ କାଲି ସକାଳେ ଆସନ୍ତୁ। ପ୍ରାୟ ଆଠଟା ସମୟରେ। ମୁଁ ଆଜି କିଛି ପୁରୁଣା ରେକର୍ଡ ଦେଖିଥିବି। କାଲି ପୁରୁଣା ରେଜିଷ୍ଟର ଇତ୍ୟାଦି ଦେଖିବା।”

ଅଭିଜିତ୍ ପକ୍ଷରେ ସମସ୍ୟା ହେଲା, ରାତି ରହିବ କେଉଁଠି। କାର୍ଯ୍ୟତଃ କୌଣସି ହୋଟେଲ୍ ନାହିଁ। ଗୋଟିଏ ଡାକବଙ୍ଗଲା ଅଛି, ଯାହା ଭରା। ଶେଷକୁ ଠିକ୍ କଲା, ନିରାଶ୍ରୟର ଶେଷ ଆଶ୍ରୟ ହେଲା ରେଲ୍ ପ୍ଲାଟ୍‌ଫର୍ମ। ବଙ୍ଗଲାରେ ଗୋଟିଏ କଥା ଅଛି। "ଅଭାଗା ଯେଖାନେ ଯ‍ାୟ, ସମୁଦ୍ର ଶୁଖୁଯ‍ା ଯାୟ।" ଲୋହାରଡାଗା ନାରୋଗେଜ ରେଲ ଷ୍ଟେସନ। ଏଣୁ ଏଠି ପ୍ଲାଟ୍‌ଫର୍ମ ଆଦି ଅନାବଶ୍ୟକ ବିଳାସ ନାହିଁ, କାରଣ ଗାଡିର ପତନ, ତଳୁ ମାତ୍ର ଦେଢ଼ଫୁଟ ଖଣ୍ଡେ ଉଚ୍ଚା। ପିଲାଟିଏ ମଧ ଓହ୍ଲାଇ ପଡିବ। ୱେଟିଂ ରୁମ୍ ଆଦି ମଧ ନାହିଁ। ଶେଷକୁ ଷ୍ଟେସନ୍ ମାଷ୍ଟରଙ୍କୁ ନିଜ ସମସ୍ୟା କଥା କହିଲା। ସେ କହିଲା ଯେ, ଟିକିଏ ଆଗରେ ହର୍‌ବଂଶର ଢ଼ାବା ଅଛି। ସେଠି ଆପଣ ଢ଼ାବାରେ ଖଟିଆ ପାଇଯିବେ। ସେଠି ଖାଇବେ ଓ ଶୋଇ ପଡିବେ। ଉଠି ଏଠିକି ଚାଲି ଆସିବେ। କୌଣସି ଫାଷ୍ଟକ୍ଲାସ ଡବାରେ ବାଥ୍ ରୁମରେ ନିତ୍ୟକର୍ମ ସାରିନେବେ। ମୁଁ କେହି ଖଲାସୀକୁ ଆପଣଙ୍କ ସାଥୀରେ ପଠାଇ ଦେବି, କାରଣ ଡବାଗୁଡିକ ତାଲା ପଡିଥିବ। ତାକୁ କିଛି ବକସିସ୍ ଦେଇଦେବେ।

ଡିଟେକ୍‌ଟିଭ କାମ କରିଲେ ତ ନାନା ଅଭିଜ୍ଞତା ହୁଏ। ଚାଲ, ଇଏ ମଧ ଗୋଟିଏ ନୂଆ ଅଭିଜ୍ଞତା। ଏଣୁ ସେହି ଅଭିଜ୍ଞତାକୁ ପୂରା ଆୟଉ କରିବାକୁ ଠିକ୍ କଲା। ରାତିରେ ହର୍‌ବଂଶ ଢ଼ାବାରେ ଖଟିଆ ଭଡା ନିଆଗଲା। କିନ୍ତୁ ପାଖରେ ବେଡ଼ିଂ ତ ନାହିଁ? ହା, ସଂସାରରେ ଏଠିକି ପ୍ରାଣ। ଆଉ କ'ଣ ପଲଙ୍କ ଉପରେ ଶେଜ ପକାଇ ଶୋଉଛନ୍ତି? ତୁମେ ଅଭିଜିତ୍ ଘୋଷ କେଉଁ ନବାବଙ୍କ ନାତି କି? ଆଜି ଯାହା ତମେ ଭାଗ୍ୟରେ ଅଛି ତାହା ଭୋଗକର। ସେ ଯାହାହେଉ, ଅତି କମ୍‌ରେ ହର୍‌ବଂଶ ଢ଼ାବାରେ ଖାଇବା ନିଶ୍ଚୟ ନବାବଙ୍କ ବାବୁର୍ଚ୍ଚିଖାନା ସହିତ ଟକ୍କର ଦେଇପାରିବ। ବେଶୀ ଆଇଟମ୍ ମେନୁରେ ନାହିଁ। କିନ୍ତୁ ଯାହା ଅଛି, ଅନବଦ୍ୟ।

ସନ୍ଧ୍ୟା ବେଳେ ପହଞ୍ଚି ନିଜର ବ୍ରିଫ୍‌କେଶ ମାଲିକ ଜମା ଦେଇ ସାରିଲା ପରେ କାଉଣ୍ଟରରେ ଥିବା ତୋପ ଚିତ୍‌ଟି ତୋପ ଭଳିଆ ଆଓ୍ୱାଜ କରେ।

"କି ଖାଉଗେ, ବାଦ୍‌ଶହୋ।"

ଅଭିଜିତ୍ ବୁଝିଗଲା ଯେ ଏହା ଖାନଦାନୀ ପଂଜାବୀ ପଥକ ପ୍ରତିଷ୍ଠାନ ଅର୍ଥାତ୍ ଟ୍ରକ ଡ୍ରାଇଭରାନୁଁ ଢ଼ାବା। ସେ ଏହି ପ୍ରତିଷ୍ଠାନ ସହିତ ପରିଚିତ। ଏଣୁ ସେ ଗୋଟିଏ

ଚୁଜା, ଅର୍ଥାତ୍ ଛୋଟ ଚିକେନ୍ ରୋଗନ୍ ଯୋଶଉ, ରୋଟି ଓ ସାଲାଡ୍ ଦେଲା। ଢ଼ାବା ପଛଆଡେ କୁକୁଡା ପଂଜୁରୀ। ସେଠାରୁ ଗୋଟିଏ ବଛାଗଲା। ଅଭିଜିତ୍ କଳ ଆଡକୁ ହାତ ମୁହଁ ଧୋଇବାକୁ ଗଲା। ଫେରି ଖଟିଆ ଉପରେ ବସିଛି, ସେହି କାଉଣ୍ଟର୍ ବାଲା ଯାଦୁକର ଆସି ପଚାରିଲା, "ତୁସି କୁଛୁ ପିଓଗେ?" ଅଭିଜିତ୍ ପଚାରିଲାରୁ ବୁଝିଗଲା ଯେ ନିପ୍ କେବଳ ଡେ ନାଇଟ ହୁଇସ୍କି ଓ କିସାନ ରମ୍‌ର ବ୍ୟବସ୍ଥା ଅଛି। ଏହି ପରିବେଶରେ କେବଳ ରମ୍ ହିଁ ପ୍ରଶସ୍ତ, କାରଣ ଅନ୍ୟମାନେ ଦେଶୀ ଠରା ପସନ୍ଦ କରନ୍ତି। ସେହି ନିପ୍‌କୁ ଗୋଟିଏ ଥମ୍‌ସ୍‌ଅପରେ ମିସାଇ ଆସ୍ତେ ଆସ୍ତେ ପଉଥାଏ। ଏହି ସମୟରେ ଏକ ଷ୍ଟୁଲ୍ ଆସିଗଲା ଏବଂ କିଛି ସମୟ ପରେ ତାହାର ଖାଦ୍ୟ। ଅଜିଜିତ୍ ତୃପ୍ତଭାବେ ଆହାରାଦି ସାରି ପ୍ରାୟ ଦଶଟା ବେଳକୁ ଶୋଇ ପଡିଲା। ଅଭିଜିତ୍ ଲାଇସେନ୍‌ସ ମିଳିଥିବା ଯାଯାବର। ଏଣେ ସେ ଜାଣେ ଏଠି ଶୀଘ୍ର ଶୋଇ ପଡିବା ଉଚିତ। କାରଣ ଲୋହାରଡାଗା ବେଶ୍ ଉଚ୍ଚ। ପାହାନ୍ତିଆ ବେଳକୁ ଶୀତ କମ୍ପରେ ନିଦ ନିଶ୍ଚୟ ଭାଙ୍ଗିଯିବ। ଅବଶ୍ୟ ଶୀଘ୍ର ଚ଼' ମିଳିଯିବ। ତେବେ ଏହି ଅବସ୍ଥାରେ ବ୍ରାହ୍ମ ମୁହୂର୍ତ୍ତରେ ନ ଉଠି ଉପାୟ ନାହିଁ।

ସକାଳ ପାଖାପାଖି ଚାରିଟା ବେଳକୁ ଉଠି ଏକ ବିରାଟ ଗିଲାସ ଚ଼' ପିଇ ଅଭିଜିତ୍ ଷ୍ଟେସନ୍‌କୁ ବାହାରିଲେ। ଲୋହାରଡାଗାରୁ ରାଞ୍ଚିକୁ ସକାଳ ସାଢ଼େ ପାଞ୍ଚଟାରେ ଗାଡି ଛାଡେ। ଏଣୁ ଷ୍ଟେସନ୍ ସାରା ଜାଗ୍ରତ ଥିଲା। ଷ୍ଟେସନ ମାଷ୍ଟର୍ ଖଲାସୀ ସୁଦନିଆକୁ ତାଙ୍କ ବାବୁଙ୍କ କାମ କରାଇ ଦେବାକୁ କହିଦେଲେ। ସୁଦନିଆ ଗୋଟିଏ ରେଳ ଲଣ୍ଠନ ଧରି ତାଙ୍କୁ ରାଞ୍ଚି ଯିବା ଗାଡିକୁ ନେଇଗଲା ଯାହାକି ୟାର୍ଡରେ ଥିଲା। ଗାଡିରେ ପାଣି ଭରା ହୋଇ ଯାଇଥିଲା। ସୁଦନିଆ ଗୋଟିଏ ଫାଷ୍ଟକ୍ଲାସ୍ ଖୋଲି ଲଣ୍ଠନଟା ରଖିଦେଲା।

ଗାଡିର ଆଲୁଅ ତ ଜଳି ନାହିଁ। ଏଣୁ ସେହି ଲଣ୍ଠନ ଆଲୁଅରେ ନିତ୍ୟକର୍ମ ହେଲା। ତାହାପରେ ପ୍ରସ୍ତୁତ ହୋଇ ସୁଦନିଆକୁ ଦଶଟଙ୍କା ବକ୍‌ସିସ୍ ଦେଇ ଅଭିଜିତ୍ ତାହା କାମରେ ବାହାରି ପଡିଲା। ଢ଼ାବାରେ ଜଳଖିଆର ସୁବନ୍ଦୋବସ୍ତ ନଥିଲା। ଏଣୁ ବଜାରରେ ଏକ ମାରଓ୍ୱାଡୀ ଦୋକାନରେ ପୁରି ତରକାରୀ ଓ ମିଠାର ଉପଯୁକ୍ତ ଜଳଖିଆ ଖାଇ ଲୋହାରଡାଗା ସହରରେ ଟିକିଏ ବୁଲିନେଲା। ସହରଟା ହୁଏତ ଏକ ସମୟରେ ସୁନ୍ଦର ଥିଲା। କେତେ ପୁରୁଣା ବଙ୍ଗଳା ଦେଖାଯାଏ। ତେବେ ବର୍ତ୍ତମାନ ଏଠିକି ଲକ୍ଷ୍ମୀ ଆସିଛନ୍ତି, କିନ୍ତୁ ଶ୍ରୀ ଚାଲି ଯାଇଛନ୍ତି। ଏଠି ବକ୍‌ସାଇଟ ଖଣି

ଥିବାରୁ ପଇସା ତ ଆସିଛି । କିନ୍ତୁ ଗୋଟିଏ ସ୍ଲମ୍ ବା ଝୋପଡି ବସ୍ତି ହୋଇ ଯାଇଛି । ଲେବରମାନେ ମନ ଇଚ୍ଛା ଖଣ୍ଡେ ଖଣ୍ଡେ କୁଡିଆ କରି ପରିବେଶକୁ ଦୂଷିତ କରୁଛନ୍ତି । କିପରି ତାହା ବୁଝାଇବାର ଦରକାର ନାହିଁ । ଏଣୁ ଅଭିଜିତ୍ ଆସ୍ତେ ଆସ୍ତେ ଚାଲି ଠିକ୍ ସମୟ ଆଗରୁ ଅନାଥାଳୟ ଅଫିସରେ ପହଞ୍ଚିଲା ।

ଅନାଥାଳୟର ପରିଚାଳକ ହେଲେ ଫାଦର୍ ଓହାରା ଏବଂ ତାଙ୍କର ସହକାରୀ ଯାହା ସହିତ କାଲି ଅଭିଜିତ୍ ଦେଖା କରିଥିଲେ, ସେ ହେଲେ ଫାଦର୍ ଜୋସେଫ୍ । ଫାଦର୍ ଓହାରାଙ୍କୁ ଅଭିଜିତ୍ ପୁଣି ନିଜର ଆବଶ୍ୟକତା କହିଲା । ଓହାରା କହିଲେ, "ମୁଁ ଏଠି ବହୁ କାଲରୁ ଅଛି । ଫାଦର୍ ରୋଜରିଓ ଆଣିଥିବା ବାଲକଟିର କଥା ମୋର ମନେ ଅଛି । ସେହି ପିଲାଟି ବୁଦ୍ଧିମାନ ଓ ଧର୍ମ ଆଡକୁ ତାହାର ଖୁବ୍ ମତି ଥିଲା । ସେ ଇଣ୍ଡିଆନ ସ୍କୁଲ୍ ସାର୍ଟିଫିକେଟ୍ ଏଇଠାରୁ ଜୋସେଫ୍ ଆଣ୍ଡ ମେରୀ ହାଇସ୍କୁଲରୁ ପ୍ରଥମ ଶ୍ରେଣୀରେ ପାସ କରିଥିଲା । ମୋର ଠିକ୍ ମନେ ଅଛି "ସେ ମୋତେ କହିଲା– Church is my father and mother. I have been brought up by the church. So I want to serve God and church by becoming a priest."

ବିଶପ୍ ରାଞ୍ଚିରେ ତାହାକୁ ଇଣ୍ଟରଭିଉ କରିଥିଲେ । ସେ ପୁନାରେ ଆମର ସେମିନାରୀରେ ସ୍ଥାନ ପାଇଥିଲା । ମୋର ଦୃଢ଼ ବିଶ୍ୱାସ ସେ ଏହା ଭିତରେ ତାହାର ଶିକ୍ଷା ସାରି ନିଶ୍ଚୟ (Ordained) ଦୀକ୍ଷିତ ହୋଇ ଯିବେଣି । ଏଣୁ ଆପଣ ପୁନାର ମାଲେଗାଓଁରେ ଯେଉଁ କ୍ୟାଥଲିକ୍ ସେମିନାରୀ ଅଛି ସେଠି ଖୋଜନ୍ତୁ । ଆଚ୍ଛା ତାହାର ଇନ୍ହେରିଟେନ୍ସ କଥା କହୁଥିଲେ, ତାହା କେତେ ହେବ ?"

ଅଭିଜିତ୍ କହିଲା, "ହଠାତ୍ ତ କହିବା ମୁସ୍କିଲ । କିନ୍ତୁ ସେ ଅବଶ୍ୟ ଧନୀ ଲୋକ ହୋଇଯିବ ।"

ଫାଦର୍ ଓହାରା କ୍ରସ୍ କଲେ । କହିଲେ, "କିଏ ଜାଣେ, ପ୍ରଭୁ ତାକୁ କି ପରୀକ୍ଷାର ସମ୍ମୁଖୀନ କରିବାକୁ ଚାହାନ୍ତି । ସେ ତ ତାହାର ଜୀବନ ଚର୍ଚ୍ଚକୁ ସମର୍ପଣ କରି ଦେଇଛି । ତାହାପରେ ଏ କି ପ୍ରଲୋଭନ । ତୁମେ ହୁଏତ ଶୁଣିଥିବ ବାଇବେଲରେ ଅଛି, ଗୋଟିଏ ଛୁଞ୍ଚିରେ ସୂତା ପଶିବା କଣାରେ ଓଟଟିଏ ଚାଲିଯିବା ସହଜ ହୋଇପାରେ । କିନ୍ତୁ ଗୋଟିଏ ଧନୀ ସ୍ୱର୍ଗରାଜ୍ୟରେ ପ୍ରବେଶ କରିବା ଆହୁରି କଠିନ । ମା ମେରୀ ତାହାକୁ ରକ୍ଷା କରନ୍ତୁ ଯେପରି ସେ ଏହି ପରୀକ୍ଷାରେ ଉତ୍ତୀର୍ଣ

ହୁଏ । ହାଁ, ତାହାର ନାମ ତୁମକୁ କହି ନାହିଁ । ତାହାର ନାମ ଜୋସେଫ୍ ଇଗ୍ନାଟିୟସ୍ ।”

ଫାଦରମାନଙ୍କୁ ଧନ୍ୟବାଦ ଦେଇ ଅଭିଜିତ୍ ଶୀଘ୍ର ରାଞ୍ଚି ଫେରି ଆସିଲା ଓ ସେହି ରାତିରେ କଲିକତା ଫେରିଗଲା । ଘରେ ପହଞ୍ଚି କାମ ସାରି ଅଫିସ୍ ଗଲା ଓ ସେଠି ତାହାର ହାକିମ, ଅର୍ଥାତ୍ ପାର୍ଟନର ଅନ୍ନଦା ପ୍ରସାଦ ସେନଙ୍କ ସଙ୍ଗେ ଦେଖା କରି ତାଙ୍କୁ ସବୁ ଜିନିଷ କହିଲା । ତାହାପରେ ସେମାନେ କାଲୀବାବୁଙ୍କ ସାଥୀରେ କଟକ କଥା ହେଲେ । ଅଭିଜିତ୍ ପୁନା ଯିବାକୁ ସ୍ଥିର ହେଲା । କାଲୀବାବୁ ସ୍ଥିର କଲେ ଯେ ମୀରାଦେବୀଙ୍କୁ ସଙ୍ଗେ ସଙ୍ଗେ ତାଙ୍କ ପୁଅଙ୍କ କଥା ନ କହିବାକୁ ।

ଦୁଇ ତିନିଦିନ ଅଭିଜିତ୍କୁ ପ୍ରସ୍ତୁତ ହେବାକୁ ଲାଗିଲା, କାରଣ ପୁନାରେ କେତେଦିନ ରହିବାକୁ ହେବ, ତାହାକୁ ଜଣା ନ ଥିଲା । ସେଠାରୁ ଫେରି କେଉଁଠିକି ଯିବାକୁ ହେବ କିଏ ଜାଣେ । ଏଣେ ଅକ୍ଟୋବର ମାସ ହୋଇ ଗଲାଣି । ଶୀଘ୍ର ଉତ୍ତର ଭାରତ ଥଣ୍ଡା ହୋଇଯିବ । ଏଣୁ ସାଥୀରେ ଗରମ ଲୁଗା ତ ରଖିବାକୁ ପଡ଼ିବ ଓ ଯିବା ଆସିବା ଲାଗି କମ୍ବଳ ମଧ୍ୟ । ଏହି ସବୁ ବ୍ୟବସ୍ଥା ସାରି ପୁନା ବାହାରିଲେ । ତାହାର ବସ୍ (Boss) ସେନ୍ ସାହେବ ଆଗେ ତାକୁ ବମ୍ବେ ଯିବାକୁ କହିଲେ । ତାଙ୍କର ବନ୍ଧୁ ଓ ପୂର୍ବତନ ବମ୍ବେ ପୁଲିସର ଡି.ସି. ମିସ୍ତର ପାଟ୍ରିକ ନୋରୋନାଙ୍କ ସାଥୀରେ ଦେଖା କରିବାକୁ କହିଲେ ଓ ତାଙ୍କ ଲାଗି ଏକ ଚିଠି ମଧ୍ୟ ଦେଲେ । ସେ କହିଲେ ଯେ ଏଣିକି ତୁମକୁ କ୍ୟାଥଲିକ୍ ଚର୍ଚ୍ଚ ସହିତ କାରବାର କରିବାକୁ ପଡ଼ିବ । ଏ ପର୍ଯ୍ୟନ୍ତ ତୁମେ ସେମିନାରୀକୁ ଯାଉଛ, ଯାହାକି ପୃଥିବୀ ବ୍ୟାପି କ୍ୟାଥଲିକ୍ ଧାର୍ମିକ ଶାସନ ବା ରିଲିଜସ୍ ବ୍ୟୁରୋକ୍ରାସୀର ମୂଳଦୁଆ । ଏଣୁ ତୁମକୁ ଜଣେ ପ୍ରତିଷ୍ଠିତ କ୍ୟାଥଲିକ୍ ସହାୟତା କଲେ ତୁମେ କିଛିଟା ସୁବିଧା କରିପାରିବ ।

ଏହି ୱାର୍ଲ୍ଡ କମ୍ପାନୀର ବମ୍ବେରେ ମଧ୍ୟ ଗୋଟିଏ ଅଫିସ୍ ଅଛି । ସେଠାକୁ ଟେଲିଫୋନ୍ ଯୋଗେ ଖବର ଦିଆଯାଇଥିଲା । ଅଫିସ୍‌ଟା ମାହିମ ଅଞ୍ଚଳରେ । ଅଭିଜିତ୍ ବମ୍ବେ ମେଲ୍‌ରେ ବାହାରି ତୃତୀୟ ଦିନ ସକାଳେ ବମ୍ବେରେ ପହଞ୍ଚିଲା । ସେ ଦାଦରରେ ଓହ୍ଲାଇ ଟାକ୍ସିରେ ଅଫିସ୍କୁ ଚାଲିଗଲା । ସେଇଠାରେ ବାଥ୍‌ରୁମ୍‌ରେ ନିତ୍ୟକର୍ମ ସାରିନେଲା ସକାଳ ନଅଟା ଭିତରେ । ଅଫିସ୍‌ର ପ୍ରଧାନ ମିସ୍ତର ରେଗୋ ନୋରୋନାଙ୍କୁ ମଧ୍ୟ ଚିହ୍ନନ୍ତି । ତାଙ୍କ ଘରକୁ ଟେଲିଫୋନ୍ କରିଦେଲେ । ମିସ୍ତର ନୋରୋନା ଅଭିଜିତ୍କୁ ଏଗାରଟା ସାଢ଼େ ଏଗାରଟା ମଧ୍ୟରେ ଆସିବାକୁ କହିଲେ ।

ମିସ୍ତର ରେଗୋ ଅଭିଜିତ୍ ସାଥୀରେ ତାଙ୍କର ଅଫିସ୍‌ର ପିଅନ କଦମକୁ

ପଠାଇଲେ । ଦାଦର ଷ୍ଟେସନ୍‌ରୁ ଲୋକାଲ୍ ଟ୍ରେନ୍‌ରେ ବାନ୍ଦ୍ରା ଯାଇ ସେଠାରୁ ଟ୍ୟାକ୍ସି ଯୋଗେ ମିଷ୍ଟର୍ ନୋରୋନାଙ୍କ ଘର ମାଉଣ୍ଟ ସେଣ୍ଟ ମେରୀ ଅଞ୍ଚଳକୁ ଗଲେ । କଦମ୍ ଆଗରୁ ଘର ଦେଖିଥିବାରୁ ଖୋଜିବାକୁ ପଡ଼ିଲା ନାହିଁ । ଯଦିଚ ଫ୍ଲାଟ୍ ଘର, ତଥାପି ଆଜିକାଲିକା କଂକ୍ରିଟ୍ ଡ଼ିଆସିଲି ଖୋଲ ନୁହେଁ । ପୁରୁଣା ଘର, ଏଣୁ ସୁନ୍ଦର ଓ ବଗିଚା ମଧ୍ୟ ଅଛି । ତିନିତାଳା ଘରେ ମାତ୍ର ଛଅଟି ଫ୍ଲାଟ୍ । ଏହି ଅଞ୍ଚଳଟା ପୁରୁଣା କ୍ୟାଥଲିକ୍ ଅଞ୍ଚଳ । ଏଣୁ ବହୁ ଆଗରୁ ଚାକିରୀରେ ଥିଲାବେଳେ ମିଷ୍ଟର୍ ନୋରୋନା ଏହି ଘରଟି କିଣିଥିଲେ । ବର୍ତ୍ତମାନ ନୋରୋନା ସାହେବ ଓ ତାଙ୍କ ସ୍ତ୍ରୀ ଏକମାତ୍ର ବାସିନ୍ଦା । ନୋରୋନାଙ୍କ ଦୁଇଟି ପୁଅ । ଜଣେ ମର୍ଚେଣ୍ଟ ନେଭିରେ ଓ ଆର ଜଣକ ତାମିଲନାଡ଼ୁ କ୍ୟାଡ଼ରର ଆଇ.ପି.ଏସ୍ । ଦୁଇଟି ଝିଅ ମଧ୍ୟ ବାହା ହୋଇଗଲେଣି । ପୁଅମାନେ ଛୁଟିରେ ଆସିଲେ ଘରେ ଟିକିଏ ଗହଳି ହୁଏ । ତେବେ ମିଷ୍ଟର୍ ନୋରୋନା ଚର୍ଚ୍ଚର ଓ ନାନା ରକମ କ୍ୟାଥଲିକ୍ ସଂସ୍ଥାର ଜଣେ ବଡ଼ କର୍ମକର୍ତ୍ତା । ସେଠାର ସେଣ୍ଟ ମେରୀ ଗାର୍ଲ୍ସ ହାଇସ୍କୁଲର ମ୍ୟାନେଜିଂ କମିଟିର ସେକ୍ରେଟାରୀ । ଅନ୍ୟ ବହୁ ସଂସ୍ଥାର କାର୍ଯ୍ୟକାରୀ କମିଟିର ମେମ୍ବର ।

ସେ ଓ ମିଷ୍ଟର୍ ସେନ ଉଭୟେ ସି.ବି.ଆଇ.ରେ ଏକାଠି ଥିଲେ ଓ ସେହିଦିନୁ ଘନିଷ୍ଠ ବନ୍ଧୁ । ସେ ମିଷ୍ଟର୍ ସେନଙ୍କ ଚିଠି ପଢ଼ିଲେ । ତାହାପରେ ରଂ’ ମଗାଇ, ଅଭିଜିତ୍‌କୁ କହିଲେ, ଏଥର ତୁମେ କ’ଣ ଚାହଁ କହ । ଅଳ୍ପ କଥାରେ ଏହି କେସର ବ୍ୟାକଗ୍ରାଉଣ୍ଡ ମଧ୍ୟ କହ । କିଛି ନ ଜାଣିଲେ ତ ଆଗକୁ ଯାଇପାରିବି ନାହିଁ । ପ୍ରୋଫେସନାଲ୍ ଏଥିକ୍ସ (Professional Ethics) ଲାଗି, ତୁମେ ତୁମର କ୍ଲାଏଣ୍ଟର ପରିଚୟ ଗୋପନ ରଖ । କିନ୍ତୁ ଏହି କେସର ମୋଟାମୋଟି କଥାଟା କହ ।

ଅଭିଜିତ୍ କହିଲା, "ସାର, ଆମର କ୍ଲାଏଣ୍ଟ କୁମାରୀ ଅବସ୍ଥାରେ ଗର୍ଭବତୀ ହୋଇ ଯାଇଥିଲେ । ସେ ଯେଉଁଠି କାମ କରୁଥିଲେ ସେଠି ଜଣେ ଡ୍ରାଇଭର ଥିଲା ଯେ କି ନିକଟରେ ରିଟାୟାର କରିଥିଲା ଆମର କ୍ଲାଏଣ୍ଟଙ୍କ ଦ୍ୱାରା ଉପକୃତ ହୋଇଥିଲା । କ୍ଲାଏଣ୍ଟ ସେହି ଡ୍ରାଇଭର ଘରକୁ ଯାଇ ତିନି ଚାରି ମାସ ସେଠି ରହିଲେ । ପୁଅଟିଏ ଜନ୍ମ ଦେଇ ସେହି ଡ୍ରାଇଭର ଦମ୍ପତିଙ୍କ ଜିମା ଛାଡ଼ି ଚାଲି ଆସିଲେ । ସେମାନଙ୍କୁ ବେଶ୍ ଟଙ୍କା ଦେଇ ଯାଇଥିଲେ ଓ କହିଥିଲେ ଯେ ଏହି ଛୁଆଟିକୁ କୌଣସି ତୁମର, ଅର୍ଥାତ୍ କ୍ୟାଥଲିକ୍ ଅନାଥାଳୟରେ ଛାଡ଼ିଦେବ, କାରଣ ତୁମ ପକ୍ଷରେ ତାହାକୁ ପାଳନ କରିବା ସମ୍ଭବ ନୁହେଁ । ସେହି ଛୁଆ ବିହାରର

ଲୋହାରଡ଼ାଗା ଅର୍ଫାନେଜ୍‌ରେ ବଢ଼ି ସ୍କୁଲ ସାର୍ଟିଫିକେଟ୍‌ ପାସ୍‌ କଲ ଏବଂ ସେଠାରୁ ମାଲେଗାଉଁ କ୍ୟାଥଲିକ୍‌ ସେମିନାରୀକୁ ପଢ଼ିବାକୁ ଆସିଥିଲା। ବର୍ତ୍ତମାନ ତାହାର ପଢ଼ା ଶେଷ ହୋଇ ଯିବଣି। ଏହା ଭିତରେ ଆମ କ୍ଲାଏଣ୍ଟଙ୍କର ଭାଗ୍ୟ ପରିବର୍ତ୍ତନ ହେଲା ଓ ବର୍ତ୍ତମାନ ସେ ଏକ ଭଲ ବ୍ୟବସାୟର ମାଲିକ ଓ ଧନୀ ଅବଶ୍ୟ। ସେ ତାଙ୍କର ଉଇଲ୍‌ କରିଦେବାକୁ ଚାହାନ୍ତି। କିନ୍ତୁ ତାଙ୍କର ଆଉ କେହି ୱାରିସ୍‌ ନାହାନ୍ତି। ସାମାଜିକ ପରିସ୍ଥିତି ଯୋଗୁଁ ଏ ପର୍ଯ୍ୟନ୍ତ ପୁଅର ଖୋଜ୍‌ ନେବା ସମ୍ଭବ ନଥିଲା। ବିପଜ୍ଜନକ ହିଁ ଥିଲା। କିନ୍ତୁ ବର୍ତ୍ତମାନ ସେ ବାଧା ନାହିଁ ଓ ପୁଅକୁ ତାହାର ନ୍ୟାର୍ଯ୍ୟ ଅଧିକାର ଅର୍ଥାତ୍‌ ତାହାର ପିତୃ-ମାତୃତ୍ୱ (Parentage) ଓ ତାହାର ଉତ୍ତରାଧିକାରର ଧନ ଦେବାକୁ ଚାହାନ୍ତି। ନଚେତ୍‌ ସେ ଶାନ୍ତି ପାଇ ପାରିବେ ନାହିଁ।"

ନୋରୋନା ସାହେବ୍‌ କହିଲେ, "ଏହା ତ ଏକ ରୂପକଥା ବା Legend ପରି ଶୁଣାଯାଉଛି। ତେବେ ପୁଲିସ ଅଫିସର ତ କେଉଁଠିରେ ଆଶ୍ଚର୍ଯ୍ୟ ହୁଏ ନାହିଁ। କିନ୍ତୁ ତୁମେ ଏକୁଟିଆ ଗଲେ କିଛି କରିପାରିବ ନାହିଁ। କ୍ୟାଥଲିକ୍‌ ଚର୍ଚ୍ଚର ବ୍ୟୁରୋକ୍ରାସୀ ଗଭର୍ଣ୍ଣମେଣ୍ଟ ଅଫ୍‌ ଇଣ୍ଡିଆର ବ୍ୟୁରୋକ୍ରେସୀଠାରୁ ମୋଟେ କମ୍‌ ନୁହେଁ। ଏଣୁ ମୁଁ ଆଜି ବା କାଲି ବିଶପ୍‌ଙ୍କ ସାଥୀରେ କଥାବାର୍ତ୍ତା କରିବି। ବିଶପ୍‌ଙ୍କଠାରୁ ଆଜ୍ଞାପତ୍ର ନ ନେଇଗଲେ ସେଠି ତୁମକୁ ବିଦା କରିଦେବେ। ତୁମେ ବର୍ତ୍ତମାନ ଯାଅ। ରେଗେକୁ କହ ତୁମର ଏଠି ଦୁଇଦିନ ରହିବା ଆବଶ୍ୟକ। ଏଣୁ ସେ ତୁମ ଲାଗି ଏକ ସୁବିଧା ହୋଟେଲ ବଦୋବସ୍ତ କରିଦେବ। ମୁଁ ବିଶପ୍‌ଙ୍କ ସାଥୀରେ କଥାବାର୍ତ୍ତା ହୋଇ ସାରିଲେ ରେଗେକୁ ଟେଲିଫୋନ୍‌ କରିବି।

ଏହାପରେ ଆଉ କପେ ରଁ' ଶେଷ କରି ଅଭିଜିତ୍‌ ବାହାରକୁ ଆସିଲା। ଆଗେଇ ଦେବାକୁ ମିଷ୍ଟର ନୋରୋନା ଆସିଥିଲେ। ଗେଟ୍‌ ପାଖରେ କହିଲେ, "ଘୋଷ, ଏହି ତୁମର କ୍ଲାଏଣ୍ଟ କ'ଣ କ୍ୟାଥଲିକ୍‌?"

ଅଭିଜିତ୍‌ ଆଶ୍ଚର୍ଯ୍ୟ। ସେ କହିଲା "ନାଁ ତ ସାର୍‌। ସେ ପୂରା ହିନ୍ଦୁ। ଆପଣ ଏହି ପ୍ରଶ୍ନ କାହିଁକି ପଚାରିଲେ?"

ନୋରୋନା ହସି କହି କହିଲେ, "ଦେଖୁନାହଁ, ସେ ଗର୍ଭପାତ କରିବାକୁ ପ୍ରସ୍ତୁତ ନ ଥିଲା ଏବଂ ସେଥିଲାଗି କେତେ ଝାମେଲା ସହିଲା। She seems to have a catholic conscience".

ଅଫିସ୍‌ ପାଖରେ ଏକ ମଧ୍ୟମ ଧରଣର ହୋଟେଲ୍‌ ଅଛି। ସଫା ସୁତୁରା ଓ

ଚାର୍ଜ ଅଧିକ ନୁହେଁ। ତାହାପରେ ମାହିମର ଅଧିକାଂଶ ହୋଟେଲ୍ ତ ମଧ୍ୟପ୍ରାଚ୍ୟକୁ ଯାଉଥିବା ଶ୍ରମିକମାନଙ୍କ ଲାଗି। ଏହି ହୋଟେଲର ମାଲିକ ଜଣେ ଖ୍ରୀଷ୍ଟିୟାନ୍ ଓ ମିଷ୍ଟର୍ ରେଗେଙ୍କର ବହୁକାଳ ପରିଚିତ, ସେ ଚାକିରୀରେ ଥିଲା ଦିନଠାରୁ। ଏଣୁ ଏହି ହୋଟେଲଟାକୁ ଅଫିସ୍ ଗେଷ୍ଟ ହାଉସ ରୂପେ ବ୍ୟବହାର କରିଥାଏ। ଅଭିଜିତ୍ ଏଇଠି ରହିଲା।

ଏହା ଭିତରେ ମିଷ୍ଟର ନୋରୋନା ବିଶପଙ୍କୁ ଟେଲିଫୋନ୍ କରି ତାଙ୍କ ସହିତ ଦେଖା କରିବାର ଠିକ୍ ସମୟ କରିନେଲେ। ପ୍ରାୟ ପ୍ରତି ସପ୍ତାହରେ ଥରେ ମିଷ୍ଟର୍ ନୋରୋନାଙ୍କୁ ବିଶପଙ୍କ ସାଥୀରେ ଏହି କ୍ୟାଥଲିକ୍ ପ୍ରତିଷ୍ଠାନଗୁଡ଼ିକର କାମ ନେଇ ଆଲୋଚନା କରିବାକୁ ପଡ଼େ। ଆଜି ମଧ୍ୟ ସେହିପରି ଆଲୋଚନା, ବିଶେଷ କରି ଗାର୍ଲ୍ସ ସ୍କୁଲର ନୂଆ ମାନେଜିଂ କମିଟି ଗଢ଼ିବା ନେଇ ଆଲୋଚନା ଥିଲା। ସେ ସବୁ ସାରି ବିଶପଙ୍କୁ ବର୍ତ୍ତମାନର କଥା କହିଲେ।

"ମିଲର୍ଡ଼ (ହାଇକୋର୍ଟ ଜଜ୍ମାନଙ୍କ ପରି ବିଶପ୍ୟମାନଙ୍କୁ ସମ୍ବୋଧନ କଲେ My Lord ଲାଗେ) ମୋର ଗୋଟିଏ ସମସ୍ୟା ଅଛି। ତାହା ମୋ ଚାକିରୀ କାଳର ଜଣେ ସହକର୍ମୀ ପଠାଇଛନ୍ତି। ସେ ବର୍ତ୍ତମାନ ପ୍ରାକ୍ଟିସ୍ କରନ୍ତି। ଆମର ମାଲେଗାଉଁ ସେମିନାରୀରେ ଜଣେ ଅରଫାନ୍ ପିଲା ଶିକ୍ଷା ପାଇଥିଲା। ତାହାର ନାମ ଜୋସେଫ୍ ଇଗ୍ନାଟିୟସ୍। ମୋର ବନ୍ଧୁ ତାଙ୍କର କାର୍ଯ୍ୟସୂତ୍ରରେ ଏହି ବାଳକର ପିତୃମାତୃତ୍ବର ସନ୍ଧାନ ପାଇଛନ୍ତି ଓ ତାହାର ଉତ୍ତରାଧିକାର ରୂପେ ବହୁତ ଟଙ୍କା ପାଉଣା ଥିବା ଆବିଷ୍କାର କରିଛନ୍ତି। ଏଣୁ ଏହି ଜୋସେଫ୍ ଇଗ୍ନିଟିୟସ୍କୁ ଖୋଜି ବାହାର କରିବା ଦରକାର ହୋଇଛି।

ବିଶପ୍ କିଛି ସମୟ ଭାବିଲା ପରି ରହିଗଲେ, "ହଁ ମୋର ମନେ ପଡ଼ୁଛି। ଏହି ନାମର ଏକ ଯୁବକକୁ ଆର ବର୍ଷ ମୁଁ ବୋଧହୁଏ ଅର୍ଡ଼େନ (Ordain-ଦୀକ୍ଷିତ) କରିଥିଲି। ତେବେ ସେ ତ କୌଣସି ଅର୍ଡର୍କୁ ଯାଇଛି ବୋଧହୁଏ।

ମିଷ୍ଟର ନୋରୋନା କହିଲେ "ମିଲର୍ଡ଼ ଆପଣ ଅନୁମତି ଦେଲେ ମୋର ବନ୍ଧୁଙ୍କ ଲୋକ ମାଲେଗାଉଁ ଯାଇ ସେଠାର ସେମିନାରୀ ଅଫିସ୍ରେ ଦେଖାକରିବ। ସେମାନେ ତାଙ୍କର ରେକର୍ଡ଼, ଦେଖ୍ ଖୋଜିଦେବେ।"

ବିଶପ୍ କହିଲେ, "ହଉ। ଏହା କହି ନିଜ ସେକ୍ରେଟୋରୀକୁ ଡ଼ାକି ପଠାଇଲେ। ସେକ୍ରେଟାରୀଙ୍କୁ କହିଲେ, "ଜନ୍, ମିଷ୍ଟର ନୋରୋନା ମାଲେଗାଉଁ ସେମିନାରୀରେ

ଏକ ସାମାନ୍ୟ ଏନକ୍ୱାରୀ କରିବାକୁ ଚାହାନ୍ତି ଜଣେ ଛାତ୍ର ବିଷୟରେ । ତାଙ୍କର ଉଦ୍ଦେଶ୍ୟ ସେହି ଛାତ୍ରର ଉପକାର କରିବା । ଏଣୁ ସେହିଭଳିଆ ଗୋଟିଏ ଅନୁମତି ପତ୍ର ତିଆରି କରିଦିଅ ।

ମିଷ୍ଟର ନୋରୋନା, ବିଶ୍ୱପକ୍ଷଠାରୁ ବିଦାୟ ନେଇ ତାଙ୍କର ସେକ୍ରେଟାରୀଙ୍କ ପାଖକୁ ଗଲେ ତାଙ୍କୁ ଅଭିଜିତ୍ ଘୋଷ ନାମରେ ଅନୁମତି ପତ୍ର ତିଆରି କରି ଦେବାକୁ । ଅନୁମତି ପତ୍ର ତାହା ଆରଦିନ ମିଷ୍ଟର ନୋରୋନାଙ୍କ ଘରେ ପହଞ୍ଚିଗଲା । ରେଗେ ସାହେବ ଟେଲିଫୋନ୍ ପାଇଲାମାତ୍ରେ କଦମ୍‌କୁ ପଠାଇ ତାହା ଅଣାଇନେଲେ । ତାହାପରେ ଅଭିଜିତ୍‌କୁ ସେହି ଅନୁମତି ପତ୍ର ଦେଇ ମାଲେଗାଓଁକୁ କିପରି ଯିବାକୁ ହେବ, ସବୁ ବୁଝାଇ ଦେଲେ । ତାହା ଆରଦିନ ସକାଳେ ଅଭିଜିତ୍ ମାଲେଗାଓଁ ବାହାରିଲା ।

ଦ୍ୱାଦଶ ପରିଚ୍ଛେଦ

ମାଲେଗାଓଁ ଏକ କ୍ଷୁଦ୍ର ଅଖ୍ୟାତ ଜାଗା । ଏଠି କ୍ୟାଥଲିକ୍ ସେମିନାରୀ କରିବା ପଛରେ ଏକ ଇତିହାସ ଅଛି । ଠିକ୍ ପ୍ରାସଙ୍ଗିକ ନ ହେଲେ ମଧ୍ୟ କହିବା ଉଚିତ୍ ମନେ କରେ । ବର୍ତ୍ତମାନ ଆମେ ଯେପରି ମହାରାଷ୍ଟ୍ରକୁ ଧନଧାନ୍ୟ ପୂର୍ଣ୍ଣ ଦେଖୁଛୁ, ତାହା ସବୁବେଳେ ନଥିଲା । କେବଳ ମୁମ୍ବାଇ ଓ ତାହାର ନିକଟବର୍ତ୍ତୀ ସ୍ଥାନ ଛାଡ଼ି ଅତ୍ୟନ୍ତ ଗରିବ ଓ ବର୍ଷା ଅଭାବରୁ ପ୍ରାୟ ମରୁଭୂମି ଥିଲା । ସେଠାର ଲୋକଙ୍କର ଏକମାତ୍ର ଉପାୟ ଥିଲା, ବମ୍ବେ ଯାଇ ମୂଲ ଲାଗିବେ । ତେବେ ସମସ୍ତଙ୍କ ଲାଗି ସମ୍ଭବ ହେଉନଥିଲା ଏବଂ ଅନେକ ସମୟରେ ଦୁର୍ଭିକ୍ଷ ପଡ଼ୁଥିଲା । ଅବଶ୍ୟ ଆଜି ଏଠି ଭାରତର ଶ୍ରେଷ୍ଠତମ ଆଖୁ ଚାଷ, ଅଙ୍ଗୁର ଚାଷ, ପିଆଜ ଚାଷ ଇତ୍ୟାଦି ହୁଏ । ଏହି ପରିବର୍ତ୍ତନ କିପରି ହେଲା ତାହା କହିବା ଏଠି ଅବାନ୍ତର । କିନ୍ତୁ ଊନବିଂଶ ଶତାଦ୍ଦୀ ଓ ବିଂଶ ଶତାଦ୍ଦୀର ପ୍ରଥମାର୍ଦ୍ଧରେ ଏହା ଅତ୍ୟନ୍ତ ଶୁଷ୍କ, ଅନୁନ୍ନତ ଓ ଦୁର୍ଭିକ୍ଷ ପ୍ରପୀଡ଼ିତ ଥିଲା । ଏହି ଅବସ୍ଥା ମିଶନେରୀମାନଙ୍କୁ ଖୁବ୍ ସୁହାଏ ଓ ସେମାନେ ବେଶ୍ କିଛି ଲୋକଙ୍କୁ ଖ୍ରୀଷ୍ଟାନ କରି ପାରିଥିଲେ । ମାଲେଗାଓଁ ଏହିପରି ଖ୍ରୀଷ୍ଟାନ ଅଞ୍ଚଳର କେନ୍ଦ୍ରରେ । ଏ ଅଞ୍ଚଳରେ ବହୁ ପରିମାଣରେ ଛୋଟ ଜାତି ଥିଲେ ଯାହାଙ୍କୁ ବର୍ତ୍ତମାନ ଦଲିତ କୁହାଯାଏ । ଏଣୁ ତାଙ୍କ ପକ୍ଷରେ ଯୀଶୁଙ୍କ ବାଣୀ ସାମାଜିକ ଅତ୍ୟାଚାରରୁ ଉଦ୍ଧାର ପାଇବାର ଉପାୟ ଥିଲା । ତାଙ୍କ ଧର୍ମ ରାଜାଙ୍କ (ଇଂରେଜ) ଧର୍ମ ହୋଇଥିବାରୁ ଅନ୍ୟ ଉଚ୍ଚଜାତିମାନେ ତାଙ୍କ ଉପରେ ଅତ୍ୟାଚର କରିବାକୁ ପଣ୍ଡାଉପଦ ହେଉଥିଲେ ।

ଏହି ମାଲେଗାଓଁ ଗ୍ରାମ ପଶ୍ଚିମଘାଟର ଠିକ୍ ପୂର୍ବପଟେ । ସବୁ ବର୍ଷା ପଶ୍ଚିମ ଘାଟ ପର୍ବତ ଅଟକାଇ ଦିଏ ଏବଂ ଫଳତଃ ମାଲେଗାଓଁ ବର୍ଷକୁ ପନ୍ଦର ଇଞ୍ଚ ବର୍ଷା

ପାଏ କି ନ ପାଏ । ଏଠାକୁ ଆସିବାକୁ ହେଲେ ଆହମଦନଗର ଆସି ସେଠାରୁ ବସ୍ ବା ଟାଙ୍ଗା ଯୋଗେ ପ୍ରାୟ କୋଡ଼ିଏ କିଲୋମିଟର । କିନ୍ତୁ ମିଷ୍ଟର ରେଗେ ବତାଇ ଦେଲେ ଯେ ଶିରିଡ଼ି ସାଇବାବାଙ୍କ ଦୟାରୁ ଓ ଚିନିକଲ ଦୟାରୁ ଆଉ ଆଗ ପରି ଅସୁବିଧା ନାହିଁ । ତୁମେ ଏଠୁ ଭଲଭାବେ ବ୍ରେକ୍ ଫାଷ୍ଟ ଖାଇଦେଇ କୌଣସି ଗାଡ଼ିରେ ପୁନା ବାହାରିଯାଅ, ଯେପରି ସେଠି ତିନିଟା ଆଗରୁ ପହଞ୍ଚ । ଝେଲମ୍ ଏକ୍ସପ୍ରେସ୍ ପୁନାରୁ ସାଢ଼େ ପାଞ୍ଚଟା ବେଲେ ଛାଡ଼େ । ସେଥିରେ ତୁମେ ଯାଇ ଆହମଦନଗରରେ ଓହ୍ଲାଇଯିବ । ଜାଗା ପାଇବାରେ ଅସୁବିଧା ନାହିଁ, କାରଣ ଆହମଦନଗରର କୋଟା ବହୁତ ଏବଂ ସେଟିକି ଯାକେ ତ ସେହି ବର୍ଥ ତକ ଖାଲିଥିବ । ପ୍ରାୟ ସାଢ଼େ ଆଠଟା ବେଲକୁ ଅହମଦନଗର ପହଞ୍ଚିଯିବ । ସେଠାରୁ ତୁମେ ବସ୍ ଧରି ସିଧା ଶିରିଡ଼ି ଚାଲିଯିବ । ତୁମର ଇଚ୍ଛା ହେଲେ ଦର୍ଶନ କରିବ, ନ ହେଲେ ନାହିଁ । କିନ୍ତୁ ସେଠି ଗେଷ୍ଟ ହାଉସ୍‌ରେ ଗୋଟିଏ ରୁମ୍ ଭଡ଼ା ନେବ, କାରଣ ମାଲେଗାଉଁରେ କିଛି ନାହିଁ । ଯାହା ଅଛି ତାହା ଚର୍ଚ୍ଚ, କେବଳ ଖ୍ରୀଷ୍ଟାନମାନଙ୍କ ଲାଗି । ତୁମେ ଶିରିଡ଼ିରୁ ଏକ ସ୍କୁଟର ରିକ୍ସା ନେଇ ମାଲେଗାଉଁ ଚାଲିଯିବ । ପ୍ରାୟ ଚାରି ପାଞ୍ଚ କିଲୋମିଟର । ସେପଟେ ଯଥେଷ୍ଟ ତିନି ଚକିଆ ମିଲେ । ଏଣୁ ରିକ୍ସା ଛାଡ଼ିଦେବ । ତାହାପରେ ତୁମେ ସେମିନାରୀ ଅଫିସ୍‌କୁ ଯାଇ ନିଜର କାମ କରିବ । ଫେରି ରାତିଟା ପୁଣି ଶିରିଡ଼ିରେ ରହିଯିବ । ସକାଲେ ବମ୍ବେ ଲାଗି ବସ୍ ମିଲିବ ଓ ତାହା ସେହି ଗେଷ୍ଟ ହାଉସ ପାଖରୁ ବାହାରେ । ନଚେତ୍ ନାସିକ୍ ଚାଲିଯାଇ ଯେ କୌଣସି ଗାଡ଼ିରେ ବମ୍ବେ ଚାଲିଯିବ । ଅଭିଜିତ୍ ବ୍ରେକ୍‌ଫାଷ୍ଟ ଖାଇ ଦାଦର ଷ୍ଟେସନ ଗଲା । ବାଙ୍ଗାଲୋର ଯାଉଥିବା ଉଦ୍ୟାନ ଏକ୍ସପ୍ରେସ୍ ଆଠଟାବେଲେ ଦାଦର ଷ୍ଟେସନରେ ମିଲିଲା । ପୁନା ବାରଟା ବେଲକୁ ପହଞ୍ଚିଲେ । ଷ୍ଟେସନ୍‌ରେ ହିଁ ଆହାରାଦି କରି ଝେଲମ୍ ଏକ୍‌ପ୍ରେସ୍ ଧରି ସନ୍ଧ୍ୟା ଆଠଟା ବେଲକୁ ଆହମଦନଗର ପହଞ୍ଚିଲୁ । ଶିରିଡ଼ି ପାଇଁ ବସ୍ ଥିଲା । ଘଣ୍ଟାକ ମଧରେ ଶିରିଡ଼ି ପହଞ୍ଚିଗଲା । ପୂର୍ବରୁ ଅଭିଜିତ୍ ଏଠାକୁ ଆସିନଥିଲା । ବସ୍ ତାହାକୁ ଗେଷ୍ଟ ହାଉସ୍ ପାଖରେ ଓହ୍ଲାଇ ଦେଲା । ସେ କି ବିରାଟ ପ୍ରତିଷ୍ଠାନ ! ଯେଉଁ ଲୋକ ଏକ ପ୍ରକାର କଣ୍ଟା ଘୋଡ଼ି ହୋଇ ଏକ ଭଙ୍ଗା ମସ୍‌ଜିଦ୍‌ରେ ଜୀବନ କାଟିଦେଲା, ତାଙ୍କର ଭକ୍ତଙ୍କର କି କରାମତି । ତେବେ ହଁ, ସୁବ୍ୟୋବସ୍ତ । ଗରିବଠାରୁ ଧନୀଙ୍କ ପର୍ଯ୍ୟନ୍ତ ସମସ୍ତଙ୍କ ଲାଗି ବ୍ୟବସ୍ଥା । ରାତ୍ରିବାସ ଦଶଟଙ୍କାରୁ ଦୁଇଶହ ପର୍ଯ୍ୟନ୍ତ । ଅଭିଜିତ୍ ଗୋଟିଏ ରୁମ୍ ଭଡ଼ା ନେଲା । ନିକଟରେ

ଥିବା ଏକ ଦକ୍ଷିଣ ଭାରତୀୟ ହୋଟେଲରେ ତୃପ୍ତି ସହ ଆହାର କରି ଶୋଇ ପଡ଼ିଲା।

ସକାଳୁ ଶୀଘ୍ର ନିଦ ଭାଙ୍ଗିଗଲା। ତାକୁ ତ ମାଲେଗାଓଁରେ ଦଶଟା ପରେ ପହଞ୍ଚିବାକୁ ହେବ ଏବଂ ଏଠାରୁ ବାଟ ତ ଅଧଘଣ୍ଟାକର। ଏଣୁ ଭାବିକି ଆସିଛି ଓ ପ୍ରାତଃ ଆରତିଟା ଦେଖ ଆସେ। ଅଭିଜିତ୍ ଜାଣିଥିଲା ଯେ ପଶ୍ଚିମ ଓ ଦକ୍ଷିଣ ଭାରତରେ ସବୁ ଶୃଙ୍ଖଳିତ। ଏଣୁ ଏଠାର ଆରତି ଦର୍ଶନର ବ୍ୟବସ୍ଥା ଦେଖ ସେ ଆଶ୍ଚର୍ଯ୍ୟ ହୋଇନଥିଲା। କେବଳ ଭାବୁଥିଲା ଏହା କଲିକତାରେ କାହିଁକି ହୋଇ ପାରୁନାହିଁ। ଫେରି ସ୍ନାନାଦି ସାରି ସେହି ହୋଟେଲରେ ଉତ୍ତମ ଜଳଖିଆ ମାରି ସ୍କୁଟର ରିକ୍ସା ନେଇ ମାଲେଗାଓଁ ପହଞ୍ଚିଲା ବେଳକୁ ଦଶଟା ବାଜିଗଲାଣି। ସେମିନାରୀ ଅଫିସରେ ପହଞ୍ଚି ରିସେପ୍ସନ୍‌ରେ ଖବର ଦେଲା ଯେ ସେ ରେକ୍ଟରଙ୍କ ସାଥୀରେ ଦେଖା କରିବାକୁ ଚାହେଁ ଏବଂ ସେ ବମ୍ବେ ଡ଼ାୟସିସ୍‌ର ବିଶ୍ବପ୍‌ଙ୍କର ଚିଠି ନେଇ ଆସିଛି। ରିସେପ୍ସନ୍ ସେହି ଚିଠିକୁ ଭିତରକୁ ପଠାଇଲେ। ପ୍ରାୟ ପନ୍ଦର ମିନିଟ୍ ପରେ ଅଭିଜିତ୍‌ଙ୍କୁ ଜଣେ ପାଦ୍ରୀ ରେକ୍ଟରଙ୍କ ଅଫିସ୍‌କୁ ନେଇଗଲେ।

ରେକ୍ଟର ଇଟାଲୀୟ। ନାମ ଫାଦର୍ ଇନ୍ନୋସେଣ୍ଟ। ପ୍ରାୟ ସତୁରୀ ବର୍ଷର ଶୁକ୍ଲ୍‌କେଶ ବୃଦ୍ଧ। ମୁହଁରେ ଏକ ସାରଲ୍ୟ ଓ କରୁଣାର ଭାବ ଲାଗି ରହିଛି। ପଚାରିଲେ, "ମିଷ୍ଟର ଘୋଷ, ଆପଣ ଆମଠାରୁ କି ପ୍ରକାର ସାହାଯ୍ୟ ଚାହାନ୍ତି?

ଅଭିଜିତ୍ ଉତ୍ତର ଦେଲା, "ଫାଦର, ଏଠି ଜଣେ ଛାତ୍ର ପଢୁଥିଲା। ତାହାର ନାମ ଜୋସେଫ୍ ଇଗ୍ନାଟିୟସ୍। ସେ ବିହାରର ଲୋହାରଡ଼ାଗା ଅର୍ଫାନେଜ୍‌ରୁ ଆସିଥିଲା। ଏହା ଭିତରେ ଆମେ ତାହାର ପିତାମାତାଙ୍କୁ ଚିହ୍ନି ପାରିଛୁ ଓ ସେଠାରୁ ଜାଣି ପାରିଛୁ ଯେ ତାହାର ଉତ୍ତରାଧିକାର ବେଶ୍ ବଡ଼ ଆକାରର। ଏଣୁ ତାହାକୁ ଖୋଜି ବାହାର କରିବାକୁ ହେବ, କାରଣ ତାହା ଏକ ଆଇନଗତ ସମସ୍ୟା ଓ ତାହା ବିଷୟରେ କିଛି ଜଣା ନ ପଡ଼ିଲେ ଜଜ୍ ଏହି କେସର ଫଇସଲା କରିପାରିବେ ନାହିଁ।

ରେକ୍ଟର ପଚାରିଲେ, "ଆଚ୍ଛା, ସେ ଯଦି ନେବାକୁ ନାହିଁ କରେ?"

ଅଭିଜିତ୍ କହିଲା, "ଫାଦର, ତାହା ମଧ୍ୟ ଲିଖିତ ଆକାରରେ ସାକ୍ଷୀ ସବୁତ ସହିତ ପେଶ୍ କରିବାକୁ ହେବ। ସେଥିଲାଗେ ଆମେ ଏପରି ପାଗଳ ପରି ଦଉଡୁଛୁ।"

ଏହାଦ୍ୱାରା ବକ୍ ଭାବରେ ଅଭିଜିତ୍ ରେକ୍ଟରଙ୍କୁ ଜଣାଇଦେଲା ଯେ, କେବଳ ତାହାର ଆଇନଗତ କର୍ତ୍ତବ୍ୟ କରୁଛି। ନଚେତ୍ ଏଥିରେ ତାହାର କୌଣସି ରୁଚି ବା

ସ୍ୱାର୍ଥ ନାହିଁ । ଏହାଦ୍ୱାରା ରେକ୍ଟରଙ୍କ ମନରେ ଯଦି କୌଣସି ଅନିଚ୍ଛା ଥାଏ, ତାହା ଦବିଯିବ ।

ତାହାପରେ ରେକ୍ଟର ଭିତରକୁ ଗଲେ । ପ୍ରାୟ ଅଧଘଣ୍ଟାକ ପରେ କେତେକ ହାତ ଲେଖା ନୋଟ ନେଇ ଫେରିଲେ ।

ରେକ୍ଟର କହିଲେ, ତୁମର ଖବର ଠିକ୍ । ଆଜିକୁ ଦୁଇବର୍ଷ ତଳେ ସେହି ପିଲା ଜୋସେଫ୍ ଇଗ୍ନାଟିୟସ ଦୀକ୍ଷିତ (Ordained) ହୋଇଛନ୍ତି । ସେ ନିଜେ ଇଚ୍ଛା ପ୍ରକାଶ କରିଥିଲେ ଯେ ସେ ଯେପରି ମର୍ଦ ଚର୍ଚ୍ଚର ଆଶ୍ରୟ ପାଇଥିଲେ, ସେହିପରି ସେ ଅନ୍ୟାନ୍ୟ ଅଭାଗାମାନଙ୍କର ଯେପରି ସେବା କରି ପାରନ୍ତି । ମୁଁ ଦେଖୁଛି ସେ ଏଠାରୁ ସିଲିଗୁଡ଼ି ଡ଼ାୟସିସ୍ (Diocess-ଜଣେ ବିଶପଙ୍କ କାର୍ଯ୍ୟକ୍ଷେତ୍ର)କୁ ଯାଇଛନ୍ତି । ଏଣୁ ତାଙ୍କ ବିଷୟରେ ଖବର ସିଲିଗୁଡ଼ି ଡ଼ାୟସିସ କାର୍ଯ୍ୟାଳୟରେ ମିଳିପାରିବ ।

ଅଭିଜିତ୍ ରେକ୍ଟରଙ୍କୁ ଅନେକ ଧନ୍ୟବାଦ ଦେଲା ଓ ତାଙ୍କୁ ଅନେକ କଷ୍ଟ ଦେଇଥିବାଲାଗି ଆନ୍ତରିକ କ୍ଷମା ଯାଚନା କଲ । ରେକ୍ଟର ଉତ୍ତରରେ କହିଲେ ଯେ, ତାଙ୍କୁ ସାହାଯ୍ୟ କରିବାକୁ ସୁବିଧା ପାଉଥିବା ଲାଗି ପ୍ରଭୁଙ୍କୁ ଧନ୍ୟବାଦ । ଇତ୍ୟାଦି ଇତ୍ୟାଦି । ଏ ଗୁଡ଼ିକ ନିର୍ଜଳ ଔପଚାରିକତା, କିନ୍ତୁ ଅବଶ୍ୟ ସ୍ୱୀକାର କରିବାକୁ ହେବ ଯେ ଜୀବନଟାକୁ କିଛିଟା ସୁସହ୍ୟ ତ କରେ , ଏହାପରେ ଅଭିଜିତ୍ ତତ୍କ୍ଷଣାତ୍ ଶିରିଡ଼ି ଡେରି ଆସିଲା । ବମ୍ବେ ଯିବା ବସ୍ ଚାଲିଯାଇଥିଲା । କିନ୍ତୁ ପୁନା ଲାଗି ଗାଡ଼ି ଥିଲା । ସେଥିରେ ସେ ପୁନା ଫେରି ଆସିଲା । ପ୍ରାୟ ସାଢ଼େ ତିନିଘଣ୍ଟାର ବାଟ । ସେଠାରୁ ଆସି ପୁନା ଷ୍ଟେସନ୍‌ରେ ପହଞ୍ଚିଲା । ଦେଖିଲା ବମ୍ବେ ଯିବା ଲାଗି ଉଦ୍ୟାନ ଏକ୍‌ସପ୍ରେସ ଅଛି । ସେଠିରେ ଯାଇ ସାଢ଼େ ଆଠଟା ବେଳେ ଦାଦର ପହଞ୍ଚି ନିଜ ହୋଟେଲ୍‌କୁ ଚାଲିଗଲା ।

ତାହା ଆରଦିନ ଅଫିସ ଯାଇ ମିଷ୍ଟର ରେଗେଙ୍କୁ ସବୁ କଥା କହିଲା ଓ ତାହାର କଲିକତା ଫେରିବାର ଆବଶ୍ୟକତା କହିଲା । ମିଷ୍ଟର ରେଗେ ଏହା ଏକ ପ୍ରକାର ଆଗରୁ ଭାବି ନେଇଥିଲେ ଏବଂ ଅଭିଜିତ୍ ଲାଗି ବମ୍ବେ ମେଲ୍‌ରେ ଆଗରୁ ଏକ ଟିକଟ୍ କରିଥିଲେ । ଅଫିସ୍ କାମରେ ଅଭିଜିତ୍ ଏ.ସି. ସ୍ଲିପରରେ ଯାଏ । କିନ୍ତୁ ଏଥର ଟିକଟ୍ ନ ମିଳିବାରୁ ଥ୍ରୀ-ଟିୟର ସ୍ଲିପରରେ ଗଲା । କଲିକତା ପହଞ୍ଚି ସମସ୍ତ ଖବର ମିଷ୍ଟର ସେନଙ୍କୁ ଜଣାଇଲା ।

ଓଲର୍ଡ ୱାଇଡ଼ ଏଜେନ୍ସିର ଉତ୍ତର ବଙ୍ଗରେ କୌଣସି ଅଫିସ୍ ନାହିଁ। କିନ୍ତୁ ଦରକାର ପଡ଼ିଲେ ପ୍ରାଥମିକ ଇନକ୍ୱାରୀ ଆଦି କରିବାର ଏକ ଅନୌପଚାରିକ ବ୍ୟବସ୍ଥା ଅଛି। ମିଷ୍ଟର ସେନ୍ ଚାକିରୀ ଜୀବନରେ ଜଣେ ତାଙ୍କର ସହକର୍ମୀ ମିଷ୍ଟର ଦାୱା ଛେରିଂଙ୍କୁ ଭଲଭାବେ ଜାଣିଥିଲେ। ଯଦିଚ ମିଷ୍ଟର ଛେରିଂ ତିବ୍ବତୀୟ ରକ୍ତର ତଥାପି ବହୁ ପୁରୁଷରୁ ଦାର୍ଜିଲିଂ ଜିଲ୍ଲାର ବାସିନ୍ଦା। ଏଣୁ ସମ୍ପୂର୍ଣ୍ଣ ଭାରତୀୟ। ସେ ମଧ୍ୟ ପଶ୍ଚିମ ବଙ୍ଗ ପୁଲିସରେ ଓ ପରେ ସି.ବି.ଆଇ.ରେ କାମ କରୁଥିଲେ। ବର୍ତ୍ତମାନ ସେ ରିଟାୟାର୍ କରି ନିଜ ଘର କାଲିଙ୍ଗରେ ରହନ୍ତି। ଓଲର୍ଡ ୱାଇଡ଼ ଏଜେନ୍ସି ତାଙ୍କୁ ଏକ ରିଟେନର ପ୍ରତି ମାସରେ ଦିଏ। କୌଣସି ଉତ୍ତର ବଙ୍ଗ ଅଞ୍ଚଳରେ ଇନ୍କ୍ୱାରୀ ଆବଶ୍ୟକ ହେଲେ ସେ କରି ଦିଅନ୍ତି ଓ କାମ ଉପରେ ଚାର୍ଜ କରନ୍ତି। ସେଦିନ ସେନ୍ ସାହେବ ମିଷ୍ଟର ଛେରିଂଙ୍କୁ ଟେଲିଫୋନ କଲେ। ଟେଲିଫୋନ୍ ଲାଗିଲା ପରେ କଥାବାର୍ତ୍ତା ଚାଲିଲା। ସେନ ସାହେବ୍ ମିଷ୍ଟର ଛେରିଂଙ୍କୁ ଦାୱାଲା ବୋଲି ଡ଼ାକନ୍ତି। ଦାୱା ମିଷ୍ଟର ଛେରିଂଙ୍କୁ ବ୍ୟକ୍ତିଗତ ନାମ ଏବଂ "ଲା"। ତିବ୍ବତୀୟ ଭାଷାରେ ସମ୍ମାନସୂଚକ। ମିଷ୍ଟର ଛେରିଂ ସେନ ସାହେବଙ୍କୁ ଅନ୍ନଦା ବାବୁ ଡ଼ାକନ୍ତି।

ମିଷ୍ଟର ମିଷ୍ଟର "ହେଲୋ, "କିଏ ଦାୱାଲା କହୁଛନ୍ତି ?"

ମିଷ୍ଟର ଛେରିଂ "କିଏ ଅନ୍ନଦା ବାବୁ କି ? ନମସ୍କାର। କିପରି ଅଛନ୍ତି ?"

ସେନ, "ହଁ ସବୁ ଭଲ। ଆପଣ ଭଲ ଅଛନ୍ତି ତ ?"

ଛେରିଂ, "ହଁ, ଏକ ପ୍ରକାର ଚାଲିଛି। କହନ୍ତୁ, ମୋ ଲାଏକ କିଛି କାମ ଅଛି କି ?"

ସେନ୍, "ଦାୱାଲା, ମୋର ଗୋଟିଏ କାମ ଆସି ପଡ଼ିଛି। ସିଲିଗୁଡ଼ି ଡାୟୋସିସ୍‌କୁ ଜଣେ ଫାଦର ନୂଆ ଅର୍ଡେନ୍ ହୋଇ ପ୍ରାୟ ଦୁଇବର୍ଷ ତଳେ ଆସିଛନ୍ତି। ତାଙ୍କର ନାମ ଜୋସେଫ୍ ଇଗ୍ନାଟିୟସ୍। ବର୍ତ୍ତମାନ ତାଙ୍କର ପୋଷ୍ଟିଂ କେଉଁଠି, ଖବର ନିଅନ୍ତୁ।"

ଛେରିଂ। "ନୋ ପ୍ରୋବ୍ଲେମ୍। ଆପଣଙ୍କୁ ଏହି ଦିନେ ଦୁଇ ଦିନ ଭିତରେ ଟେଲିଫୋନ୍ କରିବି।"

ଦାୱା ଛେରିଂଙ୍କ ପକ୍ଷରେ ସତରେ ଏହା ନୋ ପ୍ରୋବ୍ଲେମ୍। କାରଣ ଏହି ଡାୟସେସ୍ ବା ବିଶପଙ୍କର ଅଫିସ୍ ସହିତ ତାଙ୍କର ଖୁବ୍ ଜଣାଶୁଣା। ସେଥିରୁ ଜଣାଗଲା ଯେ ଫାଦର ଜୋସେଫ୍ ବର୍ତ୍ତମାନ ଏକ ଅନାଥାଲୟର ଦାୟିତ୍ୱରେ

ଅଛନ୍ତି । କୁଚ ବିହାର ଜିଲ୍ଲାରେ ଭୁଟାନ ସୀମାକୁ ଲାଗିଥିବା ଅଞ୍ଚଳକୁ ଦୁଆର କହନ୍ତି । ଇଂରାଜୀରେ Bhutan Dooars ବା କେବଳ Dooars । ଏହି ଅଞ୍ଚଳଟା ଆଗେ ସମ୍ପୂର୍ଣ୍ଣ ଭାବେ ଗଭୀର ଜଙ୍ଗଲରେ ଭର୍ତ୍ତି ଥିଲା ଓ ଏଠାର ଅଧିବାସୀ ଥିଲେ ବାଘ, ହାତୀ, ଗଣ୍ଡା, ସାପ, ମଶା ଓ ଜୋକ । କିନ୍ତୁ ଏଠି ବି ଆସ୍ତେ ଆସ୍ତେ ମଣିଷ ପଶିଗଲେ । ବିଶେଷ କରି କୋଚ୍ ମେଟ୍, ରାଜବଂଶୀ ଓ ଥାରୁ । କିନ୍ତୁ ଊନବିଂଶ ଶତାବ୍ଦୀରେ ଆସିଲେ ଇଂରେଜ୍ ରଘ' ବଗିଚାବାଲା ଓ ତାଙ୍କ ସହିତ ନେପାଲୀ ଓ ସାନ୍ତାଲ କୁଲି । ବାଘ, ହାତୀ ହାରିଗଲେ । ମଶା ବହୁତ ଦିନ ପର୍ଯ୍ୟନ୍ତ ଲଢୁଥିଲେ ଓ ଏବେ ମଧ୍ୟ ହାର ମାନିନାହାଁନ୍ତି । ତେବେ ରଘ' ବଗିଚା ଜଙ୍ଗଲକୁ ଠେଲି ଠେଲି ପ୍ରାୟ ଭୁଟାନର ପର୍ବତକୁ ନେଇଗଲା । କିନ୍ତୁ ମଣିଷକୁ ଏଥିଲାଗି ଦାମ ଦେବାକୁ ପଡ଼ିଛି । ବହୁତ ମୃତ୍ୟୁ ଏବଂ ଫଳତଃ ଅନେକ ଛେଉଣ୍ଡ ଶିଶୁ ।

ଏଠି ବ୍ରିଟିଶ ସମୟରୁ ସରକାରୀ ସାହାଯ୍ୟ ପାଇ ବହୁତ ମିଶନାରୀ ଆସିଯାଇଥିଲେ ଏବଂ ରୋମାନ୍ କ୍ୟାଥଲିକ୍ ଚର୍ଚ୍ଚ ଏହି କୋଚ ଓ ଥାରୁ ଜନଜାତିଙ୍କ ମଧ୍ୟରୁ ନିଜକୁ ସ୍ଥାପିତ କରି ନେଇଛି । ଏଠି ଏକ ପ୍ରଧାନ ସହର ହା ଆଲିପୁର ଦୁଆର । ପ୍ରକୃତରେ ଏହା ଭୁଟାନର ଦ୍ୱାର । ଏଠାରୁ ପ୍ରାୟ ଚାଲିଶ କିଲୋମିଟର ଉତ୍ତର ପୂର୍ବରେ ଗଭୀର ଜଙ୍ଗଲ ଓ ପାହାଡ଼ି ନଦୀ ଭିତର ଏକ ନଗଣ୍ୟରୁ ନଗଣ୍ୟ ନଗର କଟୁବାଡ଼ି । ଏଠି ଏକ ବେଶ୍ ବଡ଼ କ୍ୟାଥଲିକ୍ ବସତି ଅଛି ଏବଂ ଏକ ମିଶନ୍ କମ୍ପାଉଣ୍ଡ ଅଛି ଯେଉଁଠି ଗିର୍ଜା, ଡ଼ାକ୍ତରଖାନା, ସ୍କୁଲ ଆଦି ଅଛି ଏବଂ ଏକ ପ୍ରକାର ଏହା ହିଁ ସେଠାର ଲୋକଙ୍କ ପକ୍ଷରେ ସଭ୍ୟତାର ନିଦର୍ଶନ । କାରଣ ସରକାରୀ ଡ଼ାକ୍ତରଖାନାରେ ପ୍ରାୟ ଡ଼ାକ୍ତର ନ ଥାନ୍ତି । ଅଧିକାଂଶ ସମୟରେ କମ୍ପାଉଣ୍ଡର୍ ମଧ୍ୟ ଗାୟବ । ଏଠି ହିଁ ସେହି ଅନାଥାଲୟ ଯେଉଁଠି କି ଆମର ଖୋଜୁଥିବା ଲୋକ ଫାଦର ଜୋସେଫ୍ ଇଗ୍ନାଟିୟସ୍ ଅଛନ୍ତି । ଏହି ଅନାଥାଲୟରେ ପିତୃମାତୃହୀନ ପିଲାମାନେ ରହନ୍ତି । ଖାଇବାକୁ ପିନ୍ଧିବାକୁ ପାଆନ୍ତି । ପାଖ ମିଶନ୍ ସ୍କୁଲରେ ପଢ଼ନ୍ତି । ମିଶନ ଡ଼ାକ୍ତରଖାନା ଏମାନଙ୍କ ଚିକିତ୍ସା ଭାର ନିଏ । ଏଠି ପିଲାମାନେ ପ୍ରାୟ ଚଉଦ ବର୍ଷ ଯାଏଁ ରହନ୍ତି । ଯେଉଁ ପିଲାକୁ ଅପେକ୍ଷାକୃତ ଉଚ୍ଚଶିକ୍ଷାର ବା ବୈଷୟିକ ଶିକ୍ଷା ନିମନ୍ତେ ଉପଯୁକ୍ତ ମନେ କରାଯାଏ, ସେମାନେ ଆଲିପୁର ଦୁଆର ମିଶନ୍ ସ୍କୁଲ ବା ମିଶନ୍ ଭୋକେସ୍ନାଲ ସ୍କୁଲକୁ ଯାଆନ୍ତି । ଅନ୍ୟମାନେ ରଘ' ବଗିଚାରେ ବା କଟଟକଲ

ଆଦିରେ କାମ କରନ୍ତି । କାର୍ଯ୍ୟତଃ ଏମାନଙ୍କ ବାପାମା ହେଲେ ଫାଦର୍ ଜୋସେଫ୍ ଇଗ୍ନାଟିୟସ୍ ।

ତାହାଙ୍କର ନାମ ଡ଼ାକ ଖୁବ୍ ଭଲ । ସେ ସେଠୀ ଲୋକଙ୍କର ଉଭୟ ଖ୍ରୀଷ୍ଟାନ୍ ଓ ହିନ୍ଦୁମାନଙ୍କର ବିଶ୍ୱାସ ଅର୍ଜନ କରିପାରିଛନ୍ତି । ଏହି ଦୁଆର ଅଞ୍ଚଳରେ ମଣିଷର ଜୀବନ ପଲେ ପଲେ ବିପନ୍ନ ହୋଇପାରେ । ଏଣୁ ଏହି ଅଞ୍ଚଳରେ ମଣିଷକୁ ମାପିବା ଲାଗି ସବୁଠାରୁ ବଡ଼ ମାନକ ବା Standard ହେଲା ବ୍ୟକ୍ତିଗତ ସାହସ । ଥରେ ଗୋଟିଏ ଭାସି ଯାଉଥିବା ବୁଢ଼ୀକୁ ରକ୍ଷା କରି ଓ ଆଉ ଥରେ ଗୋଟିଏ ପାଗଳା ହାତୀର ସମ୍ମୁଖୀନ ହୋଇ ନିଜର ସାହସର ପରିଚୟ ଦେଇ ଜନ ମାନସରେ ନିଜର ସ୍ଥାନ କରି ନେଇଛନ୍ତି । ଯେ ପରଲାଗି ନିଜର ଜୀବନ ବିପନ୍ନ କରିପାରେ, ଏହି ଅଞ୍ଚଳର ଲୋକଙ୍କ ଆଖିରେ ସେ ହିଁ ସବୁଠାରୁ ଭଲ ମଣିଷ ଓ ତାହାର ବହୁତ ଅନ୍ୟ ଦୋଷ କ୍ଷମଣୀୟ । ବିଶେଷ କରି କାମ ଓ କ୍ରୋଧ ଜନିତ, ଯଦିଚ ଲୋଭ ଜନିତ ଦୋଷ ସାଧାରଣତଃ କ୍ଷମଣୀୟ ନୁହେଁ । କିନ୍ତୁ ଫାଦର୍ ଜୋସେଫ୍ କାହାକୁ କ୍ଷମା କରିବାର ସୁବିଧା ହିଁ ଦେଇ ନାହାନ୍ତି ।

ଏହି ସବୁ ଖବର ସେନ୍ ସାହେବ ତାଙ୍କୁ ବନ୍ଧୁ ଦାଉ୍ଥା ଛେରିଙ୍କ ଠାରୁ ପାଇଗଲେ । ଏହାପରେ ଯେତେବେଲେ କାଳୀବାବୁ ପୁଣି କଲିକତା ଆସିଲେ, ଏ ସମୟରେ କଥାବାର୍ତ୍ତା ହେଲା । ଏଥର କାଳୀବାବୁ ନିଜେ ଆଲିପୁର ଦୁଆର ଯିବାକୁ ଠିକ୍ କଲେ । ତାଙ୍କୁ ସାହାଯ୍ୟ କରିବା ପାଇଁ ଅଭିଜିତ୍ ମଧ ତାଙ୍କର ସାଙ୍ଗରେ ଯିବ । ହାଇକୋର୍ଟ ତ ବଡ଼ଦିନ ଛୁଟି ଲାଗି ବେଶ୍ କେତେଦିନ ବନ୍ଦ ହୁଏ ଏବଂ ସେହି ସମୟରେ କାଳୀବାବୁ ଯାଇପାରିବେ । ସେଠି ଯାଇ ସେ ନିଜେ ଫାଦର ଜୋସେଫ୍ ଇଗ୍ନାଟିୟସ୍‌କୁ ଦେଖା କରିବେ ଓ ତାଙ୍କୁ ତାଙ୍କର ଇତିହାସ କହିବେ । କାଳୀବାବୁ ଜାଣନ୍ତି ଯେ ମୀରାଦେବୀ ତାଙ୍କର ସମ୍ପତ୍ତିର ଅଧାରୁ ବେଶୀ ପୁଅକୁ ଦେବାକୁ ଚାହାନ୍ତି । ଅନ୍ୟ ଅଂଶ ହୁଏତ କୌଣସି ଜନହିତକର କାର୍ଯ୍ୟରେ ବ୍ୟୟ କରାହେବ ।

କଟକ ଫେରି ଯାଇ କାଳୀବାବୁ କେତେକ କାଗଜ ପତ୍ରରେ ଦସ୍ତଖତ ଆଦି ଲାଗି ମୀରାଦେବୀଙ୍କୁ ଡ଼କାଇ ପଠାଇଲେ । ମୀରାଦେବୀ ଆସିଲାପରେ କେତେକ ଦଲିଲ୍ କାମ ସାରି ଅଫିସର ନିଜ କୋଠରୀରେ ମୀରାଦେବୀଙ୍କୁ ବସାଇ କହିଲେ, "ମ୍ୟାଡ଼ାମ୍ ଆପଣ ମୋତେ ଗୋଟିଏ ବିରାଟ କାମ ଦେଇଛନ୍ତି । ଆପଣଙ୍କ ପୁଅକୁ ଖୋଜିବାକୁ । ମୁଁ ସେ ବିଷୟରେ ଯାହା କରିଛି ଓ ତାହାର ଯାହା ଫଲ ହୋଇଛି,

ତାହା ମୁଁ ଆଜି ଆପଣଙ୍କୁ ଜଣାଉଛି, କାରଣ ସେଥିରେ ହୋଇଥିବା ଖର୍ଚ୍ଚ ଆପଣଙ୍କ ବିଲ୍‌ରେ ଚଢ଼ିବ। କିନ୍ତୁ ତାହା କରିବା ପୂର୍ବରୁ ଆପଣଙ୍କୁ ବର୍ତ୍ତମାନ ସୁଦ୍ଧା କରାଯାଇଥିବା କାର୍ଯ୍ୟ ଓ ତାହାର ଫଳାଫଳ ଜଣାଇବା ଦରକାର।"

ଆପଣ ମୋତେ ଏହି ଦାୟିତ୍ୱ ଦେବା ପରଠାରୁ ମୁଁ ଏଥିରେ ଲାଗିଛି। ମୁଁ ତ ଆଉ ବ୍ୟକ୍ତିଗତ ଭାବେ ଖୋଜି ପାରିବି ନାହିଁ। ଏଣୁ ଏକ ପ୍ରାଇଭେଟ୍ ଡ଼ିଟେକ୍‌ଟିଭ ଫାର୍ମ ୱାର୍ଲ୍‌ଡ଼ ଓୟାଇଡ଼ ଏଜେନ୍ସୀକୁ ଏଥିରେ ଲଗାଗଲା। ତାଙ୍କ ସହିତ ମୋର ସମ୍ପର୍କ କଲିକତାରେ, ଅର୍ଥାତ୍ ମୋର କ୍ଲାଏଣ୍ଟମାନଙ୍କ କାମ ଲାଗି ମୁଁ ଯେଉଁ ସଲିସିଟରଙ୍କୁ ବ୍ୟବହାର କରେ, ଅର୍ଥାତ୍ ସେନ୍ ଦସ୍ତିଦାର ଏଣ୍ଡ ଏସୋସିଏଟ୍‌ସ୍ କରାଇଦେଲେ। କାରଣ ସେ ଏହି ଏଜେନ୍ସୀର କାମ ନେଇ ସନ୍ତୁଷ୍ଟ। ସେମାନେ କ'ଣ କଲେ, କିପରି କଲେ ତାହା ମୁଁ ମଧ ଠିକ୍ ଜାଣି ନାହିଁ ଓ ତାହାର ଆବଶ୍ୟକତା ନାହିଁ। କିନ୍ତୁ ତାଙ୍କର ଇନ୍‌କ୍ୱାରୀର ଫଳ ଏହିପରି। ପ୍ରଥମତଃ ଆପଣଙ୍କର ଶିଶୁକୁ ଜନ୍ ଓ ମେରୀ ଏକ୍‌ଲ୍ଲା ଏକ କ୍ୟାଥଲିକ୍ ଅର୍ଫାନେଜ୍‌ରେ ଦେଇ ଦେଇଥିଲେ।

ଦ୍ୱିତୀୟତଃ ଜନ୍ ବର୍ତ୍ତମାନ ମରିଗଲେଣି ଓ ମେରୀ ଏକ୍‌ଲ୍ଲା ରାଞ୍ଚି ନିକଟସ୍ଥ ଖୁଣ୍ଟି ନାମକ ଏକ ସ୍ଥାନରେ ଥିବା କ୍ୟାଥଲିକ୍ ବୃଦ୍ଧାଶ୍ରମରେ ଅଛନ୍ତି। ମୋଟାମୋଟି ଭଲ ଅଛନ୍ତି।

ତୃତୀୟତଃ ଆପଣଙ୍କର ପୁଅର ନାମ ଜୋସେଫ୍ ଇଗ୍ନାଟିୟସ୍। ସେ ଲୋହାରଡ଼ାଗା ଅନାଥାଳୟରେ ବଢ଼ିଲା ଓ ସେଠାର ମିଶନ ହାଇସ୍କୁଲରୁ ପାସ୍ କଲା। ପ୍ରଥମ ଶ୍ରେଣୀର ଛାତ୍ର ଥିଲା ଓ ତାହାର ନିଜ ଇଚ୍ଛାରୁ ସେ କ୍ୟାଥଲିକ୍ ସେମିନାରୀକୁ ପଢ଼ିବାକୁ ଗଲା, କାରଣ ସେ ଚର୍ଚ୍ଚଦ୍ୱାରା ପାଳିତ। ଚର୍ଚ୍ଚ ହିଁ ତାହାର ପିତାମାତା। ଏଣୁ ତାହାର ଚର୍ଚ୍ଚ ପ୍ରତି କର୍ତ୍ତବ୍ୟ ଅଛି। ସେମିନାରୀରେ ଶିକ୍ଷାର୍ଥୀମାନେ ତାଙ୍କର ଧାର୍ମିକ ଶିକ୍ଷା ସହ ଗ୍ରାଜୁଏଟ୍ ମଧ ହୁଅନ୍ତି। ଏହାପରେ ସେ ପଢ଼ା ସାରି ଅର୍ଡେ଼ନ୍‌ଡ଼ ବା ଦୀକ୍ଷିତ ହୋଇଛି ଓ ବର୍ତ୍ତମାନ ସେ ଫାଦର୍ ଜୋସେଫ୍ ଇଗ୍ନାଟିୟସ୍। ବର୍ତ୍ତମାନ ସେ ଉତ୍ତର ବଙ୍ଗର ଦୁଆର ଅଞ୍ଚଳରେ ଏକ ମିଶନରେ ଅଛନ୍ତି। ସେ ନିଜେ ଅନାଥାଳୟରେ ଦାୟିତ୍ୱରେ ରହିବାକୁ ଇଚ୍ଛା ପ୍ରକାଶ କରିଥିଲେ ଓ ବର୍ତ୍ତମାନ ସେହି ଦାୟିତ୍ୱରେ ଅଛନ୍ତି।

ହଠାତ୍ ମୀରାଦେବୀ କହିଲେ, "କାଳୀବାବୁ, ମୋତେ ପାଞ୍ଚ ମିନିଟ୍ ଛାଡ଼ି ଦିଅନ୍ତୁ।" କାଳୀବାବୁ ବୁଝି ପାରୁଥିଲେ ଯେ କି ତୋଫାନ୍ ମୀରାଦେବୀଙ୍କ ମନରେ

ଉଠୁଛି । ସେ ପରଦାଟା ଟାଣିଦେଇ ବାହାରକୁ ଚାଲିଗଲେ । ମୀରାଦେବୀ ନିଜକୁ ଏକୁଟିଆ ପାଇଲାପରେ ଭୋ ଭୋ କରି କାନ୍ଦି ଉଠିଲେ । ପ୍ରଥମ ଧକ୍କାଟା ଚାଲିଗଲା ପରେ ରୁମାଲର ମୁହଁଟା ପୋଛିନେଲେ । ନିଜର ନିଃଶ୍ୱାସ ପ୍ରଶ୍ୱାସ ସାଧାରଣ ହେବାକୁ ଅପେକ୍ଷା କଲେ । କାନ୍ତରେ ଲାଗିଥିବା ଘଡ଼ିଟିକୁ ଚାହିଁଲେ । ସେକେଣ୍ଡ କଣ୍ଟାଟି ଠେକୁଆ ପରି ଡ଼େଇଁ ଡ଼େଇଁ ଚାଲିଛି । ଆଳସ୍ୟ ନାହିଁ, ତରବର ମଧ୍ୟ ନାହିଁ । ଏହା ହିଁ ବୋଧହୁଏ ଜୀବନର ଶେଷ ସତ୍ୟ ସମୟ ।

କିଛି ସମୟରେ ମୀରା ଆପଣାକୁ ସଂସାରର ମୁହାମୁହିଁ ହେବାକୁ ଶକ୍ତି ଥିବାର ଅନୁଭବ କଲେ । ଏଣୁ ବେଲ୍‌ଟା ବଜାଇଲେ । କାଳୀବାବୁ ଅନ୍ୟ ଘରେ ଜୁନିୟରମାନଙ୍କୁ କିଛି କଥା କହୁଥିଲେ । ତାହା ସାଙ୍ଗେ ସାଙ୍ଗେ ଶେଷ କରି ନିଜ କମରାକୁ ଫେରି ଆସିଲେ । ପିଅନକୁ ଟ୍' ଆଣିବାକୁ କହିଲେ ।

ଟ୍' ଆସିଲା । ଉଭୟେ ଟ୍' ଖାଇଲା ବେଲେ ଦେଶର ରାଜନୀତିର କଥା ହେଲେ । ଇଂଲଣ୍ଡର ଲୋକେ ବିନା କାରଣରେ କଥା ହେବାକୁ ପଡ଼ିଲେ ପାଗ ବିଷୟରେ କଥା ହୁଅନ୍ତି ଓ ଭାରତରେ ରାଜନୀତି ବିଷୟରେ । ଏହି ସମୟଟା ନୂଆ ପରିସ୍ଥିତି ସହ ନିଜକୁ ଖାପ ଖୁଆଇ ନେବାକୁ ଦରକାର ଥିଲା ।

ତାହାପରେ କାଳୀବାବୁ ଆରମ୍ଭ କଲେ, "ଏଥର ବଡ଼ଦିନ ଛୁଟିଟେ ମୁଁ ଆପଣଙ୍କ ପୁଅ ପାଖକୁ ଯିବି । ତାଙ୍କୁ ଭେଟିବି ଓ ଆପଣଙ୍କର ଉଇଲ୍ କଥା କହିବି । ଆପଣଙ୍କୁ ମୁଁ ବର୍ତ୍ତମାନ ସେଠାକୁ ଯିବାକୁ ଦେବି ନାହିଁ, କାରଣ ଆପଣ ଦୁଇଜଣ ମା ପୁଅ ହଠାତ୍ ନିଜ ଅତୀତକୁ ଜୀବିତ ଅବସ୍ଥାରେ ଦେଖିଲେ ବିହ୍ୱଳ ଓ ମତିଭ୍ରାନ୍ତ ହୋଇଯିବାର ବହୁତ ସମ୍ଭାବନା । ଏଇଟା ଭୂତ ଦେଖିବାଠାରୁ କମ୍ ନୁହେଁ । ମୁଁ ପ୍ରଥମେ ତାଙ୍କ ସାଥୀରେ ଦେଖା କରିବି । ତାଙ୍କର ମନସ୍ତତ୍ତ୍ୱ ବୁଝିବାର ଚେଷ୍ଟା କରିବି । ତାହାପରେ ଆପଣଙ୍କ ସାଥୀରେ କଥା ହୋଇ ଯାହା କରିବାର କଥା ଠିକ୍ କରିବା ।"

ମୀରାଦେବୀ କହିଲେ, "ଆପଣ ଯାହା ଉଚିତ ମନେ କରୁଛନ୍ତି କରନ୍ତୁ । ତେବେ ଜୀବନରେ ଗୋଟିଏ ବଡ଼ ଆଶା Ambition ରହିଛି । ଥରଟିଏ ତାହାକୁ ଦେଖିବି । ସତରେ ମୁଁ କ'ଣ ତାହାର ମା ବୋଲି ଦାବି କରି ପାରିବି ? ତାହାର ମା ତ କ୍ୟାଥଲିକ୍ ଚର୍ଚ୍ଚ । ତେବେ ସେହି ଯୋଡ଼ ଗୋଟାଏ ଜୈବ ସମ୍ପର୍କ, Biological Relationship ରହିଛି ତାହା ତ ମୋ ମନକୁ ମାଡ଼ି ବସିଛି । ଦେଖନ୍ତୁ, ଆପଣ

କ'ଣ କରି ପାରିବେ। ମୋ ଭାଗ୍ୟ ମୋତେ ଯାହା ତ କଲା। ଦେଖିବେ ଯେପରି ତାଙ୍କର ମଙ୍ଗଳ ହେଉ, ସେ କଷ୍ଟ ନ ପାଉ। ସେ କୌଣସି ଅସୁବିଧାରେ ନ ପଡୁ।

ଏହା କହି ମୀରାଦେବୀ ଉଠି ପଡ଼ିଲେ। ହଉ, ଆସୁଛି କହି ବାହାରି ଗଲେ। କାଳୀବାବୁ ତାଙ୍କୁ ଚାହିଁ ଥାଆନ୍ତି। ଯେ କ'ଣ ମୀରାଦେବୀ ? ଯେ ତ ମୀରାଦେବୀ ନୁହନ୍ତି। ଏହା ଯେପରି ଏକ ଦଦରା ନାଆ, ସୁଅରେ ଭାସି ଯାଉଛି, ଲକ୍ଷ୍ୟହୀନ ଭାବରେ।

ତ୍ରୟୋଦଶ ପରିଚ୍ଛେଦ

କାଳୀବାବୁ ମିଷ୍ଟର ସେନ୍‌ଙ୍କୁ ସବୁ ବଦୋବସ୍ତ କରିବାକୁ କହିଥିଲେ। ମିଷ୍ଟର ସେନ୍ ତ ଶତକଡ଼ା ଶହେ କଲିକଟିଆ। କଲିକତା ବା ବଡ଼ ସହରର ବା ଇଲାକା ତାଙ୍କ ପକ୍ଷରେ ଏକ ପ୍ରକାର ମହାକାଶ। ଏଣୁ ସେ ବହୁ ଦାଉ଼ା ଛେରିଙ୍କ ଶରଣାପନ୍ନ ହେଲେ। ତାଙ୍କର ତ ଏହି ସମସ୍ତ ଦୁଆର ଇଲାକା! ନଖ ଦର୍ପଣରେ। ସେ ଆଲିପୁର ଦୁଆରର ନିକଟରେ ଥିବା ଏକ ରଂ’ ବଗିଚାରେ ଗେଷ୍ଟ ହାଉସ୍‌ରେ ତାଙ୍କର ରହିବା ବଦୋବସ୍ତ କରି ଦେଇଥିଲେ। କାଳୀବାବୁ ଓ ଅଭିଜିତ୍ ଘୋଷ ହାଉଡ଼ା ଷ୍ଟେସନ୍‌ରୁ କାମରୂପ ଏକ୍‌ସପ୍ରେସରେ ସନ୍ଧ୍ୟାବେଳେ ବାହାରିଲେ। ସକାଳ ସାତଟା ବେଳେ ନିଉ ଜଲପାଇଗୁଡ଼ି ଷ୍ଟେସନ୍‌ରେ ପହଞ୍ଚିଲେ। ସେଠିକି ମିଷ୍ଟର ଦାଉ଼ା ଛେରିଂ ଆସିଥିଲେ। ଅଭିଜିତ୍ ତ ତାଙ୍କୁ ଚିହ୍ନେ। ସେ ଅଭିଜିତ୍‌କୁ ସବୁ ବୁଝାଇ ଦେଲେ। ବର୍ତ୍ତମାନ ଷ୍ଟେସନ୍‌ର ନାମ ନ୍ୟୁ ଆଲିପୁର ଦୁଆର। ଷ୍ଟେସନ୍‌ରେ ଓହ୍ଲାଇ ତୁମେ ଟ୍ୟାକ୍ସି ନେଇ ଇଣ୍ଡିଆନ୍ ଟି ଆସୋସିଏସନ୍ ଗେଷ୍ଟ ହାଉସ୍ ଚାଲିଯିବ। ସେଠି ତୁମର ରିଜର୍ଭେସନ ଅଛି। ସେଠାରେ ତୁମ ସହିତ ସେଠାର ଆସୋସିଏସନର ସେକ୍ରେଟାରୀ, ମିଷ୍ଟର ବୋଷ ଦେଖା କରିବେ। ସେ ମଧ୍ୟ ଆଗ ପୁଲିସରେ ଥିଲେ। ମୋ ପାଖରେ କାମ କରିଛନ୍ତି। ସେ ତୁମ ଲାଗି ଜିପ୍ ବଦୋବସ୍ତ କରିଦେବେ। କାଲି ସକାଳେ ବ୍ରେକ୍‌ଫାଷ୍ଟ ଖାଇ ତୁମେ କଟୁବାଡ଼ି ମିଶିନ ଯିବ। ରାସ୍ତା ବଡ଼ ଖରାପ। ସେଠି କ’ଣ ମିଳିବ, ନ ମିଳିବ ମୁଁ କହିପାରୁ ନାହିଁ। ତୁମେ ମିଷ୍ଟର ବୋଷଙ୍କ ଉପଦେଶ ଅନୁଯାୟୀ କାମ କରିବ।

ଏହା ଭିତରେ ଦାଉ଼ାଲାଙ୍କର କାଳୀବାବୁଙ୍କ ସହିତ ପରିଚୟ ହେଲା। ଦାଉ଼ାଲା କହିଲେ, "ଆପଣ ଏହି ବାଁ ପଟ ଛାଡ଼ିବେ ନାହିଁ। ଆଜି ଆକାଶ ପରିଷ୍କାର ଓ ଫଗ୍

(କୁହୁଡ଼ି) ବିଶେଷ ନାହିଁ। ଏଣୁ କାଞ୍ଚନଜଂଘାର ଅଦ୍ଭୁତ ରୂପ ଦେଖିପାରିବେ। ପୃଥିବୀ ମଧ୍ୟରେ କାଞ୍ଚନଜଂଘା ପରି ସୁନ୍ଦର ପର୍ବତ ନାହିଁ। ପୃଥିବୀରେ ମଧ୍ୟ ଖୁବ୍ କମ୍ ଜାଗା ଅଛି, ଯେଉଁଠି ସମତଳ ଅଞ୍ଚଳରୁ ଏପରି ଉଚ୍ଚ ପର୍ବତର ଦୃଶ୍ୟ ଦେଖି ହୁଏ। ସାଧାରଣତଃ କୁହୁଡ଼ି ଓ ମେଘ ଲାଗି ଦେଖି ହୁଏ ନାହିଁ। କିନ୍ତୁ ଆଶା କରେ ଆଜି ଦେଖିବେ। ଆପଣଙ୍କର ଫେରିବାର ରିଜର୍ଭେସନ୍ ଆସନ୍ତା ଶୁକ୍ରବାର ଦିନ ତିସ୍ତା-ତୋରସା ଏକ୍ସପ୍ରେସ୍‌ରେ କରା ହୋଇଛି। ତାହା ସକାଳ ଏଗାରଟାରେ ଆଲିପୁର ଦୁଆରୁ ହିଁ ବାହାରେ। ସେଇଟା ସକାଳୁ ସିଆଲ୍‌ଦାରେ ପହଞ୍ଚିବ। ମୋ ସାଥୀରେ ଆଉ ଦେଖା ହେବ ନାହିଁ, କାରଣ ସେଦିନ ମୋର ଦାର୍ଜଲ୍‌ରେ କାମ ଅଛି।

ଗାଡ଼ି ନିଉ ଜଳପାଇଗୁଡ଼ି ଛାଡ଼ିବାର ପ୍ରାୟ ଅଧଘଣ୍ଟାକ ପରେ ଦାଞ୍ଜ୍‌ଲା ଯେପରି କହିଥିଲେ, କାଞ୍ଚନଜଂଘା ପର୍ବତ ଦେଖାଗଲା। ତାହା କେଡ଼େ ସୁନ୍ଦର ତାହା ବୁଝାଇବା ଲାଗି କାଳିଦାସ ବା ରବୀନ୍ଦ୍ରନାଥ ଦରକାର। ଅସ୍ତ୍ୟୁତ୍ତରସ୍ୟାଂ ଦିଶି ଦେବତାତ୍ମା ଆଦି। ଅଭିଜିତ୍ ଅନେକ ଥର ଦେଖିଛି। କିନ୍ତୁ କାଳୀବାବୁ ମୁଗ୍ଧ ହୋଇ ଚାହିଁ ଥାଆନ୍ତି। ଏହା ତ ସିମ୍‌ଲା ବା ମସୁରୀରୁ ପର୍ବତ ଦେଖିବା ନୁହେଁ; ସେଠି ଧାଡ଼ିଏ ପର୍ବତ କିଛି କିଛି ବରଫ ଘୋଡ଼ି ହୋଇ ଠିଆ ହୋଇଛନ୍ତି। କିନ୍ତୁ କାଞ୍ଚନଜଂଘା ସ୍ବତନ୍ତ୍ର। ଅନେକ ବାମନଙ୍କ ମଧ୍ୟରେ ମହାପୁରୁଷ। ଯେପରି ଘୋଷଣା କରୁଛି, "ମୋତେ ଦେଖ ଓ ସୃଷ୍ଟିର ବିରାଟତ୍ବ ଓ ସୌନ୍ଦର୍ଯ୍ୟକୁ ଅନୁଭବ କର। ପ୍ରଣାମ କର।"

ଯାହାହେଉ ଠିକ୍ ସମୟରେ ପହଞ୍ଚିଲେ। ଅତି ସୁନ୍ଦର ବନ୍ଦୋବସ୍ତ। ବ୍ରେକ୍‌ଫାଷ୍ଟ ଖାଇ ଅପେକ୍ଷା କରିଛନ୍ତି। ଏହି ସମୟରେ ମିଷ୍ଟର ବୋଷ ପହଞ୍ଚିଲେ। ଇଣ୍ଡିଆନ୍ ଟି ଆସୋସିଏସନ୍ ର' ଶିଳ୍ପର ଏକ ମୁଖପାତ୍ର। ର' ଶିଳ୍ପର ସମସ୍ୟା ସରକାର ସାଥିରେ ଆଲୋଚନା ଇତ୍ୟାଦି କରେ। ତାହା ଛଡ଼ା ର' ବଗିଚାମାନଙ୍କରେ କେତେକ ସାମୂହିକ ଆବଶ୍ୟକତା ପୂରଣ କରେ। ଯେପରି ଗେଷ୍ଟ ହାଉସ୍ ବା ପ୍ଲାଣ୍ଟରସ୍ କ୍ଲବ୍। ର' ବଗିଚାର ଶ୍ରମିକ ସମସ୍ୟା, ରେଲଡ଼ବା ଓ ଟ୍ରକ୍ ଯୋଗାଣ ସମସ୍ୟା ଆଦିରେ ସାହାଯ୍ୟ କରେ। ଏଣୁ ସରକାରର ସବୁ ବିଭାଗ ସହିତ ଟି ଆସୋସିଏସନର ସମ୍ପର୍କ ଥାଏ। ମି. ବୋଷ କହିଲେ ଯେ ଯଦିଚ ଏଠାରୁ କୁଟୁବାଡ଼ି ମାତ୍ର ପଇଁଚାଳିଶ କିଲୋମିଟର, କିନ୍ତୁ ରାସ୍ତା ଯାହା ଆପଣଙ୍କୁ ସାଢ଼େ ତିନିଘଣ୍ଟା ତ ନିଶ୍ଚୟ ଲାଗିବ।

କାଲି ସକାଳେ ଏଠାକୁ ଜିପ୍ ଆସିଯିବ । ଏଠି ସକାଳ ଟିକିଏ ଶୀଘ୍ର ହୁଏ । ଏଣୁ ଆପଣମାନେ ସାତଟା ସୁଦ୍ଧା ବାହାରି ପଡ଼ିବେ । ଇଚ୍ଛା କଲେ ସାଥିରେ ପ୍ୟାକ୍ ବ୍ରେକ୍ଫାଷ୍ଟ ନେଇଯିବେ । ଡ୍ରାଇଭରର ନାମ ନରବାହାଦୁର ତାମାଙ୍ଗ । ବାହାରିଲା ବେଳେ ଏଠାରୁ ଟାଙ୍କି ଭରି ନେବେ । ତାହାଲାଗି ମୁଁ ପରମିଟ୍ କରାଇ ଦେଇଛି । ସାଧାରଣ ରାସ୍ତାରେ ଗଲେ ଆପଣଙ୍କ ଦେହ ମୁଣ୍ଡ ସାତଦିନ ଦରଜ ହୋଇଯିବ । ଏଣୁ ସେ ରିଜର୍ଭ ଫରେଷ୍ଟ ଭିତରେ ଯିବ । ରାସ୍ତା ସାମାନ୍ୟ ଲମ୍ବା ହେଲେ ମଧ ଆରାମ । ଭାଗ୍ୟରେ ଥିଲେ ହାତୀ ଦେଖି ପାରନ୍ତି । ସମ୍ଭବ ହେଲେ ଆଜି ଫେରି ଆସିବେ ବା ରାତିରେ ଯଦି ରହନ୍ତି, ତେବେ ମିଶନ୍‌ରେ ହିଁ ରହିବାକୁ ପଡ଼ିବ । ରାତିରେ ଜଙ୍ଗଲ ବାଟେ ଫେରିବେ ନାହିଁ । କାରଣ ସେତେବେଳେ ଆପଣ ହାତୀପଲ ଆଗରେ ପଡ଼ିଯାଇ ପାରନ୍ତି । ହାତୀପଲ ଯଦିଚ ସାଧାରଣତଃ ନିରାପଦ, ତଥାପି କି ଦରକାର ।

ତେବେ ଆଜି ସନ୍ଧ୍ୟାବେଳେ କ'ଣ କରିବେ ? ଇଚ୍ଛା କଲେ ଗୋଟେ ସିନେମା ଦେଖିପାରନ୍ତି । କିନ୍ତୁ ମୁଁ ଜାଣିବାରେ କୌଣସି ଭଲ ବହି ନାହିଁ । ହଁ ଯଦି ଆଗରୁ ନ ଦେଖି ଥାଆନ୍ତି, ସତ୍ୟଜିତ୍ ରାୟଙ୍କର ଗଣଶତ୍ରୁ ମାନସୀରେ ଚାଲୁଛି । ନଚେତ୍ ଆପଣଙ୍କ ଗେଷ୍ଟ ହାଉସ୍‌କୁ ଲାଗି ପ୍ଲାଣ୍ଟର୍ସ୍ କ୍ଲବ୍ । କହିବେ ଯଦି ସନ୍ଧ୍ୟାଟା ସେଠି କାଟିବା । ସେଠି ସାଟାଲାଇଟ୍ ଟି.ଭି. ମଧ ଅଛି ।

କିନ୍ତୁ କାଳୀବାବୁ ସେହି ଭଦ୍ରଲୋକଙ୍କ ଉପରେ ବୋଝ ହେବାକୁ ଚାହିଁ କି ଥିଲେ । ତାହାଛଡ଼ା ସେ ମଧ ନିଜର ଉଦ୍ଦେଶ୍ୟ ବିଷୟରେ କଥା ହେବାକୁ ଚାହୁଁ ନଥିଲେ । ଏଣୁ କହିଲେ, "ଭଲ ହେଲା, ମୁଁ ଗଣଶତ୍ରୁ ଦେଖିନାହିଁ, ଯଦିଚ ତାହା ବିଷୟରେ ଢେର ଆଲୋଚନା ଶୁଣିଛି । ଆଜି ସେଇଠି ସନ୍ଧ୍ୟା ।"

ତାହାପରେ ମିଷ୍ଟର୍ ବସ୍ ଚାଲିଗାଲେ । ସନ୍ଧ୍ୟାବେଳେ ସିନେମା ଦେଖିବା ତ ଦୂରର କଥା, ବାହାରକୁ ଯିବାର ହିଁ କାଳୀବାବୁଙ୍କ ଇଚ୍ଛା ନ ଥିଲା । ସେ ସନ୍ଧ୍ୟାଟା ଗୋଟିଏ ବହି ସହିତ କଟାଇଲେ । ଅଭିଜିତ୍ ତାହାର ଜଣେ ବନ୍ଧୁଙ୍କ ସହିତ ଯାଇଥିଲା ।

ସକାଳେ କାଳୀବାବୁଙ୍କ ନିଦ ଭାଙ୍ଗିଗଲା । ଚାରିଆଡ଼ ଆଲୁଅ । କିନ୍ତୁ ଘଣ୍ଟା ଦେଖା ଯାଉଛି ପାଞ୍ଚ । ହଉ, ଏଠି ଶୀଘ୍ର ସକାଳ ହୁଏ । ସେହି ଭଲ । ଟାଇମ୍‌ରେ ପ୍ରସ୍ତୁତ ହୋଇଯିବା । ସମସ୍ତେ ସାଢ଼େ ଛଟା ବେଳକୁ ପ୍ରସ୍ତୁତ । ଏହି ସମୟରେ ନରବାହାଦୁର ତାମାଙ୍ଗ ତାହାର ଜିପ୍ ନେଇ ପହଞ୍ଚିଗଲା । ସାତଟା ଆଗରୁ ବାହାରି

ଗଲେ। ଅଳ୍ପ କିଛି ଗଲାପରେ ଚେକ୍ ଗେଟ୍। ସେଠି ପରମିଟ୍ ଦେଖାଇ ଭିତରକୁ ଗଲେ। ରାସ୍ତା ପିଚୁ ନୁହେଁ। କିନ୍ତୁ ସମତଳ। ଡ୍ରାଇଭର ଆସ୍ତେ କହିଲା, "ଜଙ୍ଗଲ ଭିତରକୁ ଦେଖୁ ଥାଆନ୍ତୁ। କେତେ ବୁଦା ଭିତରେ ହରିଣ ଶୋଇଛନ୍ତି। ହଠାତ୍ ସାମ୍ନାରେ ବିରାଟ ସମ୍ବର। ଏହି ଜଙ୍ଗଲ ମଧ୍ୟରେ ସେ କି ସୁନ୍ଦର ଦେଖାଯାଉଛି। ଏହିପରି ଚାଲିଛନ୍ତି। ପ୍ରାୟ ଦଶଟା ବେଳକୁ ଜଙ୍ଗଲରୁ ବାହାରି ଗଲେ। ବର୍ତ୍ତମାନ ରାସ୍ତା ଅତି ଖରାପ। ତେବେ ଅଧଘଣ୍ଟାକ ମଧ୍ୟରେ କଟୁବାଡ଼ି ମିଶନ କମ୍ପାଉଣ୍ଡରେ ପହଞ୍ଚି ଗଲେ।

ସେଠି ପହଞ୍ଚି ପ୍ରଥମେ ସେଠାର ପରିଚାଳକ, ଫାଦର ଗ୍ରିଗୋରୀଙ୍କ ସାଥୀରେ ଦେଖାକଲେ ଓ ତାହାଙ୍କୁ ନିଜର ଆବଶ୍ୟକତା ଜଣାଇଲେ। ଫାଦର ଗ୍ରିଗୋରୀ କହିଲେ ଯେ ଫାଦର ଜୋସେଫ୍ ଏଠି ଅଛନ୍ତି। କିନ୍ତୁ ଅର୍ଫାନେଜର କିଛି ଜିନିଷପତ୍ର କିଣିବାକୁ ନିକଟସ୍ଥ ବଜାରକୁ ମିଶନ ଜିପ୍ ନେଇ ଯାଇଛନ୍ତି। ଫେରୁ ଫେରୁ ପ୍ରାୟ ଲଞ୍ଚ ଟାଇମ୍ ହେବ। ଆମର ଏଠି ଦୁଇଟି ଗେଷ୍ଟ ରୁମ୍ ଅଛି। ଆପଣ ସେଇଠି ଏଇଲେ ବିଶ୍ରାମ କରନ୍ତୁ। ଫାଦର ଆସିଲେ ସେ ନିଜେ ଆପଣଙ୍କ ପାଖକୁ ଯିବେ। ଯଦି ଫାଦର ଜୋସେଫ୍ ଓ ମୁଁ ଏକାଠି ଖାଇବା କଥା, ଅଧିକାଂଶ ଦିନ ସେ ଲଞ୍ଚ ଅନାଥାଶ୍ରମ ପିଲାମାନଙ୍କ ସହିତ ଖାଆନ୍ତି। ରାତିରେ ଅବଶ୍ୟ ଏକାଠି ଖାଉ।

କାଳୀବାବୁ କହିଲେ, "ଆମେ ଦୁଇଜଣ ଅଛୁ। ସାଥୀରେ ଡ୍ରାଇଭର ମଧ୍ୟ। ଏଣୁ ଆମେ ବଜାର ଯାଇ ଖାଇ ଆସିବୁ।"

ଫାଦର ଗ୍ରେଗୋରୀ କହିଲେ, "ସେ ଆଶା ଛାଡ଼ନ୍ତୁ। ତେବେ ଏଠୁ ପାଞ୍ଚ କିଲୋମିଟର ଗଲେ ଭୁଟାନ ରାସ୍ତା ମିଳିବ। ସେଠି ଢାବା ପାଇବେ।"

କାଳୀବାବୁ କହିଲେ, ତାହାହେଲେ ଆମେ ଯାଇ ଖାଇ ଦେଇ ଆସୁଛୁ। ଆସି ଫାଦର ଜୋସେଫ୍ଙ୍କୁ ଆପଣଙ୍କ ଗେଷ୍ଟ ହାଉସ୍ରେ ଅପେକ୍ଷା କରିଥିବୁ। ନରବାହାଦୂରକୁ ଖାଇବା କଥା କହିଲାକ୍ଷଣି ସେ ମଧ୍ୟ ସେହି ଢାବା କଥା କହିଲା। ସାଢ଼େ ଛଅଟା ଆଗରୁ ଖାଇଥିବା ବ୍ରେକ୍ ଫାଷ୍ଟ ତ କୁଆଡ଼େ ଉଭେଇ ଗଲାଣି। ସେହି ଢାବାକୁ ଯାଇ ବେଶ୍ ରୁଟି ଚିକେନ ଖାଇ ଫେରି ଆସି ସେହି ଗେଷ୍ଟ ରୁମ୍ରେ ବସି ଥାଆନ୍ତି। ସତ କଥା, ଭୁରି ଭୋଜନ ଲାଗି ଭୁଲୋଉଥାନ୍ତି। ପ୍ରାୟ ସାଢ଼େ ବାରଟା ବେଳକୁ ଫାଦର ଜୋସେଫ୍ ହାଟରୁ ଫେରିଲେ। ପ୍ରକୃତରେ ସେ ସାପ୍ତାହିକ ହାଟକୁ ପିଲାଙ୍କ ଲାଗି ପରିବାପତ୍ର ଇତ୍ୟାଦି କିଣିବାକୁ ଯାଇଥିଲେ। ଆସିବା ପରେ

ଫାଦର ଗ୍ରେଗୋରୀ ଖାଇବା ସମୟରେ ତାଙ୍କୁ ଦୁଇଜଣ ଲୋକ ଅପେକ୍ଷା କରିଥିବାର କହିଲେ। ଏଣୁ ସେ ନିଜେ ଆସି ଗେଷ୍ଟ ରୁମ୍‌ରେ ପହଞ୍ଚିଲେ।

"ମୁଁ ଜୋସେଫ୍ ଇଗ୍‌ନାଟିୟସ୍। ଶୁଣିଲି ଅପଣମାନେ ମୋତେ ଖୋଜି ଖୋଜି କଲିକତାରୁ ଆସିଛନ୍ତି। ମୁଁ ଆପଣଙ୍କର କ'ଣ ସେବା କରିପାରେ ?"

କାଳୀବାବୁ କହିଲେ, "ଦେଖିବାକୁ ଗଲେ ଆମେ ଆପଣଙ୍କ ସେବାରେ ଏଠିକି ଆସିନୁ। ବସନ୍ତୁ। କାହାଣୀଟା ଟିକିଏ ଦୀର୍ଘ ଓ ହୁଏତ ଅବିଶ୍ୱାସ୍ୟ। କିନ୍ତୁ ମୁଁ ଶପଥ କରି କହିପାରେ ଯେ ଏହା ସମ୍ପୂର୍ଣ୍ଣ ସତ୍ୟ। ମୁଁ କେବଳ ଆପଣଙ୍କୁ ମୋର ବକ୍ତବ୍ୟ ଶାନ୍ତ ମନରେ ଧୈର୍ଯ୍ୟର ସହିତ ଶୁଣିବାକୁ ଅନୁରୋଧ କରୁଛି। ଏହା ଆପଣଙ୍କର ଜନ୍ମ ସହିତ ଆପଣଙ୍କର ପିତାମାତା ପରିଚୟ ସହ ସମ୍ପୃକ୍ତ। ଆପଣ ତ ଅବଶ୍ୟ ତାହା ଜାଣି ନାହାନ୍ତି ଓ ଚର୍ଚ୍ଚରେ କେହି ମଧ୍ୟ ଜାଣି ନାହାନ୍ତି। ସମସ୍ତ ଘଟଣାଟାକୁ ଅତି ସଂକ୍ଷେପରେ କହୁଛି।

ଆପଣଙ୍କର ପିତା ଆପଣଙ୍କ ମାତାଙ୍କୁ ବିବାହ କରିବା ଆଗରୁ ଗୋଟିଏ ଦୁର୍ଘଟଣାର ପ୍ରାଣ ହରାଇଲେ। ସେତେବେଳେ ଆପଣଙ୍କ ମାତା ଅନ୍ତଃସତ୍ତ୍ୱା। ସମାଜରେ ଏହାର ସ୍ୱୀକୃତି ତ ନାହିଁ। ପୁଣି ଆପଣଙ୍କ ମାତା ସେ ସମୟରେ ନିଜର ପ୍ରିୟଙ୍କୁ ହରାଇଥିବା ଲାଗି ଶୋକାକୁଳା ଓ ବଞ୍ଚିରହିବାକୁ ଅନିଚ୍ଛୁକ। କିନ୍ତୁ ତାଙ୍କର ବିବେକ, ତାହାଙ୍କୁ ଆମ୍ଘତ୍ୟା କରିବାକୁ ଦେଲା ନାହିଁ। କାରଣ ତାହାଦ୍ୱାରା ସେହି ନିର୍ଦୋଷ ଗର୍ଭସ୍ଥ ପ୍ରାଣର ହତ୍ୟା ହୋଇଥାଆନ୍ତା। ଏଣୁ ତାଙ୍କ ଅଫିସରେ ଆଗରୁ କାମ କରୁଥିବା ଏକ ସନ୍ତାନହୀନ ଖ୍ରୀଷ୍ଟାନ ଦମ୍ପତିଙ୍କୁ ସହାୟତା ମାଗିଲେ।

ତାଙ୍କର ଘରେ ପ୍ରସବ କରି ସେଠାରେ ଛାଡ଼ି ଚାଲି ଆସିଲେ। ଆସିଲାବେଳକୁ କିଛି ଟଙ୍କା ପଇସା ଦେଇ ଆସିଥିଲେ ଏବଂ କହି ଆସିଥିଲେ ଯେ ସେହି ଶିଶୁକୁ ସେମାନେ ଏକ କ୍ୟାଥଲିକ୍ ଅନାଥାଶ୍ରମରେ ଦେଇ ଆସିବେ। ସେଠୁ ଆପଣଙ୍କ ମାତା ଦୂରକୁ ଯାଇ ଆମ୍ଘତ୍ୟା କରିବାର ଉଦ୍ଦେଶ୍ୟରେ ବାହାରିଥିଲେ। କିନ୍ତୁ ଏକ ସଡ଼କ ଦୁର୍ଘଟଣାର ସମ୍ମୁଖୀନ ହେଲେ। ସେଥିରେ ତାଙ୍କର କିଛି ହୋଇ ନଥିଲା। କିନ୍ତୁ ଆଉ ଜଣେ ଗୁରୁତର ଭାବେ ଆହତ ସହଯାତ୍ରୀଙ୍କୁ ନେଇ ଡାକ୍ତରଖାନା ଗଲେ। ସେହି ଆହତ ସହଯାତ୍ରୀର ପକେଟ୍‌ରେ ଥିବା କାଗଜରୁ ଠିକଣା ବାହାର କରି ତାଙ୍କର ଘରକୁ ଟେଲିଗ୍ରାମ କଲେ। ତାଙ୍କର ଉଦ୍ଦେଶ୍ୟ ଥିଲା, ଘରୁ କେହି ଆସିଗଲେ ସେ ନିଜ ପଥରେ ବାହାରିଯିବେ। କିନ୍ତୁ ସେହି ଆହତ ଭଦ୍ରଲୋକ

ଚେତା ପାଇଲା ପରେ ଆପଣଙ୍କ ମା'ଙ୍କୁ ରହିବାକୁ ଅନୁରୋଧ କଲେ କାରଣ ସେ ଆପଣଙ୍କ ମା'ଙ୍କୁ ଜୀବନଦାତ୍ରୀ ମନେ କରୁଥିଲେ। ଏହି ଭଦ୍ରଲୋକ ଏକ ବଡ଼ ବ୍ୟବସାୟୀ ଓ ଭଲ ହେଲାପରେ ଆପଣଙ୍କ ମା'ଙ୍କୁ ତାଙ୍କ କମ୍ପାନୀରେ ଚାକିରୀ କରିବାକୁ କହିଲେ। ଆପଣଙ୍କର ମା ଆପଣଙ୍କ ଜୀବନର ସୁରକ୍ଷାର ବନ୍ଦୋବସ୍ତ କରି ସାରି ନିଜ ଜୀବନକୁ ଶେଷ କରିବାକୁ ବାହାରିଥିଲାବେଲେ ତାଙ୍କ ଉପରେ ଆଉ ଗୋଟିଏ ଜୀବନ ରକ୍ଷା କରିବାର ଦାୟିତ୍ୱ ଆସିଗଲା। ଏଣୁ ତାଙ୍କର ଉଦ୍ଦେଶ୍ୟ ସିଦ୍ଧ ହେଲା ନାହିଁ।

ଏହି ଚାକିରୀ ସମୟରେ ଆପଣଙ୍କର ମା'ଙ୍କର ବ୍ୟବସାୟରେ ଅତି ତୀକ୍ଷ୍ମ ବୃଦ୍ଧି ଓ କାର୍ଯ୍ୟକାରିତା ଦେଖାଗଲା ଓ ତାଙ୍କର ଭାଗ୍ୟ ପରିବର୍ତିତ ହେଲା। ବର୍ତ୍ତମାନ ସେ ଜଣେ ଧନୀ ବ୍ୟବସାୟୀ। କିନ୍ତୁ ବୟସ ହେଲାଣି ଓ ଦେହ ମଧ୍ୟ ଭଲ ରହୁନାହିଁ। ଏଣୁ ସେ ଉଇଲ କରିଦେବାକୁ ଚାହାନ୍ତି ଓ ଆପଣଙ୍କୁ ତାହାର ଅର୍ଦ୍ଧେକରୁ ବେଶୀ ଅଂଶ ଦେବାକୁ ଚାହାନ୍ତି। ତାଙ୍କର ସମ୍ପତ୍ତିର ଅନ୍ୟ ଅଂଶ ପ୍ରଧାନତଃ ସ୍ତ୍ରୀ ଶିକ୍ଷା ଲାଗି ବ୍ୟୟ ହେବ। ଆପଣଙ୍କ ନିଜର ଅଂଶ କୋଡ଼ିଏ ଲକ୍ଷରୁ ବେଶୀ ହୋଇପାରେ। ଏଣୁ ଆପଣଙ୍କର ମାଙ୍କର ଆଦେଶରେ ଆମେ ଆପଣଙ୍କୁ ଖୋଜିବା ଆରମ୍ଭ କଲୁ। ମୁଁ ଆପଣଙ୍କର ମା'ଙ୍କର ଓକିଲ ଓ ଏହି ଭଦ୍ରଲୋକ ଜଣେ ପ୍ରାଇଭେଟ୍ ଡିଟେକ୍ଟିଭ୍। ଯେ ସେହି ବୃଦ୍ଧ ଦମ୍ପତିଙ୍କଠାରୁ ଆପଣଙ୍କୁ ଏତାୟାକେ ଖୋଜି ଖୋଜି ଆସିଛନ୍ତି।

ମୋର ବକ୍ତବ୍ୟ ରୂପକଥା ପରି ଲାଗିପାରେ। କିନ୍ତୁ ମୁଁ ଈଶ୍ବରଙ୍କ ନାମରେ ଶପଥ କରି କହୁଛି ଯେ ଏହା ସମ୍ପୂର୍ଣ୍ଣ ସତ୍ୟ। ଏତିକି କହି କାଳୀବାବୁ ଚୁପ୍ ହେଲେ।

ଫାଦର ଜୋସେଫ୍ ତତ୍କ୍ଷଣାତ୍ କ୍ରସ୍ କଲେ ଓ କହିଲେ– "ହେ ମା ମେରୀ, କରୁଣାମୟୀ। ପାପୀ ତାପୀଙ୍କୁ କରୁଣା କର। ମୋର ଜନ୍ମଦାତ୍ରୀଙ୍କୁ କରୁଣା କର।"

ତାହାପରେ କହିଲେ, "ମିଷ୍ଟର୍ ପଟ୍ଟନାୟକ, ମୁଁ କ୍ୟାଥଲିକ୍ ଚର୍ଚ୍ଚର ଜଣେ ଯାଜକ ହିସାବରେ ତିନୋଟି ଶପଥ ନେଇଛି। Obediece, Chastity and Poverty. ଏଣୁ ମୋ ପକ୍ଷରେ ସମ୍ପତ୍ତିର ଉତ୍ତରାଧିକାରୀ ହେବା ତ ସମ୍ଭବ ନୁହେଁ। ତେବେ ମା'ଙ୍କୁ କହିବେ ଯେ ମୋର ଇଚ୍ଛା ମୋ ଭଳି ହତଭାଗ୍ୟ ଶିଶୁଙ୍କର ମଙ୍ଗଳ ଲାଗି ଏହିପରି ଏକ ଆଶ୍ରମ ପ୍ରତିଷ୍ଠା କରାଯାଉ। ସେ ତ ଖ୍ରୀଷ୍ଟାନ୍ ନୁହନ୍ତି। ଏଣୁ ମୁଁ ତାଙ୍କୁ କୌଣସି ଆମର ଅନାଥାଲୟକୁ ଏଣ୍ଡାଓ (Endow) କରିବାକୁ କହୁନାହିଁ। ସେ ଓ ଆପଣ ମିଶି ତାହାର ଏକ ଉପଯୁକ୍ତ ବ୍ୟବସ୍ଥା କରିବେ। ତେବେ ମୋର

ଅନୁରୋଧ ଆଜି ରାତିଟା ଏଠି ରହିଯାଆନ୍ତୁ ଓ ମୋର ଓ ଫାଦର ଗ୍ରିଗୋରୀଙ୍କ ସାଥୀସରେ ରାତି ଭୋଜନ କରନ୍ତୁ। ସନ୍ଧ୍ୟାବେଳେ ମୁଁ ଆପଣଙ୍କୁ ଅନାଥାଳୟର ଚାପେଲକୁ (Chapel) ନେଇଯିବି। ସେହିଠାରେ ପିଲାମାନଙ୍କ ସହ ମୋର ଜନ୍ମଦାତ୍ରୀଙ୍କର ଶାନ୍ତି ଓ ମଙ୍ଗଳ ଲାଗି ପ୍ରାର୍ଥନା କରିବା। ମାଆଙ୍କୁ କହିଦେବେ ଯେ ତାଙ୍କର ନାତି ନାତୁଣୀ ଅନେକ।"

କାଳୀବାବୁ କହିଲେ, "ଫାଦର, ଆପଣଙ୍କର ଜନ୍ମଦାତ୍ରୀଙ୍କର ଗୋଟିଏ ଅନୁରୋଧ ଅଛି। ଜୀବନରେ ଥରେ ମାତ୍ର ଆପଣଙ୍କୁ ଦେଖିବାକୁ ଚାହାନ୍ତି।"

ଫାଦର ଜୋସେଫ୍ କହିଲେ, "ମିଷ୍ଟର ପଟ୍ଟନାୟକ। ଆପଣଙ୍କର ତ ସାଂସାରିକ ଅଭିଜ୍ଞତା ଅନେକ। ଏଣୁ ଆପଣ ମୋଠାରୁ ଏ ବାବଦରେ ଢେର ବେଶୀ ଜାଣନ୍ତି। କିନ୍ତୁ ମା'ଙ୍କ ଅନୁରୋଧ ପାଳନ କଲେ ଅଯଥା ବହୁ ସମସ୍ୟାର ଉତ୍ପତ୍ତି ହେବ ନାହିଁ କି ? ମୋର ଓ ମାଆଙ୍କର ସମ୍ପର୍କଟା ଅନେକଟା ମହାଭାରତର କର୍ଣ୍ଣ ଓ କୁନ୍ତୀଙ୍କ ପରି ନୁହେଁ କି ? ଅବଶ୍ୟ ଏଥିରେ ଅନ୍ୟ ପାଣ୍ଡବ ନାହାନ୍ତି ? କୁନ୍ତୀଙ୍କର ଶିଶୁ କର୍ଣ୍ଣଙ୍କୁ ତ୍ୟାଗ କରିବା ଛଡ଼ା ଉପାୟ କ'ଣ ଥିଲା ? କେବଳ ନିଜର ସାମାଜିକ ସ୍ଥିତି ଲାଗି ନୁହେଁ। ସେ ଶିଶୁକୁ ସମାଜ ମଧ୍ୟ ଗ୍ରହଣ କରିନଥାନ୍ତା। କାରଣ ତାହାର ପିତୃତ୍ୱ ଅଜ୍ଞାତ। ବରଂ ମୋ ମା, କୁନ୍ତୀଙ୍କଠାରୁ ତାଙ୍କର ସେହି ଦୁର୍ଭାଗା ସନ୍ତାନର ନିରାପତ୍ତା ଲାଗି ଢେର ବେଶି ବ୍ୟବସ୍ଥା କରିଥିଲେ। ଏଣୁ ମୁଁ ମୋର ମାଆଙ୍କୁ ମୋଟେ ଦୋଷ ଦେଉନାହିଁ।

ତଥାପି ମହାଭାରତରେ ଯେଉଁ କାରଣରୁ କର୍ଣ୍ଣ କୌନ୍ତେୟ ନ ହୋଇ ରାଧେୟ ରହିବାକୁ ଉଚିତ୍ ମନେ କରିଛନ୍ତି, ମୋର ଠିକ୍ ସେହି ଅବସ୍ଥା ନୁହେଁ କି ? ମୋତେ ପାଳନ କରିଛି ଚର୍ଚ୍ଚ। ଏଣୁ ମୁଁ ଚର୍ଚ୍ଚର ହିଁ ସନ୍ତାନ। ଚର୍ଚ୍ଚ ମୋର ମାତା ପିତା। ଯଦି ବର୍ତ୍ତମାନ ଆମେ ପରସ୍ପରକୁ ଦେଖୁ, ତାହେଲେ ଆମେ ମାନସିକ ସନ୍ତୁଳନ ହରାଇପାରୁ। ଦେଖିଲେ କ'ଣ ହେବ। କେବଳ ପରସ୍ପରକୁ କଷ୍ଟ ଦେବୁ। ଶାନ୍ତି ତ ଦେଇ ପାରିବୁ ନାହିଁ। ଏଣୁ ମୋର ଅନୁରୋଧ ଆପଣ ମା'ଙ୍କୁ ବୁଝାଇ ଦେବେ। ତାହାଛଡ଼ା ମା'ଙ୍କୁ ଏ ପର୍ଯ୍ୟନ୍ତ ତାଙ୍କର ସାମାଜିକ ପ୍ରତିଷ୍ଠା ଜଗିବାକୁ ହେବ।

କାଳୀବାବୁ କହିଲେ, "ଫାଦର ଆପଣ ବର୍ତ୍ତମାନ ବୟସରେ କମ୍। ଏଣୁ ହୃଦୟ ନାମକ ଗୋଲମାଲିଆ ଜିନିଷଟାକୁ ଚିହ୍ନି ନାହାନ୍ତି। ଯାହା କହିଲେ, ସବୁ ଶତକଡ଼ା ଶହେ ଠିକ୍। ଆପଣ କଥା କହୁଥିଲାବେଳେ ମୋତେ କେବଳ ମନେ

ହେଉଥିଲା, ଏହି ବ୍ୟକ୍ତି ନିଶ୍ଚୟ ମୋର କ୍ଲାଏଣ୍ଟ ମୀରାଦେବୀଙ୍କ ପୁଅ। ହଁ ତାଙ୍କ ନାମ ମୀରା। ସେହିପରି କଥା କହିବାର, ସେହିପରି ଭାବିବାର ଢଙ୍ଗ। ତେବେ ମୋର ଅନୁରୋଧ, ତାଙ୍କ ଲାଗି କିଛି ଗୋଟିଏ ପଠାନ୍ତୁ। ଠିକଣା ଜାଣି ସାରିଲା, ପରେ ମଧ ଆମେ ତାଙ୍କୁ ଆପଣଙ୍କ କଥା କହିନାହୁଁ। କାରଣ ସେ ହୁଏତ ସନ୍ତୁଳନ ହରାଇ ବାୟାଣୀ ପରି ଏଠିକି ପଳାଇ ଆସିଥାଆନ୍ତେ। ଏଣୁ ମୁଁ ଆଗ ଆସିଛି, ସମସ୍ତ ଆଲୋଚନା କରି ଭବିଷ୍ୟତର କାର୍ଯ୍ୟପନ୍ଥା ସ୍ଥିର କରିବାକୁ।"

ଫାଦର ଜୋସେଫ୍ କିଛି ସମୟ ଚୁପ୍ ରହିଲେ। ତାହାପରେ କହିଲେ– "ଆପଣଙ୍କୁ ମୁଁ ଉତ୍ତର ସନ୍ଧ୍ୟାବେଳେ ଦେବି।"

ରାତିର ରହିବା ସ୍ଥିର ହେଲାରୁ ବର୍ତ୍ତମାନ ସମସ୍ୟା ହେଲା ଡ୍ରାଇଭର୍ କେଉଁଠି ରହିବ। କିନ୍ତୁ ତାହାର ଅପ୍ରତ୍ୟାଶିତ ସମାଧାନ ହୋଇଗଲା। ନରବାହାଦୁର ପଚାରିଲା, ଯେ କେତେବେଲେ ବାହାରିବା। ଆଜି ଡେରି ହେଲାଣି। ଜଙ୍ଗଲ ସନ୍ଧ୍ୟା ଆଗରୁ ପାର ହୋଇପାରିବା ନାହିଁ ଓ ରାତିରେ ଯିବା, ବିଶେଷ କରି ଜିପ୍‌ରେ ନିରାପଦ ନୁହେଁ। କିନ୍ତୁ କାଲି ଛଅଟା ବେଲେ ବାହାରିଲେ ଖୁବ୍ ଭଲ ହେବ। ଆପଣମାନେ ମିଶନ୍‌ରେ ରହି ଯାଆନ୍ତୁ। ଏହି ପାଖରେ ତିନି କିଲୋମିଟର ଦୂରେ ମୋର ଜଣେ ବନ୍ଧୁ ରହେ। ମୁଁ ତାକୁ ଦେଖା କରି ଆସିବି। ମୁଁ ରାତିରେ ସେଠି ରହିଯିବି ଓ ସକାଲ ସାଢେ ପାଞ୍ଚରେ ନିଶ୍ଚୟ ଆସିଯିବି।

ଏହା ଭିତରେ ଗେଷ୍ଟ ରୁମ୍ ବେହେରା ଏମାନଙ୍କର ରହଣି କଥା ଜାଣି ସାରିଲାଣି। ସେ ସ୍ଟୋର୍‌ରୁ ବିଛଣା ଚାଦର, କମ୍ବଲ, ମଶାରୀ ଆଦି ନେଇ ଆସିଲା।

ସନ୍ଧ୍ୟା ଆଗରୁ ଫାଦର ଜୋସେଫ୍ ଆସିଲେ। କାଳୀବାବୁ ଓ ଅଭିଜିତ୍‌ଙ୍କୁ ନେଇ ଚାରିଆଡ଼ ଦେଖାଇଲେ। ଏଠି ସନ୍ଧ୍ୟା ତ ପାଞ୍ଚଟା ଆଗରୁ ହିଁ ହୋଇଯାଏ। ସନ୍ଧ୍ୟା ବୁଡ଼ି ଆସିବାର ଆଗରୁ ଅନାଥାଲୟକୁ ଗଲେ। ବର୍ତ୍ତମାନ ଏଠି ପ୍ରାୟ ପଚାଶ ପିଲା ଅଛନ୍ତି। ପିଲାଙ୍କୁ ଦେଖିବାକୁ ଦୁଇଜଣ ଆୟା, ଜଣେ ପିଅନ ଓ ଦୁଇଜଣ ରାନ୍ଧୁଣିଆ ଅଛନ୍ତି। ଦୁଇଜଣ ସଫାସଫି କରିବାକୁ ମଧ ଅଛନ୍ତି। କିନ୍ତୁ ସେମାନେ ଅନ୍ୟ କାମ ମଧ କରନ୍ତି। ଅଧିକାଂଶ କାମ ପିଲାମାନେ ନିଜେ କରନ୍ତି। କେବଲ ବଡ଼ ବଡ଼ ଡେକ୍‌ଚି ମାଜିବା ଇତ୍ୟାଦି ଏହି କର୍ମଚାରୀମାନେ କରନ୍ତି।

ଚାପେଲ୍ ଗୋଟିଏ କ୍ଷୁଦ୍ର ଗାର୍ଜା ପରି। କାନ୍ଥୁରେ ଯୀଶୁଙ୍କୁ କୋଳରେ ଧରି ମା

ମେରୀଙ୍କ ବିରାଟ ଚିତ୍ର । ଅନ୍ୟପଟେ କାଠରେ ଖୋଦାଇ ହୋଇଥିବା କୃଶବିଦ୍ଧ ଯୀଶୁଙ୍କ ମୂର୍ତ୍ତି ।

ସେଠି ସନ୍ଧ୍ୟାବେଳେ ଅନାଥାଶ୍ରମର ସବୁ ପିଲାମାନେ, ଫାଦର ଜୋସେଫ୍ ଓ ଫାଦର ଗ୍ରେଗୋରୀ ଉପସ୍ଥିତ ଥିଲେ । ଏଠି ପ୍ରାର୍ଥନା ସବୁ ବଙ୍ଗଲା ଭାଷାରେ ହୁଏ । କେବଳ କେତେକ ବିଶେଷ ମନ୍ତ୍ର ଲାଟିନ ଭାଷାରେ ପଢ଼ା ଯାଏ । ପ୍ରଥମେ ସମବେତ କଣ୍ଠରେ ପିଲାମାନେ ଧନ୍ୟ ମେରୀ କରୁଣାମୟୀ ବୋଲି ଗୋଟିଏ କକ ଗାଇଲେ । ତାହାପରେ ଚାରିଜଣ ପିଲା ଗୋଟିଏ ରବୀନ୍ଦ୍ର ସଂଗୀତ ଗାଇଲେ । "ଜୀବନ ଯଖନ ଶୁଖାୟେ ଯାୟ, କରୁଣାଧାରାୟ ଏସୋ" । କାଳୀବାବୁ ଭାବୁ ଥାଆନ୍ତି ଆମର ସମସ୍ତଙ୍କର ତ ସେହି କରୁଣା ଧାରା ଆବଶ୍ୟକ । ତାହାପରେ ଲାଟିନ୍ ମନ୍ତ୍ର ପୁଣି ବଙ୍ଗଳାରେ ପ୍ରାର୍ଥନା । ଫାଦର ଗ୍ରେଗୋରୀ ଏ ମନ୍ତ୍ର ଆଦି ପଢୁଥିଲେ । ବର୍ତ୍ତମାନ ଫାଦର ଜୋସେଫ୍ କହିବା ଆରମ୍ଭ କଲେ, "ହେ ମା ମେରୀ, ତୁମେ ମାନବ ଜନ୍ମର ପୀଡ଼ା ସବୁଠାରୁ ବେଶୀ ବୁଝ କାରଣ ତୁମର ଦେହଜାତ ତ୍ରାଣକର୍ତ୍ତା ଯୀଶୁ ମାନବର ଉଦ୍ଧାରଲାଗି ନିଜକୁ ଉତ୍ସର୍ଗ କରିଛନ୍ତି ଏବଂ ତାଙ୍କର ପ୍ରାଣ ଦେଇ ଆମର ମୁକ୍ତିର ପଥ ଗଢ଼ିଛନ୍ତି । ଆଜି ଏପରି ଜଣେ ମହିଳାଙ୍କର ଶାନ୍ତି ଓ କଲ୍ୟାଣ ଲାଗି ତୁମ ପାଖରେ ପ୍ରାର୍ଥନା କରୁଛୁ, ଯାହାଙ୍କ ଜୀବନ ତିଳେ ତିଳେ କଷ୍ଟମୟ ଅଶ୍ରୁସିକ୍ତ । ଅଥଚ ନିଜର ପୀଡ଼ା ପ୍ରକାଶ କରିବାକୁ ମଧ ସେ ଉପାୟହୀନା ହେ ମା ମେରୀ, କରୁଣାମୟୀ, ତାଙ୍କର ପୀଡ଼ାର ଉପଶମ ହେଉ । ସେ ଶାନ୍ତି ପାଆନ୍ତୁ । ଆମେନ୍ ।"

ସମବେତ କଣ୍ଠରେ ଘୋଷିତ ହେଲା ଆମେନ୍ । କାଳୀବାବୁ ଲକ୍ଷ୍ୟ କଲେ ଫାଦର ଜୋସେଫ୍ଙ୍କ ଚକ୍ଷୁ ଅଶ୍ରୁସିକ୍ତ । ଆମେନ୍ କହିଲା ବେଳେ ସ୍ୱର ଭିତରେ ଏକ କାନ୍ଦଣା ସ୍ୱର ଶୁଣା ଯାଉଥିଲା ।

ଫାଦର ଗ୍ରେଗୋରୀଙ୍କର ଅନ୍ୟ କାମ ଥିଲା । ଏଣୁ ସେ ଚାଲିଗଲେ । ଫାଦର ଜୋସେଫ୍ଙ୍କ କାଳୀବାବୁ ଓ ଅଭିଜିତ୍ଙ୍କ ସାଥୀରେ ଗେଷ୍ଟ ରୁମକୁ ଆସିଲେ । ସେ କହିଲେ, "ମିଷ୍ଟର୍ ପଟ୍ଟନାୟକ, ମୁଁ ପ୍ରତିଦିନ ମୋ ମା'ଙ୍କ ଲାଗି ପ୍ରାର୍ଥନା କରିବି । ମା'ଙ୍କ ଦୁଃଖ ମୁଁ କେତେକଟା ବୁଝ ପାରୁଛି । କାରଣ ମୁଁ ବି ସେହିପରି ହତଭାଗିନୀଙ୍କ ସାଥୀରେ କଥା ହୋଇଛି, ଯେଉଁମାନେ କାନ୍ଦି କାନ୍ଦି ଛାତିରେ ପଥର ରଖ୍, ମୋ ହାତରେ ତାଙ୍କର ଗର୍ଭଜାତ ଶିଶୁଟିକୁ ସମର୍ପଣ କରି ଚାଲି ଯାଇଛନ୍ତି । ତଥାପି

ମୋର ମତ ଯେ ଆଉ ମୋର ଓ ମୋ ମା'ଙ୍କର ଦେଖା ନ ହେବା ଭଲ। ଏଣୁ ଆପଣ ମା'ଙ୍କୁ ସବୁ କଥା ବୁଝାଇ କହିବେ। କହିବେ ଯେ ସାଂସାରିକ ଭାବେ ଆମର ସମ୍ପର୍କ ନାହିଁ ସର୍ଥ, କିନ୍ତୁ ଏକ ସମ୍ପର୍କ ତ ନିଶ୍ଚୟ ଅଛି।

ତେବେ ଏହା ନିଶ୍ଚିତ ଯେ ମା, ମୋ ଲାଗି ଈଶ୍ୱରଙ୍କଠାରେ ପ୍ରାର୍ଥନା କରି ଆସୁଛନ୍ତି। ବର୍ତ୍ତମାନ ମୁଁ ମଧ୍ୟ ମା'ଙ୍କ ଲାଗି ପ୍ରାର୍ଥନା କରୁଥିବି। ଆପଣଙ୍କୁ ଅନୁରୋଧ, ଯେତେବେଳେ ମା ଦେହତ୍ୟାଗ କରିବେ, ଟେଲିଗ୍ରାମ୍ ଦ୍ୱାରା ଏହି ମିଶନ୍‌ଙ୍କୁ ଜଣାଇ ଦେବେ। ମୁଁ ନଥିଲେ ମଧ୍ୟ ଖବର ମିଳିଯିବ। ଏଠି ମା'ଙ୍କର ଆମ୍ଭର ଶାନ୍ତି ଲାଗି ରେକ୍ୱିମ୍ (Requim) ପ୍ରାର୍ଥନା ହେବ।

ଏହାପରେ ଫାଦର ଜୋସେଫ୍ ଗୋଟିଏ ଡବା ଦେଲେ, ଯାହାକି ଖୁବ୍ ଭଲ ଭାବରେ ପ୍ୟାକ୍ ହୋଇଥିଲା। କହିଲେ ଯେ, ଏହି ପାର୍ସଲଟିକୁ ମୋର ମା'ଙ୍କୁ ଦେଇଦେବେ।

ଏହାପରେ ସେମାନେ ଫାଦରମାନେ ରହୁଥିବା ବଙ୍ଗଳାକୁ ବାହାରିଲେ। ସେଠି ଚାରିଜଣ ରହିବାର ସ୍ଥାନ ଅଛି, ଯଦିଚ ବର୍ତ୍ତମାନ ସେଠି ମାତ୍ର ଦୁଇଜଣ, ଫାଦର ଗ୍ରେଗୋରୀ ଓ ଫାଦର ଜୋସେଫ୍। ଫାଦର ଗ୍ରେଗୋରୀ କେରଳର। ଏଣୁ ତାଙ୍କ ବାବୁର୍ଚ୍ଚି ସେଠାର ରନ୍ଧା ଜାଣି ଯାଇଛି। ରାତିର ଖାଇବାରେ ଚିକେନ୍ ସ୍ଟୁ। ଅଭିଆଲ ଓ ଆସ୍ଖମ୍ ନାମକ ଏକ ପ୍ରକାର ଦୋସା। ହୋଟେଲର ମସଲା ସମୁଦ୍ର ତୁଳନାରେ ଏହା ଅତି ରୋଚକ। ଫାଦର ଗ୍ରେଗୋରୀ କହିଲେ, "କାଲି ଆପଣମାନେ ସକାଳୁ ମେଟିନ୍ ପ୍ରାର୍ଥନା ପରେ ଏଠି ଇଡ୍‌ଲି ଓ କର୍ଫ ବ୍ରେକ୍ ଫାଷ୍ଟ କରି ଯାଆନ୍ତୁ। ରାସ୍ତାରେ କିଛି ନାହିଁ। ମେଟିନ୍ ସାଢ଼େ ପାଞ୍ଚଟାରେ। ଆପଣଙ୍କୁ ପିଅନ ପାଞ୍ଚଟା ଆଗରୁ ରଂ' ସହ ଉଠାଇ ଦେବ।"

ଉତ୍ତର ବଙ୍ଗରେ ଯେ ଏପରି ଠଣ୍ଡା ମଧ୍ୟ ହୋଇପାରେ, କାଳୀବାବୁଙ୍କର ଧାରଣା ନ ଥିଲା। ତାହାଛଡ଼ା ସେ ମାନସିକ ଭାବେ ଥକି ଯାଇଥିଲେ। ତତ୍‌କ୍ଷଣାତ୍ ଯାକି ୟୁକି ହୋଇ ଶୋଇ ପଡ଼ିଲେ। ସକାଳେ ମେଟିନ୍ ପ୍ରାର୍ଥନା ଓ ଇଡ୍‌ଲି କଫି ହେଲା। ଏଠି ଗୋଟାଏ ପ୍ରଥା କ୍ୟାଥଲିକ୍ ଚର୍ଚ୍ଚ ଗ୍ରହଣ କରିଛି। ପ୍ରାର୍ଥନା ଇତ୍ୟାଦିର ଭାଷା ବଙ୍ଗଳା କରି ଦେଇଛି।

କ୍ୟାଥଲିକ୍ ପ୍ରାର୍ଥନାରେ ମା ମେରୀ ପ୍ରଧାନ। ସେ ହିଁ ସର୍ବଦା ଦୟାର୍ଦ୍ର ଚିତ୍ତା। କିନ୍ତୁ କାଳୀବାବୁଙ୍କର ମା ମେରୀ ମନେ ପଡ଼ୁନଥାନ୍ତି। ମନେ ପଡ଼ୁଥାନ୍ତି ମା କୁନ୍ତୀ।

ଗଲାବେଳେ ଫାଦର ଜୋସେଫ୍ ଅଶ୍ରୁସିକ୍ତ ସ୍ବରରେ କହିଲେ, "ମା'ଙ୍କୁ ମୋର ପ୍ରଣାମ ଦେବେ। ଯାଜକ ହିସାବରେ ତ ମୋ ଆଶୀର୍ବାଦ କରିବା ମଧ କଥା। ଆପଣ ଯାହା ଉଚିତ ଭାବିବେ କହିବେ।" କାଳୀବାବୁ ଭାବୁଥାନ୍ତି ମୀରାଦେବୀ କ'ଣ କହନ୍ତେ। ହୁଏତ ରବୀନ୍ଦ୍ରନାଥଙ୍କର କର୍ଣ୍ଣ ଓ କୁନ୍ତୀ ସମ୍ବାଦରୁ ଏହି ଧାଡ଼ି ଉପଯୁକ୍ତ ହୁଅନ୍ତା।

   "ବୀର ତୁହି ପୁତ୍ର ମୋର, ଧନ୍ୟ ତୁହି।

   ହାୟ ଧର୍ମ, ଏହି ସୁକୋଠର ଦଣ୍ଡ ତବ।"

ଚତୁର୍ଦ୍ଦଶ ପରିଚ୍ଛେଦ

କାଳୀବାବୁ ଓ ମୀରାଦେବୀଙ୍କର ଆଲୋଚନା ଏଥର କଟକରେ ନ ହୋଇ ଯାଜପୁର ରୋଡରେ ହେଲା। କାଳୀବାବୁ ଧଉଳି ଏକ୍ସପ୍ରେସ୍‌ରେ ଆସି ଯାଜପୁର ରୋଡରେ ସାଢେ ଏଗାରଟା ସମୟରେ ପହଞ୍ଚିଲେ। ଆଗରୁ ଗାଡ଼ି ଆସିଥିଲା। ଗାଡ଼ି ମୀରାଦେବୀଙ୍କ ଘରକୁ ବାହାରିଲା। ଡ୍ରାଇଭର କହିଲା "ମ୍ୟାଡାମ୍ ଘରେ ଆପଣଙ୍କ ଲାଗି ଅପେକ୍ଷା କରିଛନ୍ତି। ଆପଣ ସେଇଠି ଲଞ୍ଚ ଖାଇବେ। ତାହାପରେ ଗେଷ୍ଟ ହାଉସରେ ଆପଣଙ୍କର ବ୍ୟବସ୍ଥା ହୋଇଛି। ତେବେ ଯଦି ଆପଣ ଧୁଆଧୋଇ ହେବାକୁ ଚାହାନ୍ତି ଗେଷ୍ଟ ହାଉସ ଆଗ ଯିବା।"

କିନ୍ତୁ କାଳୀବାବୁ ସ୍ପଷ୍ଟ ବୁଝି ପାରୁଥିଲେ ମୀରାଦେବୀଙ୍କ ମନର ଅବସ୍ଥା କ'ଣ। ପ୍ରତ୍ୟେକ ମିନିଟ୍ ବୋଝ ହୋଇଥିବ। ଏଣୁ କହିଲେ, "ନା, ଚାଲ ଆଗ ମ୍ୟାଡାମଙ୍କ ପାଖକୁ ଯିବା। ମୁଁ ତ ଗାଧୋଇ କଲିକତାରୁ ବାହାରିଛି ଓ ଏ.ସି.ରେ ଆସିଛି। ମୋର ବର୍ତ୍ତମାନ ଧୁଆଧୋଇ ହେବା ଦରକାର ନାହିଁ। ଗାଡ଼ି ମୀରାଦେବୀଙ୍କ ଘରକୁ ଗଲା। ସେ ପୋର୍ଟିକୋ ପାଖରେ ଛିଡ଼ା ହୋଇଥିଲେ। ପଚାରିଲେ, "ଟ୍ରିପ୍ କିପରି ହେଲା। କିଛି ଅସୁବିଧା ହୋଇନାହିଁ ତ ?" କାଳୀବାବୁ ଉତ୍ତର ଦେଲେ, "ନା ମ୍ୟାଡାମ୍ ଏଥର ଟ୍ରିପ୍ ମୁଁ ବହୁତ ଏଂଜୟ କଲି। ବହୁତ ନୂଆ ଜାଗା ଦେଖିଲି। ଏହି ଦୁଆର ଅଞ୍ଚଳ ତ ଗୋଟିଏ ନୂଆ ଦୁନିଆ।" ଏହି କଥାର ଆବଶ୍ୟକତା ଥିଲା, କାରଣ ଚାକର ବାକର ଅଛନ୍ତି ତାହାପରେ ମୀରାଦେବୀ କାଳୀବାବୁଙ୍କୁ ନିଜ ଘର ଅଫିସ ବା ଷ୍ଟଡ଼ିକୁ ନେଇ ଗଲେ। ବେହେରାକୁ କହିଗଲେ ଯେ କୌଣସି ଆଗନ୍ତୁକଙ୍କୁ ଛାଡ଼ିବ ନାହିଁ। ଯଦି ଖୁବ୍ ଜରୁରୀ ମନେକର, ପ୍ରଥମେ ଈଶ୍ୱରକମ୍‌ରେ ପଚାରିବ।

ଏକୁଟିଆ ହେଲାକ୍ଷଣି ମୀରାଦେବୀ ବିକଳ ହୋଇ ପଚାରିଲେ "ପୁଅକୁ ପାଇଲେ ? ସେ କିପରି ଅଛି ?"

କାଳୀବାବୁ କହିଲେ, "ହଁ ମ୍ୟାଡାମ୍, ସେ ସୁସ୍ଥ ଅଛନ୍ତି। ତେବେ ଧୈର୍ଯ୍ୟ ରଖନ୍ତୁ। ଅନେକ କିଛି କହିବାର ଅଛି। ପ୍ରଥମେ ଏହା ନିଅନ୍ତୁ। ଆପଣଙ୍କର ପୁଅ ଆପଣଙ୍କ ପାଖକୁ ପଠାଇଛନ୍ତି।" ଏହା କହି ଫାଦର୍ ଦେଇଥିବା ପାର୍ସଲଟି ବଢ଼ାଇଦେଲେ।

ମୀରାଦେବୀ ଏକ ପ୍ରକାର ଛଡ଼ାଇ ନେଇ ଖୋଲିବାର ଚେଷ୍ଟା କଲେ। କିନ୍ତୁ ହାତ ଅତିରିକ୍ତ ଥରୁଛି। କାଳୀବାବୁ କହିଲେ, "ଦିଅନ୍ତୁ, ମୁଁ ଖୋଲି ଦେଉଛି। କାଳୀବାବୁ ପାର୍ସଲ ଖୋଲିଲେ, ଭିତରେ ଗୋଟିଏ ଫଟୋ ଓ ଗୋଟିଏ ମାଳାରେ ଏକ କ୍ରସ। ଛବିଟିକୁ ମୀରାଦେବୀ ଚାହିଁଥାଆନ୍ତି। ତାହାପରେ କାଳୀବାବୁଙ୍କ ହାତକୁ ବଢ଼ାଇ ଦେଇ ପଚାରିଲେ, "କ'ଣ ସେହିଟି"। ଫଟୋଟି ଫାଦର୍ ଜୋସେଫ୍‌ଙ୍କର ଦୀକ୍ଷିତ ବା (Ordained) ହେବା ସମୟର।

କାଳୀବାବୁ କହିଲେ, "ହଁ ମ୍ୟାଡାମ୍। ଫଟୋରୁ ଠିକ୍ ଜାଣି ପାରିବେ ନାହିଁ। ଦୀର୍ଘକାୟ ସୁପୁରୁଷ।

ମୀରା ଏଥର ଭୋ ଭୋ କରି କାନ୍ଦିବା ଆରମ୍ଭ କଲେ, "କାଳୀବାବୁ, ମୁଁ ତାକୁ କ'ଣ ଚିହ୍ନି ପାରିବି ନାହିଁ ? ଦିଶୁଛି ସତେ ଯେପରି ଅମାୟ ଠିଆ ହୋଇଛନ୍ତି। ଅମାୟ, ତୁମେ ଶେଷକୁ ଏମିତି ଆସିଲ ? ଏହାପରେ ଚାଲିଲା କୋହ। କାଳୀବାବୁ ଚୁପ୍ କରି ବସିଥାଆନ୍ତି। ଏଠି ସାନ୍ତ୍ୱନାର ଚେଷ୍ଟା ବୃଥା। ତାହାଛଡ଼ା ଏହାଦ୍ୱାରା ତାଙ୍କର ମନର ଚାପ କମିଯିବ ଓ ପରର ଘଟଣା ଶୁଣିଲେ ବ୍ୟସ୍ତ ହେବେ ନାହିଁ। କିଛି ସମୟ ପରେ ମୀରାଦେବୀ ବାଥ୍‌ରୁମ୍ ଯାଇ ମୁହଁ ହାତ ଧୋଇ ଆସିଲେ। ତାହାପରେ ବେଲ୍ ବଜାଇ କଫି ଆଣିବାକୁ କହିଲେ।

କାଳୀବାବୁ ଆରମ୍ଭ କଲେ, "ଯେଉଁ ଶିଶୁଟିକୁ ଆପଣ ମେରୀ ଏକ୍ଲାଙ୍କ ପାଖରେ ଛାଡ଼ିଯାଇଥିଲେ, ତାହାକୁ ଲୋହାରଡ଼ାଗା କ୍ୟାଥଲିକ୍ ଅନାଥାଳୟରେ ପାଳନ କରାଗଲା। ପିଲା ବୁଦ୍ଧିମାନ୍ ହୋଇଥିବାରୁ ଭଲ ରେଜଲ୍ଟ କରି ସ୍କୁଲ ସାର୍ଟିଫିକେଟ୍ ପାସ୍ କଲା। ତାହା ସାମ୍‌ନାରେ ଅନେକ କେରିୟର ଖୋଲା ଥିଲା। କିନ୍ତୁ ସେ ଚର୍ଚ୍ଚର ସେବାରେ ରହିବାକୁ ଚାହିଁଲା। ଏଣୁ ଚର୍ଚ୍ଚ ତାହାକୁ ପୁନା ନିକଟସ୍ଥ ମାଲେଗାଓଁ ସେମିନାରୀକୁ ପଠାଇଲା। ସେଠି ଏକା ସାଥୀରେ ଶାସ୍ତ୍ର ଓ ଅନ୍ୟ ବିଦ୍ୟା

ଶିଖାଯାଏ। ସେଠାରୁ ପାସ୍ କରିଥିବା ଛାତ୍ରମାନେ ସମସ୍ତେ ଅନର୍ସ ଗ୍ରାଜୁଏଟ୍। ସେମିନାରୀରେ ପାସ କରି ସେ ଯାଜକ ହେଲେ। ତାଙ୍କର ନାମ ଫାଦର୍ ଜୋସେଫ୍ ଇଗ୍ନାଟିୟସ୍। ବର୍ତ୍ତମାନ ଭଉର ବଙ୍ଗରେ କୋଚ ବିହାର ଜିଲ୍ଲାର ଦୁଆର ବା ଭୂଟାନ ସୀମାନ୍ତ ଅଞ୍ଚଳରେ ଏକ ଅନାଥାଳୟ ପରିଚାଳନା କରୁଛନ୍ତି। ମୋତେ କହିଲେ, "ମା'ଙ୍କୁ କହିଦେବେ ତାଙ୍କର ନାତି ନାତୁଣୀ ଅନେକ।"

ଏଥର ମୀରାଦେବୀ ପଣତ କାନିରେ ମୁହଁ ପୋଛିଲେ। କାଳୀବାବୁ ଉତ୍ତର କହି ଚାଲିଲେ, "ମା'ଙ୍କ ଅନୁରୋଧ ରକ୍ଷା କରି ପାରୁନାହିଁ। ଦେଖା ସାକ୍ଷାତ୍ ହେଲେ ପରସ୍ପର ଲାଗି ସମସ୍ୟା ହେବ। ମା ତ ଏ ପର୍ଯ୍ୟନ୍ତ ସଂସାରରେ ଅଛନ୍ତି। ତାଙ୍କର ସାମାଜିକ ପ୍ରତିଷ୍ଠା ଅଛି। ତେବେ ମୁଁ ପ୍ରତିଦିନ ମା ମେରୀଙ୍କ ପାଖରେ ମୋ ମା'ଙ୍କର ଶାନ୍ତି ଓ କଲ୍ୟାଣ ଲାଗି ପ୍ରାର୍ଥନା କରିବି।"

ଏହା ଭିତରେ କଫି ଆସିଗଲା ଓ ତାହାଲାଗି କଥା ଟିକିଏ ବନ୍ଦ କରିବାକୁ ପଡ଼ିଲା। ମୀରାଦେବୀ ଏକ କରୁଣ ହସ ହସି କହିଲେ, "ଏଥରକ ସେ ଫାଦର ଜୋସେଫ୍, ମୋର ଗୁରୁଜନ। ମୋର କଲ୍ୟାଣ ଲାଗି ସେ ପ୍ରାର୍ଥନା ନ କରିବେ ତ ଆଉ କିଏ କରିବେ ?"

ହଠାତ୍ ମୀରାଦେବୀ ପଚାରିଲେ, "ମେରୀ ଏକ୍ଲା ବଞ୍ଚିଛନ୍ତି କି ?" କାଳୀବାବୁଙ୍କ ଠାରୁ ଠିକଣା ପାଇ କହିଲେ, "ସବୁ କାମ ଛାଡ଼ି ମୁଁ କାଲି ତାଙ୍କ ପାଖକୁ ଯାଉଛି, ସେଠାରୁ ଫେରିଲେ ଅନ୍ୟ କଥା।"

କାଳୀବାବୁ କହିଲେ, "ଅଭିଜିତ୍, ଅର୍ଥାତ୍ ଆମର ଡିଟେକ୍ଟିଭ୍ ଯେତେବେଲେ ତାଙ୍କୁ ଖୋଜି ଖୁଣ୍ଟି ବୃଦ୍ଧାଶ୍ରମରେ ବାହାର କଲା ସେ ଆପଣଙ୍କ ଲାଗି ଗୋଟି ସଂଦେଶ ଦେଇଥିଲେ। ସେଇଟା ଏ ପର୍ଯ୍ୟନ୍ତ ଆପଣଙ୍କୁ କହିନାହିଁ।

ମୀରା ବ୍ୟସ୍ତ ହୋଇ କ'ଣ ବୋଲି ପଚାରିଲେ। କାଳୀବାବୁ କହିଲେ ଯେ ସେ ଆପଣଙ୍କୁ ସର୍ବଦା ପ୍ରଭୁଙ୍କ ଉପରେ ବିଶ୍ୱାସ ରଖିବାକୁ ଓ କଦାପି ସାହସ ନ ହରାଇବାକୁ କହିଛନ୍ତି।

ମୀରା ଚୁପ୍ ରହି କିଛି ସମୟ ପରେ ଏକ ଦୀର୍ଘଶ୍ୱାସ ଛାଡ଼ିଲେ। ଏକ ଅସ୍ୱସ୍ଥ ସ୍ୱରରେ ନିଜକୁ ନିଜେ କହୁଥିଲେ—

ଦୀନ ଦୟାଲ ଗୋପାଲ ହରି

ମେରେ ଆଶ କି ପ୍ୟାସ ମିଟା ତୋ ସହୀ

ମେରା ଜୀବନ ମରଣ ଛୁଟା ତୋ ସହୀ

ଉଦ୍ଧରଣ

ମୀରାଦେବୀ ଗାଡ଼ି ନେଇ ଖୁଣ୍ଟି ଗଲେ। ସାଥୀରେ କେବଳ ଡ୍ରାଇଭର। ଯାଜପୁର ରୋଡ଼ରୁ ବାରିପଦା, ଟାଟା ଚାଣ୍ଡିଲ, ରାଞ୍ଚି ଓ ଶେଷରେ ଖୁଣ୍ଟି। ସେଠି ସେହ ବୃଦ୍ଧାଶ୍ରମକୁ ଯାଇ ନନ୍‌ଙ୍କୁ ଦେଖାକଲେ। ନନ୍ ପଚାରିଲେ ଯେ ମେରୀ ଏକ୍କା ଆପଣଙ୍କର କ'ଣ ହୁଅନ୍ତି ? ନିଜର ପରିଚୟ ଦେଇଥିବାରୁ ନନ୍‌ଙ୍କର ମଧ ଟିକିଏ ସମ୍ମାନ ବଢ଼ି ଯାଇଥିଲା। ମୀରା ଉତ୍ତର ଦେଲେ, ମୁଁ ତାଙ୍କୁ ମାଉସୀ ଡ଼ାକେ। କିନ୍ତୁ ପ୍ରକୃତରେ ସେ ମେରୀ ମା'ଠାରୁ ବଳି। ଯଦି କହେ ଯେ ମୋ ପକ୍ଷରେ ମେରୀ ନୁହନ୍ତି ମା ମେରୀ, ତେବେ ମୁଁ ବହୁତ ବେଶୀ ଅତିରଂଜନ କରୁନାହିଁ।

ନନ୍ ବୁଝିପାରିଲେ ଯେ ମୀରାଙ୍କର ସେହି ମହିଳା ପ୍ରତି ଭକ୍ତି କେତେ, ତାହାଙ୍କୁ ଡକାଇ ଆଣିଲେ। ମେରୀ ଏକ୍କାକୁ ଚିହ୍ନିବାକୁ କଷ୍ଟ ହେଲାନାହିଁ। ସେ କହି ଉଠିଲେ "ମୀରା ଦିଦି ଗୋ। ତୁମକୁ ପୁଣି ଦେଖିବି ବୋଲି କ'ଣ ଭାବିଥିଲି। ଆସିଲ, ଆସିଲ। ମୀରା ଯାଇ ତାଙ୍କୁ କୁଣ୍ଢେଇ ପକାଇଲେ। ସେହି କାଲୁଙ୍ଗାରେ ଆଶ୍ରୟ, ସେହି ଶିଶୁର ଜନ୍ମ ସବୁ ଦୁହିଁଙ୍କ ଆଖି ଆଗରେ ଭାସି ଉଠିଲା। ଦୁହିଁଙ୍କ ଆଖ୍ରୁ ଲୁହଧାର ବୋହି ଚାଲିଛି। ଶେଷକୁ ମେରୀ ସ୍ଥିର ହୋଇ ପଚାରିଲେ, "ଜଣେ ବାବୁ ଆସିଥିଲେ, ତୁମ ପୁଅ କଥା ପଚାରିବାକୁ। କିଛି ଖବର ପାଇଲ ?"

ମୀରା ଉତ୍ତର ଦେଲେ, "ହଁ ମାଉସୀ, ସେ ଲୋହାରଡ଼ାଗା ହାଇସ୍କୁଲରୁ ପରେ ସେମିନାରୀକୁ ଗଲା। ଏବେ ସେ ଫାଦର୍ ଜୋସେଫ୍। ଉତ୍ତର ବଙ୍ଗରେ ଏକ ଅନାଥାଶ୍ରମ ଚଲାଉଛି।

ମେରୀ ପଚାରିଲା, "ତୁମେ ତାକୁ ଦେଖିଛ ?"

ମୀରା କାନ୍ଦ କାନ୍ଦ ହୋଇ କହିଲେ, "ନା ଦିଦି, ସେ ନିଜେ ମନା କରିଛି।

କହିଛି ଯେ ମା ତ ଏକ ସମାଜରେ ରହୁଛନ୍ତି । ମୋ କଥା ଜାଣିଲେ ଲୋକେ ମା'ଙ୍କୁ କ'ଣ କହିବେ ? ପୁଣି ଦେଖାହେଲେ ତ ଦୁହିଁଙ୍କର ମନ କଷ୍ଟ ହେବ । ତାହାର ଗୋଟିଏ ଫଟୋ ପଠାଇଛି । ଦେଖ୍ ଯେତିକି ଖୁସି ହୋଇଛି ସେତିକି କାନ୍ଦିଛି । ମାଉସୀ, ଠିକ୍ ତା'ର ବାପ ଭଳି ହୋଇଛି । ଏଣୁ ସେହି ସ୍ମୃତି ଆହୁରି ହୃଦୟକୁ ଦଳି ପକାଉଛି । ଯେତେବେଲେ ଜାଣିଲି ଯେ ତୁମେ ଏଠି ଅଛ, ତୁମ ପାଖକୁ ପଲାଇ ଆସିଛି ଦୁଃଖ କହିବାକୁ । ମୋ ଦୁଃଖ ତ କେବଲ ତୁମକୁ ହିଁ କହି ପାରିବି ।"

ମେରୀ କହିଲା, "ଦିଦି, ଏଇଥିଲାଗି ବୋଧହୁଏ ମୋତେ ଈଶ୍ୱର ଆଜି ପର୍ଯ୍ୟନ୍ତ ରଖିଛନ୍ତି । ତୁମର ଦୁଃଖ ବାଣ୍ଟିବା ପାଇଁ । ତୁମେ ତ ସତରେ ଏ କଥା ଆଉ କାହା ଆଗରେ କହିପାରିବ ନାହିଁ । ତେବେ ତୁମର କଥା କହ । ଏ ପର୍ଯ୍ୟନ୍ତ ଜୀବନଟା କିପରି କାଟିଛ । ଶୁଣିଲି ତୁମେ ଧନୀ ବ୍ୟବସାୟୀ । ପ୍ରଭୁଙ୍କ ଦୟା । କିନ୍ତୁ ତୁମର ତ ସାଧାରଣ ଗରିବ ଘର । ଏତେ ସବୁ କଲ କିପରି ?"

ମୀରା କାହାଣୀ ଯଥା ସଂଭବ ଛୋଟ କରି କହିଲେ । କହୁ କହୁ ମେରୀର ପୂରକ ପ୍ରଶ୍ନ ବା ସପ୍ଲିମେଣ୍ଟାରୀ କୋଶ୍ଚେନ୍ ଲାଗି ଖାସା ଦେଢ଼ଘଣ୍ଟା ସମୟ ଲାଗିଗଲା । ତାହାପରେ ମେରୀଙ୍କ ଭବିଷ୍ୟତ ନେଇ କଥା ହେଲା । ମୀରାଦେବୀ କହିଲେ, "ମାଉସୀ ସବୁ ତ ଶୁଣିଲ । ତୁମ ଲାଗି ତ ଜୋସେଫ୍ ବଞ୍ଚିଲା ।"

ମେରୀ ବାଧା ଦେଲେ, "ନା ଦିଦି, ମୁଁ କ'ଣ କରିଛି, ହଁ ପ୍ରଭୁ କରିଛନ୍ତି । ତାଙ୍କର ଇଚ୍ଛା ଥିଲା ଏହି ପିଲାଟିକୁ ଚର୍ଚ୍ଚରେ ରଖିବେ । ତାହାଦ୍ୱାରା ଏକ ଅନାଥାଲୟ ଚଲାଇବେ । ଏଣୁ ଯାହା ଘଟିଲା, ସେଥିରେ ତୁମେ କେହି ନୁହଁ, ମୁଁ କେହି ନୁହେଁ । କରୁଛନ୍ତି ପ୍ରଭୁ ।"

ମୀରା ଟିକିଏ ହସି ଦେଇ କହିଲେ, "ହେଲା ମାଉସୀ, କିନ୍ତୁ ପ୍ରଭୁ ତ ଆଉ ନିଜେ କରନ୍ତି ନାହିଁ । ଆମମାନଙ୍କ ଦ୍ୱାରା କରନ୍ତି ଏବଂ ଲୋକମାନେ କହିବେ ଯେ ଏ କାମ ମୀରା କଲା, ସେ କାମ ମେରୀ କଲା । ତାହା ବି ତ ଭୁଲ୍ ନୁହେଁ । ମୋର କହିବାର କଥା, ଏଠି କାହିଁକି ଏକୁଟିଆ ରହିବ ? ତୁମେ ତ ମୋତେ ଝିଅ ବୋଲି କହିଥିଲ । ଚାଲ ଏଥର ଝିଅ ପାଖରେ ରହ ।"

ମେରୀ ଆଖିରୁ ଲୁହ ଗଡ଼ିଗଲା । କିନ୍ତୁ ମୀରାକୁ ଆଉଁସି ଦେଇ କହିଲା, "ଦିଦି, ଏଥର ତ ମୋର କୋଲ ଏତେ ଦିନ ପରେ ଭରିଗଲା । ତୁମେ ମୋଠାରୁ

ଝିଅର ଧର ମାଗିଲ ଓ ଝିଅର କର୍ତ୍ତବ୍ୟ କରିବାକୁ ଚାହିଁଲ । କିନ୍ତୁ ଦିଦି, ଏହି ଆଶ୍ରମ ସହିତ ମୁଁ ମିଶି ଗଲିଣି । ମୁଁ ତ କଅଁଳ ଚାରା ହୋଇନି ଯେ ଗୋଟିଏ ଜାଗାରୁ ଓପାଡ଼ି ଅନ୍ୟ ଜାଗାରେ ପୋତି ଦେବ । ମୁଁ ହେଲି ବୁଢ଼ା ଗଛ । ଓପାଡ଼ିଲେ ହିଁ ମରିଯିବି । ଏଠି ତ ପ୍ରଭୁଙ୍କ ଶରଣ ପାଇଛି । ଅନ୍ୟ କେଉଁଠି ମୁଁ ଚଲି ପାରିବି ନାହିଁ । ଏଣୁ ମୋତେ ଏଠି ରହିବାକୁ ଦିଅ । ତେବେ ମଝିରେ ମଝିରେ ଆସିବ । ଦୁହେଁ ଦୁହିଁଙ୍କୁ ଦେଖିବା ।"

ଏଣୁ ଅଗତ୍ୟା ମୀରାଦେବୀ ତାଙ୍କ ମାଉସୀଙ୍କୁ ସେଇଠି ଛାଡ଼ି ଆସିବାକୁ ପଡ଼ିଲା । ତେବେ ମୀରାଦେବୀ ମଦରଙ୍କ ସାଥୀରେ ଦେଖା କରି ତାଙ୍କୁ ବୁଝେଇଦେଲେ, ଯେ ମେରୀ ଏଙ୍କା ତାଙ୍କ ମା ସମାନ । ସେ ଏଠୁ ଯିବାକୁ ନାରାଜ । କିନ୍ତୁ ଆପଣମାନେ ତାଙ୍କୁ ଆରାମରେ ରଖିବେ । ତାଙ୍କର ଯଦି ଚିକିତ୍ସା ଦରକାର ହୁଏ ବା ଅସୁସ୍ଥତା ବା କେବଳ ବୃଦ୍ଧାବସ୍ଥା ଜନିତ ଦୁର୍ବଳତା ଲାଗି ତାଙ୍କର ସ୍ପେଶାଲ ନର୍ସିଂ ଦରକାର ହୁଏ, ତାହା ମୋ ଖର୍ଚ୍ଚରେ ହେବ । ସେଥିଲାଗି ମୋତେ ଚିନ୍ତା କରିବେ ନାହିଁ । ଯେତେବେଳେ ଦରକାର ହେବ, ମୋତେ ଖବର ଦେବେ । ତାଙ୍କର ସବୁ ବିଲ୍ ମୁଁ ଦେବି ।"

ମଦର ଏପରି ଏକ ସୁବିଧା ଖୋଜୁଥିଲେ, "ମିସେସ୍ ଅଗ୍ରୱାଲ । ଭଗବାନ ତୁମ ପ୍ରତି ଦୟା କରିଛନ୍ତି । କିନ୍ତୁ ଦେଖ, ତୁମର ମାଉସୀ, ଯାହାକୁ କି ତୁମେ ମା ପରି ଭଲ ପାଅ, ଏଠି ତ ଅଛନ୍ତି । କିନ୍ତୁ ଆମର ଆବଶ୍ୟକତା ଅଛି । ତୁମେ କ'ଣ ଏହି ବୃଦ୍ଧାଶ୍ରମକୁ କିଛି ସାହାଯ୍ୟ କରିବ ?"

ମୀରା କହିଲେ, "ଆପଣ ନ କହିଥିଲେ ମଧ ମୁଁ ମାଉସୀଙ୍କ ଲାଗି କିଛି କରି ଥାଆନ୍ତି । ମୋତେ ତ ଏତେ ସମୟ ନାହିଁ । ଶୀଘ୍ର ମୋର ଜଣେ ମ୍ୟାନେଜର ଏଠିକୁ ଆସି କିଛି ଅଧିକା ବ୍ୟବସ୍ଥାର ଏଷ୍ଟିମେଟ୍ ଇତ୍ୟାଦି ତିଆରି କରିବ । ବୋଧହୁଏ ମୁଁ ଗୋଟିଏ ବାରଜଣ ରହିବା ଭଲି ଡର୍ମିଟରି ତିଆରି କରାଇଦେବି ।"

ଏହାପରେ ମୀରାଦେବୀ ମେରୀଠାରୁ ବିଦାୟ ନେଇ ଫେରି ଆସିଲେ । କିନ୍ତୁ ଏହି ବୃଦ୍ଧାଶ୍ରମ ସାଥୀରେ ତାଙ୍କର ସମ୍ପର୍କ ଥିଲା । ମେରୀଙ୍କ ମୃତ୍ୟୁ ପରେ ମଧ । ମେରୀ ଆଉ ତିନିନର୍ସ ଜୀବିତ ଥିଲେ ।

ଫେରି ଆସି କାଳୀବାବୁଙ୍କ ସାଥୀରେ ଅନେକ ଆଲୋଚନା ହେଲା । ପ୍ରଥମ ହେଲା ଯେ ମୀରାଦେବୀ ଓ ଫାଦର୍ ଜୋସେଫ୍ ଇଗ୍ନାଟିୟସ୍ ଉଭୟେ ଏକ

ଅନାଥାଳୟ ଚାହୁଁଥିଲେ । ପ୍ରଥମେ ଅନାଥାଳୟ କେଉଁଠି ହେବ, ତାହା ନେଇ ଅନେକ ଆଲୋଚନା ହେଲା । ମୀରାଦେବୀ କହିଲେ, ଯେ ଏହି ଅବିବାହିତ ମାତୃତ୍ୱର ସମସ୍ୟା ଉତ୍ତର ଓଡ଼ିଶାର ଖଣି ଓ ଶିଳ୍ପାଞ୍ଚଳରେ ବେଶୀ, କାରଣ ସେଠି ଆଦିବାସୀ ମହିଳା ଶ୍ରମିକମାନଙ୍କୁ ପାଲରେ ପକାଇବାର ସୁବିଧା ଖୁବ୍ ବେଶୀ । କିନ୍ତୁ କାଳୀବାବୁ କହିଲେ ଯେ ବର୍ତ୍ତମାନ ଏହି ସମସ୍ୟା କୋରାପୁଟ ଓ ମାଲକାନଗିରି ଅଞ୍ଚଳରେ ଯଥେଷ୍ଟ । ଉତ୍ତର ଓଡ଼ିଶାରେ ତ ଖ୍ରୀଷ୍ଟାନ୍ ମିଶନାରୀମାନେ ଏହିପରି ଅର୍ଫାନେଜ୍ କରିଛନ୍ତି । ଏଣୁ ଏହା ସେହି କୋରାପୁଟ ଅଞ୍ଚଳରେ କରିବା । ଫଳତଃ ଅନେକ ଖୋଜାଖୋଜି ହୋଇ, ସାମାଜିକ ଅବସ୍ଥାର ଅନୁଧାନ କରାହୋଇ କୋରାପୁଟର ଲକ୍ଷ୍ମୀପୁର ପାଖରେ ଏହା ତିଆରି କରାଗଲା । ମୀରାଦେବୀ ଏହାର ପରିଚାଳନା ରାମକୃଷ୍ଣ ମିଶନକୁ ଦେବାକୁ ଚାହୁଁଥିଲେ ଓ ଶେଷରେ ତାହା କରାଗଲା । ଆଶ୍ରମ ତ ସାଧାରଣ ଆଶ୍ରମ ପରି । କେବଳ ଗେଟ୍ ଘରଟି ଦର୍ଶନୀୟ । ପ୍ରଥମେ ପାହାଚ ଚଡ଼ି ବାରଣ୍ଡାକୁ ଉଠିବେ ଓ ସେଠି ସାଧାରଣ ଅଫିସ୍ ପରି ଘର ଅଛି । କିନ୍ତୁ ଟିକିଏ ଗଡ଼କୁ ପ୍ରଧାନ ରାସ୍ତାକୁ ଛାଡ଼ିକରି ଆଉ ଗୋଟିଏ ଛୋଟିଆ ରାସ୍ତା ଓ ଗେଟ୍ ଅଛି । ଏପଟଟା ଟିକିଏ ଜାଣି ଶୁଣି ଅନ୍ଧାରୁଆ, କାରଣ କେତେକ ମା ରାତି ଅନ୍ଧାରରେ ଲୁଚି ଲୁଚି ଆସିବେ । ଏହି ଗେଟ୍‍ରେ ପହଞ୍ଚିଲେ ଏକ ପଟେ ମା ଯଶୋଦା ଓ ବାଲଗୋପାଳଙ୍କର ଭିତ୍ତି ଚିତ୍ର । ଅନ୍ୟ ଦିଗରେ ମା ମେରୀ ଯୀଶୁଙ୍କୁ କୋଲର ଧରି ବସିଥିବାର ଭିତ୍ତି ଚିତ୍ର । ମଝିରେ ଏକ ଦୁଆର । ସେଥରେ ଗୋଟିଏ ଇଲେକ୍‍ଟ୍ରିକ୍ ବେଲ୍‍ର ବୋତାମ ଏବଂ ତାହା ପାଖରେ ଓଡ଼ିଆ, ହିନ୍ଦୀ ଓ ତେଲୁଗୁରେ ଲେଖା ହୋଇଛି, "ଶିଶୁର ଆଶ୍ରୟ ଲାଗି ଏହି ବୋତାମ ଦବାଇ ବେଲ୍ ବଜାଅ ।" ଏଠି ସାରଦା ମିଶନର ଜଣେ ସନ୍ନ୍ୟାସିନୀ ପାଖ ଘରେ ଥାଆନ୍ତି । ବେଲ୍ ବାଜିଲେ ସେହି ଛୋଟ ଦୁଆର ଖୋଲି ସେ ଆସନ୍ତି ଓ ସେହିଠାରୁ ମା ଠାରୁ ପିଲାଟିକୁ ନେଇ ଯାଆନ୍ତି । ମା'କୁ କୌଣସି ପ୍ରଶ୍ନ ପଚରାଯିବା ମନା । ଏହି ଅନାଥାଶ୍ରମ ସହିତ ସ୍କୁଲ ଓ ହଷ୍ଟେଲ ଅଛି । ଏଥରେ ଅନାଥାଶ୍ରମ ଛଡ଼ା ପାଖ ଆଖର ପିଲାମାନେ ପଢ଼ନ୍ତି । ରାମକୃଷ୍ଣ ଆଶ୍ରମର ସନ୍ନ୍ୟାସୀମାନେ ଏହି ସ୍କୁଲକୁ ଖୁବ୍ ଉତ୍ତମ ରୂପେ ଗଢ଼ି ସାରିଲେଣି । ଏ ପର୍ଯ୍ୟନ୍ତ ହାଇସ୍କୁଲ ହୋଇନାହିଁ । ପ୍ରତିବର୍ଷ ଗୋଟିଏ ଗୋଟିଏ ଶ୍ରେଣୀ ଖୋଲା ଚାଲିଛି । କିନ୍ତୁ ସବୁ ପିଲା ହାଇସ୍କୁଲ ଆଡକୁ ଯାଆନ୍ତି ନାହିଁ । ଗୋଟିଏ ବୈଷୟିକ ଶିକ୍ଷା ବିଭାଗ ମଧ୍ୟ ଅଛି । ସେଠି ବଢ଼େଇ, କମାର, ରାଜମିସ୍ତ୍ରୀ ଆଦି କାମର

ଟ୍ରେନିଂ ଦିଆଯାଏ। ପାଖରେ କେତେକ କାରଖାନା ଓ ଅନେକ ବକ୍‌ସାଇଟ୍ ଖଣି ଅଛି। ମୀରାଦେବୀ ସେସବୁର ମାଲିକ ଓ ପରିଚାଳକମାନଙ୍କ ସାଥୀରେ ଯୋଗାଯୋଗ କରି ଦେଇଛନ୍ତି। ଆଶ୍ରମରେ ଅନେକ ପିଲା ସେଠି ଚାକିରୀ ମଧ୍ୟ ପାଇ ଯାଇଛନ୍ତି। ଏଣୁ ଅମୃତାୟନ ଆଶ୍ରମ ବେଶ ସଫଳ ପ୍ରତିଷ୍ଠାନ।

ମୀରା ଦେବୀ ଏହା ଭିତରେ ଆର୍ଥ୍ରାଇଟିସ୍‌ଗେ କଷ୍ଟ ପାଉଛନ୍ତି। ଫଳତଃ ଯିବା ଆସିବାର କ୍ଷମତା ବା ମୋବିଲିଟି ଅନେକ କମି ଯାଇଛି। ବେଲେବେଲେ ହଠାତ୍ ମୁଣ୍ଡ ବୁଲାଇ ଦେଉଛି। ଆର୍ଥ୍ରାଇଟିସ୍ ଲାଗି ତ ସେପରି କୌଣସି ଔଷଧ ନାହିଁ। କେବଳ କଷ୍ଟ କମ୍ କରିବାକୁ କିଛି କିଛି ଔଷଧ ଦିଆ ହୁଏ ଏବଂ ମୁଣ୍ଡ ବୁଲାଇବା ପାଇଁ ମଧ୍ୟ। ଫଳତଃ ମୀରାଦେବୀ ପ୍ରତିଦିନ ଅଫିସ ଯାଉ ନାହାନ୍ତି। ଅଫିସ୍‌ର ସିଧା ଚଉକିରେ ବସିବାକୁ ବଡ଼ କଷ୍ଟ ହେଉଛି। ଏଣୁ ଘରେ ଏକ ଅର୍ଥପେଡ଼ିକ ଚେଆରରେ ବସୁଛନ୍ତି। କିନ୍ତୁ ମୀରା ଆଗରୁ ଉଭୟ, ଗିରିଧାରୀଲାଲ୍ କିରୋଡ଼ୀମଲ ଏବଂ ଦୁର୍ଗା ଟ୍ରେଡ଼ିଂ ଅଫିସ୍‌ରେ କମ୍ପ୍ୟୁଟର ବ୍ୟବହାର ଚଲାଇ ଦେଇଛନ୍ତି। ଟିକି ନିଖ୍ୟ ଖବର ନଖ ଦର୍ପଣରେ। କେବଳ କନ୍‌ଫରେନସ, ମିଟିଂ ଆଦି ଲାଗି ଯାଆନ୍ତି। ଯାହାକୁ ଯାହା ନିର୍ଦ୍ଦେଶ ଦେବାର କଥା ତାହା ସେହି କମ୍ପୁଟର ଜରିଆରେ ଦେଇ ହୁଏ। ଏଥିଯୋଗୁଁ ସ୍ଟାଫ୍ ଟିକିଏ ବିବ୍ରତ। ସେମାନଙ୍କ ଆପଢ଼ି ମଧ୍ୟ ଅନେକଟା ଠିକ୍। ତାଙ୍କର କହିବା କଥା ହେଲା ମାଲିକାଣୀ ଯେତେଦିନ ଅଫିସକୁ ଆସୁଥିଲେ ଆମେ ଗାଲି ଖାଉଥିଲୁ ଠିକ୍। କିନ୍ତୁ ସେଥିରେ ମଧ୍ୟ ଏକ ବ୍ୟକ୍ତିଗତ ସମ୍ପର୍କ ଥିଲା। ତାଙ୍କୁ ଆମେ ନିଜର ଦୁଃଖ, ଅସୁବିଧା ଆଦି ମୁହାମୁହିଁ ଜଣାଇ ପାରୁଥିଲେ। ଇଲେକ୍ଟ୍ରୋନିକ୍ ଡ଼ିଜିଟାଲ୍ ସମ୍ପର୍କ ଓ ଏହି ଡ଼ିଜିଟାଲ୍ ଗାଲି ପ୍ରାଣ ଅତିଷ୍ଠ କଲାଣି।

ଶେଷକୁ ଡ଼ାକ୍ତର ଦୀକ୍ଷିତ ମୀରାଦେବୀଙ୍କୁ ଏହି ସମସ୍ୟାଟି ଜଣାଇ ଦେଲେ। ଡ଼ାକ୍ତର ଦୀକ୍ଷିତ ମୀରାଦେବୀଙ୍କ ଦୈନନ୍ଦିନ ଚିକିତ୍ସାର ଦାୟିତ୍ୱ ବୁଝନ୍ତି। ମୀରାଦେବୀ ସବୁ ଶୁଣିଲାପରେ କହିଲେ, "ଡ଼ାକ୍ତରବାବୁ ମୁଁ ସବୁ ବୁଝୁଛି। ମୁଁ ବୁଝୁଛି ଯେ ମୁଁ ଏକ ସ୍ଟାଫ୍ ଲୟାଲ୍‌ଟି (loyalty) ଗଢ଼ି ପାରିଥିଲି ଏବଂ ତାହା ଆସ୍ତେ ଆସ୍ତେ ନଷ୍ଟ ହୋଇ ଯାଇପାରେ। May become badly eroded ଏଇଟା କମ୍ ବଡ଼ Corporate Asset ନୁହେଁ। କିନ୍ତୁ ଦେଖୁଛନ୍ତି ତ, ମୁଁ ପାରୁ ନାହିଁ। କିଛି ଉପାୟ ଆପଣଙ୍କ ମୁଣ୍ଡକୁ ଆସିଛି କି।"

ଡାକ୍ତର ଦୀକ୍ଷିତ କହିଲେ, "ଦେଖନ୍ତୁ, ଆପଣ ସପ୍ତାହରେ ଗୋଟିଏ ଦିନ ଅଫିସ ଯାଆନ୍ତୁ। ଶୀଘ୍ର ଫେରି ଆସିବେ। କିନ୍ତୁ ସେ ସମୟତକ ଷ୍ଟାଫ୍ କଥା ଶୁଣିବେ। ଏଣୁ ସପ୍ତାହରେ ଗୋଟିଏ ଦିନ ଧାର୍ଯ୍ୟ କରାଗଲା। ସେଦିନ ଷ୍ଟାଫ୍ ନିଜର ଦୁଃଖ ସିଧା ମାଡାମ୍‌ଙ୍କୁ କହି ପାରିବେ। ତେବେ ପ୍ରଥମ ସର୍ତ, ଅନ୍ୟମାନେ ଯଥା ମ୍ୟାନେଜର ଇତ୍ୟାଦି ତାହା କରି ନ ଥିବେ ବା କରି ପାରିନଥିବେ। ପ୍ରଥମେ ଦୁଇ ତିନି ଥର ତ ପ୍ରଚଣ୍ଡ ଭିଡ଼ ହେଲା। କିନ୍ତୁ ବର୍ତ୍ତମାନ ସମସ୍ତେ ବୁଝି ଗଲେଣି। ଏହାର ଗୋଟିଏ ଫଳ ହୋଇଛି ଯେ, ମ୍ୟାନେଜରମାନେ ଷ୍ଟାଫ୍ ସମସ୍ୟା ସବୁ ଶୀଘ୍ର ଛିଷ୍ଟାଇ ଦେଉଛନ୍ତି।

ଏହା ଭିତରେ ସାନଝିଅ ଓ ଜୋଇଁ ମୀରାଦେବୀଙ୍କୁ ତାଙ୍କ ପାଖରେ ବ୍ରହ୍ମପୁରରେ ରହିବାକୁ ଚାପ ପକାଉଛନ୍ତି। ମୀରାଦେବୀ ନିଜେ ଖୋଜି ଜଣେ ମାରୱାଡ଼ୀ ଡ଼ାକ୍ତର ବରପାତ୍ର କଲେ। ଭଦ୍ରଲୋକ ହୃଦ୍‌ରୋଗ ବିଶେଷଜ୍ଞ ଓ ପ୍ରାୟ ଝିଅର ସମବୟସ୍କ। ତାଙ୍କର ଘର ରାୟପୁର। କିନ୍ତୁ ବ୍ରହ୍ମପୁରରେ ନିଜର ନର୍ସିଂହୋମ୍ ଥିବାରୁ ସେ ଏଠିକି ଆସିବାକୁ ରାଜି ହେଲେ। ସେମାନେ କହୁଛନ୍ତି ଯେ ମୀରାଦେବୀ ତ ବର୍ତ୍ତମାନ ଅନେକ ବୃଦ୍ଧାବସ୍ଥାର ରୋଗ ବା Geriartic complaints ଭୋଗୁଛନ୍ତି। ଏଥିଲାଗି ସବୁବେଳେ ଡ଼ାକ୍ତରର ନଜର ଦରକାର ଯାହାକି ବ୍ରହ୍ମପୁରରେ ଅନେକ ସୁବିଧା। ଆଉ ରହିଲା ବ୍ୟବସାୟ ଦେଖିବା କଥା। ଯେପରି ଯାଜପୁର ରୋଡ଼ରେ ଘରେ କମ୍ପ୍ୟୁଟର୍ ଟର୍ମିନାଲ ଅଛି ଏବଂ ତାହାଦ୍ୱାରା ସବୁ ନିଜ ଆୟଉରେ ରହିପାରୁଛି, ସେହିପରି ଚେଷ୍ଟାକଲେ ବ୍ରହ୍ମପୁରରେ ମଧ ଟର୍ମିନାଲ ଲାଗିଯିବ ଓ ଯାହା ଯାଜପୁର ରୋଡ଼ରେ କରି ହେଉଛି, ସବୁ ଏହିଠାରୁ ମଧ କରିହେବ। କିନ୍ତୁ ମୀରାଦେବୀ ରାଜି ହେଲେ ନାହିଁ।

ସେ କହିଲେ, "ଦେଖ, ଯାଜପୁର ରୋଡ଼ କେବଳ ବ୍ୟବସାୟର କେନ୍ଦ୍ର ନୁହେଁ, ତୁମର ବଂଶ କେନ୍ଦ୍ର। ତୁମର ବାପା, ପିଉସୀ ଏବଂ ତାହା ଆଗରୁ ତୁମ ଜେଜେବାପା ଏଠି ରହିଛନ୍ତି। ଏଠି ଗଢ଼ିଛନ୍ତି ଓ ଏଠା ମାଟିରେ ତାଙ୍କର ଦେହ ପାଉଁଶ ହୋଇ ମିଶିଛି। ମୋର ମଧ ସେହି ଅବସ୍ଥା। ଏଠି ମୁଁ ନିଜକୁ ପାଇଛି। କାରଣ ତୁମ ବାପାଙ୍କୁ ପାଇଛି। ତୁମ ବାପାଙ୍କ ସାଥୀ ହୋଇ ଓ ପରେ ଏକୁଟିଆ ଅନେକ ଲଢ଼ିଛି। ବହୁ ଯୁଦ୍ଧ ହାରିଛି। କିନ୍ତୁ ତାହାଠାରୁ ବେଶୀ ଜିତିଛି। ଦୁର୍ଗା ଟ୍ରେଡ଼ିଂ ଗୋଟିଏ ବ୍ୟବସାୟ ନୁହେଁ, ତାହା ମୋର ବ୍ୟକ୍ତିତ୍ୱର ଅଂଶ। ମୋ

ଜୀବନର ଯେତିକି ଅର୍ଥପୂର୍ଣ୍ଣ ଅଂଶ, ତାହାର କେନ୍ଦ୍ର ଯାଜପୁର ରୋଡ଼। ଏଠି କେବଳ ହାରଜିତ୍ ନୁହେଁ, ମୋର ସବୁ ହସକାନ୍ଦ ପ୍ରକାଶ ପାଇଛି। ଏଠି ମୋର କର୍ମଭୂମି, ଏଠି ମୋର ଧର୍ମଭୂମି ଏବଂ ଏଠି ମୋର ଶେଷ ସ୍ଥାନ। ଏଠି ଗୋପାଳଙ୍କ ଆଶ୍ରୟ ପାଇବି।"

ଏହା ପରେ ତ ଅନ୍ୟ ଆଲୋଚନା ବୃଥା।

ହିସାବ ନିକାଶ

ହଠାତ୍ ଦିନେ ଟେଲିଫୋନ୍ ଆସିଲା ଯେ ମେରୀ ଏକ୍ଳାଙ୍କ ଦେହ ଖରାପ। ଟେଲିଫୋନ୍ ପାଇବା ସାଥୀ ସାଥୀ ମୀରା ଖୁନ୍ତି ବାହାରି ପଡ଼ିଲେ। ତାଙ୍କର ହୃଦୟ କହୁଥିଲା ଯେ, ସେ କିଛି ସାଂଘାତିକ ଅବସ୍ଥାର ସମ୍ମୁଖୀନ ହେବାକୁ ଯାଉଛନ୍ତି।

ମେରୀଙ୍କୁ ସେପରି କୌଣସି ବିଶେଷ ରୋଗ ହୋଇନଥିଲା। ଏଥର ଗୋଟିଏ ସର୍ଦ୍ଦିଜ୍ୱର ହୋଇ ଶ୍ୱାସନଳୀରେ ଇନଫେକ୍ସନ୍ ହୋଇ ଯାଇଛି। ସାଧାରଣ ଅବସ୍ଥାରେ ଆଧୁନିକ କାଳରେ ଏହା ଏପରି କିଛି ସମସ୍ୟା ନୁହେଁ। ସମସ୍ୟା କେବଳ ବୃଦ୍ଧାବସ୍ଥା। ଏଣୁ ଦେହର ଏହି ରୋଗ ସାଥୀରେ ଲଢ଼ିବାର ପ୍ରାକୃତିକ କ୍ଷମତା ପ୍ରାୟ ନାହିଁ। ମେରୀକୁ ରାଞ୍ଚିର ମିଶନ୍ ହସ୍ପିଟାଲକୁ ନିଆଯାଇଛି ଏବଂ ସେଠି ସବୁ ରକମର ବ୍ୟବସ୍ଥା କରାଯାଇଛି। ମୀରା ଆସି ଦେଖ୍ଲେ ଯେ, କେବଳ ଶେଷ ମୁହୂର୍ତ୍ତକୁ ଅପେକ୍ଷା କରିବା ଛଡ଼ା ଆଉ କିଛି କରିବାର ନାହିଁ। ମେଡ଼ିକାଲ କଲେଜର ପ୍ରଫେସର ମଧ୍ୟ ଦେଖୁଛନ୍ତି। ତେବେ ସ୍ପଷ୍ଟ ଯେ ଜୀବନ ପାତ୍ରୁ ଜୀବନରସ ସମ୍ପୂର୍ଣ୍ଣ ବାହାରି ଗଲାଣି। କେବଳ କେତେ ଟୋପା ସେହି ତଳେ ଲାଗିଛି ଯାହାକି ଅତି ଶୀଘ୍ର ସରିଯିବ।

ମୀରା ଅନେକ ସମୟ ରୋଗଶଯ୍ୟା ପାଖରେ ବସିଥାଆନ୍ତି। ସେ ଅନୁଭବ କରୁଥାଆନ୍ତି ଯେ, ଏହି ରୋଗଶଯ୍ୟାରେ ଏକା ମେରୀ ଏକ୍ଲା ଶୋଇ ନାହାନ୍ତି। ମୀରା ମଧ୍ୟ ଶୋଇଛନ୍ତି ଓ ସେ ମଧ୍ୟ ମେରୀ ସାଥୀରେ ମରୁଛନ୍ତି। ମେରୀ ବିନା ତାଙ୍କ ଜୀବନର ଗୋଟିଏ ପ୍ରଧାନ ଅଂଶ କଳ୍ପନା କରାଯାଇ ପାରିବ ନାହିଁ। ମେରୀ ନ ଥିଲେ ଜୋସେଫ୍ ହୋଇନଥାନ୍ତା, ବନ୍ଋରୀ ମଧ୍ୟ ମିଳି ନ ଥାନ୍ତେ। ମେରୀଙ୍କ ଲାଗି ମୀରା ବଞ୍ଚିଲା, ଜୋସେଫ୍ ବଞ୍ଚିଲା ଓ ହୁଏତ ବନ୍ଋରୀ ମଧ୍ୟ ବଞ୍ଚିଲେ। ଏହି

ମହିଳା ନିଜର ସ୍ୱାଭାବିକ କରୁଣା ଲାଗି କେତେ ଲୋକଙ୍କର ଜୀବନ ରକ୍ଷାର କାରଣ ହୋଇଗଲେ । ମେରୀ ଚାଲିଯିବେ । ତାହା ତ ଜୀବନର ସ୍ୱାଭାବିକ ପରିଣତି । କିନ୍ତୁ ତାଙ୍କ ସାଥୀରେ ମୀରାର ଜୀବନର କେତେ ବଡ଼ ଅଂଶ ମଧ୍ୟ ଶେଷ ହୋଇଯିବ । ତାହା ମଧ୍ୟ ହେବା କଥା । କିନ୍ତୁ ସେହି ଆସନ୍ନ ଶୂନ୍ୟତା ମୀରାଙ୍କୁ ଯେପରି ଅବଶ କରି ପକାଉଥିଲା ।

ମେରୀଙ୍କର ଆଉ ପ୍ରାଣ ନାହିଁ କହିଲେ ଚଳେ । ସକାଳେ ଟିକିଏ ଚେତା ହୋଇଥିଲା । ସେ ମୀରାଙ୍କୁ ଦେଖି ହସିଲେ । ମୀରା ତାଙ୍କ ହାତ ଉପରେ ହାତ ରଖିବାରୁ ତାହାକୁ ଧରିବାକୁ ଚେଷ୍ଟା କଲେ । ଅସ୍ପଷ୍ଟ ସ୍ୱରରେ – ଯଦିଚ ମୀରା ପକ୍ଷରେ ସେ ସମୟର ତାହା ସଂସାରର ସ୍ପଷ୍ଟତମ ସ୍ୱର – କହିଲେ, "ଝିଅ, ପ୍ରଭୁ ଅଛନ୍ତି ।" ନର୍ସ ତାଙ୍କୁ ଧୀରେ କରି ବିଶ୍ରାମ ନେବାକୁ କହିଲା । ମେରୀ ମଧ୍ୟ ଭୁଲାଇ ପଡ଼ିଲେ । ମୀରା କେବିନ୍‌ରୁ ବାହାରି ଯାଇ ବାହାରେ ବସିଲେ । ହୃଦୟରେ ଏକ ପ୍ରକାର ମନ୍ଥନ ଚାଲିଛି । ତଥାପି ବୁଝି ପାରୁନଥାନ୍ତି ମେରୀ ଏକ୍କାଙ୍କ ସହିତ ସେହି ମୁହୂର୍ତ୍ତା ତାଙ୍କର ସବୁଠାରୁ ସଫଳ ମୁହୂର୍ତ୍ତ ନା ସବୁଠାରୁ ଦୁଃଖର ମୁହୂର୍ତ୍ତ । ହୁଏତ ଉଭୟ । ସନ୍ଧ୍ୟା ସୁଦ୍ଧା ଅବସ୍ଥା ଖରାପ ହେଲା । ପାଦ୍ରୀ ଆସି ଏକ୍‌ସ୍‌ଟ୍ରିମ୍ ଅଙ୍କସନ୍ (Extreme Unction) ଦେଇ ଗଲେ । ଏହା ମୁମୁର୍ଷୁକୁ ଶେଷ ଆଶୀର୍ବାଦ । ପ୍ରାୟ ପାହାନ୍ତିଆ ସମୟରେ ମେରୀ ଏକ୍କା ଆଉ ରହିଲେ ନାହିଁ ।

ମେରୀ ଏକ୍କାକୁ ମୀରା କାଲୁଙ୍ଗାରେ ମେରୀଙ୍କ ସ୍ୱାମୀ ଜନ୍ ପାଖରେ କବର ଦେବାକୁ ଚାହିଁଲେ । ତାହା ଖ୍ରୀଷ୍ଟାନ୍ ବିଧି ମଧ୍ୟ । ତାହାଛଡ଼ା ମେରୀଙ୍କର ସେଠି ପ୍ରଭାବ ମଧ୍ୟ କିଛିଟା ଅଛି । ଟେଲିଫୋନ୍ କରି ଜଣଙ୍କୁ ରାଉରକେଲାରୁ କାଲୁଙ୍ଗା ପଠାଇଦେଲେ ସେଠି ବ୍ୟବସ୍ଥା କରି ଖବର ଦେବାକୁ । ଚର୍ଚ୍ଚ ତରଫରୁ ମଧ୍ୟ କାଲୁଙ୍ଗା ଗାର୍ଜିର ପାଦ୍ରୀଙ୍କୁ ଟେଲିଗ୍ରାମ୍ କରାଗଲା । ସବୁ ବ୍ୟବସ୍ଥା ହୋଇଗଲା । ଆଉ ମୀରା ଅଗ୍ରୱାଲ୍ ଯଦି ଏତିକି ବ୍ୟବସ୍ଥା ନ କରିପାରିବ, ତାହାହେଲେ କ'ଣ ଜୀବନଟା ଯାକ ଘାସ କାଟୁଥିଲେ ? ଆମ୍ବୁଲେନ୍‌ସ୍ ଭଡ଼ାରେ ଅଣାଗଲା ଓ ମେରୀ ଏକ୍କା ତାଙ୍କ ସ୍ୱାମୀ ପାଖରେ ଶେଷ ଶୟନ ପାଇଁ ଯାତ୍ରା ଆରମ୍ଭ କଲେ । ଖ୍ରୀଷ୍ଟାନ୍ ପ୍ରଥା ଅନୁଯାୟୀ ସ୍ୱାମୀ ସ୍ତ୍ରୀଙ୍କୁ ପାଖାପାଖି କବର ଦେବା କଥା । ଅବଶ୍ୟ ଜନ୍ ଏକ୍କାର କବରେ ଯଥେଷ୍ଟ ଜାଗା ନଥିଲା କାରଣ ଅନ୍ୟମାନଙ୍କୁ ସେଠି କବର ଦିଆ ସରିଥିଲା । ତଥାପି ମୋଟାମୋଟି ମେରୀଙ୍କ ଲାଗି ଜାଗା ହୋଇଗଲା, ଯଦିଚ

ଦୁଇଟା ଅଲଗା ସ୍ମୃତିସ୍ତମ୍ଭ କରିବାକୁ ଅସୁବିଧା ହେବ। ଚର୍ଚ୍ଚର ରେକର୍ଡ଼ରୁ ଜନ୍‍ର ଜାଗାଟା ଜଣା ପଡ଼ିଲା। ବୁଢ଼ା ସେବେଷ୍ଟିଆନ୍‍ ବଞ୍ଚିଥିଲା। ଏଣୁ ସେ ଠିକ୍‍ ସ୍ଥାନ ଦେଖାଇ ଦେଲା। ସମସ୍ତ ଶେଷକୃତ୍ୟ ବେଳେ ମୀରା ଉପସ୍ଥିତ ଥିଲେ। ସେ ମଧ୍ୟ ଶେଷ ମାଟି ଆଁଜୁଳାଟିଏ ଦେଇଦେଲେ। କିନ୍ତୁ ସେ ମେରୀ ଏକ୍ଲା ସହିତ ନିଜର ଏକ ବିରାଟ ଅଁଶକୁ କବରସ୍ଥ କଲେ। "Dust thou art and to Dust Returnest" ତୁ ମାଟିରୁ ଆସିଥିଲୁ ଓ ମାଟିକୁ ଫେରିଗଲୁ।"

ଡ୍ରାଇଭର୍‍ ଓ ଅନ୍ୟ ସାଥୀରେ ଥିବା ଲୋକଙ୍କୁ କହିଲେ ଯେ, ଖାଇସାରି ରାତି ଆଠଟା ସରିକି ବାହାରି ପଡ଼ିବା ଏବଂ ସେହି ସମୟତକ ସେ କାଲୁଙ୍ଗା ଷ୍ଟେସନ୍‍ର ୱେଟିଂ ରୁମ୍‍ରେ ରହିଯିବେ। ଏହା ଭିତରେ ସେଠାର ଜଣେ ଠିକାଦାରଙ୍କୁ ଡ଼ାକି ଜନ୍‍ ଓ ମେରୀଙ୍କ ସ୍ମୃତି ସ୍ତମ୍ଭର ବ୍ୟବସ୍ଥା କରାଗଲା। କାଲୁଙ୍ଗା ଗୀର୍ଜାର ପାଦ୍ରୀ ଫାଦର ମାର୍ଟିନ୍‍ ତାହାକୁ ଡ଼ାକି ଦେଇଥିଲେ। ସେହି ଠିକାଦାର ହିଁ ଷ୍ଟେସନ୍‍ ୱେଟିଂ ରୁମ୍‍ରେ ସବୁ ବ୍ୟବସ୍ଥା କଲା। ନ ହେଲେ କାଲୁଙ୍ଗାର ୱେଟିଂ ରୁମ୍‍ କେବଳ ରେଲକର୍ମଚାରୀଙ୍କ ଘରେ କୁଣିଆ ଆସିଗଲେ ବ୍ୟବହାର ହୁଏ। କାଲୁଙ୍ଗାରେ ଏପରି ଯାତ୍ରୀ ଚଢ଼ନ୍ତି ନାହିଁ ଯେ କି ୱେଟିଂ ରୁମ୍‍ର ସୁବିଧା ଦାବି କରିବେ। ସଁଜ ହୋଇ ଆସିଲା। ପଶ୍ଚିମ ଦିଗର ପାହାଡ଼ ଠିକ୍‍ ଅଛି ଏବଂ ତାହା ସୂର୍ଯ୍ୟାସ୍ତ ପୂର୍ବରୁ ସୂର୍ଯ୍ୟଙ୍କୁ ଲୁଚାଇ ଦେଲା, ଯେପରି ସବୁଦିନ କରେ। କିନ୍ତୁ ଏହିପରି ଗୋଟିଏ ଦିନ ପ୍ରାୟ ଛବିଶ ବର୍ଷ ତଳେ ମୀରାର ଜୀବନରେ ଘଟିଥିଲା। ସେଦିନ ସେ ଏକ ହିସାବ ନିକାଶର ଚେଷ୍ଟା କରୁଥିଲା ଏବଂ ସବୁଥିଲାଗି ନିଜକୁ ଦାୟୀ କରିବାର ଦୁଃସାହସ କରୁଥିଲା। ସେଦିନ ସେ ଢେର କାନ୍ଦିଥିଲା। କିନ୍ତୁ ସେଦିନ ସେ ମେରୀକୁ ଓ ତାହାର କରୁଣାକୁ ଚିହ୍ନିଥିଲା। ମେରୀର ସରଳ ଓ ସର୍ବବ୍ୟାପୀ ଈଶ୍ୱର ବିଶ୍ୱାସ ମୀରାକୁ ଆଶ୍ଚର୍ଯ୍ୟ ଓ ଅଭିଭୂତ କରି ପକାଇଥିଲା। ସେଦିନ ଉପଦେଶ ପାଇଥିଲା ଯେ ଦୁଃଖ ଗୋଟିଏ ଫର୍ନେସ୍‍ ଯେଉଁଥିରେ କଞ୍ଚା ମଣିଷ ତରଳା ହୋଇ ଛାଞ୍ଚରେ ଢଳା ଯାଆନ୍ତି।

ବର୍ତ୍ତମାନ ହୁଏତ ଅସଲ ହିସାବ ନିକାଶ, ବାଲାନ୍ସ୍‍ ସିଟ୍‍ ତିଆରି କରିବାର ସମୟ ଆସିଗଲା। ସେହି ପଶ୍ଚିମର ପାହାଡ଼ ଉପରେ ନାନା ରଙ୍ଗର ଖେଳ ଚାଲିଛି, ଯେପରି ତାହାର ଜୀବନରେ କେତେ ରଙ୍ଗ ଆସିଛି, ଯାଇଛି। ଛବିଶ ବର୍ଷ ତଳେ ଏହି ଆଲୁଅରେ କେବଳ ଗୋଟିଏ ମୁହଁ ଭାସି ଆସିଲା ଏବଂ ଏଥର ଯେପରି

ମୁହଁରେ ମୁରୁକି ହସ। ମୀରା ଆମ୍ଭରୀ। ଅମୀୟକୁ ଠଟ୍ଟା କଲା, "କ'ଣ ବୁଢ଼ଟା ମନକୁ ପାଉନି?" ମନେ ହେଲା କିଏ ଯେପରି ହୃଦୟରେ କହୁଛି, "ତୁମେ ତ ଟୋକି ନୁହଁ କି ବୁଢ଼ୀ ନୁହଁ। ତୁମେ କେବଳ ମୀରା"। ବର୍ତ୍ତମାନ ତାହା ଆଖ୍ଖରୁ ଅଜାଣତରେ ଲୁହ ବୋହିଗଲା ଯେପରି ଛବିଶ ବର୍ଷ ତଳେ ବୋହିଥିଲା।

ହଠାତ୍ ଦେଖିଲା। ଅମୀୟ ପାଖରେ ମେରୀ। ତାହା ମିଳେଇଗଲା। ବର୍ତ୍ତମାନ ବନୱାରୀ। ମୀରା ସ୍ତମ୍ଭୀଭୂତ ହୋଇ ଆକାଶକୁ ଚାହିଁଥାଏ। ଆଲୁଅ କମି କମି ଘନନୀଳ ରଙ୍ଗ ଛାଇ ଯାଉଛି, ଯାହା ଉପରେ କେଉଁ ପେଣ୍ଟର ମଝିରେ ମଝିରେ ଗାଢ଼ ଲାଲ ଓ ବାଇଗଣୀର ବୁରୁଶ ମାରି ଦେଇ ଯାଉଛି। ମୀରାର ଦୃଷ୍ଟିରେ ଆକାଶରେ ବର୍ତ୍ତମାନ କେତେବେଳେ ବାଳଖ୍ରୀଷ୍ଟକୁ କୋଳରେ ଧରି ମେରୀ ତ କେତେବେଳେ ବାଳକୃଷ୍ଣକୁ କୋଳରେ ଧରି ଯଶୋଦା। ମୀରା ଯେପରି ଅନୁଭବ କରୁଛି ଯେ ସେ ପୂର୍ଣ୍ଣ। ତା'ର ଜୀବନ ପାତ୍ର କେଡେ ରସରେ ଭରି ଯାଇଛି। ଆଉ କ'ଣ ଲୋଡ଼ା? ଜୀବନ ପ୍ରିୟତମ ହରିଛ ମୋ ଭରମ, ତରଣୀ ମୋର ତବ ସାଗରେ ବହି ଯାଉ। ବୈକୁଣ୍ଠନାଥଙ୍କର ସେହି ଗୀତର ପଦ ଯେପରି ସର୍ବତ୍ର ଧ୍ୱନିତ।

କିନ୍ତୁ ଏହା ତ ମାଟିର ପୃଥିବୀ। ଏହି ଆନନ୍ଦଲୋଲ ରହିବ କିପରି। ଗୋଟାଏ ଅତିକାୟ ଦୁଇ-ଇଂଜିନ୍ ବାଲା ମାଲଗାଡ଼ି ପ୍ରଚଣ୍ଡ ଶବ୍ଦ ଓ ହୁଇସିଲ୍ ମାରି ସ୍ୱପ୍ନଭଙ୍ଗ କରିଦେଲା। ମୀରାର ଚେତା ହେଲା। କିନ୍ତୁ ସେହି ସ୍ୱପ୍ନାବିଷ୍ଟ ଅବସ୍ଥା ପୂରା କଟିନଥାଏ। ତେବେ ମୀରା ସ୍ପଷ୍ଟ ବୁଝିପାରିଲା ଯେ, ଏହି କାଲୁଙ୍ଗାରେ ଯେଉଁ ଜୀବନ ଆରମ୍ଭ ହୋଇଥିଲା, ତାହା ଆଜି ସେହି କାଲୁଙ୍ଗାରେ ସରିଗଲା। ତାହାର ହିସାବ ନିକାଶ ହୋଇଗଲା ଏବଂ ସେ ବର୍ତ୍ତମାନ ଲାଭ, କ୍ଷତି, କ୍ରେଡ଼ିଟ୍, ଡେବିଟ୍ ଏ ସବୁଠାରୁ ଉପରେ। ପୂର୍ଣ୍ଣ। ପୂର୍ଣ୍ଣ। ସବୁ ପୂର୍ଣ୍ଣ।

ବର୍ତ୍ତମାନ ମୀରା ଚୌକିରୁ ଉଠି ଠିଆ ହେଲେ। ଆକାଶକୁ ଚାହିଁ ଦୀର୍ଘଶ୍ୱାସ ପକାଇ କହିଲେ, "ବହୁତ ନାଚ ନଚାଇଲ ଗୋପାଳ"। ମୁହଁ ହାତ ଧୋଇ ଯାତ୍ରାର ଖୋଜ ଖବର ନେବାକୁ ବାହାରି ପଡ଼ିଲେ।

BLACK EAGLE BOOKS

www.blackeaglebooks.org
info@blackeaglebooks.org

Black Eagle Books, an independent publisher, was founded as a nonprofit organization in April, 2019. It is our mission to connect and engage the Indian diaspora and the world at large with the best of works of world literature published on a collaborative platform, with special emphasis on foregrounding Contemporary Classics and New Writing.

www.ingramcontent.com/pod-product-compliance
Lightning Source LLC
Chambersburg PA
CBHW050419110726
47899CB00008B/2776